Eisblaue Schatten

Wolfgang Metzner, geboren 1947, war nach seinem Jurastudium viele Jahre Reporter beim »stern«. Für das Hamburger Magazin schrieb er über Kriminalfälle und Gerichtsverfahren, aber auch über Umweltsünden und Atomskandale. Im Milieu von Anti-Atom-Aktivisten spielte sein erster Thriller »Grüne Armee Fraktion«, der ebenfalls im Emons Verlag erschien. »Eisblaue Schatten« ist der zweite Fall für seinen Ermittler Jonas Mondrian.

Dieses Buch ist ein Roman. Handlungen und Personen sind frei erfunden. Ähnlichkeiten mit lebenden oder toten Personen sind nicht gewollt und rein zufällig.

WOLFGANG METZNER

Eisblaue Schatten

KRIMINALROMAN

emons:

Bibliografische Information der Deutschen Nationalbibliothek
Die Deutsche Nationalbibliothek verzeichnet diese Publikation in der Deutschen Nationalbibliografie; detaillierte bibliografische Daten sind im Internet über http://dnb.d-nb.de abrufbar.

MIX
Papier aus verantwortungsvollen Quellen
FSC
www.fsc.org
FSC® C083411

Umschlagmotiv: © mauritius images/Westend61, iStockphoto.com/POMACHKA
Umschlaggestaltung: Tobias Doetsch
Gestaltung Innenteil: César Satz & Grafik GmbH, Köln
Lektorat: Lothar Strüh
Druck und Bindung: CPI – Clausen & Bosse, Leck
Printed in Germany 2015
ISBN 978-3-95451-506-6
Originalausgabe

Für Hanne

»Wer mit Ungeheuern kämpft, mag zusehen,
dass er nicht dabei zum Ungeheuer wird.«
Friedrich Wilhelm Nietzsche

1

schwarz.

alles dunkel. mein atem keucht unter der maske.
ich starre durch zwei schmale schlitze,
sehe ein messer in meiner hand.
rot die klinge, von der tropfen fallen,
rot das laken, in der mitte ein see von blut.
ich sehe, wie ich wieder und wieder …

neiiiiin!

nein, ich will das nicht sehen, nie mehr, aber wenn ich die augen zumache, dann kommt dieser film immer wieder. wie ein video, das ich einfach nicht löschen kann. ich versuche, die stopptaste zu finden, aber die bilder laufen weiter, überscharf, eingebrannt in mein hirn.

zu furchtbar, was ich getan habe.
ich, der mann im schwarzen umhang.
neununddreißig stiche.
ich war nicht ich, als ich das gemacht hab.

dabei hatte der abend eigentlich ganz cool angefangen. halloween, dieser schwachsinn. bin mit ein paar jungs aus othmarschen los an den elbstrand, zum vorglühen. kumpels von früher, aus der schule, vom ego-shooter-spielen oder vom saufen am osterfeuer oder so. kann nicht sagen, dass wir wirklich freunde waren. echte freunde? nein, so was hab ich nie gehabt. das ging eher so, wenn man sich dort, wo ich damals wohnte, mal über den weg lief: hey, was ist los? hast du was zu rauchen? zum schlucken? so sind wir uns auch an diesem abend begegnet, drei oder vier leute, eher zufällig. aber dann ging das ab.

jemand hatte einen sixpack mit, irgendwer anderes red bull und wodka, damit haben wir losgelegt. eigentlich wollten wir mit der s-bahn später noch auf den kiez fahren, aber dann haben wir am strand eine tüte durchgezogen. guter stoff, richtig heftig. vielleicht von dem albaner, der öfter am bahnhof stand und wirklich super ware vertickt hat. ich war jedenfalls so breit, dass ich diese blöde idee hatte:

schnell ab nach hause, die totenkopfmaske holen und den schwarzen mantel, diesen sensenmann-umhang, den ich mir früher mal gekauft hatte, als ich noch fan von »scream« und solchen streifen war. schon eine ganze weile her damals, aber ich hatte das zeug noch und dachte, hallo, damit kannst du heute spaß haben, jemanden richtig erschrecken. bloß waren die anderen schon weitergezogen, als ich damit zum elbstrand zurückkam. fuck, dachte ich, ihr arschlöcher, was soll das denn jetzt?

ich war plötzlich allein und ziemlich sauer. inzwischen war es dunkel geworden, und ich hab mich einfach treiben lassen. wollte mal sehen, was ich mit dem abend noch anstellen kann. überall waren typen unterwegs, die feierten, flaschen mit alk kreisen ließen, mädchen mit bemalten gesichtern. narben und geschwüre und so ein zeug draufgepinselt. sollte wohl gruselig wirken. da dachte ich, wartet mal, wenn ich gleich mit der maske und dem knochenkostüm aus dem off komm …

okay, ich hab also die arme hochgerissen und bin auf zwei mädchen losgestürzt, die ein stück abseits von den anderen standen. die haben aber bloß gekichert. und solche sprüche gemacht wie: mensch, guck mal, sieht der nicht niedlich aus? auch die nächste, die ich erschrecken wollte, hat bloß gelacht. zieh leine, du komiker, hat sie gesagt und ihren freund abgeknutscht. ein anderer typ hat gerufen: hau bloß ab, du wichser, sonst kriegst du was auf den sack! da war ich noch angepisster, ich hab eine pille eingeworfen, eine von diesen dingern, die einen ruhig und konzentriert machen sollen. scheiße, dachte ich, so kannst du nicht abtreten. ich wollte noch irgendwas machen, was unternehmen, ich wusste bloß nicht, was. da bin ich einfach durch die straßen getigert, ohne plan, keine ahnung. bis dieser moment kam.

annika.

natürlich, damals wusste ich ihren namen noch nicht. aber ich erinnere mich ganz genau an den augenblick, als ich an einem großen fenster vorbeilief und das gesicht dahinter sah. helles kindergesicht, lange blonde haare, beleuchtet von einem blauen lichtschein. echt überirdisch, dachte ich damals, auch wenn das kitschig klingt. automatisch bin ich stehen geblieben und hab beobachtet, wie sie auf einer couch saß und auf einen tv-schirm schaute. kerzengrade, fast bewegungslos, bis sie manchmal in lachen ausbrach. im fernsehen, das konnte ich erkennen, lief noch was mit comicfiguren, obwohl es schon spät gewesen sein muss.

was macht die kleine denn noch vor der glotze? ganz allein? so was ging mir gleich durch den kopf, weil keiner sonst zu sehen war. das restliche haus, so ein frei stehendes einfamilienhaus, war dunkel. sie kann doch höchstens dreizehn oder vierzehn sein, hab ich geschätzt. und weil ich sie näher sehen wollte, unbedingt, bin ich durch ein loch in der hecke in den garten gestiegen und ans fenster rangeschlichen. hab gerade noch gesehen, wie sie aufgestanden ist und eine lange strickjacke ausgezogen hat, vielleicht von ihrer mutter. dabei ist auch das nachthemd hochgerutscht, das sie schon darunter hatte. in dem blauen licht war ihre weiße haut zu sehen, ihre beine, ihr bauchnabel, alles, fast zum berühren nah …

dann wurde der raum plötzlich dunkel, sie hatte den fernseher ausgeschaltet. aber ich war wie unter strom.

noch heute erinnere ich mich, wie mein puls hochfuhr, ich kann noch genau hören, wie der atem unter meiner maske anfing, schneller zu gehen. es war irgendwie, als hätte ich mich mit einem ruck in einen anderen verwandelt. als wäre ich plötzlich wie so eine figur, die in einem computerspiel unterwegs ist. ein klick, und du bist nicht mehr du, sondern jemand anderes: der sensenmann.

der sensenmann wartet. lauert. beobachtet, wie das licht im treppenhaus für einen moment hell wird. sieht, wie sich ein schatten hinter dem badezimmerfenster oben hin und her bewegt. danach einen warmen schein aus dem fenster daneben und die silhouette eines kindes hinter dem vorhang. das muss ihr schlafzimmer sein, denkt er. und wartet weiter, bis es auch dort fast ganz dunkel wird, vielleicht brennt noch eine kleine bettlampe. noch ein paar minuten, und die zeit ist da.

der mann im umhang drückt die klinke zur kellertür. verschlossen. probiert den nebeneingang. verriegelt. aber das tor zur garage geht auf. kein auto drin. sind die eltern weggefahren? es gibt kein zeichen, dass sich außer dem mädchen noch wer im haus aufhält. und die tür zum flur steht offen. in der küche blitzt im restlicht einer straßenlaterne eine klinge: das messer für den ultimativen kick. nur noch wenige stufen nach oben. nur noch wenige schritte, lautlos, und die zimmertür geht auf. vorsichtig, zentimeter für zentimeter. der sensenmann peilt durch seine sehschlitze: da liegt sie, annika, im schein eines gedimmten nachtlichts, auf ihrem bett. die decke ist halb zurückgeschoben, sie atmet gleichmäßig, rollt sich nach einer weile unruhig zur seite. und reißt plötzlich die augen auf …

was war das letzte, was sie in ihrem kleinen leben gesehen hat? die totenkopfmaske und das messer über ihr? das hab ich mich immer wieder seit dieser nacht gefragt. hatte sie doch etwas gehört? gespürt, wie ich mich über sie gebeugt und ihren duft tief eingeatmet habe? das frage ich mich heute noch, wenn ich an diese sekunden denke. die endlosen sekunden, in denen ich ihren süßen körper von unten bis oben gescannt hab, mit den augen abgetastet, verrückt danach, ihr das nachthemd vom leib zu reißen. ich weiß es nicht, werde es nie wissen. ich weiß bloß, dass sie sich plötzlich halb aufrichtete und den mund aufriss, als wollte sie noch etwas … und dass ich blitzschnell eine hand daraufhielt … und mit der anderen zustieß … einmal … noch mal … es ging so furchtbar leicht, die klinge drang in sie ein, als wäre da überhaupt nichts … immer wieder … ich konnte einfach nicht aufhören, ich war nicht mehr bei mir …

heißt so was nicht blackout? manchmal denke ich jetzt, ich hätte es mir im prozess leichter machen können. hätte ja dem richter erzählen können, dass ich von den entscheidenden sekunden gar nichts mehr wüsste. schwarzes loch. keine kontrolle mehr. oder einfach panik, die kleine könnte mich später identifizieren, wenn ich sie leben lasse. aber das wäre eine lüge gewesen, muss ich zugeben, weil da noch was anderes war.

ich wollte annika nicht nur erschrecken. ich wollte sie … haben.

als ich später im knast war, hab ich mir mal vorgestellt: ich war der leibhaftige tod, der sich einen runterholt.

ja, ich weiß, ich bin ein monster. schon gleich nach dieser nacht bin ich entsetzt über mich gewesen, ehrlich.

aber als ich zugestochen hab, fühlte sich das für mich an wie …

… glück.

2

Wie das kalte Nass auf der Haut prickelte.

Wie die Tropfen von der heißen Stirn perlten.

Wie die Strömung am ganzen Körper entlangstrich.

Was gab es Schöneres an einem Tag wie diesem: Hechtsprung in den Pool, Atem und Zeit anhalten, endlos lange Züge über den Boden gleiten und dann auftauchen, hoch an die frische Luft. Immer wieder machte er das, und es kam ihm vor, als würde er in einer Palette von blauen Farben baden. Unten das tiefe Türkis des Beckengrundes, um ihn die schillernden Töne des Wassers, in dem die gebrochenen Sonnenstrahlen spielten, und oben der toskanische Himmel, eigentlich pures Azur. Nur war das heute nicht ganz so strahlend wie sonst, fand er, sondern etwas trüb. Nicht wegen der weißen Wolkentupfer, die in der Ferne über den mittelalterlichen Türmen von San Gimignano aufzogen, sondern wegen der Reste von Rotwein, die noch in seinem Kopf kreisten. Wie viele Flaschen Chianti Classico, bester Jahrgang, hatte er gestern eigentlich mit Ricarda geteilt?

Stundenlang hatten sie auf der Terrasse des alten Klosters in der samtigen Abendluft gesessen und beobachtet, wie die Sonne hinter den Bergen mit ihren Olivenbäumen und Zypressen wegtauchte und glitzernde Punkte am Nachthimmel aufzogen. Irgendwann waren sie albernd, Arm in Arm, zu dem restaurierten Herrenhaus zurückgekehrt, wo sie seit zwei Wochen in einem Gewölbe aus Backsteinen wohnten. Aber warum hatte er auch dort noch schwankende Sterne gesehen, bei geschlossenen Augen? Und weshalb hörte jetzt eigentlich dieses nervige Geräusch nicht endlich auf?

Es dauerte eine ganze Weile, bis er realisierte, dass es sein Handy war, das schrillte.

Verflucht. Warum hatte er dieses Ding überhaupt an den Pool mitgebracht?

Er stemmte sich am Beckenrand hoch, entdeckte es unter

einem Handtuch neben einem Glas mit Orangensaft, in dem Eiswürfel vergeblich um ihr Überleben kämpften, und warf einen Blick auf die Nummer im Display.

Auch das noch.

Hamburg. Seine Redaktion. Der Leiter seines Ressorts.

Der Alkoholnebel mischte sich mit einem vagen Gefühl von Pflichtbewusstsein. Er nahm das Gerät ans Ohr und prustete, wobei er seine pelzige Zunge spürte: »Pronto!«

Nicht dass er wirklich Italienisch konnte. Aber für seinen Ressortleiter sollte das reichen.

»Hallo, wer ist dort?«, fragte Marc Rolfes zögernd. Seine sonst so schneidige Stimme wirkte irritiert. »Mondrian?

»Che cosa, per favore?«

»Bist du das, Jonas?«

»Si, signore, certo!«

Die Stimme klang fast so theatralisch wie bei waschechten Tifosi. Und während er tropfend am Poolrand stand, brummte Jonas Mondrian mürrisch hinterher: »Mitten in der einjährigen Auszeit, die er sich von seinem Job genommen hat. Schon vergessen, mein Herr?«

»Denkste. Wir genießen hier im Büro jeden Tag ohne dich«, konterte Rolfes. Er hatte sich so schnell wieder gefangen wie ein Boxer nach einem Treffer, aber das war ja auch sein Freizeitsport. »Es gibt hier etwas, das dich interessieren könnte.«

»Mehr als das hier?« Mondrian ließ seinen Blick über die Silhouette der Frau wandern, die sich auf der Liege neben ihm ausgestreckt hatte. Als sie den Kopf hob, glitten ihre nassen Locken bis zu den Hüften hinunter.

»Mehr als was?«, hakte Rolfes nach, leicht ungeduldig.

»Ach, ich schaue gerade über die Hügel der Toskana«, sagte Mondrian vage.

»Im Lügen warst du nie besonders gut, Jonas.«

»Kommt drauf an. Jedenfalls hast du alle meine erfundenen Geschichten gedruckt. Und waren sie noch so verrückt.«

»Gib nicht so an. Als hättest du je bessere Storys erfunden als das Leben. Das schreibt doch immer noch die irrsten Geschichten.«

»Wow, warst du auf 'ner Fortbildung?«, fragte Mondrian gespielt ehrfürchtig.

Ohne auf die Ironie einzugehen, antwortete Rolfes: »Ich muss dir was erzählen, was du nicht glauben wirst.«

»Du kannst es ja versuchen«, erwiderte Mondrian spöttisch.

»Thomas K. kommt frei. Der Kinderkiller. Wahrscheinlich schon bald.«

»Okay, Punkt für dich«, räumte Mondrian ein. »Die Geschichte kauf ich dir wirklich nicht ab. Der hat doch zehn Jahre gekriegt. Und anschließend soll er in Sicherungsverwahrung, ohne Ende, bis er …«

»… hinter Gittern verschimmelt?«, unterbrach Rolfes und hüstelte trocken. »Ja, dachten wir alle. Aber die zehn Jahre sind demnächst um. Und ich hab einen vertraulichen Hinweis erhalten, dass er danach vielleicht gleich draußen ist.«

»Obwohl Sicherungshaft beantragt wurde? Das hatte mir jedenfalls der Staatsanwalt versichert. Und keinen Zweifel daran gelassen, dass sie auch verhängt werden wird.«

»Nur sagen meine Quellen, dass es da ein Problem gibt.«

»Was für ein Problem?«

»Ich weiß noch nichts Näheres«, antwortete Rolfes mit gedämpfter Stimme, »aber ein hoher Bulle hat mir gesteckt, dass sich die Polizei auf den Fall der Fälle vorbereiten soll.«

Mondrian spürte die Kopfschmerzen von seinem Kater nicht mehr. Mit einem Schlag war er nüchtern geworden. Und erst mal stumm.

»Und wenn diese Bestie tatsächlich wieder in die freie Wildbahn entlassen wird«, fuhr Rolfes fort und holte hörbar Luft, »dann müssen wir natürlich dabei sein. Die ganze Medienmeute wird sich auf diese Story stürzen. Also müssen auch wir was dazu machen. Und das wäre dann, sorry, dein Job.«

»Verstehe«, sagte Mondrian nach einer kurzen Pause langsam. »Ich rufe zurück.«

Wie mit einem Klick kamen die Erinnerungen wieder. Vor zehn Jahren hatte er über Thomas K. und Annika geschrieben. Es war damals seine Geschichte gewesen, denn beim Hamburger »magazine« berichtete er immer wieder über Verbrechen, über die Jagd nach den Tätern und die Abgründe, die sich vor Gericht auftaten, wenn die Ursprünge des Bösen erforscht werden sollten. Er war auch an Schauplätzen grausiger Terroranschläge gewesen, hatte Hintergründe von Geheimdienstaktionen und kriminelle Machenschaften der Atomindustrie untersucht. Aber seitdem er Reporter war, hatte ihn noch nie ein Fall so berührt wie dieser brutale Mädchenmord.

»Kopfkino?« Eine warme Stimme unterbrach ihn in seinen Gedanken. Ricarda hatte sich auf ihrer Liege aufgerichtet und schüttelte ihre schwarze Löwenmähne. Tropfen kullerten an ihr hinunter, während sie neugierig zu Mondrian hinüberschaute. »Was steht auf dem Programm?«

Er wandte sich ab. »Das möchtest du gar nicht wissen.«

»Du hättest dein Gesicht sehen sollen«, sagte die Frau mit den großen jadegrünen Augen. »Als hätte sich eine dunkle Wolke davorgeschoben.«

Mondrian strich sich ein paar feuchte Strähnen aus der Stirn. »Die Redaktion hat angerufen. Wegen einer alten Sache …«

»Was für eine Sache?«

»Ein grausiger Mord. An einem dreizehnjährigen Mädchen.« Er nahm einen Schluck aus seinem Glas und merkte gar nicht, dass der Orangensaft inzwischen zur Hälfte aus Wasser bestand. »Die Details erspar ich dir lieber. Aber möchtest du wissen, wie es hinterher bei den Eltern war? Noch nie hat mich ein Job so fertiggemacht.«

Mit einem Handtuch im Nacken ließ sich Mondrian in einen Liegestuhl sinken und erzählte, wie er den Eltern drei Tage nach Annikas Tod gegenübergesessen hatte. In ihrem Haus, auf demselben Sofa, wo ihr Kind ferngesehen hatte, wenige Schritte vom Tatort entfernt. Der Vater, ein schüchterner Bibliothekar, hatte mit tonloser Stimme berichtet, dass er mit seiner Frau gegen ein Uhr nachts von einer Geburtstagsfeier bei Freunden zurückgekehrt sei, eigentlich zu beschwipst, um noch Auto zu fahren. Schon im Flur hätten sie gestutzt, beim Anblick der roten Flecken auf den Fliesen. Dann Blutspuren auf der Treppe. *Mein Gott, hatte sich Annika etwa geschnitten?*, habe er sich sofort gefragt, sei nach oben gelaufen und in ihr Zimmer gestürzt. Was er dort gesehen habe, *das können Sie sich gar nicht vorstellen, Herr Mondrian, wie sie dort lag*, zusammengekrümmt auf dem verwüsteten Bett, das Nachthemd bis oben aufgeschlitzt, darunter eine dunkle Lache auf ihrem Laken, *riesig und tropfnass*.

»Hat sie noch gelebt, als der Vater sie fand?«, fragte Ricarda vorsichtig.

»Ich hab noch genau im Ohr, wie er erzählt hat, dass er sie hochriss und Mund-zu-Mund-Beatmung versuchte. Er glaubt, dass sie die Augen noch mal aufgemacht und ihn angesehen hat … aber vielleicht wollte er das auch nur glauben …«

Bei der Erinnerung bekam Mondrian auch jetzt, zehn Jahre später, wieder einen Kloß im Hals.

»Er hat sich dann weggedreht und konnte nicht weitersprechen. Und hat geweint.«

Mondrian musste innehalten und schlucken.

»Ich auch.«

»Und die Mutter?«, fragte Ricarda nach einer Weile.

»Hat dabeigesessen, ihre Knie umklammert und kein Wort über die Lippen bekommen. Erst bei einem Treffen ein paar Monate später hat sie mir mal erzählt, dass Annika eine Pferdenärrin und ein Comicfan war. Übrigens ein Wunschkind, mit ärztlicher Hilfe gezeugt.«

Mondrian wischte sich mit dem Tuch das Gesicht ab und warf es dann in einen Korb.

»Die Frau war übrigens Musikerin in einem Orchester. Nach Annikas Tod hat sie ihr Cello nicht mehr angefasst. Sie hat gesagt, dass sie einfach nicht mehr spielen kann. Und in der Stille nur noch ihr Hirn zermartern würde, warum sie ihr Kind allein gelassen hat in jener Nacht.«

»Furchtbare Geschichte.« Ricarda richtete sich langsam auf und band sich die langen Haare zu einem Zopf zusammen, ehe sie nach einer Zigarette griff.

»… die vielleicht eine Fortsetzung haben wird«, sagte Mondrian nachdenklich. »Falls der Täter demnächst tatsächlich aus dem Knast kommt.«

»Wieso? Ich dachte immer, für Mord kriegt man lebenslänglich.«

»Nicht unbedingt. Der Kerl war damals neunzehn. Also Heranwachsender. Und wurde nicht wie ein Erwachsener bestraft, sondern nach Jugendrecht verurteilt. Wegen mangelnder Reife und …«

»Schwere Jugend, dieses Blabla?«, unterbrach ihn Ricarda mit einer Falte zwischen den Augenbrauen.

»Jedenfalls kam er mit der Höchststrafe für Jugendliche davon«, fuhr Mondrian fort, »und diese zehn Jahre sind bald rum. Könnte also sein, dass er demnächst wieder die Gegend unsicher macht. Und wenn es nach der Redaktion geht, soll ich …«

»Ausgerechnet du? Mitten in deiner Auszeit?« Ihre Stimme war lauter geworden, sie pustete eine Tabakwolke in die Luft. »Habt ihr niemanden sonst in eurem Saftladen, der sich um diese Sache kümmern kann?«

Mondrian wollte etwas sagen, aber er ließ es. Natürlich hatte sie recht. Allein in seinem Ressort gab es fünf oder sechs Reporterinnen und Reporter, die sich um Straftäter und Affären im kriminellen Untergrund kümmerten. Mit einer Mischung aus Spott und heimlicher Hochachtung wurde seine Abteilung deshalb auch »Rotlicht und Blaulicht« genannt. Sie musste möglichst für jede Ausgabe des »magazine« den »Mord der Woche« liefern, denn Leserumfragen hatten eindrucksvoll untermauert, dass nichts mehr verschlungen wurde als Storys über brutale Tötungen. Mondrian konnte sich lebhaft ausmalen, dass sich die Kollegen sogar darum reißen würden, den »Fall Thomas K.« zu übernehmen.

Wäre er nicht ein kompletter Idiot, wenn er jetzt nach Hamburg zurückkehren würde? Wenn er diese Frau hier sitzen ließ?

Ricarda Walde.

Sporttaucherin mit chilenischem Vater und indianischen Zügen.

Meeresbiologin und Ökoaktivistin.

Sie war doch so etwas wie sein letzter Coup gewesen.

Mondrian hatte sie bei einem spektakulären Fall um Anschläge auf die Atomindustrie kennengelernt. Hatte sie aus den Fängen des Verfassungsschutzes geholt, der sie zur »Terroristin« stempeln wollte. Hatte sie rumgekriegt, mit ihm durch die Welt zu tingeln, nachdem das Komplott im »magazine« enthüllt worden war. Und jetzt, drei Monate später, sollte er das alles aufgeben? Die toskanischen Morgen mit dem Duft von Espresso und Kräutern, die im Garten vor dem Schlafzimmer wuchsen? Den Blick über die verfallene Kapelle auf die Stoppelfelder in der Mittagshitze? Die lauen Abende in der Trattoria und die Nächte mit einem Violinkonzert von Bach im Ohr und einer Halbgöttin, deren athletische Figur in Carrara-Marmor gehauen gehörte?

»Ich fahre«, sagte Mondrian.

»Was …?« Ricarda brauchte einen Moment, um das zu begreifen, was sie gehört hatte. »Sag das noch mal!«

Aber er wusste nicht, was er noch sagen sollte. Weil sie es sowieso nicht verstanden hätte. Weil niemand begreifen würde, warum er bereit war, aus dem Paradies auszuziehen, um an einen grauen Schreibtisch in einer grauen Stadt zurückzukehren.

Sicher, ein Spezialist für die Leichtigkeit des Seins war er nie gewesen. Eher ein Grübler, der vieles hin und her wendete, während er sich an den wild wuchernden Augenbrauen oder den Bartstoppeln in den eingefallenen Wangen kratzte. Er hasste die Dauergrinser, die immer gut drauf waren. Er selbst, das musste er sich eingestehen, musste sich manchmal regelrecht Mühe geben, locker zu sein. Nicht etwa, dass er nicht abhängen konnte. Faule Tage verdösen. In der Hitze chillen, dem Sirren der Zikaden lauschen und das Gehirn auf Nulllinie schalten. Aber dann meldete sich diese Unruhe wieder.

Neugier.

Was für ein komisches Wort. Aber war das nicht wirklich eine Gier, die ihn trieb, die Sucht, immer vorn zu sein, am Puls der Zeit, zu wissen, was gerade vor sich ging, um den Lauf der Dinge zu verstehen?

»Du bist ja verrückt geworden«, stieß Ricarda wütend hervor, während ihre Augenlider zu zittern begannen. »Weißt du was? Deine Frau hatte recht, als sie von dir abgehauen ist und gesagt hat, dass du mehr an deinem Job hängst als ein Junkie an seiner verfluchten Spritze!«

»Nur ist mein Stoff besser«, erwiderte Mondrian, während er sich langsam über sie beugte, um ihr einen Kuss auf den Bauch zu geben. Auf eine Stelle tief unten, wo eine große Narbe nach einer Geschichte zurückgeblieben war, über die sie nie sprach. Nur ein einziges Mal hatte sie ihm davon erzählt.

Mit einem Ruck wandte sie sich ab und drehte ihm ihren Rücken zu.

»Merda, leck mich am Arsch«, murmelte sie leise, während sie sich auf der Liege ausstreckte und die Augen schloss.

Mondrian richtete sich auf. »Ich will erst mal nach einem Flieger schauen.«

3

Nein, so einen Himmel, so bleigrau und tief, hatte er eine Ewigkeit nicht mehr gesehen. Schon als die Maschine zum Landeanflug in die Wolkenbänke tauchte, zogen sich Tropfen schräg über die Kabinenfenster. Und kaum dass der Jet aufsetzte, flogen Gischtfetzen. Über die nasse Piste rollte er zu einem Gate am Terminal 2.

»Moin, moin, willkommen in Hamburch«, nuschelte der Taxifahrer, schätzungsweise ein Afghane, als Mondrian das Flughafengebäude verließ und im Nieselregen in den Wagen stieg.

Weil er keine Lust auf Small Talk über »Schietwetter« hatte, schob er sich die Earplugs in die Ohren, sobald sie in Richtung Hafen starteten.

»Goin' home« von den Stones. Bill Wymans pulsierender Bass, Keith Richards geschrubbte Riffs, Mick Jaggers dreckige Stimme.

»I'm goin' home, bome, bome, bome-bome-bome
home, bome, bome, bome, back home
Yes, I will …«

Kein schlechter Song, um zu einer alten Liebe zurückzukehren, dachte er, während sie durch die Straßen von Eppendorf glitten. Auch wenn es jetzt nicht um eine Frau ging, sondern um diesen Kasten aus Stahl, Glas und Hochmut, der schon von Weitem zu sehen war. Mit Leichtigkeit überragte der Media Tower die Speicherstadt mit ihren rotbraunen Backsteinkontoren, als sie sich der Elbe näherten und in die HafenCity einbogen. Dort schoss der glitzernde Gigant, in dem das »magazine« residierte, zwischen anderen Neubauten siebzehn Stockwerke in die Höhe.

Mondrian spürte, wie sein Puls schneller ging. Da war sie wieder, diese hektische, nervöse Medienmaschine, die rund um die Uhr lief, in der Menschen und Informationen aus allen

Ecken der Welt zusammenströmten. Nur zu gern kultivierten die Journalisten dort das Selbstbild, cool zu sein und cool zu bleiben, was immer auch geschah. Für Mondrian eine Fassade, mit der er nichts anfangen konnte. Sein Adrenalin schoss jedes Mal nach oben, wenn er sich diesem Kraftwerk am Elbufer näherte und das Verlagsgebäude betrat, um mit dem Lift in schwindelerregende Höhe über die Stadt zu fahren.

»Zurück in der Airport-Absteige?«, spottete ein Auslandsreporter, der ihm gleich im Foyer über den Weg lief.

Nicht nur dieser Kollege lästerte gern über den Neubau, der vor drei Jahren unweit des Kreuzfahrtterminals errichtet worden war. Auch andere fühlten sich darin wie in einem seelenlosen Hotel am Flughafen irgendeines arabischen Emirats, weil man in der hohen Innenhalle schmucklosen Beton und frei schwebende Lifte an nackten Kabeln sah. Für Mondrian war das die Arroganz von Vielfliegern mit zu vielen Bonusmeilen. Er mochte diesen Kasten mit seinen mächtigen metallischen Streben, der ihn an einen riesigen Stapel von Containern erinnerte, und er kam gern hierher zurück, auch wenn ihm bewusst war, dass Journalisten für viele Menschen draußen nicht mehr die Helden, sondern die Arschlöcher der Nation waren. Aber er wusste, dass er hier zu Hause war, und es fühlte sich gut an, als er im obersten Stockwerk aus dem Fahrstuhl stieg und mit schnellen Schritten zum Konferenzsaal ging.

Der Raum war halb abgedunkelt, das Elf-Uhr-Meeting hatte schon begonnen. Alle Augen waren auf das Foto eines brennenden Hochhauses gerichtet, das ein Beamer auf eine Bildwand über den Köpfen warf. Wie jeden Tag waren über hundert Reporter und Redakteure um einen mächtigen ovalen Tisch zusammengekommen, um über große Geschichten für das nächste Heft des »magazine« und schnelle Storys für die Onlineausgabe zu diskutieren. Den Auftakt dazu machten seit Kurzem die »Top Ten«: Ein Team von Bildspezialisten suchte regelmäßig die zehn aufregendsten Aufnahmen aus den letzten vierundzwanzig Stunden aus, um Impulse für das Brainstorming zu geben. Jetzt stieg auf der Projektionswand eine riesige Qualmwolke aus einem Wolkenkratzer, der in Flammen stand.

»Schöne Grüße von Ground Zero«, kommentierte der Mann am Beamer die Aufnahme, die gerade aus Shanghai eingetroffen war, »jetzt ist der Terror auch in China angekommen. Bisher über vierhundert Tote, sagen die Nachrichtenagenturen.«

»Und die Attentäter?«, fragte die Chefredakteurin, Vanessa von der Heyde, von der Stirnseite des ovalen Mahagonitisches, um den die Abteilungsleiter saßen.

»Wahrscheinlich Islamisten«, antwortete der Leiter des Auslandsressorts mit seiner jungenhaften Stimme, »werden immer gefährlicher für Peking. Ihr Vormarsch in Asien könnte auch für uns ein heißes Thema sein.«

»Genau wie der Krieg im Süden der Sahara«, sagte jemand von den Bildbeschaffern, als das nächste Foto an die Wand projiziert wurde. Es zeigte ein Autowrack in einem Sandkrater, aus dem ein zerfetzter Körper in einem Umhang herausragte. Neben dem verkohlten Wagen lagen offenbar Leichenteile.

»Drohneneinsatz mit Volltreffer«, erklärte ein Mitglied des Ressorts Spezielle Recherchen aus dem Halbdunkel, als würde er eine Gewinnzahl ansagen. »Bingo!«

»Und wie viele Zivilisten wurden dabei getroffen?«, meldete sich jemand empört aus der zweiten Reihe. »Wie viele Unbeteiligte?«

»Über Kollateralschäden«, kam die trockene Antwort, »existieren keine Erkenntnisse. Jedenfalls nicht offiziell.«

»Umso dringender, dass wir das recherchieren«, sagte die Chefredakteurin und gab ein Handzeichen für den nächsten Schuss.

Eisbärenbabys, ölverschmiert. Auf einer treibenden Scholle.

»So was ist das Ergebnis der sogenannten Probebohrungen in der Arktis«, sagte eine Stimme, die zu einer jungen Geologin aus dem Bereich Wissen und Forschung gehörte.

»Immer langsam«, warnte ein Bildredakteur, »das könnte auch ein Fake von einer Greenpeace-Aktion sein, die gegen Ölgewinnung am Pol protestiert.«

Weitere Klicks, und missgebildete Fische im Meer vor Fukushima waren zu sehen, die Hinrichtung einer angeblichen Ehebrecherin in Arabien, Kinderarbeit in einer Textilfabrik in

Bangladesch und die Leiche eines New Yorker Brokers, der sich nach dem letzten Kurssturz an der Wall Street von der Brooklyn Bridge in den Tod gestürzt hatte.

»Puh, alles Elend dieser Welt zusammen«, stöhnte Vanessa von der Heyde, als auch noch die zukünftige Alterspyramide Deutschlands gezeigt wurde: fette Balken bei Frauen und Männern über siebzig, achtzig, neunzig. »Gibt es denn gar nichts Positives? Etwas, das Lust aufs Leben macht?«

»Joho«, meldete der Leiter des Ressorts »Life and Style«, triumphierend, »wir haben drei holländische Girls aufgetan, die wirklich zum Anbeißen sind.« Auf einen Wink von ihm erschien eine Aufnahme von drei Mädchen mit runden Backen. »Die haben auf Facebook zu einer Massensause eingeladen. Motto: *fuck for free.*«

»Nee, bloß nicht«, rief eine nicht mehr ganz junge Autorin, die in Kolleginnenkreisen als Fan von Swingerpartys galt, »so 'n alter Käse! Sollen wir diesen Kids wirklich eine Bühne für ihre Spielchen geben?«

»Dann vielleicht dieser Hundertjährige, der sein Haus verließ.« Jemand aus der Abteilung »Sports and Adventure« gab dem Mann am Beamer ein Zeichen. Das Porträt eines faltigen Greises in Outdoorklamotten tauchte über den Köpfen auf. Auf dem nächsten Bild war sein Gesicht bedeckt von einer Sauerstoffmaske. »Der erste Mann dieses Alters, der den Everest bestiegen hat. Jedenfalls behauptet das seine Agentur.«

»Weil er ein Buch darüber machen will, hab ich recht? In Wirklichkeit haben ihn wahrscheinlich Sherpas in einem Sessel hochgetragen«, spöttelte die Chefredakteurin. Mit einem Knopfdruck ließ sie die Rollos an den riesigen Fensterscheiben hochfahren, und ihr fein geschnittenes Gesicht schälte sich aus dem Dunkel. Es erinnerte so verblüffend an die jüngere Catherine Deneuve, dass man meinen konnte, ein Double der französischen Schauspielerin aus früheren Jahren säße vorn im Raum.

Die ehemalige Leiterin des Moderessorts, wie immer extravagant und stilvoll gekleidet, hatte erst kürzlich den Chefposten von einem wuchtigen Alphatier männlichen Geschlechts übernommen. Nicht etwa wegen ihres blendenden Aussehens oder auf Druck der »Female First«-Gruppe im Verlag, die unbedingt Frauen in Top-Positionen hieven wollte. Vanessa besaß eine natürliche Autorität, die sie ständig ebenso umgab wie der Duft eines edlen Parfüms. Deshalb hatte man ihr eher zugetraut, die Hahnenkämpfe und Zickenkriege unter Kontrolle zu halten, die in der Redaktion ständig aufflammten. Jetzt blickte sie lächelnd in die Runde und sagte: »Bevor wir gleich über die neuesten Turbulenzen an den Finanzmärkten und die Politik in Berlin reden, die mal wieder gähnend langweilig ist ...«

»Moment mal, da bin ich ganz anderer Meinung!«, unterbrach sie Cornelius Riesling, der Leiter des Politikressorts, in beleidigtem Tonfall.

»... bevor wir also über die megaspannende Politik in unserer Hauptstadt streiten«, fuhr sie mit einem Blick auf das blasse Gesicht des überdimensional bebrillten Politikchefs fort, »möchte ich erst mal eines wissen.« Sie wandte sich Marc Rolfes zu, dem Leiter der Task-Force, die für Polizei und Justiz zuständig war. »Haben wir auch ein Foto von dem Mann, von dem du mir vorhin erzählt hast? Von diesem Mörder, der vielleicht bald entlassen wird?«

»Negativ«, antwortete Rolfes, der in der Redaktion den Spitznamen »Cop« trug, weil er intime Beziehungen zur Polizei pflegte. In seiner Freizeit war er dort häufig am Schießstand, wenn er nicht gerade im Gym des Media Tower seinen Sixpack trimmte. Und mit sarkastischem Unterton schob er hinterher: »Persönlichkeitsschutz. Als der Kerl vor Gericht stand, war er neunzehn. Schon damals durften wir nur ein gepixeltes Bild von ihm zeigen, auf dem er nicht wirklich zu erkennen war. Jetzt ist er neunundzwanzig, und soweit wir wissen, wurde seit Jahren kein Foto mehr von ihm gemacht.«

»Und wie ist der Stand jetzt?«

»Noch ist er im Knast«, sagte Rolfes und wandte sich an die große Runde, als er fragende Blicke bemerkte, »Thomas K., der Halloween-Killer, wie er von der Presse genannt wurde. Hat die dreizehnjährige Annika B. in ihrem Elternhaus zu Tode gemetzelt, während Vater und Mutter bei Freunden feierten.

Könnte gut sein, dass er demnächst aus Santa Fu rauskommt, weil die zehn Jahre rum sind, die er damals bekommen hat.«

»Nur zehn Jahre?«, rief jemand von hinten dazwischen.

»Ist es nicht ein Skandal«, fragte Hubert Birk, der Artdirector vorn am Tisch, »dass so einer überhaupt wieder auf die Menschheit losgelassen wird?« Seine blond getönten Haarsträhnen rutschten zur Seite, als er missbilligend den Kopf schüttelte.

»Wieso?«, wandte ein junger Grafiker in einem gestreiften Polohemd ein. »Wenn er seine Strafe abgesessen hat?«

»In wenigen Tagen«, bestätigte Rolfes und nickte grimmig.

»Das kann doch nicht wahr sein, dass so einer einfach freikommt«, empörte sich die Assistentin des Artdirectors mit einer schrillen Stimme, die fast überkippte, »in einer Zeit, in der immer mehr Verbrechen an Kindern passieren!«

»Täglich elf misshandelte und neununddreißig sexuell missbrauchte Mädchen und Jungen, laut Bundeskriminalamt«, verkündete Rolfes mit einem Blick auf ein Papier, das er aus einer Tasche hervorgekramt hatte, »jede Woche drei Fälle, bei denen ein Kind zu Tode kommt.«

»Aber gibt es nicht den altmodischen Grundsatz«, hielt ein ergrauter Kulturredakteur mit Strickjacke und pinkfarbener Fliege dagegen, »dass jeder eine zweite Chance verdient?«

»Stopp«, unterbrach Vanessa von der Heyde das einsetzende Gemurmel, »eines ist jedenfalls klar. Das kann der Aufreger der Woche werden. Bei Politik und Bevölkerung herrscht Alarmstufe Rot, wenn die Justiz so einen Mann laufen lässt.«

»Aber sollte der Halloween-Mörder nicht nach seiner Strafe in Sicherungsverwahrung genommen werden?«, fragte der Politikchef spitz und strich sich einen imaginären Fussel vom Anzug. »Ich meine, das hätte ich irgendwo gelesen.« Jeder im Raum wusste, dass der »Dozent«, wie Riesling wegen seiner altklugen und belehrenden Art genannt wurde, Rolfes nicht ausstehen konnte.

Und umgekehrt.

»Nun«, antwortete der »Cop« betont vage und fuhr sich über sein imposantes glatt geschorenes Haupt, »wir haben gewisse Hinweise, dass sich da bei der Justiz ein Problem anbahnt …«

»Hinweise? Welcher Art? Woher?«, insistierte Riesling und kaute auf seiner etwas altertümlichen Hornbrille.

»Das werde ich in dieser großen Runde kaum erläutern, Herr Kollege«, gab Rolfes zurück und grinste den Leiter des Politikressorts böse an. »Darum wird sich der Mann kümmern, der schon damals für uns eine Titelgeschichte über den Fall geschrieben hat.«

Er drehte sich um zu den Reihen hinten an der Tür, wo Mondrian gerade noch Platz gefunden hatte.

»Jemand, der ein bisschen eigenwillig ist, um es vorsichtig zu sagen …«

Erste Lacher.

»… unser *Lone Wolf* …«

Noch mehr Lacher.

»… eben eingeflogen aus dem Land der Mafia, weil ich ihm ein Angebot gemacht habe, das er nicht ablehnen konnte.«

Der »Cop« streckte seinen rechten Arm samt Zeigefinger aus und tat so, als würde er mit einer Pistole auf Mondrian zielen.

»Willkommen zurück, Jonas, freut mich, dass du wieder an Bord bist.«

Irgendwo begann jemand leise zu klatschen, und andere folgten.

Mondrian spürte, wie sich die Blicke auf ihn richteten. Bei seinem Eintreffen hatten ihm ein paar Freunde im Halbdunkel zugewinkt. Jetzt, im hellen Licht, kam es ihm vor, als würden alle auf seinen sommerlichen Leinenanzug starren, der wie üblich ziemlich zerknittert wirkte.

»Mensch, ist dir nicht peinlich, wie du aussiehst?«, fragte Vanessa von der Heyde. Und verzog dann ihren dezent geschminkten Mund zu einem breiten Grinsen. »Du bist ja brauner geworden, als die Polizei erlaubt.«

»Halb so schlimm«, antwortete Mondrian, »wird schon wieder nach ein paar Tagen in der norddeutschen Tiefebene.«

»Bloß nicht«, feixte Bruno Wunder, sein engster Vertrauter im Ressort, »ist doch ’ne prima Tarnfarbe. Damit können wir dich ab sofort besser für Recherchen unter albanischen Killern einsetzen.«

»Jetzt ist erst mal die Drecksau vor unserer Tür dran, der Herr K.«, unterbrach ihn Rolfes und gab Mondrian ein Zeichen. »Komm mal eben mit raus.«

Er trat mit ihm auf den Flur und zog die Tür hinter sich zu. »Ich hab dir eine vertrauliche Mail weitergeleitet, die heute Morgen von meiner Quelle gekommen ist. Schau dir das doch gleich mal an«, sagte er leise, bevor er wieder im Konferenzraum verschwand.

Mondrian stieg die Treppe zu seinem Büro hinunter, das im fünfzehnten Stock lag, schloss die Tür auf, warf einen Blick in den hellgrau gestrichenen Raum, in dem ihn zwei Cracksüchtige, ein Rocker und der Boss einer Jugendgang begrüßten: Porträts von seinen Reportagen, die mit Magneten an die Wand geklemmt waren. Auf dem Schreibtisch lag eine neue Ausgabe der »Kriminalistik«, der Fachzeitschrift für Kripobeamte, mit Artikeln über Spurensuche und Profiling, die jemand vor Kurzem für ihn dort hingelegt haben musste, daneben eine frische Einladung zu einer Tagung mit Staatsanwälten und Richtern. Sonst sah alles unverändert aus. Tabula rasa, wie er das liebte. Keine Papierstapel, die den Kopf zumüllten.

Als hätten sie auf dich gewartet, dachte er.

Er trat für einen Moment an das bodentiefe Fenster, aus dem man wie ein Adler auf das silbern schimmernde Band der Elbe und den Hafen hinunterschauen konnte. Dann setzte er sich an seinen Computer, atmete tief durch und drückte die Starttaste.

Er fühlte ein leichtes Kribbeln, als der vertraute Akkord erklang.

Home, Jonas, back home.

Der Jäger ist zurück in seinem Revier.

Er hatte genau tausendvierhundertsiebenunddreißig Eingänge auf seiner magazine.de-Adresse, aber jetzt interessierte ihn nur ein einziger. Die weitergeleitete Mail von Rolfes, die er mit einem Klick öffnete.

»Betreff: halloween-killer, hintergrund
thomas k. hat einen neuen rechtsverdreher: eine frau, auch noch

eine blondine. laut kontakt bei der justiz plant sie eine überraschung vor gericht. soll abgezockt sein, viel glück.
name: KIRSCHNER. vorname: ZOE.
PS: burn after reading«

Mondrian schob die Mail in den Papierkorb und leerte ihn.

4

Sie war keine Frau, die etwas dem Zufall überließ. Schon gar nicht, was ihr Äußeres anging. Gleich morgens war sie bei der Kosmetikerin gewesen, um ihrem ebenmäßigen Gesicht den perfekten Teint zu geben und eine winzige Narbe an der Wange zu überschminken. Der ungewöhnlich helle Ton, »Sand« mit einem Hauch von Weiß, sollte auffällig mit dem Rubinrot kontrastieren, das sie später mit Gloss auf ihre Lippen auftragen wollte. Nachher würde die Friseurin auch noch den dicht gewachsenen aschblonden Haaren neuen Glanz verleihen und sie so legen, dass sie in einem kühnen Schwung über die linke Schulter fielen. Das passte gut zu ihrem Typ, fand sie: »Mit deiner Länge und Figur hättest du für Helmut Newton Modell stehen können«, hatte ein angesäuselter Modefotograf ihr mal auf einem Empfang geschmeichelt, während er offensichtlich dabei gewesen war, sie mit seinen lüsternen Blicken auszuziehen.

Natürlich wusste Zoe Kirschner, dass viele Männer sie nur auf das eine reduzierten, diesen in jeder Hinsicht großzügigen Körper, mit dem sie gesegnet war. *So what?* Ihr machte das nichts aus, im Gegenteil. Sie hatte längst beschlossen, ihr Äußeres als Waffe einzusetzen, wenn ihr das nutzen konnte. Schon als Studentin der Rechtswissenschaft in Marburg hatte sie in Seminaren und Prüfungen gelernt, welche Wirkung sie auf nervöse männliche Dozenten ausübte. Und jetzt amüsierte sie sich innerlich immer wieder über Geschlechtsgenossinnen, die über lästige Männerblicke klagten – noch mehr allerdings über Männer, die sich *politisch korrekt* diesem Lamento anschlossen. Solche hilflosen Annäherungsversuche empfand sie eher als Komplimente, über die sie heimlich schmunzeln konnte. Warum sollte sie nicht stolz darauf sein?

Gerade in den staubtrockenen Fluren der Gerichte, das hatte sie als junge Anwältin gleich erfahren, drehten sich die Köpfe schnell nach einer Frau um, die auch auf dem Laufsteg hätte arbeiten können. Dabei galt in den heiligen Hallen der Justiz ja eigentlich das Gesetz der Zurückhaltung. Etikette. Distanz. Deswegen hatte sie für ihre ersten Termine beim Amtsgericht vor sechs Wochen extra ein zurückhaltendes Kostüm zu einer hochgeschlossenen weißen Bluse gewählt. Und auch heute trug sie die anthrazitfarbene Jacke und den Bleistiftrock, als sie soeben von zwei Verhandlungen zurückkehrte, einem Mietstreit und einem Verkehrsvergehen, Kleinkram, der zum neuen Job dazugehörte und rasch erledigt war.

Aber jetzt wollte sie sich noch einmal auf ihren ersten großen Fall vorbereiten, zu dem sie morgen ins Kriminalgericht geladen war. Das kann der Durchbruch für deine Karriere werden, dachte sie, während sie in ihrer neuen Kanzlei saß, die sie erst vor wenigen Tagen nahe der Binnenalster bezogen hatte. Colonnaden, eine der besten Adressen Hamburgs, weißes Gebäude mit Säulenelementen und reichlich Stuck. Fast ihre ganze Erbschaft hatte sie in das kleine Büro im dritten Stock gesteckt, nur eine Hilfskraft für den Empfang konnte sie sich noch nicht leisten. Deswegen hob sie seufzend den Blick von den Akten auf ihrem Arbeitstisch und stand selbst auf, als es zum dritten Mal klingelte. Offenbar jemand, der so lange nerven würde, bis sie aufgab. Sie schlängelte sich durch Umzugskartons, die noch ungeöffnet neben den provisorischen Regalen herumstanden, und öffnete die Tür.

Ein mittelgroßer Mann, der ihr direkt in die Augen blickte. In dem schmalen Gesicht mit kantigen Zügen einer dieser Vier- oder Fünftagebärte, die sie ziemlich furchtbar und längst unmodisch fand. Dunkelblonde, zu lange Haare mit ersten silbergrauen Strähnen, die hinter die Ohren gestrichen waren, um sie halbwegs zu bändigen. Könnte ein nicht mehr ganz taufrischer Typ aus der Kunstszene sein, der nicht gerade vom Erfolg verwöhnt wurde, irgendwo um die fünfzig vielleicht, schätzte sie, während ihr Blick das leicht ausgebleichte Sakko und die natürlich gealterten Jeans taxierte. Trotz allem, musste sie zugeben, sah der Kerl gut aus.

»… 'n Tag«, sagte er mit einer etwas zerkratzten Stimme und räusperte sich, »ich würde gern mit Frau Kirschner sprechen.«

»Das tun Sie bereits.«

»Ach, ich dachte …«

»… dass Sie mit der Sekretärin reden? Tut mir leid, so etwas gibt es hier noch nicht. Ich bin Zoe Kirschner. Haben Sie auch einen Namen, den ich erfahren darf?«

»Jonas Mondrian«, sagte der Mann leicht perplex. Die senkrechten Falten an seinen Mundwinkeln verschwanden, als er ein gewinnendes Lächeln versuchte. »Ich bin vom ›magazine‹ …«

»… und Sie meinen, dass die Weltpresse natürlich keine Voranmeldung für einen Termin braucht?«

»Sorry, aber ich habe Sie telefonisch einfach nicht erreicht.«

Zoe Kirschner lächelte spöttisch zurück. War das die Lüge, die alle Journalisten benutzten? So etwas hatte sie mal gelesen. Sie fielen lieber gleich ins Haus, um bei Anrufen nicht abgewimmelt zu werden. »Wenn Sie schon hier sind, kommen Sie eben herein.«

Sie führte ihn durch den frisch gestrichenen Flur in ihr Arbeitszimmer, das gleichfalls noch nach Farbe roch. Mit einer eleganten Handbewegung deutete sie auf einen hellgrauen Designersessel, der ihrem Schreibtisch gegenüberstand. Auf der Glasplatte, makellos poliert, lagen nicht nur aufgeschlagene juristische Fachzeitschriften, sondern auch ein Fitnessmagazin, unter dem Karten für den nächsten Boxkampf mit einem Schwergewicht aus der Ukraine hervorlugten.

Betont aufrecht setzte sie sich dahinter. »Und was ist nun der Grund für diesen Überfall?«

»Das haben Sie bestimmt längst erraten«, sagte der Mann, während er sich schräg in das Polster sinken ließ. »Ich möchte mit Ihnen über einen bestimmten Mandanten reden. Vertraulich.«

»Ist Ihnen klar, dass ich das gar nicht darf? Anwaltsgeheimnis.«

»Ach, kommen Sie. Soll ich Ihnen erst mein Journalistengeheimnis verraten? Ich weiß, dass Sie Thomas Kern vertreten. Ich weiß, dass Sie ihn aus dem Knast rausholen und die Sicherungsverwahrung für ihn abwenden möchten …«

Er wartete einen Moment, aber sie widersprach nicht.

»… und ich würde gern eine Ahnung davon kriegen, wie Sie das anstellen wollen.«

Zoe Kirschner hob die sorgfältig gezupften Augenbrauen. »Warum sollte ich Ihnen das sagen?«

»Weil ich dann einen Vorbericht darüber auf magazine.de publizieren könnte«, antwortete der Mann und blickte sie vielsagend an. »In dem natürlich auch Ihr Name vorkäme. Hat noch nie einer jungen Anwältin geschadet, wenn sie in den Medien erwähnt wird.«

So also möchtest du mich ködern, schoss es Zoe Kirschner durch den Kopf. Hinter vorgehaltener Hand hatte sie von älteren Kollegen davon schon gehört: Informationen gegen Publicity, das war der Deal, den viele Verteidiger mit Journalisten abschlossen. Glaubt dieser Kerl wirklich, dass ich so leicht käuflich bin?

»Besten Dank für das Angebot«, antwortete sie und verzog keine Miene. »Aber weshalb sollte ich gerade mit einem Reporter kooperieren, der bisher ganz einseitig über den Fall berichtet hat?«

»Dann haben Sie also gelesen, was ich vor zehn Jahren darüber im ›magazine‹ geschrieben habe?«

»Davon können Sie ausgehen.« Sie stützte ihre Ellbogen auf den Schreibtisch und verschränkte die Hände. »So wie ich alles nachgelesen habe, was bis heute über meinen Mandanten erschienen ist. In Ihrem Bericht sind damals nur Annikas Eltern zu Wort gekommen – leider. Thomas Kern fand darin überhaupt nicht statt.«

»Das lag daran, dass sein damaliger Verteidiger alle Anfragen abgeblockt hat«, versuchte Mondrian zu erklären.

Aber Zoe Kirschner ließ sich nicht beirren. »Trotzdem war es fahrlässig, den Fall nur von einer Seite zu sehen. Sie sollten sich mit dem Gedanken anfreunden, dass mein Mandant keineswegs bloß das Monster ist, zu dem ihn alle Medien gemacht haben …«

»… sondern ein fast normaler junger Mann, der leider im Suff mal die Realität mit einem Killerspiel am Computer verwechselt hat?«

Zoe Kirschner stand ruckartig auf. Sie schüttelte so heftig den Kopf, dass ihre Haare schwangen. »Warten Sie es ab! Kommen Sie morgen früh ins Kriminalgericht, Saal 243.«

Ihr Handy klingelte. Sie griff danach, schaute kurz auf das Display und stand auf.

»Sind wir dann fertig?«, fragte sie spitz und ging in den Nebenraum.

Jonas Mondrian holte tief Luft. Missmutig beobachtete er, wie hundertzweiundachtzig Zentimeter Hochglanz-Beauty aus dem Zimmer stöckelten, um hinter der angelehnten Tür zu telefonieren.

Verflucht, bisher nicht gut gelaufen.

Wie ein blutiger Anfänger hast du dich aufgeführt, musste er sich eingestehen. Du hättest wenigstens mal im Internet recherchieren können, wie diese Dame aussieht. Dann hättest du dir die peinliche Szene bei der Begrüßung erspart. Und auch sonst hast du mit deinem Recherche-Lächeln bei ihr bisher nichts erreicht.

Wütend auf sich selbst ließ Mondrian so schnell wie möglich seine Augen über ihren Schreibtisch wandern, während er ihre gesenkte Stimme von nebenan hörte. Ein Stoß Akten. Die oberste aufgeschlagen. Über Kopf las er: »Forensisch-psychiatrische Begutachtung«. An vielen Seiten hafteten gelbe Klebezettel, voll mit Fragezeichen und Notizen. Aber noch bevor er Einzelheiten erkennen konnte, bekam er mit, wie Zoe Kirschner leise im Nebenraum sagte: »… bis gleich also.«

Mit entschlossenen Schritten kam sie zurück in ihr Büro.

»Ich muss leider fort.«

»Nur eines noch«, sagte Mondrian, während er sich langsam erhob. Er schaute sie direkt an und fragte: »Warum vertreten Sie überhaupt jemanden wie Kern?«

Sie hielt seinem Blick mühelos stand. »Weshalb nicht?«

»Ich kenne Rechtsanwältinnen, die Männer unter keinen Umständen verteidigen würden, wenn sie ein Kind getötet oder eine Frau vergewaltigt haben«, sagte Mondrian, »aus Prinzip nicht. Weil sie Frauen sind.«

»Ich finde, dass jeder ein Recht auf anwaltliche Hilfe hat«, erwiderte Zoe Kirschner scharf. Und lächelte dann leicht. »Selbst Sie, wenn Sie mal wieder jemanden hingerichtet haben. Journalistisch, meine ich natürlich.«

Sie hielt die Tür auf und streckte zum Abschied ihre perfekt gepflegte Hand aus.

Ein Rausschmiss erster Klasse, dachte Mondrian, während er die Treppen hinunterstieg.

Sobald er auf der Straße angekommen war, drückte er sich in den schräg gegenüberliegenden Ladeneingang und starrte in das Schaufenster, als würde er die überteuerten Herrenanzüge in der Auslage studieren. Er brauchte nicht lange zu warten. Die blank geputzte Scheibe spiegelte, wie Zoe Kirschner aus dem Haus mit ihrer Kanzlei trat. Ihm fiel sofort auf, dass sie jetzt die Lippen geschminkt hatte. Im Gedränge der Passanten eilte sie zur Esplanade. Dort wartete ein Jaguar XJ6 mit laufendem Motor am Straßenrand.

Mondrian sah, wie sie einstieg und den Arm um den Fahrer legte. Dann gab sie dem Mann mit auffallend weißem Schnäuzer einen Kuss.

Während der grüne Wagen in Richtung Alsterbrücken davonrauschte, konnte Mondrian gerade noch das Heck erkennen.

Hamburger Kennzeichen.

Aufkleber von Sylt.

5

Der Wagen fiel ihm sofort auf, als er von Planten un Blomen herübergelaufen kam und sich dem Strafjustizgebäude näherte.

Jaguar XJ6, Hamburger Kennzeichen, Aufkleber von Sylt.

Und voll im Halteverbot.

Die Luxuskarosse parkte fast direkt vor dem protzigen Gerichtspalast am Sievekingplatz, wo die Besucher am Eingang Schlange standen. Auf der Treppe zur turmgekrönten Pforte warteten sie ungeduldig auf ihre Kontrolle, während Mondrian mit seinem Presseausweis einen Seiteneinlass passieren durfte. Er musste sein Handy abgeben, bevor Justizbeamte ihn durch einen Metallscanner schickten und auf Waffen untersuchten. Über die wuchtigen Steintreppen stieg er nach oben, bis er den Saal 243 erreichte, vor dem bereits eine Menschentraube stand. Er zwängte sich durch und erwischte drinnen noch gerade einen freien Platz auf der Reporterbank. Als er seine Augen durch den holzgetäfelten Saal wandern ließ, wusste er sofort, wem der Sportwagen gehörte. Der Mann mit dem weißen Schnäuzer saß an dem Tisch, der für die Gutachter bestimmt war, die Krawatte gelockert, das Sakko blau-weiß gestreift. »Dr. Vincent Urban« stand auf seinem Namensschild.

Während immer mehr Zuschauer in den Saal drängten und tuschelnd auf den Beginn der Verhandlung warteten, registrierte Mondrian, dass der Schnäuzer nicht mal hochschaute, als Zoe Kirschner auf High Heels hereinstolziert kam und sich die schwarze Robe überwarf. Keine Begrüßung, kein Lächeln, nicht mal ein Nicken mit dem Kopf. Stattdessen starrte er weiter konzentriert in seine Unterlagen und gönnte auch seinem Tischnachbarn keinen Blick. Der schmächtige Mittfünfziger, der hinter dem Schild »Klaus-Michael Ahldorff« saß, trug eine leuchtend rote Fliege. Sie passte so schlecht zu seinem karierten Anzug, dass Mondrian sich unwillkürlich fragte, ob er damit von seinem auffällig blassen Gesicht ablenken wollte. Er folgte seinen unruhigen Augen und sah, wie eine Seitentür aufging und zwei

Justizbeamte erschienen. Sie führten einen mit Handschellen gefesselten Mann herein.

Einen Mann? Nein, noch längst nicht, dachte Mondrian sofort, als er Thomas Kern in seiner Häftlingskluft erblickte. Immer wieder hatte er sich auszumalen versucht, wie Annikas Mörder heute wohl aussehen mochte. Beim Prozess vor zehn Jahren hatte er ihn nur kurz zu Gesicht bekommen. Der Neunzehnjährige hatte auf Anraten seines Verteidigers eisern geschwiegen und versucht, hinter Aktenordnern in Deckung zu gehen. Aber schon damals waren Mondrian seine eisblauen Augen aufgefallen, Augen, wie er sie noch nie gesehen hatte. Sie stachen fast unnatürlich hervor aus einem Gesicht, das sonst blass und unauffällig wirkte. Mondrian hatte vermutet, dass es durch die lange Zeit hinter Gittern gealtert sein müsste, dass es Kanten und Falten bekommen haben müsste. Doch von solchen Jahresringen keine Spur.

Fast erschrak Mondrian, als er das Milchgesicht betrachtete, das jetzt fünf Meter vor ihm saß und zu einem Neunundzwanzigjährigen gehörte. Immer noch Stupsnase. Pickel. Weicher Flaum lag über der Oberlippe, die strohblonden Haare waren zentimeterkurz geschoren. Die schmächtige Gestalt in tief hängenden Jeans stand in groteskem Kontrast zu den Muskeln an den Oberarmen, die unter dem engen grauen T-Shirt spannten. Offenbar hatte Kern unzählige Stunden im Kraftraum von Santa Fu verbracht, um sich wenigstens äußerlich Stärke anzutrainieren. Er lächelte unsicher, während ihm die Fesseln abgenommen wurden, und blätterte nervös in einem Ordner, den ihm Zoe Kirschner hinübergeschoben hatte. Einen Moment schaute er mit seinen leuchtend blauen Augen hoch in die Zuschauermenge, aber dann kniff er die Lider wie von irgendwas geblendet zu einem Strich zusammen. Er stand sofort auf, als die Tür des Richterzimmers aufging und drei Robenträger hereinmarschierten.

»Bitte nehmen Sie Platz«, sagte der Vorsitzende, ein älterer Glatzenträger mit rundem Schädel, und ließ seinen schweren Körper in einen Sessel hinter der Richterbank sinken. Er blickte zu Thomas Kern und sagte: »Wissen Sie, warum Sie heute hier vorgeführt wurden?«

Keine Reaktion.

»Wissen Sie, worüber wir jetzt verhandeln werden?«

Keine Reaktion.

Gerunzelte Stirn unter der Glatze. »Herr Kern, ist Ihnen klar, dass der Staatsanwalt beantragt hat, Sie hier bei uns zu behalten und in Sicherungsverwahrung zu nehmen? Weil er fürchtet, dass Sie erneut schwere Straftaten begehen?«

Zoe Kirschner erhob sich und warf die Haare mit einer schwungvollen Kopfbewegung nach hinten. »Herr Vorsitzender, ich habe meinem Mandanten alles ausführlich erklärt. Und ihm geraten, sämtliche Erklärungen mir zu überlassen. Er weiß, dass es um seine angebliche Gefährlichkeit geht …«

»… um seine reale Gefährlichkeit«, unterbrach sie Staatsanwalt Horst Prokop. Der drahtige Mittvierziger mit schwarzen gegelten Haaren, der wie immer einen weißen Schlips zum weißen Hemd trug, als wäre das seine Dienstuniform, schaute herausfordernd zu ihr hoch. »Dass er keinesfalls harmlos ist, hat ein Gutachten zweifelsfrei festgestellt.«

»Gedulden Sie sich einen Moment, Herr Kollege«, fuhr Zoe Kirschner mit einem giftigen Seitenblick auf ihn fort, »zu diesem Gutachten werde ich noch früher kommen, als Ihnen lieb ist.«

»Also gut, Frau Rechtsanwältin«, sagte der Vorsitzende, »dann ist Ihrem Mandanten bewusst, dass es hier nicht mehr um den Mord an Annika, sondern um Prognosen zu seinem künftigen Verhalten geht?«

»Allerdings, Herr Vorsitzender. Ich habe ihm erläutert, dass zwei forensische Sachverständige beauftragt wurden, seine Psyche zu untersuchen und Stellungnahmen abzugeben. Und dass eine dieser Beurteilungen äußerst negativ für ihn ist. Sie kommt zu dem Ergebnis, dass er auch künftig eine hochgradige Gefahr für die Allgemeinheit darstelle, weil er an einer tief greifenden multiplen Persönlichkeitsstörung leide. Nur ist diese Prognose völlig unbrauchbar.«

Zoe Kirschner drehte sich zum Tisch der Sachverständigen und hob ihre Stimme.

»Ich beantrage, den Gutachter Klaus-Michael Ahldorff von

seinen Pflichten zu entbinden. Ich beantrage außerdem, die Vergütung für seine Tätigkeit auf null Euro festzusetzen.«

Es dauerte einen Moment, bis ein leises Raunen durch den Saal ging.

Das Gesicht über der roten Fliege lief rot an. »Das ist ja eine Unver…«

»Moment mal«, ging der Vorsitzende dazwischen, »ich bitte um Ruhe!« Er wandte sich der Verteidigerin zu und sagte: »Haben Sie auch eine Begründung für diesen … ähm … ungewöhnlichen Schritt?«

Zoe Kirschner richtete sich zu ihrer voller Länge auf. »Selbstverständlich, Herr Vorsitzender. Herr Ahldorff ist zwar von Beruf Facharzt für Neurologie und Psychiatrie. In seinem Gutachten wimmelt es nur so von Begriffen wie Ich-Schwäche, Gefühlsdefizite, emotionale Instabilität, schizoide Persönlichkeitszüge und so weiter. Aber das sind alles nur pure Behauptungen, nichts weiter. Denn er hat meinen Mandanten persönlich gar nicht untersucht.«

»Aber Sie wissen doch selbst, dass Herr Kern einen Besuch von mir in der Haftanstalt abgelehnt hat«, warf Ahldorff empört dazwischen, »er hat mich abgewiesen, als ich dort aufgetaucht bin, um ihn zu explorieren.«

»Sein gutes Recht«, entgegnete Zoe Kirschner, »niemand kann ihn dazu zwingen. Aber das gibt Ihnen noch längst nicht das Recht, einfach irgendwelche Aussagen zu übernehmen, die Sie woanders über ihn gefunden haben. Stimmt es, dass Sie nur schriftliches Material für Ihre Expertise zur Verfügung hatten?«

»Ja, das war leider so«, räumte Ahldorff ein.

»Stimmt es auch, dass Sie manche Passagen wörtlich daraus abgeschrieben haben? Einschätzungen von Vollzugsbediensteten, die über keine psychiatrischen Fachkenntnisse verfügen? Diagnosen von Anstaltspsychologen, die vor Jahren erstellt wurden?«

»So etwas einfließen zu lassen ist nicht unüblich, wenn man keine persönliche Untersuchung machen kann.«

»Aber Sie wissen, wie man das neudeutsch nennt?« Zoe Kirschner trat einen Schritt auf ihn zu. »*Copy and paste.* Und Sie haben nicht nur fremde Aussagen aus den Akten abgekupfert, sondern darüber hinaus ganze Passagen aus Fachbüchern geklaut.«

»Wo? Was?« Der Mann mit der Fliege blätterte hektisch in seinen Papieren. »Ich habe halt auch allgemeine Ausführungen aus Werken bekannter Psychiater zitiert.«

»Die gar keine Relevanz für unseren Fall haben?«

»Nun ja, nicht unbedingt. Die habe ich so übernommen, ohne das jetzt im konkreten Fall vertiefen zu wollen …«

»… und damit haben Sie Ihr sogenanntes Gutachten gefüllt. Was gerade mal achtundzwanzig Seiten umfasst. Wissen Sie, wie viele Seiten üblicherweise eine solche kriminalprognostische Begutachtung hat?«

»Also, da gibt es keine festen Regeln. Das kann ich nicht sagen …«

»Dann wollen wir mal den Herrn neben Ihnen fragen. Was würden Sie sagen, Herr Dr. Urban?«

Der Mann mit dem Schnäuzer räusperte sich kurz, vermied aber immer noch jeden Blickkontakt mit der Anwältin. »Über hundert Seiten. Das wäre normal.«

»Und ist es richtig, Herr Dr. Urban«, sprach ihn Zoe Kirschner weiter an, »dass eine solche Begutachtung üblicherweise eine ganze Reihe von Untersuchungen enthält? Psychologische Tests, mit denen Ängste und Aggressionen enthüllt werden sollen? Ganze Kataloge mit Fragen zur Kindheit, zur Schulzeit, zu Krankheiten und Auffälligkeiten während der Haftzeit? Dazu Berechnungen des Rückfallrisikos, die sogar auf Statistiken aus den USA basieren?«

»Aber ich habe doch auch einen Test verwendet«, warf Ahldorff ein.

»Aber nur einen einzigen, dazu noch einen veralteten, Herr Kollege«, platzte es aus Dr. Vincent Urban heraus. Er drehte sich frontal zu seinem Nebenmann. »Sie haben eine Checkliste genommen, die längst überholt ist. Das hätten Sie aus den Fachzeitschriften entnehmen können, die den Stand der Wissenschaft wiedergeben.«

Der Vorsitzende schob seinen massigen Körper auf dem Sessel unruhig hin und her und knetete seine wulstigen Hände. »Kann es sein, Herr Ahldorff, dass Sie da etwas nicht mitbekommen haben?«

»Nun, so was passiert schon mal in einem so komplizierten Sachgebiet«, antwortete der Mann mit der Fliege, der langsam hinter dem Tisch zusammenzuschrumpfen schien. »Ich war damals so unter Druck …«

»Unter Zeitdruck?«, mischte sich Zoe Kirschner erneut ein.

»Ja, genau.«

»Oder vielleicht unter einem anderen Druck?«

»Warum schauen Sie mich so an? Ich weiß nicht, was Sie meinen, Frau Anwältin.«

»Dann will ich Ihnen auf die Sprünge helfen«, sagte Zoe Kirschner. »Die Staatsanwaltschaft hat Ihnen nachdrücklich nahegelegt, dass Sie meinen Mandanten in Ihrem Gutachten weiter als brandgefährlich einstufen.«

»Unsinn! Woher haben Sie denn diesen Quatsch?«, fuhr Staatsanwalt Prokop dazwischen.

»Vorsicht, Herr Prokop.« Zoe Kirschner hob ein Blatt hoch und ging nach vorn, um es auf den Richtertisch zu legen. »Das ist eine eidesstattliche Versicherung von Herrn Dr. Urban. Er erklärt darin, dass ihn vor einiger Zeit ein gewisser Staatsanwalt angerufen und gesagt habe, wenn er an weiteren Aufträgen vonseiten der Anklagebehörde interessiert sei, müsse er bei einem gefährlichen Kinderkiller wie Kern natürlich auch zu einem entsprechenden Ergebnis gelangen … Kommt Ihnen das bekannt vor, Herr Prokop?«

»Ich weiß nicht«, stotterte der Staatsanwalt, »ich kann mich nicht erinnern, so etwas …«

»Aber Herr Urban kann sich sehr gut erinnern, dass Sie damals der Anrufer waren.«

»Wollen Sie dazu eine Erklärung abgeben, Herr Staatsanwalt?«, fragte der Vorsitzende scharf.

»Im Moment nicht, ich möchte erst mal Rücksprache halten …«

»So lange werden wir nicht warten.« Die Stimme von der Richterbank klang immer genervter. »Sondern jetzt Herrn Urban nach seinem Ergebnis fragen.« Der große Schädel mit der

Glatze wandte sich wieder zum Gutachtertisch. »Herr Dr. Urban, Sie haben Kern persönlich gesprochen und untersucht?«

»Ja, an zwei Tagen. Und selbst mit einer ganzen Reihe von Testinstrumenten habe ich kein eindeutiges Ergebnis gefunden, Herr Vorsitzender, im Gegensatz zu meinem Kollegen.« Urban konnte sich einen weiteren abschätzigen Seitenblick zu Ahldorff nicht verkneifen. »Sicher, bei Thomas Kern gibt es deutliche Gefühlsdefizite und Verhaltensstörungen, erklärbar durch wiederholte Traumatisierungen. Immerhin ist er von seiner leiblichen Mutter getrennt worden, hat als Kind auch seinen Adoptivvater verloren und dann massive Konflikte mit seiner Adoptivmutter gehabt. Das Ergebnis war eine Flucht in Phantasiewelten, unter anderem durch Konsum von Horrorfilmen. Es liegt unzweifelhaft eine massive Reifeverzögerung vor, die noch durch weitere Faktoren gefördert wurde …«

»Wodurch?«, hakte der Vorsitzende nach.

»Unter anderem durch Alkohol- und Barbituratmissbrauch. Die Adoptivmutter hat ihm phasenweise von ihren eigenen Medikamenten gegeben und auch frühes Trinken toleriert. Mindestens.«

Als der Vorsitzende die Augenbrauen hob, fügte Urban hinzu: »Es gibt keinen Zweifel, dass Kern schon in jungen Jahren zu Hause Zugang zu allen möglichen Alkoholika hatte. Aber er hat keineswegs eine krankhafte Hirnschädigung. Im Gegenteil. Er besitzt einen verblüffend hohen IQ. Und für die Prognose ist wichtig, dass er seine Tat rückhaltlos eingeräumt hat. Während der Haft hat er sich gut geführt …«

»Ach, das ist doch nur Bluff!«, warf Prokop dazwischen.

»… und vor allem, er war therapiewillig«, fuhr Urban fort, ohne sich irritieren zu lassen.

»Das bedeutet?«, fragte der Vorsitzende.

»Dass ich zwar eine erhebliche Persönlichkeitsstörung, aber keine hochgradige Gefahr für weitere schwerste Straftaten feststellen kann.«

Der Mann mit dem Schnäuzer lehnte sich zurück und schaute auf einen imaginären Punkt über der Richterbank. »Allerdings muss man wissen, die Seele eines Menschen ist nie schwarz oder weiß, da gibt es eine riesige Grauzone zwischen krank und gesund …«

»Aber wir Richter müssen Ja oder Nein sagen«, unterbrach ihn der Vorsitzende, »wir müssen entscheiden, ob der Mann seine Zukunft weiter hinter Gittern verbringen soll.«

»Nun, ich bin kein Hellseher, Herr Vorsitzender.« Der Schnäuzer wurde von einem angedeuteten Lächeln verzogen. »Dennoch, ich würde eine Entlassung Kerns in die Freiheit probieren, unter strengen Auflagen natürlich.«

»Diese tickende Zeitbombe soll raus? Auf unschuldige Menschen losgelassen werden?« Prokops Stimme überschlug sich fast vor Empörung.

»Warten Sie es ab, Herr Staatsanwalt. Das Gericht wird noch heute einen Beschluss verkünden«, erklärte der Vorsitzende, während er sich mit den Beisitzern erhob, um zum Beratungszimmer zu gehen. »Und Sie, Herr Ahldorff, wollen wir in diesem Saal nicht mehr sehen.«

»Gratuliere, Frau Rechtsanwältin.«

Jonas Mondrian war nach vorn zu Zoe Kirschner getreten. Zusammen mit ihr beobachtete er, wie der Gutachter mit der Fliege durch die gedrängten Zuschauer aus dem Saal flüchtete, den Kopf gesenkt. Während er ihm nachschaute, sagte er zu der Anwältin: »Der konnte einem ja richtig leidtun. Ich dachte, öffentliche Hinrichtungen wären in Deutschland längst abgeschafft.«

»Wieso? Ich hab nur meinen Job gemacht«, sagte Zoe Kirschner mit einem Anflug von Koketterie in der Stimme.

»Gehörte die gestrige Spazierfahrt mit dem Jaguar auch dazu? Ihr hervorragender Kontakt zu dem Fahrer, der zur Begrüßung einen Kuss geschenkt bekam?«

»Haben Sie mir nachspioniert?« Ein Hauch von Rot huschte über ihr Gesicht.

»Ich hab nur meinen Job gemacht«, imitierte Mondrian sie grinsend. »Recherche. Und ich fand es schon pikant, dass eine Anwältin und ein Sachverständiger, die denselben Fall bearbeiten, so … wie soll ich sagen … intim … miteinander sind.«

Sie senkte die Stimme, als ob sie sich ertappt fühlte. »Wollen Sie etwa darüber schreiben?«

»Keine Sorge, Frau Kirschner, ich will was ganz anderes. Ich möchte Ihren Mandanten treffen. Falls er wirklich entlassen wird.«

»Daran zweifeln Sie noch? Kommen Sie morgen früh um acht Uhr zur Justizvollzugsanstalt Fuhlsbüttel. Ich erwarte Sie in der Nähe des Haupttors.«

Mondrian blickte zu dem Häftling, der noch hinter seiner Anwältin saß und darauf wartete, dass ihn Justizbeamte wieder abführten.

In diesem Moment schaute auch Thomas Kern zu ihm auf. Bevor er seine eisblauen Augen wieder zusammenkniff, schien in ihnen etwas auf, das Mondrian nicht deuten konnte.

War es Wut?

Oder Angst?

6

Die Zeit.

Zehn Jahre.

Dreitausendsechshundertfünfzig Tage.

Siebenundachtzigtausendsechshundert Stunden. Dumpfe Stunden, ohne Ecken und Kanten, ohne Anfang und Ende, ohne Maß.

Thomas hatte längst aufgegeben zu zählen. Hatte dieses Spiel von Häftlingen, die Zeit durch Striche an Kerkermauern oder in Kladden in kleine Portionen zu teilen, nie mitgemacht. Anfangs war er wie gelähmt gewesen von der Enge seiner Zelle, fünf Schritte hin, fünf Schritte zurück. Wie narkotisiert von der stickigen Luft zwischen den glatten Wänden und dem kalten Stahl der Zellentür, vor dem ab und zu die Stiefel der Wärter hallten. Während der ersten Nächte in diesem Käfig hatte er sich gefühlt, als hätte er einen schlechten Trip eingeworfen in ein schwarzes Reich ohne Rückkehr.

Aber dann, unerbittlich, hatte ihn der Knastalltag mit seinen Ritualen in die neue Wirklichkeit geholt. Jeder Tag gleich, vom schrillen Wecken bis zum nächtlichen Einschluss. Und er hatte aufgehört, Tage oder Wochen zu unterscheiden. Manchmal wusste er nicht mal, welcher Monat in der Welt draußen gerade auf dem Kalender stand. Den täglichen Hofgang verweigerte er häufig, weil die Aussicht auf einen Fetzen Himmel zwischen meterhohen Mauern ihn noch mehr deprimierte als die blassgelbe Decke über ihm, wenn er reglos auf seiner Pritsche lag. So strichen selbst die Jahreszeiten oder das, was davon beim Blick aus dem vergitterten Fenster noch übrig blieb, vorbei wie ein zäher Strom aus grauem Blei.

Bis zu diesem Morgen.

Bis zu diesem Moment, als Thomas die Augen aufschlug, an dieselbe blassgelbe Decke starrte und mit einem Schlag wieder wusste: Das ist dein letzter Tag hier.

Es hatte lange gedauert, bis er in der Nacht davor zur Ruhe

gekommen war. Die Verhandlung in dem überfüllten Saal, die Menschen, die ihn anglotzten, die Anspannung während der Beratung der Richter, dann endlich, endlich ihr erlösender Spruch.

Jetzt schob Thomas ganz langsam das filzige Betttuch weg, auf dem »Freie und Hansestadt Hamburg« stand, trat an das metallene Waschbecken, das ihn immer geekelt hatte, und strich sich kaltes Wasser über die Stirn.

Zum letzten Mal nippte er an dem Becher mit dem schmutzig braunen Gesöff, das man hier als Kaffee bezeichnete.

Zum letzten Mal biss er in eine der halb trockenen Graubrotscheiben, über die jemand eine süßliche Marmelade aus einem Plastikschälchen gestrichen hatte.

Und zum letzten Mal wartete er darauf, dass die Schritte eines Wärters draußen näher kamen, ein Schlüssel in das schwere Schloss geschoben wurde und die Tür aufging.

»Na, Babyface, bist du so weit?«

Warum musste ausgerechnet dieser Fettsack mit dem Mondgesicht an diesem Morgen hier auftauchen?

Der Beamte grinste über beide Backen und klimperte mit dem Schlüsselbund. »Kann es kaum erwarten, bis du wieder zu uns kommst.«

»Fuck you.« Thomas zeigte ihm den Stinkefinger.

»Ey, pass auf, dass ich dich nicht anscheiße, Kleiner! Dann kriegst du auf der Stelle ’nen Nachschlag. Und jetzt komm endlich.«

Er nahm seine Sachen, die er schon am Vorabend gepackt hatte, warf einen letzten Blick in seine Zelle, wo noch drei Poster von Fantasyfilmen an einer Wand hingen, und folgte dem Schließer zum Büro des Abteilungsleiters. Der redete irgendetwas von »zweiter Chance« und »Start in ein neues Leben«. Aber Thomas hörte nicht zu.

Er lauschte dem Hall nach, den seine Schritte auf dem Weg durch die langen Flure zum Ausgang hinterließen, und sagte kein Wort, während zwei Beamte in Uniformjacken, auf denen hinten groß »JUSTIZ« stand, Gitter für Gitter aufschlossen und ihn schließlich durch die Sperre an der Pforte schleusten. Bekam gar nicht richtig mit, wie sie ihm dann »Auf Wiedersehen« nachriefen.

Plötzlich stand er draußen, mit einem Umzugskarton, einer Plastiktasche und einem komischen Gefühl im Bauch, einem Klumpen, der ihm die Luft zum Atmen abschnürte. Das helle Sonnenlicht blendete so stark, dass er wieder die Augenlider zusammenkneifen musste. Und als er sie öffnete, sah er sie.

Die Meute gegenüber. Bereit, über ihn herzufallen.

Gleich vier TV-Sender hatten ihre Teams geschickt. Die Übertragungswagen, Antennen ausgefahren, waren am Rand des Rondells in Stellung gegangen, an dem die Gefängnispforte lag, sodass die Kameras freies Schussfeld auf das Gebäude aus rotem Backstein hatten. Vor ihnen waren Radioreporter, bewaffnet mit Mikrofonen und Aufnahmegeräten, und mehr als ein Dutzend Journalisten mit aufgeklappten Laptops und Notizblöcken positioniert. Sobald Thomas draußen vor der meterhohen, von Stacheldraht gekrönten Mauer mit ihren Wachtürmen stand, in seinem Rücken das Schild »Justizvollzugsanstalt Fuhlsbüttel, Pforte Am Hasenberge«, stürmten die Ersten los. Rannten auf ihn zu, umringten ihn.

»Wie fühlen Sie sich jetzt, als entlassener Mörder?«

»Wo wollen Sie draußen leben? Wie wollen Sie mit der Freiheit überhaupt zurechtkommen?«

»Meinen Sie, dass Ihre furchtbare Tat mit diesen zehn Jahren Haft gesühnt ist?«

Thomas versuchte, sich einen Weg zu bahnen. Vergeblich, die Reporter schubsten sich gegenseitig näher, die Mikrofone stachen fast in sein Gesicht.

»Glauben Sie wirklich, dass Sie sich inzwischen gebessert haben?«

»Was wollen Sie den Müttern und Vätern sagen, die in Angst um ihre Kinder sind?«

Ehe er reagieren konnte, hörte er, wie Autoreifen in der Nähe quietschten. Ein weißer SUV kam neben dem Journalistenpulk zum Stehen, eine junge Frau mit langen blonden Haaren sprang heraus.

»Schämen Sie sich! Lassen Sie sofort meinen Mandanten in

Ruhe!«, rief Zoe Kirschner mit bebenden Lippen und stürzte sich in das Gedränge, um Thomas Kern eine Schneise zu bahnen. Weil ein Radiomann nicht sofort Platz machte, schlug sie ihm mit der Handkante das Mikrofon weg. Als es scheppernd auf den Boden fiel und sie zwei weitere Reporter zur Seite schubste, wichen die Medienleute zurück. Mit einem kräftigen Griff am Arm zog sie den frisch Entlassenen samt seiner Tasche zu ihrem Wagen, drückte ihn auf den Beifahrersitz und warf die Tür hinter ihm zu. Dann stieg sie selbst wieder ein und gab Gas. Zwischen den verblüfften Journalisten blieb der Umzugskarton auf dem Pflaster zurück.

»Wusste gar nicht, dass Sie auch Kung-Fu können, wenn Sie nicht gerade Gutachter k.o. gehen lassen«, sagte Mondrian von der Rückbank. Durch das Fenster am Heck verfolgte er, wie die Fernsehkameras dem SUV nachschwenkten, bis der Wagen um die Ecke verschwand.

»Aber klar. Falls das mit der Karriere als Anwältin nichts wird.« Sie lächelte. Der Auftritt schien ihr Spaß gemacht zu haben.

»Danke übrigens«, sagte Thomas Kern so leise, dass es kaum zu hören war. Und nach einer Weile: »War meine Mutter etwa auch da? Zur Haftentlassung?«

»Die hab ich nirgendwo gesehen«, antwortete Zoe Kirschner, »schon gestern im Gericht nicht.«

»Na ja, ist auch besser so.«

Mondrian registrierte, wie die Mundwinkel unter der Stupsnase nach unten gingen. Mit einer nervösen Geste kratzte sich Kern an einer Narbe am Kinn.

Dann wieder seine dünne, helle Stimme: »Und wohin fahren wir jetzt?«

Während sie den weißen Wagen mit einer Hand am Lenkrad durch den dichten Verkehr dirigierte, erklärte Zoe Kirschner, dass sie zu einer vorläufigen Unterkunft unterwegs seien. Zu einer Wohnung für ehemalige Straftäter, wo schon ein Entlassener wohnte. »Für den Anfang. Damit du nicht gleich in ein Loch fällst.«

»Und wo?«

»In St. Pauli.«

»Auf dem Kiez? Echt?«

Es schien, als kehrte in Kerns Stimme eine Spur von Leben zurück. Mondrian beobachtete, wie er aus dem Seitenfenster schaute, die Lippen leicht geöffnet, das Babyface angespannt.

Sie fuhren die Alsterkrugchaussee hinunter, durch Eppendorf und Harvestehude, und als sie am Millerntor um die Ecke bogen, zeigte Thomas Kern auf zwei neue Hochhäuser, die schräg und leicht geknickt in den Himmel schossen.

»Was ist das denn?«, fragte er mit aufgerissenen Augen.

»Die Tanzenden Türme. Kannst du noch nicht kennen«, sagte Zoe Kirschner, »die Gegend hat sich schwer verändert in den Jahren, in denen du eingebuchtet warst.«

Wieder bemerkte Mondrian, dass sie ihren Mandanten duzte. Ungewöhnlich für eine Anwältin, dachte er, während sie im Stop-and-go die Reeperbahn passierten.

»Und das da drüben?« Der Kopf mit dem Bürstenschnitt drehte sich ruckartig nach links.

»Mobile Bühnen, um den Spielbudenplatz zu rocken.«

»Und der braune Kasten dahinten?«

»Nennt sich protzig Empire Riverside Hotel. Furchtbar. Ich muss aber zugeben, dass man von dort oben einen phantastischen Blick über die Elbphilharmonie bis zu diesem angeberischen Media Tower hat.«

Mondrian musste schmunzeln, schwieg aber weiter und beobachtete, wie der Exhäftling abwechselnd auf das ultramoderne Navi und nach draußen auf die neuesten Reklametafeln starrte, bis sie schließlich um ein paar Ecken in eine schmale Straße einbogen. »Pinnasberg« konnte er im Vorbeifahren gerade noch auf dem Schild lesen. Sie hielten vor einem vierstöckigen gesichtslosen Fünfziger-Jahre-Bau, der zwischen den Häusern aus der Jahrhundertwende wie ein Fremdkörper wirkte und eine undefinierbare Farbe besaß, jedenfalls dort, wo der Putz noch nicht abgebröckelt war.

»Willkommen im neuen Heim.« Zoe Kirschner gab sich Mühe, ihren Tonfall aufmunternd klingen zu lassen. Sie stieg aus und ging voran in den Hausflur. An eilig hingeschmierten

Graffiti und verbeulten Briefkästen vorbei stiegen sie bis zum dritten Stock.

Als sie klingelte, öffnete ein grauhaariger, über sechzigjähriger Mann mit einer Hasenscharte über den wulstigen Lippen die Tür.

»Dann sind Sie also Olaf Bruns?«, fragte sie.

»Hey, Baby«, sagte er und schob sich an ihr vorbei, um Kern in die Arme zu nehmen, »dann ist es wirklich wahr? Du ziehst mit ein in diesen Palast?«

Er wartete nicht auf eine Antwort, sondern zerrte ihn an einem Ärmel in die Wohnung und begann, die Räume zu zeigen, Zoe Kirschner und Mondrian im Schlepptau.

»Hier, meine Damen und Herren, die Küche.« Trinkbecher, Teller und Besteck von Ikea, sonst fast leere Resopalregale.

»Das ist der Salon.« Quietschgrünes Klappsofa vor Blümchentapete, dazu eine überdimensionale Fernsehkiste aus dem vergangenen Jahrhundert.

»Dort drüben in dem Zimmer penne ich.«

Über dem Doppelbett, pinkfarbener Bezug, rankte eine bunte Lichterkette, die selbst jetzt bei Tageslicht leuchtete. Neben dem Kopfende hingen Fotos von Jungen, jung und nackt.

»Und das wird wohl dann dein Reich, Baby.« Der Mann mit der Hasenscharte ging in ein Zimmer mit Blick über einen vermüllten Hof und grinste seinen früheren Mitinsassen an. »Hier wohnen sonst noch albanische Dealer, türkische Luden und deutsche Schläger. Also so ähnlich wie dort, wo du gerade herkommst.«

»Sieht ja schon supergemütlich aus«, stellte Zoe Kirschner sarkastisch fest, während sie zwischen den kahlen Wänden hin und her blickte. Auf dem Laminatboden, der beachtliche Wellen schlug, dümpelten neben einem fleckig wirkenden Bett ein Tisch und ein Stuhl wie vom Sperrmüll, sonst nichts.

»Ach, das wird schon noch«, sagte eine dunkle Stimme, die aus dem Flur kam. Sie gehörte der mittelgroßen Frau, die mit einem aufmunternden Lächeln eintrat und vielleicht Mitte vierzig war. Sie hatte ihre kastanienbraunen Haare zu einem Zopf geflochten und ihre nicht mehr ganz schlanke Figur in einen weiten orangen Baumwollumhang gehüllt.

»Pia Borrmann«, sagte sie, während sie in den Raum trat, »ich bin die freiwillige Bewährungshelferin, die sich um Sie kümmern soll, Herr Kern. Vom Verein ›Better Life‹, der Haftentlassene ehrenamtlich betreut.«

Sie reichte ihm eine Hand, und ihre Armreifen klimperten.

»Ist das nicht eigentlich ein Skandal? Auf einen Termin beim amtlichen Bewährungshelfer müssen Sie sechs Wochen warten. Ich finde das unmöglich«, sagte sie und begrüßte auch die anderen, ehe sie sich wieder Kern zuwandte. »Aber wir können schon mal anfangen, die dringendsten Behördengänge zu machen und vielleicht ein paar Möbel zu besorgen, damit man es hier aushalten kann. Und morgen könnten wir nach Klamotten zum Anziehen schauen.«

»Mit zweihundert Euro?«, fragte Zoe Kirschner skeptisch. »Das ist alles, was er aus dem Gefängnis mitbekommen hat.«

»Mal sehen, das kriegen wir schon hin. Bei Better Life sind nicht nur pensionierte Lehrer und ehemalige Richter, sondern auch Geschäftsleute, die helfen wollen.«

Die ruhige Stimme und ihre honigfarbenen Augen schienen Thomas Kern aufzutauen. Er begann, seine ramponierte Tasche auszupacken. Nach und nach kamen die Sachen zum Vorschein, die er aus dem Gefängnis mitgebracht hatte.

Ein paar Kleidungsstücke, darunter ein T-Shirt mit einem kreideweißen Clownsgesicht, schwarz umrahmten Augen, giftgrünem Haar und blutroten Lippen.

»Puh, wer ist das denn?«, fragte Zoe Kirschner.

»Kennen Sie nicht? Der Joker. Der Böse aus dem Film ›Batman‹.«

Nach ein paar abgegriffenen Ninja-Comics tauchte ein Reisebuch auf. Eisberge in der Arktis.

Als die Anwältin die Brauen hochzog, lächelte er. Zum ersten Mal an diesem Vormittag.

»Ja, mein Traum. Da möchte ich hin, am liebsten ganz lange.«

Zum Schluss ein Päckchen Tabletten.

»Und das?«, wollte die Anwältin wissen.

»Medizin, vom Doc im Knast.« Kern schaute zu Boden. »Für alle Fälle, hat er gesagt. Damit ich cool bleibe, falls das doch wieder losgeht.«

7

Der Kiez schien noch nicht aufgewacht, als er von der Reeperbahn zum Hein-Köllisch-Platz aufbrach. Um diese Zeit, am späten Vormittag, war St. Pauli nicht das Viertel, das die Touristen sahen, wenn sie an lauen Sommernächten zu Zehntausenden an den leuchtenden Fassaden der Theater und Clubs entlangschlenderten. Jetzt lag die Rückseite der Paläste, der Hinterhof der Lust, unter einem gnadenlos grauen Himmel, und das Viertel sah an vielen Stellen schmutzig und schartig aus. So dreckig wie das wirkliche Leben, dachte Mondrian, als er fast über die Reste eines Döners auf dem Pflaster stolperte und ein paar Scherben umkurvte. Aber genau deswegen liebten ja die Bewohner ihr kaputtes Paradies.

Vor dem Lokal »Abendmahl« musste er an zwei stinkenden Gestalten vorbei, die in fleckigen Jacken auf einer Bank kauerten. Sie stritten sich, ob die offenen Flaschen, die sie vor ihren Füßen geparkt hatten, halb voll oder halb leer waren. Der große »Astra«-Schirm vor der Kneipe »Doppelschicht« war noch zusammengeklappt, und während Getränkewagen die umliegenden Szene-Tränken mit neuen Vorräten für die nächste Nacht munitionierten, versorgten sich Frauen mit Kopftüchern im Treff »Kölibri« mit einem schnellen Mittagsimbiss. Die Uhr mit dem goldenen Ziffernblatt am Turm der St.-Pauli-Kirche zeigte halb zwölf, als er am Pinnasberg ankam und an Kerns Wohnung klingelte.

»Moin«, sagte die bleiche Gestalt, die zögernd die Tür öffnete und noch in Unterhemd und Boxershorts steckte.

Aber die Augen, die ihn über der Stupsnase anblinzelten, hatten noch gar keinen Morgen gesehen, dachte Mondrian. Sie wirkten geschwollen und stumpf.

»Gehen wir 'ne Runde?«, fragte er aufmunternd.

»Nur, wenn es sein muss.« Winzige Schweißtropfen traten in das jungenhafte rundliche Gesicht, das ihn wie am Tag zuvor schon an den Kindermörder »M« aus Fritz Langs Filmklassiker erinnerte.

Thomas Kern wischte sich mit dem Handrücken die Stirn, trat ein paar Schritte zurück in den Flur und kippte noch einen Schluck aus einem Becher hinunter, an dem Tropfen von übergelaufenem Kaffee klebten. Lethargisch streifte er sich ein dunkles Shirt über und zog die Kapuze über die Bürstenhaare, bevor er in Sneakers ohne Schnürsenkel schlüpfte. »Aber nur, weil die Anwältin Ihnen das versprochen hat.«

Er stutzte. »Wo ist sie überhaupt? Sie wollte doch mitkommen.«

»Geht nicht, Sie musste überraschend zu einem Termin«, behauptete Mondrian ins Blaue. Er hatte sie gar nicht mehr angerufen, weil er lieber allein mit Babyface reden wollte. »Aber keine Sorge, ich fresse Sie nicht.«

Die Straße war fast menschenleer und still, als sie die nach Bohnerwachs riechenden Treppen hinuntergestiegen waren und in die Häuserschlucht traten. Doch weiter oben, auf dem Platz hinter der St.-Pauli-Kirche, wo grün lackierte Palmen aus Metall standen und der Blick weit über die Elbe reichte, schlug ihnen der Sound des Hafens entgegen. Metallisch und hart.

Das Jaulen der Kräne im Dock 11, die an einem eingerüsteten Frachter hin- und herrollten, als würden ihn kosmische Insekten mit gewaltigen Stacheln umschwirren.

Das Hämmern und Fräsen im Dock 10, wo ein monströses Kreuzfahrtschiff überholt wurde.

Schiffshörner und Möwenschreie, die durch das Rauschen des Verkehrs auf der Uferstraße drangen.

Mondrian bemerkte, wie der junge Mann die Augen zukniff.

»Erinnerungen?«, fragte er, während zwei Skateboarder in halsbrecherischem Tempo an ihnen vorbeischossen und sie fast rammten.

Statt eine Antwort zu geben, drehte sich Thomas Kern weg, stieg die Treppen zum Fischmarkt hinunter und lief am Elbufer stromabwärts.

Während Mondrian ihm folgte, versuchte er es erneut. »Früher öfters hier gewesen?«

Nur das harte Prasseln von Autoreifen auf dem groben Kopfsteinpflaster. Kern schwieg immer noch, trottete einfach weiter und schaute einer Hafenfähre nach. Bis er plötzlich stehen blieb.

»Was wollen Sie eigentlich von mir?«, brach es aus ihm heraus.

»Ich möchte Sie kennenlernen«, antwortete Mondrian, während er ebenfalls stehen blieb, »nicht mehr und nicht weniger. Den Thomas Kern, der Annika umgebracht hat …«

»Mann, verflucht noch mal, können Sie nicht endlich diesen alten Scheiß ruhen lassen?«

»… und den Thomas Kern, der dafür zehn Jahre eingesperrt war. Ich möchte wissen, was Sie in der Haft gemacht haben. Und was die Haft mit Ihnen gemacht hat.«

»Ja und? Wofür soll das denn gut sein?« Die helle Stimme bebte.

»Ich möchte über Sie schreiben«, sagte Mondrian ruhig.

»Ach, das wollen doch all die Ärsche, die an der Pforte in Fuhlsbüttel auf mich gewartet haben!«

»Stimmt. Aber zufällig bin ich kein Arsch. Sondern jemand, der Sie verstehen will. Wirklich begreifen. Aber damit das gleich klar ist: Verstehen heißt nicht entschuldigen. Was Sie getan haben, bleibt ein Verbrechen, das ein Kinderleben brutal ausgelöscht hat.«

»Das hab ich doch nie bestritten, Mann! Ich weiß doch, dass ich bei Annika voll ausgetickt bin. Hab ich doch längst zugegeben. Nicht im Gericht, aber später bei der Therapie. Hab ich beim Psychologen immer wieder erzählt und später auch noch mal haarklein aufgeschrieben, die ganze Sensenmann-Scheiße. Das muss auch irgendwo in den Akten sein.«

»Trotzdem müssen wir reden. Wenn ich beschreiben will, wie Sie ein neues Leben starten, gehört auch Ihr altes dazu, von Anfang an.«

Thomas Kern blickte unsicher hin und her. Er schien mit sich zu ringen und kratzte sich wieder an der Narbe am Kinn.

»Aus dem Knast?«, fragte Mondrian und zeigte auf die Stelle, die aus der Nähe wie ein schlecht verheilter Schmiss aussah.

»Ja. Drei Leute. Zwei haben mich festgehalten, einer hat mit einer Zange zugeschlagen. ›Und halt ja die Schnauze‹, haben sie gedroht.«

»Ich hab 'ne Idee«, sagte Mondrian, während er zu einem Fähranleger schaute, »wie wäre es, wenn wir ein Stück mit einer Hafenfähre fahren?«

»Ja … nein, ich meine … ich weiß nicht so …«

»Los, kommen Sie«, unterbrach Mondrian ihn, »das ist doch der beste Trip, den man in dieser Stadt machen kann.«

Entschlossen trat er auf die lange Stahlbrücke, die vor der Fischauktionshalle auf der Elbe dümpelte. Aus den Augenwinkeln sah er, dass Kern ihm zu der schwimmenden Haltestelle auf einem Ponton folgte. Eine Fähre hatte gerade angelegt. Über die ausgeklappte Gangway kletterten sie auf das Oberdeck, wo ein paar Touristen in Windjacken gehüllt in ihren Führern blätterten.

»Und wohin fährt die?«, fragte Thomas Kern, während sich das Schiff ratternd vom Ponton wegschob und in die Strömung glitt.

»Elbabwärts. Erst nach Finkenwerder, dann nach Teufelsbrück. Bestes Hamburg. Dorthin, wo Sie bei Ihren Eltern aufgewachsen sind.«

»Adoptiveltern«, widersprach der Mann im Kapuzenshirt. Aber Mondrian registrierte, dass er die Kopfbedeckung aus der Stirn geschoben hatte. Wenigstens wirkte sie nicht länger wie ein heruntergeklapptes Visier.

»Okay, bei Ihren Adoptiveltern«, sagte Mondrian und entschied, einfach einen Versuch zu machen. Vorsichtig fragte er: »Was ist denn mit Ihren leiblichen Eltern passiert?«

Kern antwortete nicht. Während die Fähre am Altonaer Ufer entlangfuhr, starrte er auf die neuen Büroblocks, die dort zwischen den alten Kaispeichern hochgeklotzt worden waren. Stumm ließ er seinen Blick über das »Dockland« wandern, das mit seinen schrägen futuristischen Fassaden wie ein gläserner Schiffsbug über das Wasser ragte. Doch dann sagte er plötzlich leise: »Meine richtigen Eltern? Keine Ahnung. Hab ich nie wirklich kennengelernt.«

»Und wie kam das?«, fragte Mondrian in den Wind und schaute einer kreischenden Möwe nach, die sich erst auf ihn zu stürzen schien, aber dann abdrehte.

Der junge Mann lachte bitter auf.

»Ich glaube, meine Mutter wusste nicht mal, wer mein Vater war. Kamen wohl zu viele in Frage. Sie lebte damals in Halle, als Serviererin. Soll ein bisschen krank im Kopf gewesen sein und mit jedem rumgemacht haben, hab ich später mal gehört. Sie muss irgendwann vor ein Auto gefallen sein, als ich schon längst im Heim war …«

»Was für ein Heim?«

»So was wie 'ne Kaserne für Kinder. DDR-Anstalt. Kann mich nicht erinnern.«

»Aber dann hat Sie dieses Paar aus Flottbek zu sich genommen?«

Thomas Kern nickte und blickte zu weißen Villen am Elbhang, die auf der Steuerbordseite in Sicht kamen. »Als ich fünf war. Johann und Leone. Er war Reeder und hatte 'ne Reihe großer Kähne laufen …«

Ein leichter Glanz trat in seine Augen.

»… bis er bei diesem Unfall gestorben ist.«

»Was für ein Unfall?«

»Darüber möchte ich nicht reden.«

»Okay«, sagte Mondrian und fragte nach einer Pause: »Und Ihre Adoptivmutter, was machte die?«

»Leone besitzt 'ne Boutique für Edelklamotten, in der Nähe vom Jungfernstieg. Ja, meine Adoptiveltern hatten richtig Schotter. Haben mich bei einer Reise in der DDR aufgegabelt und in den Westen mitgenommen. Dabei haben sie angeblich mit ein paar Scheinen bei den Behörden nachgeholfen …«

»Mit Scheinen? Glaube ich nicht.«

»Doch. Jedenfalls hat Leone später so was behauptet, als sie wieder mal dicht war. Sie hätten damals sogar Geld ausgegeben, um mich zu bekommen, und nun wäre ich so ein …«, er schluckte, bevor er das Wort ausspuckte, »… Versager.«

»Was meinte sie damit?«, hakte Mondrian nach, als Kern verstummte.

»Ach, anfangs ging alles gut, aber dann …« Er schluckte noch mal, bevor er fortfuhr: »… später bin ich in der Schule abgestürzt. Dabei wollte Leone eigentlich 'nen Supersohn. Sie hatte mit einem anderen Mann schon mal ein Kind gehabt, vor vielen Jahren, aber das hatte sich umgebracht. Deshalb wollte sie mit mir wohl alles besonders gut machen. Vielleicht sogar zu gut.«

Mondrian zog die Augenbrauen hoch, während sich das Schiff in einer Welle schräg legte und schwankte.

Thomas Kern hielt sich an der Reling fest und schien nach den richtigen Worten zu suchen. »Na ja, von Anfang an hat sie mich mit Spielsachen gepampert. Später sollte ich auch noch Gitarre lernen und Hockey spielen, in einem feinen Club in Großflottbek, solche Sachen. Bin aber auf so was überhaupt nicht abgefahren ...«

»Sondern?«

»Auf Computer.« Versonnen schaute Kern einem Containerriesen nach, der haushoch an der Fähre vorbeilief. Und zum ersten Mal an diesem Tag kroch ein Lächeln in sein pickliges Gesicht.

»Ich hab schon früh 'ne Konsole bekommen, auf der ich geile Spiele machen konnte. In der Schule haben sie mich als Ossi angemacht, als ich durchhing, aber zu Hause konnte mir keiner was. Am Rechner war ich der King. Zuerst mit so Figuren wie Super Mario, später kamen die härteren Sachen ...«

»Ego-Shooter? Ballerspiele, wo man möglichst viele abknallen muss?«

»Ja, nein ... was heißt denn überhaupt abknallen?« Er schaute Mondrian böse an. »Das sagen doch nur Leute, die davon keine Ahnung haben. Die müssen endlich mal kapieren, dass das nicht echt ist, was man da abdrückt, sondern bloß 'ne Spielerei. Action auf dem Bildschirm. Zeitvertreib.«

»Genau wie die Horrorfilme, von denen Sie Dutzende besessen haben sollen?«

»Ja, hab ich, gebe ich ja zu. Na und? ›Halloween‹, ›Scream‹, Splatter-Filme, die ganze Palette, das Zeug hab ich mir so oft reingezogen, dass es mich später schon gelangweilt hat. Aber damit war ich längst durch, als die Sache mit Annika passiert ist.«

»Passiert ist? So nennen Sie das?«

Ein Jet dröhnte tief über ihre Köpfe, um auf der Piste vor dem Airbus-Werk zu landen, die bis in die Elbe reichte. Der ohrenbetäubende Lärm unterbrach sie und ersparte dem entlassenen Mörder die Antwort, weil sie gleich danach in Finkenwerder anlegten und von Bord mussten. Sie stiegen von der Linie 62 in die 64 um. Graubraunes Wasser schwappte an der Bordwand hoch, als sich das neue Schiff wieder von dem quietschenden Ponton wegschob und Fahrt aufnahm. Nach einer weiteren Station hielt es quer über den Strom auf die Landungsstelle Teufelsbrück zu.

»Wollen wir aussteigen, Ihre Mutter besuchen?«, fragte Mondrian, während er hinüber zu den Othmarschener Villen schaute, die sich wie weiße Perlen am Elbhang entlangzogen.

»Leone? Nur los, wenn Sie Lust haben. Ich jedenfalls nicht.« Thomas Kern schüttelte so heftig den Kopf, dass die Kapuze von den Bürstenhaaren herunterrutschte. »Das können Sie sich abschminken. Diese Frau möchte mich nicht mehr sehen. Und ich sie auch nicht, auf keinen Fall.«

»Ist sie nicht wenigstens mal zu Besuch gekommen, während Sie in Santa Fu saßen?«

»Doch, anfangs schon. Aber wir hatten uns nichts mehr zu sagen. Da war zu viel passiert, früher, was ich nicht mal im Prozess rausgelassen habe … erst viel später mal in der Haft, bei meinem Therapeuten …«

Er stockte und kramte nervös eine Tabakpackung hervor. Er brauchte drei Versuche, bis die Zigarette brannte.

»Was schauen Sie mich so an? Ich weiß schon, dass Rauchen heute uncool ist«, sagte er, als er Mondrians gerunzelte Stirn bemerkte, »aber das hab ich mir in Santa Fu angewöhnt. Dort braucht man was, um sich dran festzuhalten und mal wegzudriften.«

Er blies eine Qualmwolke in den Fahrtwind.

»Ist leider 'ne echte Sucht geworden. Kann jetzt nicht mehr anders.«

Er schaute mit unruhigen Augen abwechselnd in die Ferne und auf seine Schuhspitzen. Dann zog er wieder an seiner Zigarette.

Mondrian wartete, dass er weitersprach, aber das tat er nicht. Das Dröhnen der Schiffsmaschine kam Mondrian immer lauter vor, je länger das Schweigen dauerte. Schließlich fragte er langsam: »Was war da mit Ihnen und Ihrer Mutter, Thomas? Was ist geschehen?«

Der Mann im Kapuzenpulli schien etwas sagen zu wollen, ließ es aber. Seine Finger zitterten so stark, dass die Asche von der Zigarettenspitze kippte. Plötzlich richtete er sich mit einem Ruck auf.

»Ey, Mann«, brach es aus ihm heraus, »was geht Sie das an? Glauben Sie, dass ich jetzt vor Ihnen die Hose runterlasse? Dass ich Ihnen sage, wie sie ...« Das Babyface verzog sich zu einer Grimasse. »Ist doch mein Ding, woher ich meine Probleme habe. Ich habe Ihnen schon viel zu viel erzählt.«

Mit zusammengekniffenen Lippen wandte er sich ab. Tigerte auf dem Deck hin und her.

Hin und her.

Während des Stopps in Teufelsbrück und während der ganzen Rückfahrt hielt er Abstand zu Mondrian und ließ sich schließlich in der Nähe des Bugs in einen Metallstuhl fallen. Mit keinem Blick mehr beachtete er die Frachter oder die roten und grünen Tonnen im Fahrtwasser, die vorbeizogen, sondern er schloss die Augen und legte den Kopf in den Nacken, in die Nachmittagssonne. Als sie durch die feinen Wolkenschleier brach, schob er seine Ärmel hoch. So weit, dass auf den Oberarmen dunkle narbige Flecken erschienen. Auf der fahlen Haut sahen einige wie kleine Krater aus.

Mondrian trat vorsichtig näher heran, um sie zu mustern.

»Hab noch mehr davon, falls es Sie interessiert«, sagte der Junge plötzlich, während er die Augen halb aufschlug und Mondrian anblinzelte.

Er schob sein Shirt hoch, und auf dem Bauch erschienen weitere schwarzbraune Spuren, groß wie Daumennägel, mindestens ein Dutzend.

»Woher ist denn das?«, fragte Mondrian verblüfft.

»Dreimal dürfen Sie raten.«

»Hat man Sie in Santa Fu angegriffen? Gefoltert?«

»Nee. Wenn schon, hab ich mich selbst gefoltert.«

Als Mondrian ungläubig schaute, fuhr er fort: »Zigaretten und Feuerzeug. Ist schon gut, wenn man in der Zelle was zum Brennen hat.«

»Brennen?« Mondrian kam nicht gleich mit.

»Ja. Stinkt ganz schön, wenn man die Glut auf die Haut drückt. Oder die Flamme dranhält. Wie Grillfleisch, wenn es verkohlt.«

»Warum haben Sie das getan?«

Die Lippen von Thomas Kern wurden ganz schmal. »Ach, wissen Sie, im Knast ist es leichter, die Stunden mit Schmerzen totzuschlagen, als zuzuhören, wie die Uhr tickt. Dann spürt man sich wenigstens. Weiß, dass man noch am Leben ist. Und außerdem … na ja … das ist auch gut, um dumme Gedanken zu vertreiben. Böse Gedanken. Verstehen Sie?«

Mondrian nickte vorsichtig. »Sie meinen, Gedanken an junge Mädchen, wie Annika?«

»Ja, wenn das zu schlimm wurde, dann habe ich mir das einfach weggebrannt. Ausgelöscht. Die Erinnerung und auch neue Phantasien. Damit habe ich meine eigene Therapie gemacht.«

»Das hat funktioniert?«

»Wenigstens hat es betäubt. Schmerz gegen Schmerz.«

Er lachte bitter und schaute zu drei Möwen hoch, die das Schiff umkreisten. »Aber manchmal wusste ich nicht, ob ich das alles durchhalte.«

»Was?«

»Na ja, alles eben. Die Selbstquälerei, die Hetze von anderen Gefangenen, den Terror bei den Gruppengesprächen. Zweimal wollte ich Schluss machen. Aber die Psychologen haben mich wieder aufgebaut.«

Er stand auf und verfolgte, wie ein Schlepper an ihnen vorbeizog. Die Fähre näherte sich wieder dem Anleger am Altonaer Fischmarkt, wo eine Traube von Menschen auf dem Ponton wartete.

»Ich weiß ganz genau, dass die mich alle hassen. Aber glauben Sie mir, Herr Mondrian«, sagte er fast flehentlich, »im Knast hatte ich mehr als genug Zeit, um an meinen Problemen zu arbeiten. Ich hab mich jetzt im Griff.« Und wie zur Bestätigung nickte er noch mal mit dem Kopf. »Der Knast hat aus mir einen neuen Menschen gemacht.«

Als sie die letzten Stufen zu seiner Wohnung hochstiegen, fiel Mondrian sofort auf, dass jemand einen Fetzen aus einer Boulevardzeitung an die Tür geklebt hatte.

»Geheilt???«, stand dort in fetten Buchstaben, rot gebalkt.

Neben der Schlagzeile war das Bild von Thomas K., wie er die Haftanstalt in Fuhlsbüttel verließ. Darunter stand, dass in dem Karton, den der Kindermörder auf der Straße zurückgelassen habe, ausgeschnittene Fotos gefunden worden seien. Aufnahmen, die offenbar aus einer Jugendzeitschrift stammten.

Mädchen, die süß lächelten und leicht bekleidet waren.

8

cool.

die hellen stimmen.

die blonden haare, die in der sonne so irre glitzern.

die lachenden gesichter, die so klein und niedlich wie die von püppchen aussehen. oder nein, wie von den engeln in dem alten kinderbuch, das ich mal zerrissen hab, als ich so traurig war …

verdammt lange her, aber jetzt fängt das leben ja neu an, und hey, ich muss schon zugeben, bringt mich echt durcheinander, wenn ich sehe, wie ihr mit euren superkurzen shirts und superkurzen höschen von der schule getobt kommt, bauchfrei natürlich, den pinken teddyrucksack auf dem rücken und irgendwas süßes im zuckermund, da wird mir schon komisch, muss ich sagen … kein wunder, schätz ich mal, ich hab ja so was auch tausend jahre nicht mehr gesehen.

muss alles erst wieder lernen. muss richtig üben. die ersten schritte danach, hätte nicht gedacht, dass die so schwer würden. wer nicht in santa fu war, checkt das überhaupt nicht. das schlimmste ist ja nicht, dass du eingesperrt bist. das schlimmste ist, dass du es immer weniger merkst. verfaulst, bei lebendigem leib, alles im slow-down-modus, alles immer langsamer, stirbt ab. deine glieder, dein kopf, deine gefühle … welche gefühle, war da mal was? du bist schon ganz tiefgefroren, thomas, hat der doc immer gesagt. aber jetzt … umso wahnsinniger. der himmel, so was von blau, jeder luftzug kommt mir wie ein kleiner sturm vor. und jedes kinderlachen könnte mir … ich weiß nicht, ich muss das erst verarbeiten … ist fast schon eine überdosis, wenn ich aus meiner bude nach unten auf die straße gehe, zum park laufe und an der schule oder dem spielplatz vorbeikomme. wie lange habe ich darauf gewartet, dass ich das volle leben wiedersehe?

okay, bloß keine aufregung, ich weiß schon, dorthin darf ich eigentlich gar nicht gehen. wie heißt das, bewährungsauflage? also, steht alles auf dem wisch über die führungsaufsicht, den mir das gericht mitgegeben hat:

ich darf nicht verreisen.

muss mich alle paar tage bei der polizeiwache melden.

und natürlich muss ich die therapie weitermachen, jetzt bei dem urban.

am wichtigsten, rot unterstrichen: ich muss alle orte und plätze meiden, wo ich auf jugendliche und kinder treffen könnte. klar, das verstehe ich schon, nach der sache mit annika. aber jetzt mal ohne scheiß: soll ich mit verbundenen augen durch die gegend laufen? wie soll ich das denn hinkriegen, wenn hier direkt um die ecke 'ne riesige schule ist, ein jugendheim und eine kita, dazu noch ein spielplatz? oder sind das sogar zwei?

kein wunder also, dass ich gleich bei meinem ersten trip darauf gestoßen bin, als ich endlich mal rauswollte aus diesem dreckshaus, das nach pisse und bohnerwachs stinkt, um ein paar sachen beim discounter zu besorgen. nachschub für olaf vor allem, dieses widerliche zeug, was er sich von früh bis spät reinzieht, rotkäppchen-sekt. und für mich die gummibärchen. auf die ich immer noch abfahre. sicher, ich weiß schon, das ist kinderkram, aber na und? ist halt 'ne macke von mir, beruhigt mich einfach, wenn ich nervös werde. und das werde ich gerade viel zu schnell.

keine fünf minuten war ich vorhin unterwegs, da hab ich dieses helle lachen hinter einer häuserecke gehört. hätte ich umdrehen sollen? nein, ich konnte gar nicht anders, musste hin und checken, und hey, ich hab den ganzen film gesehen: wie ihr aus der st.-pauli-schule gekommen seid, große mädchen, kleine mädchen, brave mädchen, böse mädchen, kichernd, schubsend, händchen haltend … wie würde sich das wohl anfühlen, hab ich mich gefragt, nur einmal diese kleinen finger zu berühren, genau jetzt, nach zehn jahren im off?

nach der ewigkeit in der eiszeit?

schön warm? samtweich? wie … nein, ich weiß das gar nicht mehr.

aber ich hab gleich einen schreck gekriegt, als ich mich dabei ertappt hab, ehrlich. bin sofort weg und abgehauen. ich weiß ja, dass ich so was nicht mal denken darf. nur, wie soll das funktionieren, wenn ich hier oben in meinem zimmer liege, rollo runter, allein?

zu blöd, dass die bravo-fotos weg sind. ich hätte besser auf sie aufpassen müssen, aber wie hätte ich das hinkriegen sollen in dem gedränge und gezerre mit den widerlichen kameraleuten und reportern? ist mir erst gar nicht aufgefallen, dass ich den karton stehen gelassen hab, als die anwältin mich aus dem wilden haufen rausgezogen hat. schade, aber shit happens, *dafür hab ich ja jetzt ein anderes programm. teenies live, gleich in der nähe, zum ranzoomen, fast zum anfassen, ein paar schritte vor meiner haustür. ich frag mich bloß: welcher schwachkopf hat sich das mit der wohnung hier mittendrin eigentlich ausgedacht?*

oh mann, mir ist vorhin schon wieder ganz heiß geworden, als ich am spielplatz vorbeigekommen bin und gesehen hab, wie ihr getobt habt und geschwitzt und euch dann immer mehr ausgezogen. hab die augen zusammengekniffen und mich weggedreht … so gut ich konnte … aber eben nicht ganz.

und da war es wieder, dieses prickelnde gefühl im bauch, nach dieser ewigkeit, wo mein körper schon 'ne halbe leiche war und höchstens die bravo-girls mir mal gesellschaft geleistet haben. ich dachte wirklich, das wäre alles vorbei, nachdem der doc mir diese pillen gegeben hat, die einen so stumpf machen. nachdem der psycho geredet hat und geredet und geredet. nachdem ich mir die haut gebrannt hab, bis es stank.

jetzt bin ich mir da nicht mehr ganz so sicher.

merke, wie sich was regt, wenn ich in die wohnung hier zurückkomme und mich auf das bett lege … mir vorstelle … nur mal streicheln … bloß über die arme … die haut … ganz, ganz leicht … gar nicht mehr.

will ja bloß spüren, wie sich die kleinen haare aufrichten.

wie du wärmer und wärmer wirst.

anfängst zu zittern.

ach, fuck, was spinn ich schon wieder rum?

9

Fast hätte er die Meldung gar nicht mitbekommen. Er war gerade unterwegs nach Hannover zu einem Neurologen, der Häftlinge untersuchte und in ihrem Hirn ein Areal für das Böse entdeckt haben wollte, als er das Autoradio einschaltete. Eigentlich wollte er nur die Staumeldungen nach den Elf-Uhr-Nachrichten im NDR verfolgen, aber dann hörte er gerade noch, wie der Sprecher sagte: »Freigelassener Kindermörder in Hamburg unter neuem Verdacht.«

Augenblicklich drehte Mondrian die Lautsprecher so weit auf, dass sie das Rauschen des Fahrtwinds übertönten.

»Wie die Polizei soeben bekannt gab«, fuhr der Sprecher fort, »hat offenbar ein ehemaliger Strafgefangener in St. Pauli ein neunjähriges Mädchen überfallen. Das Kind wurde von seiner Mutter in einer Grünanlage mit Verletzungen und zerrissener Kleidung entdeckt. Der Täter flüchtete, als sich die Mutter näherte. Sie konnte der Polizei jedoch eine Beschreibung geben. Demnach soll es sich um einen Mann handeln, der wegen Mordes verurteilt und erst vor wenigen Tagen aus der Haft entlassen worden war. Die Polizei geht von einem versuchten Sexualdelikt aus und …«

Mondrians Handy klingelte.

»Dein Kinderfreund hat wieder zugeschlagen.« Die scharfe Stimme von Marc Rolfes mischte sich in die nächste Meldung.

Mondrian schaltete das Radio stumm. »Schon gehört. Aber wo genau?«

»Ganz in der Nähe seiner Wohnung, sagt mir meine Polizeiconnection. Wie blöd ist dieser Thomas K. eigentlich? Kaum draußen, und schon ein Rückfall. Wollte der 'nen neuen Rekord aufstellen?«

»Immer langsam, ich schau mal«, sagte Mondrian, schoss in die nächste Ausfahrt, um zu wenden. Dann hetzte er seinen Audi nach Hamburg zurück.

War Thomas Kern tatsächlich schon wieder auf ein Mädchen

losgegangen? Hatte der Kerl ihm bloß die große Show von seiner Heilung vorgespielt?

Kaum dass er den Wagen in St. Pauli schräg in eine Parklücke am Pinnasberg geklemmt hatte, sah er, wie aufgeregte Frauen und Männer durch den Eingang eines Hofes strömten. Er folgte ihnen in die Grünanlage, die von Häusern umschlossen war. Unter hohen Bäumen standen Schaukeln und Karussells, aber sie waren jetzt verwaist. Eine Menschenmenge drängte sich an einer Buschgruppe, und aus ihrer Mitte hörte er eine schrille Stimme.

»... hier unten ... lag ganz auf der Seite, völlig im Dreck ... Höschen war runtergezogen ... hat mein Kind zwischen den Beinen begrapscht, diese Sau ...«

Nachdem sich Mondrian zwischen die Neugierigen geschoben hatte und den Hals reckte, entdeckte er, woher die Satzfetzen kamen. Von einer korpulenten Frau in einer ledernen Nietenjacke, die mit einer Zigarette gestikulierte und immer wieder zwischen die Zweige auf eine Stelle am Boden wies.

»Und welche Verletzungen hatte Ihre Tochter, als Sie sie dort entdeckten?«, fragte ein schlaksiger Reporter, der ihr ein Mikro an einem Galgen entgegenstreckte.

»Welche Verletzungen? Also, richtige Kratzer, aber nicht nur an den Armen, sondern auch am Bauch ...« Sie nahm einen Zug aus ihrer Zigarette und stieß den Rauch gleich wieder aus. »Da unten, Sie wissen schon. Und dazu Flecke an den Schenkeln, innen ...«

»Hatte sie Schmerzen?«, wollte eine Frau mit gezücktem Notizblock wissen.

»Was hat sie gesagt?«, rief eine andere Reporterin dazwischen.

»Was soll sie gesagt haben?« Die Frau mit der Nietenjacke nahm wieder einen Zug. »Sie hat gar nichts gesagt. Sie war erst mal völlig stumm.«

»Also verstört?« Ein weiterer Journalist nickte ihr aufmunternd zu.

»Klar, verstört, kann man so sagen. Kann man sich doch vorstellen, dass die Tanja da nicht drüber reden will.«

»Also Tanja heißt sie, Ihre Tochter. Und wo ist sie jetzt?«

»Na wo schon? Bei mir zu Hause natürlich, da oben.« Sie zeigte auf eine Wohnung im zweiten Stock hinter ihr. Die Fenster sahen dunkel aus, die Vorhänge waren zugezogen.

»Und wo waren Sie, als der Überfall passiert ist?«, wollte die mit dem Notizblock wissen.

Tanjas Mutter zögerte einen Augenblick. Offenbar war es ihr peinlich, darüber zu sprechen. »Ich hatte was in der Wohnung vergessen, als ich mit Tanja in den Hof runtergegangen war. Deshalb bin ich noch mal kurz hoch ... na ja, meine Fluppen holen.«

Ein paar Umstehende grinsten.

»Aber Sie haben noch gesehen, wie der Typ weggerannt ist?«, fragte jemand von hinten, und ein anderer Reporter rief: »Woran haben Sie ihn überhaupt erkannt?«

»Also, das habe ich doch schon der Polizei gesagt«, erwiderte sie, »dass der genau aussah wie der Mann in der Zeitung. Der auf dem Foto, der gerade aus dem Knast gekommen ist. Ich bin mir hundertprozentig ...«

»Moment bitte! Sie sollten jetzt Tanjas Mutter in Ruhe lassen«, mischte sich eine Frau neben ihr ein, die sich als Kripobeamtin vorstellte. »Bitte haben Sie Verständnis, dass sie weitere Aussagen nur bei uns machen wird.«

»Hat es schon eine Festnahme gegeben?«, wollten mehrere Reporter sofort von ihr wissen.

Die Polizistin antwortete nicht, sondern zog Tanjas Mutter resolut an der Nietenjacke aus der Menge fort.

Als sich die Umstehenden langsam verliefen, trat Mondrian näher an das Gebüsch heran. Zwischen überhängenden Ästen war eine Art Hohlraum zu erkennen. Er bückte sich, kroch hinein und stellte fest, dass das Blattwerk nach außen fast blickdicht war. Das musste die Stelle sein, dachte er, wo sich der Überfall abgespielt hatte. Jedenfalls gab es ringsum frisch abgeknickte Zweige. Aber wie hatte Thomas K. Tanja in diese Höhle bekommen? Hatte er sie mit Süßigkeiten oder Versprechen dorthin gelockt? Hatte er sie mit Gewalt zwischen die Zweige gezerrt oder gestoßen, als niemand hinsah?

Es dauerte zwei Minuten, bis Mondrian durch einen Anruf bei der Polizei geklärt hatte, dass Thomas Kern bisher nicht festgenommen worden war. Und weitere zwei, bis er vor seiner Wohnung in dem heruntergekommenen Fünfziger-Jahre-Bau stand.

Er klingelte.

Freddy Mercurys Stimme schlug ihm entgegen, als die Tür geöffnet wurde.

»… you were made for me
you are my ecstasy …«

Olaf Bruns hatte wässrige Augen und lallte. »Oh, Sie! Der Schreiberling schon wieder. Sonst hat sich die Presse doch nie für uns interessiert.«

»Wo ist Thomas Kern?«

»Nicht hier«, sagte Olaf Bruns gedehnt, während er versonnen auf eine Spumante-Flasche blickte und bemerkte, dass sie leer war. »Jedenfalls nicht mehr.«

Durch die halb geöffnete Tür sah Mondrian, dass das Doppelbett unter der Leuchtgirlande gründlich zerwühlt war. Die Decken waren zur Seite heruntergerutscht, Kissen lagen zerknüllt am Boden neben weiteren leeren Flaschen. Was dort stattgefunden hatte, konnte nicht lange her sein.

»Wann ist er weg?«, fragte er ungeduldig.

»Oh Mann, das hab ich den Kripoleuten doch schon gesagt, die vorhin hier eingefallen sind«, stöhnte der frühere Häftling mit aufgesetzter Leidensmiene, »mein Baby ist vor 'ner Stunde oder so abgehauen.«

»Und wohin?«

»Sag ich nicht.« Aus dem grienenden Mund, durch eine Zahnlücke, floss etwas Speichel. »Solang wir nicht … bessere Freunde sind.«

»… you are the one for me
I am the man for you …«

Mondrian trat einen Schritt zurück, als Bruns Anstalten machte, einen Arm um ihn zu legen. Dabei fiel sein Blick auf eine Visitenkarte, die Pia Borrmann in der Wohnung zurückgelassen hatte. Sie lag auf einem Bord neben dem Eingang.

»Besten Dank, ich steh nicht so auf Spumante«, sagte Mondrian, griff sich die Karte und knallte die Tür hinter sich zu.

10

»Hallo, Kollege!«

Die Stimme kam von hinten, als er unterwegs zu seinem Wagen auf die Straße trat. Er drehte sich um. Ein Zwei-Meter-Mann lehnte an der Hauswand, umgedrehtes Cap und Cargohosen, eine Laptoptasche am Schulterriemen, eine voluminöse Kamera vor dem Bauch. Er musste auf dem Bürgersteig gewartet haben.

»Ich bin Richard Boll, von Canal Real. Kennen Sie sicher, das Onlineportal.«

»Richard wer?«

»Boll«, wiederholte er. »Boll wie toll.« Er grinste so breit wie ein Finanzmanager, der gerade seine faulen Kredite in einer Bad Bank entsorgt hat.

»Proll?« Mondrian tat so, als hätte er immer noch nicht verstanden, und lief einfach weiter. Er hatte keine Lust, sich auf ein Gespräch mit dem Online-Riesen einzulassen.

Aber der blieb ihm im Nacken. »Sie können mich auch Richy nennen«, sagte er schnell und lüftete schelmisch sein Cap, unter dem ein Halbkranz von verschwitzten Haaren zum Vorschein kam.

»Was wollen Sie denn von mir?«, fragte Mondrian mit einem raschen Blick zur Seite.

»Nur einen kleinen Tipp«, keuchte er, während er mühsam mit Mondrian Schritt hielt.

»Was denn für einen Tipp?«

»Sie wissen doch bestimmt, wo dieser Killer jetzt steckt. Ich such ihn die ganze Zeit, aber Fehlanzeige. Und Sie haben doch einen guten Draht zu ihm.«

Mondrian zog nur die Augenbrauen hoch.

»Ich hab Sie gestern mit ihm zusammen auf 'ner Fähre gesehen, ich habe auch mitgekriegt, wie Sie ihn mit der Kirschner vom Knast abgeholt haben. Und von dem Penner da oben weiß ich, dass er jetzt nicht hier im Haus ist. Da dachte ich, Sie könnten mir vielleicht sagen, wo er sich gerade aufhält ...«

»Sonst alles okay?«

»Unter Kollegen kann man sich doch mal helfen, oder?« In dem verschwitzten Gesicht zeigte sich wieder das Grinsen, gepaart mit einem vertraulichen Augenzwinkern. »Muss ja nicht für Null ouvert sein.«

»So, Sie denken also, dass ich Hinweise hinter dem Rücken meiner Redaktion verkaufe?«

»So what? Ihr Blatt macht es doch sowieso nicht mehr lange, wenn Ihnen die Werbung weiterhin so wegbricht, dagegen ist online brutal auf dem Vormarsch. Da ist es bestimmt nicht schlecht, wenn man dort schon einen Fuß in der Tür hat. Ich könnte Ihnen einen Termin bei Canal Real vermitteln, ein Gespräch mit meinem Boss, muss ja bei Ihrem Verein niemand wissen …«

»Netter Versuch, leider genauso umsonst wie vergeblich«, sagte Mondrian, während er abrupt stehen blieb. Er presste dem Zwei-Meter-Mann eine Faust in den weichen Bauch und schob ihn zurück. »Und jetzt hauen Sie ab, Herr Proll.«

Boll schnappte nach Luft. Er machte auf der Hacke kehrt und fluchte: »So einer bist du also, ein arrogantes Kollegenschwein. Aber warte nur, du wirst schon sehen!«

Mit schnellen Schritten lief Mondrian auf seinen Wagen zu. Noch während er einstieg, sah er bei einem Blick nach hinten, dass der Riese ihm über die Schulter nachstarrte und dann zu einem Auto in der Nähe hastete. Als Mondrian zurückgesetzt hatte und sich in den Verkehr fädelte, bemerkte er im Rückspiegel, wie ein silberner Kia aus einer Parklücke schoss und sich zwischen andere Wagen drängte, die massige Gestalt Bolls am Steuer.

Was hatte er vor? Mondrian bog in die Lange Straße ab, umkurvte den Hein-Köllisch-Platz und kreuzte quer durch das Rotlichtviertel. Aber egal ob er in Tempo-dreißig-Straßen plötzlich beschleunigte oder einen Stopp einlegte, der Kia verschwand nicht aus dem Spiegel. Er folgte ihm wie ein Schatten, immer mit ein paar Wagenlängen Abstand, aber nah genug, um nie den Blickkontakt zu verlieren.

Während die Reifen über das Kopfsteinpflaster prasselten,

ratterten Mondrians Gedanken: Hastig überlegte er, wie er den Mann von Canal Real loswerden konnte. Einer wie Richy Boll war der Letzte, den er bei der Suche nach Thomas K. im Schlepptau haben wollte. Wie konnte er ihn abschütteln? Einfach anhalten und versuchen, zwischen Fußgängern zu verschwinden? Zu wenige Passanten um diese Zeit, dachte er, zu schlechte Deckung. Sollte er in ein Parkhaus abtauchen? Sicher würde der Kia aufschließen und auch dort an ihm dranbleiben. Und wenn er plötzlich Gas gäbe und davonraste, vielleicht sogar über eine rote Ampel? Ein Typ wie Boll würde sich davon nicht abschrecken lassen, fürchtete er. Aber als er in die vierspurige Reeperbahn einbog, kam ihm eine Idee.

Im dichten Verkehr Richtung Altona reihte er sich auf der rechten Fahrbahn ein. Langsam rollte er auf die Ampel an der nächsten Kreuzung zu und setzte den Blinker so, als würde er dort nach rechts abbiegen. Als er den Kopf wendete, beobachtete er, dass der Kia auf dieselbe Spur gewechselt war und ebenfalls nach rechts blinkte. Aber als Mondrian nur noch wenige Meter von der Kreuzung entfernt war, riss er das Steuer plötzlich nach links herum, quetschte sich in eine Lücke auf der Fahrbahn nebenan und machte mit quietschenden Reifen an der Ampel einen verbotenen U-Turn. Im Rückspiegel sah er gerade noch, wie der Kia ebenfalls nach links ausscheren wollte. Doch ein wildes Hupkonzert stoppte ihn. Er war eingekeilt.

Sobald Mondrian die Gegenfahrbahn erreicht hatte, drückte er das Gaspedal durch und kümmerte sich nicht darum, ob die Polizisten an der Davidwache sein unerlaubtes Manöver bemerkt hatten. Er wusste, dass Boll erst ein paar hundert Meter weiter wenden konnte, wenn er mit dem Geradeaus-Verkehr über die Ampel gespült würde. Bis dahin musste er sich davongemacht haben. Er erwischte eine grüne Ampel, als er zur Budapester Straße einbog. Kein Kia mehr im Rückspiegel. Es war nur noch ein kurzes Stück bis zu der Adresse am Paulinenplatz, die auf der Visitenkarte stand.

Alte Bäume, Gründerzeitfassaden, Blumen auf den Balkonen. Eine gepflegte Oase der Ruhe mitten in der Stadt, dachte Mondrian, als er ausstieg. Aber vielleicht konnte man manchmal die Fangesänge aus dem nahen Millerntor-Stadion bis hierher hören. Die Jugendstiltür zum Hausflur stand offen, Pia Borrmann wohnte im dritten Stock.

Eine helle Melodie erklang, als er auf die Klingel drückte, aber es dauerte lange, bis die Tür einen Spalt geöffnet wurde.

»Polizei?«

Er erkannte die Stimme der Bewährungshelferin sofort wieder, auch wenn sie nur leise und zögernd fragte.

»Schlimmer«, antwortete er laut. »Presse.«

»Ach so, Sie sind es …« Sie atmete erleichtert auf, während sie ihn hereinließ. Unter dem offenen kastanienbraunen Haar trug sie eine bordeauxrote Jacke, was ihre ohnehin warme Ausstrahlung noch verstärkte. »Und ich hab schon gedacht, die Kripo wäre draußen.«

»Die könnte auch bald hier auftauchen«, sagte er. Sein Blick war sofort auf ein dunkles Kapuzenshirt gefallen, das ihm sehr bekannt vorkam. Es hing an der Garderobe im Flur, wo ihm der ätherische Geruch von Duftstäbchen entgegenschlug. Die Naturholzregale waren mit Schalen voller Muscheln gefüllt, auf den naturbelassenen Dielen standen aus Schilf geflochtene Körbe neben Textilflicken, die bestimmt aus Naturfaser waren. Eine Überdosis Öko, dachte Mondrian, während sie hinter ihm die Tür schloss.

»Von wem haben Sie überhaupt meine Anschrift?«, fragte sie verwundert.

»Von Frau Kirschner«, log er, »und von ihr weiß ich auch, dass sich ihr Mandant hier aufhält.«

»Stimmt, ich hab ihm erst mal so was wie Asyl gegeben. Nachdem diese Meldung schon überall im Radio und im Internet die Runde macht. Dabei behauptet er …«

»Kann ich selbst mit ihm sprechen?«

Er wartete die Antwort nicht ab, sondern drückte einfach die große Tür zum nächsten Zimmer auf, aus dem er Geräusche gehört hatte. Dort hockte Thomas Kern auf der Sofakante, einen aufgeklappten Laptop vor sich, und ließ seine Finger über die Tasten wandern, ohne aufzublicken. Mondrian konnte nicht erahnen, ob er sich auf ein Spiel konzentrierte oder gerade

News im Web abfragte. Mit einem Räuspern ließ er sich in den Leinensessel gegenüber sinken.

»Also, Herr Kern, was war da heute Vormittag? Was ist passiert?«

Die blauen Augen, weit geöffnet, klebten weiter auf dem Schirm.

Mondrian räusperte sich noch einmal, lauter.

»Was war da ... mit diesem Mädchen? Das würde ich gern von Ihnen erfahren.«

Wieder keine Antwort, nur das Surren des Computers und das Geräusch der Tasten.

»Stimmt das, was diese Frau erzählt? Die Mutter?«

Auf Mondrians Stirn zeigte sich langsam eine senkrechte Furche. Wie oft, wenn er dabei war, die Geduld zu verlieren.

»Also, Herr Kern, wenn Sie nicht ...«

»Ich schäme mich so.«

Die helle Stimme schien zu zittern, als er Mondrian unterbrach. »Kotzt mich an, was ich gemacht hab. Ehrlich!«

Sofort verstummte er wieder und kratzte sich über zwei Pickel, die schon ganz gerötet aussahen.

»Was denn?«, drängte Mondrian. »Was ist da abgelaufen?«

Der Befragte verschanzte sich hinter seinen gekreuzten Armen, blickte auf den Boden, blickte zur Seite.

»Ach Scheiße, Mann«, brach es dann aus ihm heraus, »ist gar nicht so, wie jetzt alle denken ...«

»Sondern?«

Der Mann auf dem Sofa schüttelte stumm den Kopf.

»Glauben Sie mir, Herr Kern, es ist besser, wenn Sie jetzt alles rauslassen. Muss ja nicht veröffentlicht werden.« Mondrian staunte selbst über das, was er da sagte.

Von gegenüber kam ein leises Schluchzen. »Ich war gar nicht dort, in dieser Grünanlage, bei irgendwelchen Büschen, wie jetzt überall in den Meldungen steht.« Er schluckte und starrte Mondrian jetzt direkt an. »Ich war im Bett ...«

»Im Bett?«

»... mit Olaf.«

Mondrian richtete sich in seinem Sessel auf und fragte ungläubig: »Wann?«

»Ach, fuck, den ganzen Morgen.« Man konnte sehen, wie sich Thomas Kern einen Ruck gab und seine Arme sinken ließ. »Die alte Sau hatte Sekt organisiert. Hat mich damit geweckt und gedrängt, dass ich auch zwei oder drei Gläser davon trinke. Noch im Bett. Dann ist er über mich her…«

»Mit Gewalt?«, unterbrach ihn Pia Borrmann, die hinten zwischen einer Zimmerpalme und einem Regal mit Meditations-CDs stehen geblieben war und die ganze Zeit still zugehört hatte. »Hat er Sie zu etwas gezwungen?«

»Ja, nein … nicht so richtig. Er hat gesagt, wir könnten doch wieder das machen, was wir schon ein paarmal in Fu gemacht haben …«

»In der Anstalt?«

»Ja, unter der Dusche. Wäre so geil gewesen damals. Er hat 'nen Porno in den Player geworfen und ist zu mir in die Kiste …«

»Wie lange?«, wollte Mondrian wissen.

»Wie bitte?«, fragte Pia Borrmann mit gerunzelter Stirn.

»Ich meine, bis wann waren Sie mit Olaf im Bett?«, verbesserte sich Mondrian.

»Ich weiß nicht, Mann, wir haben nicht auf die Uhr geschaut«, antwortete Kern trotzig.

»Es wäre aber gut zu wissen, wann Sie die Wohnung verlassen haben.«

»Die Uhr an dem Player war kaputt, und in der Küche gab's auch keine. Ich schätze mal …« Während er noch überlegte, klingelte es an der Tür.

Die Bewährungshelferin ging hinaus, um zu öffnen, und kam mit Zoe Kirschner zurück. Die Anwältin hörte noch, wie ihr Mandant sagte: »… ich glaube, dass ich gegen Mittag aus dem Haus bin. So um zwölf.«

»Kann das jemand bezeugen? Außer Olaf, meine ich«, fragte Mondrian scharf.

»Wird das ein Verhör hier?« Die Stimme der Anwältin ließ keinen Zweifel, dass ihr nicht gefiel, was sie gerade mitbekommen hatte.

»Nicht wirklich«, antwortete Mondrian, während er ihr zur

Begrüßung zunickte, »aber immerhin der Versuch, die Wahrheit zu …«

»Von jemandem, der selbst mit falschen Behauptungen operiert?«, fiel ihm Zoe Kirschner ins Wort und funkelte ihn böse an. Offenbar hatte ihr Pia Borrmann davon erzählt, wie er angeblich die Anschrift erfahren hatte.

Ohne ihn weiter zu beachten, wandte sich die Anwältin an ihren Mandanten, der zusammengesunken auf der Couch kauerte. »Wir gehen jetzt, Thomas, wir stellen uns freiwillig der Kripo, ehe sie dich irgendwo abgreifen. Das bringt uns vielleicht Punkte, falls ein Haftbefehl beantragt wird.«

Thomas Kern nickte und stand schwerfällig auf. Gemeinsam verließen sie die Wohnung. Mondrian folgte ihnen ins Treppenhaus.

»Kann ich Sie …«

»Begleiten?« Zoe Kirschner warf ihm einen unwirschen Blick über die Schulter zu. »Als Crime-Experte wissen Sie doch sicher, dass nicht mal eine Gerichtsverhandlung über einen Haftbefehl öffentlich ist.«

»Schon gut. Aber ich könnte Sie hinterher anrufen, um das Ergebnis zu erfahren.«

»Es wäre einfacher, wenn ich mich danach melde«, sagte sie kühl, »falls Sie die Güte hätten, mir Ihre Handynummer zu geben.«

Mondrian zückte eine Visitenkarte und schrieb die Nummer darauf. Er hatte sie absichtlich nicht neben die Büronummer drucken lassen, weil er nicht wollte, dass er rund um die Uhr Anrufe bekam.

Sobald sie auf die Straße traten, stürzten Reporter auf sie zu. Während die Fotografen um die beste Position rangelten, die Anwältin mit ihrem Mandanten abzuschießen, riss Mondrian einen Arm hoch. Wie einen Schutzschirm hielt er die Hand vor das Gesicht, weil er keine Lust hatte, mit Thomas K. zusammen auf einem Bild zu erscheinen. Im Gedränge schlug er dabei unabsichtlich einem Fotografen die Kamera aus der Hand.

Fleißige Kollegen, fluchte er innerlich.

Woher hatten sie nur so schnell die Adresse der Bewährungshelferin erhalten? Womöglich tatsächlich von der Verteidigerin? Spielte sie ihr eigenes Spiel mit der Presse? Spielte sie auch mit ihm? Würde sie ihn wirklich anrufen, wenn eine Entscheidung gefallen war?

Die Antwort hatte er vier Stunden später. Während er in der Speicherstadt gerade die St.-Annen-Brücke überquerte und auf sein Loft zusteuerte, vibrierte sein Handy.

Eine SMS von Zoe Kirschner. »Noch Lust auf ein Glas Wein?«

Mondrian brauchte nur zehn Minuten, um zum vereinbarten Treffpunkt zu gelangen. Am Sandtorkai lief er an dunklen Kontorhäusern mit Teppichlagern und an hell erleuchteten Glasfronten vorbei, hinter denen Schiffsmakler und ein albanischer Clanchef residierten, bis er die Ditmar-Koel-Straße erreichte. Die Anwältin wartete bereits vor dem winzigen, schmucklosen Lokal auf einer Holzbank, die auf den Bürgersteig unter eine Markise gequetscht war. Nachdem die runde Wirtin radebrechend nach seinen Wünschen gefragt und er den Vinho Verde mit dem blauen Etikett bestellt hatte, den er immer beim Portugiesen verlangte, setzte er sich zu ihr.

»Was gibt's?«, drängte er.

»Zwei Überraschungen«, sagte sie und nippte an ihrem Weinglas, an dem Spuren ihres Lippenstifts zurückblieben.

»Die erste?«

Zoe Kirschner konnte den Stolz in ihrer Stimme nicht verbergen. »Kern ist auf freiem Fuß geblieben.«

»Kein Haftbefehl?«

»Nein. Obwohl Staatsanwalt Prokop den natürlich beantragt hat. Aber da gab es einen jungen Amtsrichter, der entschieden hat, dass die Aussage von Tanjas Mutter ihm nicht reicht.«

»Weshalb?«

»Weil sie ihm zu unpräzise war, zu wenig detailliert. Eigentlich konnte die Frau ja nur bezeugen, dass ihr Kind geschrien hat, nachdem sie die vergessenen Kippen aus der Wohnung geholt hatte. Und dass gleich danach ein Mann, der aussah wie Kern, weggerannt sei.«

»Und die Aussage der Tochter?«

»Gab es nicht. Tanja sei noch zu geschockt und würde kein

Wort herausbringen, hat die Mutter erklärt. Auch gegenüber einer Kripobeamtin hat die Tochter den Mund nicht aufgemacht«, erzählte die Anwältin, »da hätten wir das Alibi von Olaf Bruns gar nicht gebraucht.«

»Dem hat der Richter geglaubt?«

»Jedenfalls hat er Prokop belehrt, dass ein ehemaliger Häftling nicht automatisch ein Lügner ist. Auch wenn seine Aussage nicht gerade appetitlich wirkt, kommt man nicht so leicht daran vorbei.«

Mondrian nahm einen langen Schluck aus seinem Glas mit dem jungen Wein, in dem winzige Perlen tanzten, und spürte der kribbelnden Säure auf seiner Zunge nach, während von irgendwo ein Fado herüberwehte.

»Jetzt mal ehrlich, was halten Sie selbst von der Story? Ich habe Kerns Augen beobachtet, als er die Bettgeschichte aufgetischt hat und so wirkte, als wollte er vor Scham schier im Boden versinken. Ziemlich kühl, hatte ich den Eindruck, so blau wie emotionslos. Die schienen eine ganz andere Geschichte zu erzählen als sein Mund.«

Zoe Kirschner kräuselte ihre Lippen. »Glauben Sie etwa, dass ich meinem Mandanten in den Rücken falle? Ausgerechnet bei einem Glas Wein mit einem nicht immer ganz ehrlichen Journalisten?«

Mondrian musste grinsen. »Dann verraten Sie mir wenigstens die Überraschung Nummer zwei.«

Ihre Mundwinkel gingen schlagartig nach unten. Sie zog ihr iPhone aus ihrer Tasche und drückte auf ein paar Tasten, bis das Display in der Dämmerung aufleuchtete. Dann beugte sie sich zu ihm hinüber. Der Duft ihres Parfüms stieg ihm in die Nase, während sie ihm ein Foto zeigte.

»JUSTIZFOTZE«, stand an ihrer Kanzleitür, in roten Lettern hingeschmiert.

Daneben auf der Wand ein Schriftzug:

»WER KINDERFICKER SCHÜTZT MACHT SICH MITSCHULDIG.«

Darunter war ein Galgen gesprüht.

11

Die Fotografen hatten wieder ganze Arbeit geleistet.

Die erschütterte Mutter, Tränen in den geröteten Augen.

Die niedliche Tochter in Bluse und Höschen, verstört und bleich.

Olaf Bruns, der es offenbar nicht mehr geschafft hatte, die Tür zuzuknallen, bevor ihn das Blitzlicht erwischte.

Und Thomas K. natürlich. Nach dem Bild von seiner Entlassung aus dem Gefängnis in Fuhlsbüttel nun ein ganz frisches Foto: mit seiner Anwältin beim Verlassen eines Hauses am Paulinenplatz in St. Pauli, auf dem Weg zur Kriminalpolizei.

»Hey, sag mal.« Bruno Wunder stieß Mondrian an, der neben ihm saß. »Kommt dir der Typ neben denen bekannt vor? Der so bekloppt den Arm hochreißt, als wollte er nicht fotografiert werden? Trägt so 'ne verbeulte Hose wie du.«

»Keine Ahnung, wovon du redest«, nuschelte Mondrian in das leise Gelächter, das hinter ihnen aufgekommen war.

»Jetzt mal ernst, Leute«, ging Marc Rolfes mit seiner Polizistenstimme dazwischen, »müssen wir nicht schnell eine Story dazu raushauen?«

Die Task-Force hatte sich im »Showroom« des »magazine« getroffen, um den Schlachtplan für den Tag zu machen. Ein Dutzend Redakteure beugte sich über Bildmaterial und Nachrichten, die in den letzten Stunden reingekommen waren. Reporter blätterten in den Morgenzeitungen, die zwischen Espressotassen hin und her geschoben wurden, und Webspezialisten hockten vor Laptops, um Neuigkeiten in Homepages und Blogs aufzuspüren. Und gerade als einer von ihnen die Hand hob und auf seinen Bildschirm zeigte, wo das Logo von Canal Real mit den drei Ausrufungszeichen leuchtete, betrat Vanessa von der Heyde den Raum. In ihrem Schlepptau folgte Cornelius Riesling, der Politikchef. Er gab sich nur wenig Mühe, ein triumphierendes Lächeln zu kaschieren.

»Der Dozent hat mich eben darauf aufmerksam gemacht,

dass im Netz was Neues zu eurem Kindermörder aufgetaucht ist«, sagte Vanessa von der Heyde, während sie in ihrem fliederfarbenen Kostüm in die Runde nickte, »eine ziemlich üble Geschichte, in der auch wir eine Rolle spielen. Habt ihr das mitgekriegt?«

»Schon auf dem Schirm«, sagte der Online-Mann, der vorher die Hand gehoben hatte, und schob seinen Laptop in die Mitte des Tisches, damit alle Umstehenden Sicht darauf hatten. Eine Traube von Frauen und Männern blickte ihm über die Schulter.

»Kindermörder trotz schweren Verdachts weiter auf freiem Fuß«, stand auf der Website von Canal Real.

Darunter folgte die Meldung, dass die Staatsanwaltschaft Beschwerde gegen die Entscheidung des Amtsrichters eingelegt hatte, keinen Haftbefehl zu erlassen. In den Text waren mehrere Fotos eingerückt.

Das erste zeigte Thomas K., wie er mit Zoe Kirschner aus dem Haus der Bewährungshelferin kam.

»Der Kinderschänder und seine schöne Anwältin«, stand in der fetten Unterzeile.

Der zweite Schnappschuss war zwar unscharf, dennoch ließ sich darauf Olaf Bruns hinter Thomas K. identifizieren.

»Der Kinderschänder und sein Knastkumpel genießen die Freiheit.«

Als der Onlineredakteur zu einem weiteren Bild scrollte, ging ein leises Raunen um. Das Foto zeigte Thomas K. auf einer Hafenfähre, daneben Mondrian, der sich im Gespräch zu ihm hinüberlehnte, als wollte er ihm etwas ins Ohr flüstern.

»Der Kinderschänder und der Reporter.« Dazu die Frage: »Welche Rolle spielt dieser Journalist bei der Affäre?«

In dem Bericht wurde von einer »besonderen Nähe« gesprochen, die der Reporter des »magazine« offenbar zu dem ehemaligen Häftling habe: Schon nach der Entlassung aus Santa Fu sei er mit ihm im selben Auto weggefahren, danach habe man beide zusammen nicht nur auf der Fähre, sondern auch bei der Bewährungshelferin gesichtet. Dann wurde ein nicht namentlich genannter Polizist mit der Aussage zitiert, dass »eine enge Beziehung eines Medienvertreters zu einem verurteilten Schwerkriminellen mehr als ungewöhnlich« sei.

»Infam«, rief Wunder aus, während er sich die krausen Haare raufte, »können wir denen nicht unsere Rechtsabteilung auf den Hals hetzen?«

»Vorsicht, davon würde ich abraten.« Politikchef Riesling setzte seine Hornbrille ab und kaute auf den Bügeln herum wie immer, wenn er besonders intellektuell wirken wollte. »Es wird ja nichts Falsches behauptet, was wir mit einer Gegendarstellung angreifen könnten. Unser Reporter war schließlich mit diesem Verbrecher unterwegs, im selben Boot sozusagen …«

Er grinste, weil er die Formulierung für einen gelungenen Scherz hielt. »… er hat offenbar seine Nähe gesucht, warum auch immer …«

»Weil das mein Job ist!«, brach es aus Mondrian heraus. Den Zusatz »du Arschloch« konnte er gerade noch verschlucken. Ein Spruch des alten »magazine«-Herausgebers war ihm in den Kopf geschossen. *Raus und ran an die Menschen, um in sie hineinzuschauen.* Aber davon hat ein Bürohengst wie du natürlich keine Ahnung, fluchte er leise. Und dann wieder laut: »Soll ich etwa aus dem Glaskasten schreiben? Meine Gespräche mit Sicherheitsabstand führen? So wie ein Besucher im Knast, mit Trennscheibe und Sprechanlage …«

»… damit sie sich nachher total leblos anhören«, mischte sich Rolfes mit einem hitzigen Blick zum Politikchef ein, »so steril wie die Interviews, die ihr mit Regierungsvertretern in Berlin führt?«

»Das verbitte ich mir!« Die Stimme des Dozenten überschlug sich fast, während Vanessa von der Heyde ihre feingliedrigen Hände hob.

»Stopp! Keine Nebenkriegsschauplätze. Mich würde erst mal interessieren, warum Canal Real dich so ins Visier genommen hat, Jonas.« Sie wandte sich zu Mondrian und schaute ihn forschend an.

»Ganz einfach, Rache«, erwiderte Mondrian und zeigte auf den Namen, mit dem der Bericht unterzeichnet war. »Dieser Richard Boll ist einer ihrer Spürhunde, der war stinksauer, weil ich ihm nicht die Adresse von Kerns Bewährungshelferin verraten habe. Er hat mir sogar Geld dafür geboten.«

»Dieser fette Riese, der immer auf Kumpel macht?«, fragte eine junge Reporterin, die ihn offenbar kannte.

Während Mondrian nickte, sagte Vanessa von der Heyde: »Mich stört es überhaupt nicht, wenn uns dieser Kläffer anpinkelt. Viel wichtiger finde ich, ob wir nicht schleunigst mit einer eigenen Geschichte zu dem Fall rausmüssen ...«

»Hab ich vorhin schon gesagt«, warf Rolfes halb leise ein.

»... und unseren Lesern sagen, was wir von der Sache mit Thomas K. und dem Mädchen halten. Was glaubst du denn, Jonas? War er es, oder war er es nicht?«

»Glauben nützt nichts.« Mondrian lehnte sich zurück und schüttelte langsam den Kopf. Als der »Cop« sich ungeduldig räusperte und zum Reden ansetzte, fuhr er fort: »Sorry, wenn ich euch enttäuschen muss. Aber ich glaube bisher höchstens, dass ich noch viel zu wenig über dieses Babyface weiß.«

»Aber die anderen Medien ...«

»... sollen doch bringen, was sie wollen. Warum müssen wir uns von denen unter Druck setzen lassen? Von Dreckschleudern wie diesem Boll, der nicht mal halb so viel weiß wie ich?«

Ringsum nickten mehrere Köpfe.

»Bloß keinen Schnellschuss, der uns später auf die Füße fällt«, sagte Bruno Wunder, »wir sollten recherchieren, bis die Story wirklich steht.«

»So mookt wi dat«, entschied Vanessa von der Heyde, deren Hamburger Platt etwas holperig klang, weil sie aus München stammte. »Aber wie kommen wir nun weiter?«

»Indem wir noch näher an Annikas Mörder rangehen.« Mondrian warf einen Seitenblick auf Riesling. »Thomas Kern ist mir noch ein Rätsel. Aber ich kenne jemanden, der es vielleicht lüften kann.«

12

Die Gegend um die Alte Rabenstraße an der Außenalster zählte zu den schönsten Hamburgs. Und zu den teuersten. Wenn man vom vornehmen Mittelweg einbog, passierte man weiß gestrichene Prachtbauten, die an britische Herrschaftshäuser erinnerten. Und zwischen sattem Grün schimmerte einem gleich danach mit weißen Segeln getupftes Blau entgegen. Balsam für die Seele, dachte Mondrian, als er auf das Wasser zurollte. Vielleicht brauchte man so ein Umfeld, um in die Abgründe der Seele zu schauen.

Hier also hatte sich der Gerichtsgutachter niedergelassen, der ein Faible für alte Jaguars und eine junge Blondine hatte. Kaum ein Parkplatz zu finden zwischen all den Luxuskarossen, die vor den Villen mit Ziergiebeln und gepflegten Vorgärten um die Wette schimmerten. Kein Zweifel, Dr. Sigmund Freud hätte das Ambiente sicher gefallen. Aber war das nicht ein merkwürdiger Ort, um ehemalige Häftlinge und andere Outcasts als Patienten zu behandeln?, fragte sich Mondrian, als er auf ein von Säulen gerahmtes Portal zulief.

»Dr. Vincent Urban. Psychiater und Psychotherapeut«, verkündete das Schild aus Messing.

Würde er reden? Mauern? Würde er versuchen, Mondrian abzuwimmeln? Oder war er gar nicht da?

»Kommen Sie einfach herein«, sagte der Mann mit dem weißen Schnäuzer verbindlich, als er mit einer Pfeife in der Hand persönlich die Tür öffnete und Mondrian in einen holzgetäfelten Salon führte, »ich habe Sie schon erwartet.«

»Dann können Sie also auch in Menschen reinschauen, die noch nicht auf Ihrer Couch lagen?«

»Nicht nötig in Ihrem Fall.« Hinter der Tabakwolke kam ein breites Grinsen zum Vorschein. »Zoe hat mir von Ihnen erzählt … und von Ihrem diskreten Wink, Sie könnten etwas Bestimmtes veröffentlichen, was bei der Justiz zu Irritationen führen würde.«

Die verchromte italienische Espressomaschine zischte.

»Staatsanwalt Prokop könnte so etwas womöglich Nötigung nennen.«

»Aber nicht doch, Herr Urban, diesen gegelten Herrn sollten wir lieber außen vor lassen. Den können wir doch beide nicht leiden, oder?«

»Das würde ich jetzt nicht dementieren.« Er lachte laut auf und schob Mondrian ein Tässchen mit dampfendem Inhalt über den Tisch mit Marmorplatte, an den sie sich setzten. »Zucker?«

Mondrian ließ einen Würfel in dem dunklen Sud verschwinden. »Sie wissen also, warum ich hier bin?«

»Sicher. Sie wollen mich zum Bruch meiner ärztlichen Schweigepflicht verleiten und hinter Gitter bringen.«

»Kaum. Thomas Kern hat Sie bereits davon entbunden. Oder vielmehr seine Anwältin.« Mondrian wedelte mit einem Blatt Papier, auf dem ein paar handgeschriebene Worte standen, die augenscheinlich hastig hingekritzelt worden waren.

»Na, dann ist ja alles bestens.« Er ließ eine Reihe bemerkenswert weißer Zähne sehen, die so aussahen, als hätten sie ein Vermögen gekostet.

»Bestens? Sagen Sie mal, Herr Doktor, ist Ihnen nicht eher ein bisschen mulmig zumute? Schließlich steht der Häftling, dessen Freilassung Sie befürwortet haben, wieder im Verdacht, ein Kind angegriffen zu haben.«

»Nun«, antwortete der Psychiater gedehnt und leckte ein paar Tropfen Espresso von seinem Schnäuzer, »ich habe nie behauptet, dass ich positiv feststellen kann, er sei ungefährlich. Genauso wenig, wie man positiv sagen kann, er sei gefährlich. Verstehen Sie?«

»Nicht ganz«, antwortete Mondrian diplomatisch. Er wollte lieber erst Urban reden lassen und ihn aus der Reserve locken. »Wie kommen Sie überhaupt zu einer Diagnose?«

»Aktenfresserei, Tests, statistische Checks. Aber vor allem natürlich die Exploration, das persönliche Gespräch, falls der Patient sich darauf einlässt. Der sitzt Ihnen ja dann gegenüber, Sie können jedes Wimpernzucken sehen.«

»Wimpernzucken? Das hilft bei der Psychoanalyse?«

»Um Gottes willen, vergessen Sie die Psychoanalyse! Die ist sowieso stark überschätzt. Da brauchen Sie für jeden Patienten Jahre, und vielleicht sind Sie dann immer noch am Anfang. Bei einem Strafgefangenen haben Sie ein oder zwei Tage, einen kurzen Besuch.«

»Dafür haben Sie allerdings eine ganze Menge Macken bei Kern festgestellt.«

»Macken? Nun, das mag Ihre Ausdrucksweise sein. Als Fachmann spreche ich lieber von Störungen, die bei Kern durchaus multipler Natur sind.«

Urban stand auf und fing an, mit im Rücken verschränkten Händen durch den Salon zu stolzieren, als wäre er in einem Hörsaal. Er redete von »Angststörungen«, »Identitätsstörungen«, schweifte von der »kombinierten Störung des Sozialverhaltens« zu einer »Bindungsstörung mit emotionaler Labilität«.

»Und das heißt?«, unterbrach ihn Mondrian, als der Psychiater immer mehr Fremdwörter fallen ließ.

»Nun ja, so etwas ist nie monokausal. Kerns Probleme haben sicher komplexe Ursachen. Offenbar litt er darunter, dass er nie die Wärme und Geborgenheit bei leiblichen Eltern kennenlernte. Die Situation bei den Adoptiveltern muss man differenziert sehen. Den Vater hat er vergöttert und dessen Tod als schweren Verlust empfunden, die Mutter ... nun, darüber möchte ich nicht reden. Er entwickelte jedenfalls situativ eine eingeschränkte Beziehungsfähigkeit mit dissozialen und narzisstischen Zügen ...«

»Und das heißt?«

»Übersetzt könnte man sagen, dass er sich in sich selbst zurückzog und ein Eigenleben in seinem Inneren führte, wobei er sich selbst idealisierte und seine Wut nach außen lenkte. Das ging einher mit einer Flucht in eine Nebenrealität mit destruktiv-aggressiven Tendenzen ...«

»Und das heißt?«

Urban stutzte. »Wie bitte?«

Er blieb stehen und schaute zu Mondrian hinunter.

»Das heißt, für Laien vielleicht verständlicher, dass er zum Beispiel Mitschüler quälte, Spielkameraden schikanierte, eine

Katze zu Tode folterte, ›nur so zum Spaß‹, wie er mir sagte. Wenn er nicht überhaupt in seinem Zimmer blieb und vor sich hin träumte …«

»Also ein Stubenhocker?«

Urban nickte. »… und Videos konsumierte in einem Ausmaß, das ich nur als pathologisch bewerten kann.«

»Auch Horrorstreifen?«

»Natürlich, das ist ja kein Geheimnis. Allerdings beteuert er, Filme wie ›Scream‹ und ›Halloween‹ hätten ihn nicht mehr interessiert, seitdem er fünfzehn oder sechzehn war.«

»Wie passt das zu der Maskerade, die er bei dem Mord an Annika trug? Warum besaß er das Zeug dann überhaupt noch?«

»Als Psychiater kann ich nur das wiedergeben und werten, was mir der Patient sagt, Herr Mondrian. Spekulationen und Ausschmückungen überlasse ich gern Ihrem Metier. Ich muss mich auf das beschränken, was ich bei der Exploration erfragen kann.«

»Aber wie schützen Sie sich vor falschen Behauptungen? Vor Antworten, die man in Ihrem Gewerbe wohl als ›sozial erwünscht‹ bezeichnet. Müssen Sie nicht Angst haben, dass Ihnen ein Häftling nach dem Mund redet, weil er unzählige Runden mit Gefängnispsychologen hinter sich hat?«

»Schon möglich.« Urban zuckte mit den Schultern. »Schließlich benutzen wir keinen Lügendetektor. Leider.«

»Leider?«

»Glauben Sie mir, ein ziemlich präzises Instrument. In den USA werden damit immer wieder Unwahrheiten entlarvt.«

»Dann hätte es bei Kern ja wohl auch ausschlagen müssen.«

»Warum?«, fragte der Psychiater verblüfft.

»Weil er Ihnen doch versichert hat, dass er nicht mehr auf kleine Mädchen steht, oder? Dabei hat er in seiner Zelle offenbar fleißig Bilder von ganz jungen Bravo-Girls ausgeschnitten und versteckt.«

»Ja, ich muss zugeben, das hat mich, als ich es erfahren habe, auch irritiert.«

»Und woher kommt diese Neigung?«, fragte Mondrian, während sein Blick an einem prallen expressionistischen Halbakt an der Wand hängen blieb. »Warum fühlt sich Kern nicht zu solchen Frauen hingezogen? Es muss doch einen Grund geben für diese sexuelle Devianz, wie Sie das als Doktor der Medizin bestimmt nennen würden.«

»Das könnte an einer Traumatisierung während der Adoleszenz liegen«, antwortete Urban, ohne die ironische Anspielung auf sein Fachchinesisch zu bemerken.

»Was für eine Traumatisierung, Herr Dr. Urban? Im Klartext bitte.«

»Ich weiß nicht, ob ich wirklich ...«

»Was ist passiert mit der Adoptivmutter? Mit Leone?«, drängte Mondrian.

»Also, wenn Sie schon davon wissen ...« Der Psychiater nahm wieder seine Pfeife zur Hand und zündete sie umständlich an, während Schweißperlen auf seine Stirn traten.

»Wie alt war Thomas, als sie was mit ihm hatte?«, fragte Mondrian in den blauen Dunst hinein.

»Vierzehn oder fünfzehn. Ich müsste in meinen Notizen nachsehen ...«

»Sexueller Missbrauch?«

Urban verstummte einen Moment. Dann sagte er: »Von mir haben Sie das nicht, aber gehen Sie mal davon aus, dass er seine erste sexuelle Begegnung mit einer Frau nicht als angenehm empfunden hat, sondern als Schock. Sie war betrunken und hat ihn zu gewissen Sexspielen in ihr Bett geholt. Er hat erzählt, dass er danach zum Klo gerannt ist und ›abgekotzt‹ hat.«

»Und er hat mit niemandem darüber sprechen können?«

»Mit wem denn? Er hat versucht, das zu verdrängen. Auch, indem er mit Alkohol und anderen Betäubungsmitteln angefangen hat. Aber das hat seinen Reifeprozess quasi gestoppt. Sexuell war das Ergebnis leider diese fatale Fixierung auf junge Mädchen. Weil die in seinen Augen noch rein sind, so wie die Phantasieengel aus seinen Filmen.«

»Und so etwas lässt sich viele Jahre später therapieren?«

»Nun, in der Haft ist ja der Anfang gemacht worden. Mit guten Fortschritten.«

»Wissen Sie eigentlich, dass Kern dort eine Art Selbsttherapie versucht hat, wie er das nennt? Indem er sich brennende Zigaretten oder eine Feuerzeugflamme auf die Haut gehalten hat?«

»Ja, die Brandflecken sind schon im Vollzug aufgefallen, beim Duschen. Die Psychologen in der Anstalt haben das nicht groß thematisiert, um diese Selbstbeschädigungen nicht noch zu verstärken. Und ich habe diese Linie beibehalten.«

»Und jetzt, so viele Jahre später, kommen Sie noch an ihn ran?«, fragte Mondrian skeptisch. »Können Sie wirklich nach seiner Entlassung noch etwas bewegen durch Ihre Therapie?«

Urban lächelte. »Erwarten Sie etwa, dass ich darauf mit Nein antworte?« In seiner Stimme schwang ein sarkastischer Ton mit, während er sich in seinem geräumigen Domizil umschaute. »Das ist natürlich aufwendig. Und kostet. Zeit und Geld.« Er blickte auf die antike Standuhr in einer Wandnische, die bestimmt nicht vom Flohmarkt stammte. »Demnächst kommt schon wieder Kundschaft.«

»Exknackis? Die nur mit der gerichtlichen Auflage rausgekommen sind, sich behandeln zu lassen?«

Er nickte. »Und wie es der Zufall will, ist sogar Kern dabei, in der nächsten Gruppe. Ich tue ja mein Bestes, allerdings sitzen manche hier bloß ihre Stunden ab, während sie stumm aus dem Fenster schauen.«

Der Mann mit dem Schnäuzer stand auf und geleitete Mondrian zum Ausgang. Vertraulich legte er ihm die Hand auf die Schulter. »Das schreiben Sie aber nicht, oder?«

Eigentlich ein ganz umgänglicher Mann, dachte Mondrian, während er dem Psychiater die Hand schüttelte und die Marmorstufen zum Vorgarten hinunterstieg. Nur was hatte er von ihm wirklich erfahren?

Auf *eine* entscheidende Frage hatte Dr. Vincent Urban jedenfalls die Antwort verweigert.

»Trauen Sie Thomas Kern den Überfall auf das Mädchen in St. Pauli zu?«

»Fragen Sie mich was Leichteres«, hatte er nach langem Zögern gemurmelt.

Und sich lächelnd hinter ein paar Rauchkringeln verschanzt.

13

Rasch drei Schritte zurück.

In den Schutz der Einfahrt.

Die überhängende Kletterpflanze bot genug Deckung, um unbemerkt die Straße entlangzupeilen.

War das nicht Thomas Kern, der dort hinten mit drei anderen Männern den Bürgersteig heruntergeschlendert kam? Sie schienen sich über etwas in ihren Händen zu beugen, Blätter oder Bilder, und feixten, als wollten sie Löcher hineinstieren.

In einem schnellen Impuls drückte sich Mondrian an die Garagenmauer und wandte sein Gesicht ab. Hörte, wie Schritte näher kamen. Dann Männergelächter, das dreckig klang.

»Und die hier? Habt ihr das kleine Luder schon gesehen?«

»Los, zeig schon her.«

»Mannomann. Sieht echt verboten aus.«

»Ist es ja auch, oder?«

Kichern, unterbrochen von rasselndem Raucherhusten.

»Und die da? Mit dem zuckersüßen Arsch?«

»Geil. So was von …«

Die Schritte und Stimmen entfernten sich, sodass er nichts mehr verstehen konnte. Er wandte sich vorsichtig um und schaute den Männern nach, die offenbar Fotos von Hand zu Hand wandern ließen.

Das also war die Vorbereitung auf die Therapiestunde bei Dr. Urban. Ein reger Pornotausch.

Allerdings hatte Mondrian nicht genau erkennen können, ob sich auch Kern daran beteiligt hatte. Er sah nur, wie der mit den anderen auf das Haus des Psychiaters zusteuerte und zwei Minuten später darin verschwand.

Sofort schoss ihm ein Gedanke in den Kopf. War das nicht eine unverhoffte Chance, ihm heimlich zu folgen, wenn er wieder herauskam? Er beschloss, zu warten. Auszuharren, bis die Tür wieder aufging. Was würde Thomas K. unternehmen, wenn er sich unbeobachtet glaubte? Wenn er nicht mit einem

Journalisten auf einer Hafenfähre stand, der jede seiner Regungen misstrauisch registrierte? Wenn ihm niemand vor seinem Wohnhaus auflauerte und mit einer Kamera im Nacken saß? Würde er dann vielleicht durch die Stadt streunen, um wieder junges Blut zu jagen?

Stopp, ermahnte Mondrian sich selbst. Bisher hast du keinen einzigen handfesten Grund, das anzunehmen. Schließlich hatte Kern den Überfall auf Tanja bestritten, und immerhin hatte der Haftrichter ihm geglaubt. Willst du klüger sein als der?, fragte er sich, während er vorsichtig aus der Deckung trat, um sich die Beine zu vertreten. Andererseits: Nicht mal Urban, im Gericht Kerns wichtigster Fürsprecher, wollte die Hand für seinen Patienten ins Feuer legen. Und war es nicht gefährlich naiv, darauf zu vertrauen, dass Annikas Mörder inzwischen geläutert war? Dass die Therapie gerade bei ihm funktioniert hatte, während sie offenbar bei einem Teil der Sexualtäter völlig wirkungslos blieb?

Mondrian wusste, dass es nicht viele davon gab. Aber sie existierten, diese »Unbehandelbaren«, wie selbst Anstaltspsychologen einräumten, so ungern wie machtlos. Keiner sagt es laut, hatte ihm ein Forensiker erst neulich bei einem Kongress zugeflüstert, doch ein Teil der Patienten ist einfach nicht erreichbar. Nicht durch Worte, nicht durch Medikamente, seien sie noch so hart, ja nicht mal durch Stromstöße. »Völlig empathielos, innerlich total kalt.«

Und das Babyface?, fragte sich Mondrian, während er unruhig auf und ab ging und das Haus des Psychiaters im Blick behielt. Was für ein Hirn mochte hinter den eisblauen Augen stecken, die so kindlich und harmlos schauen konnten, aber auch unergründlich wie ein Gletschersee?

Während er noch in seine Überlegungen versunken war, hörte er eine Tür klappen. Er sah, dass sich an dem Portal von Urban etwas bewegte. Die Männer traten aus dem Haus des Psychiaters, sie redeten laut, schlugen sich auf die Schulter, einer schien sogar Bewegungen wie beim Onanieren zu machen, während er hämisch grinste und über die Schulter zurückblickte. Sie verabschiedeten sich voneinander, und Thomas Kern blieb allein auf dem Bürgersteig zurück. Unschlüssig schaute er hin und her.

Richtung City? Richtung Alster? Mondrian sah von seinem Beobachtungsposten, wie er zögerte. Dann schlug er den Weg zum Wasser ein, und sobald er die Uferstraße gekreuzt hatte, mischte er sich unter die Leute, die dort in Massen unterwegs waren. Spaziergänger, Radfahrer, Jogger, ein nicht endender Strom von Menschen bewegte sich auf der Promenade am Alsterufer entlang, so dicht, dass Mondrian ihn fast gleich in dem Gewimmel verloren hätte. Er musste zwischen zwei Autos hindurchsprinten, um aufzuholen und ihm hinter einem Pulk lauter Touristen auf den Fersen zu bleiben. Aber wo wollte er hin?

Kein Zweifel, er musste mehr in seine Nähe, um das rauszufinden. Er schob sich die Sonnenbrille tief über die Augen und schlich von einer Spaziergängergruppe zur nächsten, immer in seinem Rücken, immer dichter ran. Bloß nicht zu sehr, sagte er sich: Wenn Kern sich umdrehte und ihn entdeckte, wäre alles gelaufen. Kein Zweifel, dass er ausflippen und abhauen würde, der zäh aufgebaute Kontakt wäre erledigt. Deshalb blieb er mindestens zehn Meter hinter Kern, als er Frauen mit Kinderkarren überholte, Händchen haltende Paare umkurvte und schnaufende Freizeitsportler passieren ließ, bevor er schließlich den Park hinter Bodos Bootssteg erreichte. Dort blieb Kern plötzlich stehen.

Mondrian brauchte nur Sekunden, um unter die hängenden Zweige einer Weide abzutauchen und Ausschau zu halten, dann wusste er, warum. Thomas Kern lehnte an einem Baumstamm und beschattete seine Augen mit einer Handfläche, um reglos in eine Richtung zu starren.

Zu fünf Teenies, die sich eine Frisbeescheibe zufliegen ließen.

Mädchen, natürlich.

Leicht bekleidet, Sommersprossen, Lachen im Gesicht.

Sie merkten gar nicht, wie der Mann in der Nähe mit den Augen an ihnen klebte. Mit geschickten Bewegungen ließen sie die Scheibe immer wieder durch die Luft segeln und liefen ihr nach, um sie zu fangen. Als sie einmal aus der Flugbahn geriet und neben ihm zu Boden trudelte, bückte der entlassene Häftling sich rasch und reichte sie einem der Mädchen. Mondrian sah, wie er sich Schweiß aus dem Gesicht wischte.

Nur weil die Nachmittagshitze inzwischen schwül war?

Minutenlang beobachtete Kern weiter das Spiel der Mädchen, bis sie die Lust verloren und ihre Sachen packten. Auch ihr Beobachter zog weiter. Zu einer Stelle, wo man zwischen den Büschen einen guten Blick auf das Ballett der weißen Segel auf der Alster hatte. Aber dorthin schaute er nicht, als er sich auf eine Bank wenige Meter vom Ufer setzte. Sondern auf ein paar Kinder, die sich mit kühlendem Nass bespritzten. Ein Junge, vielleicht zehn oder elf, zielte mit seiner riesigen Wasserpistole auf etwa gleichaltrige Mädchen, die lachend flüchteten und zurückkamen, um ihn mit Fontänen aus Sprudelflaschen zu hetzen. Nach einer Weile klebten die Shirts und Höschen an jedem Leib.

Selbst aus einigem Abstand konnte Mondrian sehen, wie angestrengt Thomas Kern zu den Kindern lugte. Als wären seine Augen fixiert auf die jungen Körper, die vor Nässe glänzten. Der gleiche intensive Blick ein paar hundert Meter weiter, nachdem er sich endlich gelöst hatte, an den Grillschwaden türkischer Großfamilien vorbeigezogen war und sich in eine Traube von Menschen mischte, die Schwäne fütterten. Er stellte sich direkt neben ein etwa sechs Jahre altes Mädchen, hob immer wieder heruntergefallene Brotstücke auf und legte sie der Kleinen in die Hand, damit sie die Brocken in die geöffneten Schnäbel stecken konnte. Bis ein älterer Mann daneben, vielleicht der Großvater, ihn in die Seite stieß. Nicht etwa, um ihn zu stoppen. Er zeigte auf das Toilettenschild neben Bodos Bootssteg. Offenbar wollte er dorthin und die Kleine für eine Weile in Kerns Obhut lassen. Und Mondrian zuckte zusammen, als er mitbekam, wie der die Hand des Mädchens ergriff und die Kleine nach hinten zog. Aber er kam nicht weit.

Lautes Weinen, empörte Rufe, aufgeregtes Geschrei.

Thomas K. stammelte irgendetwas Hilfloses. Augenblicklich ließ er das Mädchen los und rannte, so schnell er konnte. Mischte sich unter die Jogger, die mit Kopfhörern auf den Ohren im Slalom um die Spaziergänger keuchten und nicht ahnten, was gerade geschehen war. Mondrian hatte Mühe, hinter ihm herzuhecheln, und während er nach Atem rang, schoss Zorn in ihm hoch.

War das alles Quatsch, was Thomas K. auf der Fähre behauptet hatte? Seine Story vom »neuen Menschen«? Hatte der Kerl ihn bloß verarscht, als er den Geläuterten gespielt hatte, obwohl er immer noch krank nach Kindern war?

Nicht so schnell, ermahnte sich Mondrian. Er verlangsamte seine Schritte, weil er sah, dass auch Thomas Kern vor ihm die Luft auszugehen schien. Noch ist nichts klar. Möglich, dass Kern die Kleine gar nicht in seine Gewalt bringen wollte, sondern nur ein Stück weg vom Wasser, wo das Gelände abschüssig und schlüpfrig war. Aber er merkte selbst, wie seine Gedanken auf unsicherem Boden schlingerten. Wie die Hoffnung jetzt einer vagen Angst wich. War Annikas Mörder doch noch eine tickende Zeitbombe, wie der Staatsanwalt gewarnt hatte? Was könnte in den nächsten Stunden noch passieren, wenn Mondrian ihn jetzt laufen ließ?

Er gönnte sich nur einen Moment zum Verschnaufen, dann folgte er Kern. Kopf gesenkt, Körper gebeugt, im Rücken anderer. Vorbei am amerikanischen Konsulat, an den Ruderclubs mit ihren Bootsschuppen. Kern drehte sich nur einmal um, ohne Mondrian zu bemerken. Dann wandte er sich auf einmal ab von der Alster und lief auf den Dammtorbahnhof zu.

Wollte er etwa hoch zu den Gleisen, in einen Zug steigen und abhauen?

Einen Moment überlegte Mondrian, ob er hinterherspurten sollte, um ihn zu packen und zur Rede zu stellen. Aber dann registrierte er, dass sein Vordermann durch den Tunnel unter der Bahnstrecke lief und in die Grünanlagen von Planten un Blomen einbog. Er hatte offenbar andere Pläne.

Während Mondrian noch darüber rätselte, kamen über den Baumkronen bunte Lichter zum Vorschein.

Die stählernen Arme riesiger Schaukeln und Schleudern.

Die Konturen von Achterbahnen und Riesenrad.

Da ahnte er endlich, was sein Ziel war.

Thomas K. ging plötzlich schneller, wie von einem Magneten gezogen, überquerte die Straße vor dem Heiligengeistfeld und verschwand in dem Meer von Menschen, die zum Rummel strömten.

»Sommerdom«.

Zehntausende von Besuchern.

Und Lady Gaga, die aus den Boxen grölte.

»That boy is a monster
m – m – m – monster …«

14

geil.

wie die hemdchen im fahrtwind flattern. wie die zöpfe nach hinten wehen. schreie und juchzer, wenn sich das karussell schneller und schneller dreht. wird mir ganz schwindlig, wenn ich drunterstehe und nach oben schaue. rauschen. fliegen. himmel. so was von abgehoben, wusste gar nicht mehr, wie das ist, der »sommerdom«. warum heißt das eigentlich so komisch? egal, ist einfach irre, hier rumzulaufen, kreuz und quer zwischen riesenrad und rummelbuden. millionen volt.

nicht dass mich diese großen schleudern besonders interessieren würden. die neuen kotzmaschinen, wo »shaker« oder »airwolf« draufsteht und die leute nach ein paar minuten turbo mit wackeligen beinen rauskommen, die gesichter scheißgrün. solche dinger gab's noch gar nicht, als ich das letzte mal hier war, vor gefühlt hundert jahren, auch nicht den »höllenblitz«, glaube ich, die riesige achterbahn. aber das ist alles nicht so mein ding, da kribbelt bei mir nichts. nein, ich hol mir lieber woanders meinen kick.

geht schon los, wenn ich zwischen den millionen buden rumspaziere, wo es den ganzen süßkram gibt. gebrannte mandeln, kandierte weintrauben oder diese lebkuchenherzen, wo »ich liebe dich« und andere sprüche draufstehen. dann auch so wunderbares zeug wie »schokosalmiak-lollis«, »lakritzlassos« und »türkischer honig«. wow, allein die namen! und wie das duftet! aber wenn ich ehrlich bin, zieht mich was anderes hierher. kaum zu glauben, überall diese kinderlippen voller zuckerwatte, klebrige münder, verschmiert von softeis … puh, wenn ich da mal dran lecken könnte …

aber stopp, jetzt spinn ich schon wieder was zusammen.

was ich nicht darf. was verboten ist.

wo ich erst vorhin vom psychodoc gekommen bin.

hätte ich dem urban das stecken sollen, dass vor der therapie pornos die runde machen? dass sich die anderen knackis noch schnell fotos von frischfleisch reinziehen, bevor sie die zeit bei ihm absitzen?

ist, glaube ich, viel wichtiger, dass ich da nicht mitmache, sondern mir wirklich mühe gebe, an mir zu arbeiten und mich zu kontrollieren.

sagt doch auch der doktor, dass ich auf einem guten weg bin. dass ich schon im knast gute fortschritte gemacht habe. und jetzt soll ich einfach aufpassen, mir die mädchen aus dem kopf hauen, die großen, vor allem aber die kleineren natürlich. die wären für mich wie »trigger«, die irgendwelche stoffe im hirn freisetzen.

biochemie. wer soll das verstehen?

ich hab keinen schimmer davon, hab bloß kapiert, dass ich mich einfach von den niedlichen dingern fernhalten soll. nicht dorthin gehen, wo ich welche treffen könnte. no-go-zonen, so nennt der herr urban das. leicht gesagt. ist das dann nicht mindestens die halbe stadt? wo kann ich dann überhaupt noch hin?

das war mir vorhin jedenfalls nicht so klar, als ich nach der therapie bei ihm weg bin. hatte keinen plan. wollte erst mal bloß wasser und grün sehen. das kann sich ja niemand vorstellen, dass du vergisst, wie so was aussieht, wenn du jahrelang nur steine angestarrt hast. wahnsinn, wie das plötzlich knallt, die farben, das licht, die sonne. und dann ist es eben, da unten an der alster, passiert.

ja, gebe ich ja zu, ich hab nicht nur wasser und wiesen angeglotzt. sondern auch … was anderes. aber echt, das mit der kleinen bei den schwänen, das war doch einfach ein missverständnis. die wollte ich doch nur ein stück vom wasser wegziehen, während ihr opa zum pinkeln war. hat denn niemand gesehen, dass die auf dem glitschigen boden sonst reingefallen wäre? dieses geschrei! obwohl ich sie nicht mal richtig berührt habe, außer an der hand natürlich. und davor die anderen, die frisbeespielerinnen und die süßen kleinen, die mit wasserpistole und sprudelflaschen rumgetobt haben: ist es denn wirklich so schlimm, wenn ich die 'ne weile aus ein paar metern abstand angucke? sie nicht mal anspreche? und wenn ich jetzt zu den mädchen hochschaue, die über mir im karussell abgehen?

mal ehrlich, die merken das doch gar nicht. denken an nichts böses, während sie in ihren luftigen shirts mit bienen und schmetterlingen drauf einfach nur fliegen. die meisten sind ja noch kinder, aber dort drüben, da sind auch welche, die mich an das bravo-girl erinnern, das ich in der zelle an die wand gepinnt hatte, rehaugen, unschuldiger blick … mein gott, wie viele nächte hab ich mit ihr verbracht, bevor dieser verfickte schließer mit dem stinkenden atem kam und das foto abgerissen hat!

ja, schon gut, ich muss zugeben, ich merke auch jetzt, dass ich wieder feuchte hände bekomme, wenn ich an sie denke. oder liegt das an der kleinen, die jetzt hier direkt neben mir steht, einen riesigen luftballon an der hand? muss mich fast schon kneifen, damit ich nicht über ihre nackten arme streife … kapier noch gar nicht, dass ich sie im vorbeigehen einfach berühren könnte, als wäre es aus versehen … oh entschuldigung, mein fehler, hat hoffentlich nicht wehgetan …

mannomann, was ist bloß mit mir los?

warum bin ich nicht wie die anderen, einfach normal?

ich weiß es nicht. und manchmal kriege ich angst, ich werde es nie mehr erfahren.

weiß bloß, dass ich jetzt mit der hand unter ihr shirt schlüpfen möchte. über die kleinen knospen streichen, ganz langsam, und dann tiefer und tiefer …

so schön, so wunderschön …

ich könnte schreien.

15

Elbchaussee. Höchste Cabrio-Dichte Hamburgs. Immer wieder schoss ihm dieser Gedanke in den Kopf, wenn er auf der Prachtstraße über dem Flussufer von Altona nach Othmarschen fuhr. Selbst bei frostigem Wetter konnte die Hoffnung auf vereinzelte Sonnenstrahlen besser motorisierte Hanseaten zu Freiluftfanatikern machen. Jetzt mischte sich die sommerliche Abendschwüle mit Wolken von Auspuffgasen, die sich bei den häufigen Staus sammelten, nicht mal der Fahrtwind brachte noch Kühle. Als Mondrian hinter Parks und herrschaftlichen Villen die richtige Hausnummer erreicht hatte und durch ein schmiedeeisernes Tor in die Zufahrt bog, fiel ihm sofort auf, dass auch dort ein Wagen mit geöffnetem Verdeck parkte. Ein Mercedes, älteres Baujahr.

Wie die Besitzerin, dachte Mondrian. Die muss doch auch in den reiferen Jahren sein.

Leone Kern wartete schon auf der Treppe vor ihrem Palais und empfing ihn mit zu viel Lippenstift und Mascara, aber nicht mit übertriebener Freundlichkeit.

»Herr Mondrian? Sie können sich denken, dass ich mich auf Ihren Besuch nicht gerade freue«, sagte die Frau mit den silbern getönten Haaren, während sie ihn durch den Garten zur Loggia führte. Trotz einer gewissen Leibesfülle konnte man ihr ansehen, dass sie früher sicher attraktiv gewesen war. Jetzt verbarg sie die ausladende Figur unter einem weit geschnittenen Kleid, das nicht besonders geschmackvoll, dafür aber umso teurer aussah.

»Natürlich bin ich nicht naiv. Ich habe damit gerechnet, dass sich die Presse bald bei mir melden würde.«

Sie kommandierte einen Labrador auf seine Decke. Dann forderte sie ihren Besucher mit einer saloppen Bewegung ihres gebräunten Arms auf, in einer Ecke mit Stilmöbeln Platz zu nehmen, die schlecht zu ihrer etwas zu schrillen Kleidung passten.

»Und nun denken Sie also, dass Sie der Rabenmutter gegenübersitzen, die nicht mal ihren Sohn aus dem Gefängnis abgeholt hat?«

Mondrian ließ sich Zeit mit der Antwort.

»Doch, ungewöhnlich fand ich das schon«, sagte er, während ein Hausangestellter, ein muskulöser Afroamerikaner, eine Flasche und Gläser brachte.

»Als ob Thommy das gewollt hätte!« Ihre wulstigen Lippen, von Falten durchzogen, sackten nach unten. »Hat er das behauptet?«

»Nicht wirklich. Er hat schon angedeutet, dass Ihre Verbindung ... erkaltet ist.«

»Erkaltet?« Es klang sarkastisch, als sie kurz auflachte. »Ach, Herr Mondrian, Sie brauchen nicht um den heißen Brei herumzureden. Ich kann mir schon denken, was er über mich erzählt und wie er über mich herzieht ... das hat er ja auch wohl schon bei dem Therapeuten gemacht.«

Sie goss Rotwein in die Gläser ein, schob eines davon zu Mondrian hinüber, ohne ihn zu fragen. Bevor sie weitersprach, nahm sie einen großen Schluck.

»Ja, da gab es mal was zwischen uns, zwischen mir und Thommy. Es fällt mir nicht leicht, darüber zu reden, aber das ist wohl nötig, damit nicht alles ins falsche Licht gerückt wird.«

»Was meinen Sie damit?«, fragte Mondrian und ignorierte das gefüllte Glas vor ihm.

»Wir waren alle, wie soll ich sagen, ziemlich animiert in dieser Silvesternacht, in der das passiert ist. Ich hatte ein paar Freundinnen und Freunde zu einer Party eingeladen, aber nicht nur zum Bleigießen. Es ist ziemlich hoch hergegangen, auch etwas freizügig, Sie wissen schon. Und danach ist was aus dem Ruder gelaufen ...«

Sie nahm wieder einen langen Schluck.

»Ach, es sollte einfach ... ein Spaß sein«, sagte sie schließlich.

»Ein Spaß? Wie bitte?«

»Ja, für uns beide. Herrje, ich hab mir nicht so viel dabei gedacht, als ich ihn ins Bett geholt habe. Ich war damals einfach blau.«

Sie hob wieder ihr Glas, setzte es aber gleich wieder ab, als sie Mondrians Blick auf ihre leicht zitternde Hand bemerkte.

»Damit Sie mich nicht falsch verstehen«, fügte sie schnell

hinzu, »ich weiß inzwischen natürlich, dass ich was falsch gemacht habe. Ja, ich habe was getan, was völlig daneben war, keine Frage. Aber vielleicht wird das jetzt alles etwas zu hoch gehängt. Schließlich war ja da keine Gewalt im Spiel, als wir …«

Er wartete, dass sie weiterredete, aber das tat sie nicht.

»Was auch immer damals passiert ist«, sagte Mondrian, »es scheint Ihren Sohn geschockt zu haben. Sagen jedenfalls die Psychiater.«

»Behaupten sie, ja. Aber Thommys Welt war auch vorher nicht gerade heil. Der Schock kam doch schon viel früher, als mein Mann im Hafen diesen furchtbaren Unfall hatte … von einem Container zerquetscht wurde, den ein Kran fallen gelassen hat …«

Sie nippte wieder an ihrem Wein, bevor sie fortfuhr.

»Das hat auch Thommy gebrochen. Weil er meinen Mann so geliebt und angehimmelt hat. Danach ging es gleich bergab mit ihm. Hat er Ihnen das nicht erzählt? Wie er in der Schule gemobbt wurde, als er nichts mehr auf die Reihe kriegte? Wie er von den anderen nicht mehr zu Geburtstagsfesten eingeladen wurde? Wie man ihn als Schwächling fertiggemacht und immer als Letzten in die Sportmannschaft gewählt hat? Ja, er war auch wirklich anders als die übrigen Jungs, irgendwie zarter und kindlich, selbst mit fünfzehn noch.«

»Aber doch schon alt genug für Killerspiele am Computer? Für Gewaltvideos und Horrorfilme? Den ganzen Mist, den Sie ihm gekauft haben?«

»Aber wo leben Sie denn, Herr Mondrian? Alle Jungs aus der Nachbarschaft hatten solche Dinge, und ich wollte Thommy doch nur happy machen. Ich wollte nicht, dass er immer nur Außenseiter ist, sondern mit denen mithalten kann. Er ist ja dann später auch öfters mit irgendwelchen Kumpels zum Kiez gezogen …«

»… aber Sie haben nicht mitgekriegt, was er dort treibt. Haben Sie nicht geahnt, wie sich sein Verhältnis zu Mädchen entwickelte? Seine Sehnsucht nach Zuwendung und Sex?«

»Was meinen Sie? Dass ich ihm hätte hinterherspionieren sollen? Seine Wäsche kontrollieren, ob er onaniert?«

»Gab es denn überhaupt nichts, was Sie hätte warnen können, bevor er Annika überfallen und ermordet hat?«

»Das hab ich mich inzwischen auch tausendmal gefragt. Nein. Eine einzige Sache höchstens. Er hat mal was angedeutet von einem Mädchen auf Amrum. Wir hatten dort ein Ferienhaus, wo er ausnahmsweise mal mit irgendwelchen Bekannten zum Feiern hingefahren ist. Da muss es eine komische Geschichte gegeben haben …«

Sie stockte und brach dann ab.

»Was für eine Geschichte?«

Sie schüttelte nur unwillig den Kopf.

»Egal. Sie müssen mir einfach glauben, Herr Mondrian, dass ich mir unendliche Mühe mit Thommy gegeben hab. Gleich damals in dem DDR-Heim, wo wir ein Kind zur Adoption gesucht haben, hatte ich mich richtig in ihn verguckt. Allein seine hübschen blauen Augen …«

Sie wischte sich eine Träne weg und zog dabei dunklen Eyeliner über die runde Wange.

»Schade, dass er später so anders wurde, so in sich gekehrt. Fast autistisch, dachte ich manchmal. Und gelegentlich aggressiv.«

»Zum Beispiel?«

»Na ja, er hat Stinkbomben in die Schule geworfen, aus der er geflogen war. Und mit einer Signalpistole auf Möwen geschossen. Und mal eine Katze aus dem Nachbargarten gefangen, um Experimente mit ihr zu machen. Mit einem Messer. Bis sie tot war.«

»Und das hat Sie kein bisschen alarmiert?«

»Vielleicht deswegen, weil ich selbst eine schwere Zeit nach dem Tod meines Mannes hatte. Probleme mit Barbituraten, wenn Sie wissen, was ich meine … außerdem hab ich mich gefragt, ob das nicht alles in Thommys Genen liegt. Schließlich stammte seine Mutter nicht gerade aus besten Verhältnissen, und sein leiblicher Vater ist ja nicht mal bekannt. Keine Ahnung, ob der überhaupt gesund war. Nächtelang hab ich hier gesessen und gegrübelt, was mit Thommy los ist.«

Das Glasperlenspiel über ihr begann zu schaukeln, als ein Luftzug durch die Loggia strich. Wie abwesend schaute sie nach draußen, wo der Garten inzwischen in der Dämmerung lag und eine Kette von Solarlichtern angesprungen war.

»Vielleicht hätten Sie mal einen Profi fragen sollen«, sagte Mondrian in die Stille.

»So einen Seelendoktor, wie ihn die gut situierten Paare hier in den Elbvororten nutzen?« Sie lachte wieder sarkastisch. Nachdem sie einen weiteren Schluck von dem Wein genommen hatte, füllte sie ihr Glas nach, bis es fast wieder randvoll war.

»Nein, danke, das haben mein Mann und ich auch schon versucht, als wir eine Krise in unserer Ehe hatten. Mit sehr bescheidenem Erfolg … Was gibt es denn, Bill?«

Sie brach ab, als der Hausdiener mit einem Telefon hereinkam und es ihr reichte. Sie meldete sich und lauschte dem Anrufer, ohne selbst mehr als »Ja« und »Nein« zu sagen. Dann beendete sie das Gespräch und wandte sich wieder ihrem Besucher zu.

»So viel zur Kompetenz der Seelenklempner. Hat nicht einer von denen versichert, dass Thomas nicht länger gefährlich wäre?«

Als sie Mondrians gerunzelte Stirn sah, klärte sie ihn auf: »Das war ein Anruf von der Polizei. Ob mein Sohn hier wäre. Er wird nämlich wieder gesucht.«

»Weshalb?«, fragte Mondrian überrascht.

»Weshalb wohl? Weil er schon wieder ein Mädchen überfallen hat«, stellte sie mit einem resignierten Gesichtsausdruck fest.

»Wo?« Mondrian sprang auf, so abrupt, dass er den Tisch rammte und die Gläser schwankten.

»Beim Sommerdom. Bei diesem Rummel auf dem Heiligengeistfeld. Soll erst vor Kurzem passiert sein.«

Bewegungslos starrte sie auf die rote Flüssigkeit, die auf den Tisch geschwappt war und auf den hellen Teppich rann.

»Danke für den Wein. War heute dafür nicht in der richtigen Stimmung«, sagte Mondrian, während er an dem knurrenden Labrador vorbei nach draußen hastete, »ganz im Gegensatz zu Ihnen.«

Er hörte schon gar nicht mehr, wie Leone Kern mit schwerer Zunge hinter ihm herrief: »Aber Sie haben ja nicht mal probiert …«

16

Verflucht. Warum hat mich niemand alarmiert? Weshalb hat mich niemand angerufen? Weder jemand von der Polizei noch die Redaktion?

Die Antwort hatte er sofort, als er sein Handy zückte.

Der Akku. Leer.

Wütend auf sich selbst würgte Mondrian den Rückwärtsgang rein und wendete so scharf, dass die Kiesel in der Einfahrt knirschten. Und kein Stinkefinger konnte ihn davon abhalten, sich in die Kolonne von Fahrzeugen zu quetschen, die sich stadteinwärts schob. Um diese Zeit, in der ersten Dunkelheit, war die Elbchaussee Hamburgs Highway über dem nächtlichen Strom. Aber Mondrian hatte jetzt keinen Blick für das Spiel der Lichtstrahlen von den Kränen, die am jenseitigen Ufer hin und her wanderten, oder für die großen Pötte mit grünen und roten Positionslichtern, die sich durch das glitzernde Wasser schoben. Nervös umkurvte er langsamere Wagen, weil er so schnell wie möglich zum Heiligengeistfeld wollte, um sich selbst ein Bild zu machen. Und sobald er im Verkehrschaos davor angekommen war, manövrierte er seinen Wagen in eine Tankstelle, stellte ihn auf einem freien Platz ab, warf einem Angestellten den Schlüssel zu und hastete zu Fuß weiter. Der nächste Eingang zum Sommerdom lag schräg unter dem Riesenrad, das gerade zu einer neuen Runde in den Abendhimmel gestartet war.

Mondrian sah kurz zu den Gondeln hoch, die sich an gigantischen Stützen wie schwerelos bis zum Zenit im Nachthimmel erhoben, dann stürzte er sich in das Gewimmel. Drängte sich an Haufen von Jugendlichen vorbei, die Tombolas mit pinkfarbenen Plüschbären und blinkende Autoscooter umlagerten. Passierte lärmende Spielhallen und Biertränken mit grölenden Männern. Bahnte sich einen Weg durch bunte Luftballons und Buden mit Zuckerwaren, vor denen Mütter mit ihren Kindern Schlange standen. Zwischen Duftschwaden von Schmalzkuchen und pulsierender Discomusik schob er sich an einer Achterbahn entlang und an turmhohen Ungetümen, auf denen Festgezurrte in Kabinen rotierten oder in die Höhe katapultiert wurden und dann kreischend wieder nach unten schossen. Dann sah er, was er suchte. Eine Polizeiabsperrung. Das rot-weiße Band, das einen Tatort markiert.

Gleich hinter der Geisterbahn voller blutgieriger Pappmascheefratzen, die ein »Festival des Grauens« versprachen, stand eine Kette von Beamten. Uniformierte im Halbkreis, grimmige Blicke, volle Montur. Sie schirmten einen verspiegelten Irrgarten ab, in dem sich sonst kichernde Kinder oder Jugendliche verliefen, bis sie wieder den Ausgang fanden. Jetzt hielten sich dort nur ein paar Erwachsene auf, an ihren weißen Schutzanzügen als Spurenfahnder erkennbar. Unter ihnen entdeckte Mondrian ein Gesicht, das er kannte.

»Gina!«

Er musste noch einmal rufen, bis ihn die Frau hörte, die in Sichtweite hinter der Sperre stand. Vom Eingang des Irrgartens kam sie zur Absperrung und zog ihn durch eine Lücke zwischen den Uniformierten.

»Keine Panik, der tut nichts«, sagte sie mit rauer Stimme zu dem verdutzten Anführer und wandte sich dann wieder zu Mondrian. »Müssen wir uns immer bei der Arbeit treffen? Im Angesicht des Verbrechens?« Die Frau im weißen Overall, die ihre kräftigen braunen Haare zu einem Pferdeschwanz gebunden hatte, schob den Kaugummi, den sie wie üblich im Mund hatte, zur Seite und setzte ein übertrieben kokettes Lächeln auf. »Warum nicht mal zum Dinner? Bei Kerzenlicht und Mondschein?«

Gina Paulsen war eine alte Bekannte. Wobei das Wort alt die Verhältnisse nicht wirklich traf, hatte Mondrian längst für sich festgestellt. Mit ihrem nordischen Typ und ihrem Frischluftteint, den sie bei regelmäßigen Segeltörns vor den Küsten Dänemarks auffrischte, wirkte sie eher wie eine Frau, die gerade auf die vierzig zuging. Dabei hatte sie bereits vor Monaten in großer Runde ihren neunundvierzigsten Geburtstag und ihr fünfundzwanzigjähriges Dienstjubiläum gefeiert, mit Mondrian unter den Gästen. In der Boulevardpresse wurde sie »Engel von Altona« genannt, weil es ihr gelungen war, bei einer großen Razzia eine ganze Gruppe von Jungen aus den Fängen eines Pädophilenrings zu befreien.

Seitdem Mondrian vor Jahren ein großes Porträt über die Ermittlerin geschrieben hatte, war er mit ihr in Verbindung geblieben, auch in der Zeit, als ihr Mann, ein MEK-Polizist, bei einer Schießerei mit bosnischen Gangstern tödlich getroffen wurde. Es war kein Geheimnis zwischen ihnen, dass sie später gelegentlich mehr von ihm wollte als nur professionelle Aufmerksamkeit. Aber obwohl er die jetzige Leiterin der Abteilung Sexualdelikte im Landeskriminalamt durchaus attraktiv fand, war er bisher nie auf ihre Andeutungen eingegangen. Er fand es besser, wenn es beim unverbindlichen Vorspiel blieb, und so war die Plänkelei mit einem romantischen Dinner zu einem Running Gag zwischen ihnen geworden.

»Ein Treffen bei Kerzenlicht und Mondschein, sagst du?«, wiederholte er schwärmerisch und schaute sie versonnen an.

»Unbedingt.« Mit steinharter Miene fuhr er fort: »Aber nur, wenn du mir verrätst, was für ein Scheiß hier passiert ist.«

»Tja, das wüsste ich selbst gern genauer«, seufzte Gina Paulsen. »Was wir bisher haben, ist noch ziemlich dünn.«

»In der Meldung, die ich unterwegs im Radio gehört habe, hieß es aber …«

»Ich weiß, dass in unserer Pressemitteilung dick aufgetragen wurde. Auf Anordnung der Behördenspitze, wenn du verstehst. Willst du lieber die magere Version?«

Mondrian nickte.

»Also dann in Kurzform«, fuhr sie fort. »Das Ganze geht los mit einem Notruf wegen versuchter Vergewaltigung eines Mädchens im Bereich Irrgarten. Per Funk sofortige Alarmierung der Doppelstreifen, die ständig auf dem Gelände im Einsatz sind. Es dauert drei Minuten, bis sie die richtige Stelle finden und hier eintreffen. Großes Durcheinander, mittendrin eine schreiende Mutter mit einem kleinen Jungen auf dem Arm und einem weinenden Mädchen an der Hand, Sofie, elf Jahre. Sicherung des Bereichs durch mobile Kräfte, die zehn Minuten vor den

Beamten meiner Dienststelle eintreffen. Leider bringt Sofie bei der ersten Befragung durch uns kein Wort heraus.«

»Genau wie das überfallene Mädchen in St. Pauli«, erinnerte sich Mondrian. »Ist das oft so bei solchen Fällen?«

»Absolut. Typisches Muster. Die Kleinen machen erst mal dicht, vertrauen sich höchstens ihrer Mama an. Die Mutter hat inzwischen ausgesagt, sie hätte Sofie aus den Augen verloren, nachdem die mit anderen Kindern im Eingang des Irrgartens verschwunden war.«

»Die Mutter ist nicht mit reingegangen?«

»Nein, als sie für Sofie bezahlt hatte, ist sie zu dieser Hütte dort drüben gelaufen, um gebrannte Mandeln für ihren Sohn zu kaufen.« Die Kripobeamtin deutete auf eine Bude, die rund hundert Meter schräg gegenüber lag. »Danach hat sie sich vor den Irrgarten gestellt und gewartet. Nach geschätzten zehn Minuten hat sie sich gewundert, dass die Kleine nicht wieder rauskommt. So schildert sie das jedenfalls.«

»Und wann ist Sofie wieder aufgetaucht?«

»Drei oder vier Minuten später, sagt die Mutter. Aber sie wär nicht aus dem Ausgang des Irrgartens gekommen, sondern von dort.«

Gina Paulsen machte ein paar Schritte zur Seite, wo direkt neben dem Ausgang des Irrgartens ein Trampelpfad auf das Gelände dahinter lief. Sie führte Mondrian zu einer Stelle, die nur wenige Meter entfernt war, aber dunkel und abgeschirmt zwischen den eng geparkten Wohnwagen der Schausteller lag.

»Hier?«, fragte Mondrian, während er zwei kniende Ermittler musterte, die mit Spezialstrahlern den Boden absuchten.

»Gut möglich. Von dem Bereich, wo die Rummelbesucher unterwegs sind, kaum einzusehen. Jedenfalls ist sich die Mutter sicher, dass Sofie von hier hinten kam, als sie wieder auftauchte, heulend und völlig aufgelöst. Und unmittelbar davor hat sie jemanden beobachtet, der schnell von hier weglief, mit Kapuze …«

»Und wie ist sie auf Thomas Kern gekommen?«

»Sie hatte in der Zeitung von ihm gelesen, sagt sie, deswegen hätte sie ihn sofort erkannt. Junger Mann, kindliches Gesicht,

Pickel, alles hätte gepasst. Allerdings gibt es sonst fast keine verwertbaren Zeugenaussagen. Die Umstehenden haben in dem ganzen Trubel von der Sache nur wenig mitbekommen. Ein schreiendes Kind, ja, aber sonst kaum etwas Konkretes.«

»Hat noch jemand Kern identifiziert?«

»Manche haben genickt, als wir ihnen ein Foto von ihm vorgehalten haben, andere nicht.«

»Klingt noch etwas vage, oder?«

Gina Paulsen beschäftigte sich intensiv mit ihrem Kaugummi. Dann sagte sie: »Klar. Aber du weißt selbst, Zeugen sind sowieso die schlechtesten Beweismittel. Ich bin mir ziemlich sicher, dass wir in diesem Fall mit Indizien weiterkommen. Wir haben bei Sofie Spuren gefunden. Offenbar sind Fussel an ihren Shorts hängen geblieben, als der Täter daran rumgefummelt hat, um sie runterzuziehen und ihr zwischen die Beine zu greifen. Dunkle Fasern, eine ganze Menge, die von der Kleidung des Täters stammen müssen.«

Mondrian musste sofort an das Kapuzenshirt von Thomas K. denken. »Von einem Pulli?«

»Das prüfen wir noch. Die Shorts sind unterwegs zur Kriminaltechnik, um die Fussel zu sichern. Dann werden wir sie spektroskopisch untersuchen und abgleichen mit Kleidungsstücken von Kern.«

»Habt ihr Hinweise, wo er jetzt steckt?«

»Keine Ahnung. Jedenfalls nicht in der Wohnung bei diesem Olaf, nicht bei seiner Anwältin und auch nicht bei seiner Mama. Das haben wir schon gecheckt.« Sie nickte einem Beamten zu, der sie ungeduldig fragte, ob sie mit zurück zum Präsidium fahren wolle. »Bis jetzt haben wir ihn noch nicht festgenommen. Doch ich schätze, das ist bloß eine Frage der Zeit.«

Als Gina Paulsen mit dem Kollegen zwischen den Rummelbesuchern verschwunden war, ging Mondrian zum Kassenhäuschen des Irrgartens und löste eine Karte.

»Will sich der Herr auch mal verlaufen?«, fragte ihn der Mann hinter der Scheibe feixend.

Mondrian war zu sehr in Gedanken versunken, um zu antworten. Er drang in das Labyrinth ein und hatte schon nach vier oder fünf Richtungsänderungen die Orientierung verloren. Von überall starrte ihn jemand an. Seine eigene Fratze, grotesk verformt. Er brauchte Minuten, um den Ausgang zwischen all den Zerrspiegeln zu finden. Wie hatte Sofie das angestellt? War sie schon wieder draußen gewesen, als ihre Mutter noch Mandeln am Stand gegenüber kaufte? War sie vielleicht nur wenige Schritte hineingegangen und unbemerkt gleich wieder umgekehrt? Und womit hatte Kern das Kind in die Dunkelheit hinter den Irrgarten gelockt, um sich an ihm zu vergehen?

Zu viele verwirrende Fragen.

Und bisher keine wirklichen Antworten.

Jedenfalls nichts, was plausibel klang.

Während Mondrian noch darüber grübelte, streifte sein Blick über die Neugierigen, die sich hinter der Polizeikette drängten. Und blieb haften. Auf einem vertrauten Gesicht.

Pia Borrmann.

Die Bewährungshelferin stand unmittelbar hinter den Polizisten und schaute in seine Richtung. Als er auf sie zuging, schien es ihm, als würden ihre Augen unruhig flackern. Doch das konnten auch die Reflexe der blitzenden Lichter sein, die an der nahen Raupe rotierten.

»Was machen Sie denn hier?«, wunderte er sich. »Ich hatte schon vermutet, Thomas Kern wäre wieder bei Ihnen abgetaucht.«

Das leichte Lächeln, das sie zur Begrüßung versucht hatte, war sofort wieder verschwunden. Sie schüttelte langsam den Kopf.

»Ich suche ihn selbst.«

Ihre Stimme war so leise, dass er sie zwischen den wummernden Boxen und dem Gejohle von der nahen Achterbahn kaum verstehen konnte.

»Er hat mir heute Mittag erzählt, dass er hierherwollte. Endlich mal wieder auf den Rummel, hat er gesagt, nach zehn Jahren.«

»Und Sie haben nicht versucht, ihn davon abzuhalten?«

»Nein. Vielleicht habe ich einen schlimmen Fehler gemacht.«

17

Die Flure, unendlich.

Noch eine Treppe und noch eine Ecke und dann wieder ein Gang, der an Säulen und Bogen und kahlen Wänden entlang bis zur nächsten Ecke führte, zum nächsten Flur.

Mondrians Schritte hallten auf dem grauen Linoleum wider. Er lief an grauen Türen vorbei, hinter deren Milchglasscheiben man nichts erkennen konnte, an Bänken, auf denen niemand saß, und an Gestalten, die grußlos und mit gesenktem Blick Aktenkarren schoben. Warum, verdammt noch mal, hatte man diese Pressekonferenz ausgerechnet in den hintersten Winkel dieses gewaltigen Justizgebäudes gelegt?

Als er an der Grundbuchhalle angekommen war, blieb er erstaunt stehen. Die schwarzen Stühle in dem halbrunden Saal mit dem blauen Keramikbrunnen reichten bei Weitem nicht aus, um allen Platz zu bieten, die sich unter dem Glasdach eingefunden hatten. Denn nicht nur Journalisten waren erschienen und hektisch damit beschäftigt, um die Sitze in den vorderen Reihen und die besten Positionen für ihre Kameras zu rangeln. Hinter ihnen drängten sich Dutzende anderer Besucher mit Transparenten bis hoch in das Treppenhaus.

»Wie schlapp ist unsere Justiz?«, fragte ein riesiges Spruchband, das über eine Brüstung der Galerie gespannt war, »Keine Milde für Kinderschänder!«, stand auf einem anderen. Über die Köpfe wurden Pappschilder gehalten mit dem anklagenden Titel eines Boulevardblatts: »WARUM LIESS DER RICHTER DIESEN SEXVERBRECHER LAUFEN?« Buhrufe wurden laut, als der Justizsenator die Halle betrat, umringt von Leibwächtern und Assistenten, und zum Podium mit einer Batterie von Mikrofonen schritt.

»Vielen Dank für den freundlichen Empfang«, sagte Vitus Kanter forsch, während er seinen Cäsarenkopf noch ein bisschen mehr als sonst in die Höhe reckte. Die Antwort war ein schrilles Konzert aus Trillerpfeifen.

»Wir können uns auch selbst verarschen, du Kasper!«, rief ein dürrer Mann von der Brüstung und fuchtelte mit einer Krücke.

»Schon gut, Botschaft ist angekommen«, versuchte der Senator, die Wogen zu glätten, während er unruhig seinen sowieso schon makellos sitzenden Anzug glatt strich, »der Justizsenator ist allerdings nicht der richtige Empfänger dafür, meine Damen und Herren. Ich habe vollstes Verständnis für Ihre Sorgen und Nöte ...«

»Lügner!«, kam es von ganz hinten.

»... aber wie Sie sicher wissen, jedenfalls die Damen und Herren von der Presse ...« – er lächelte den Journalisten in den vorderen Reihen zu, als wären es Freunde oder alte Bekannte – »... wie Sie sicher wissen, ist der Justizsenator nicht der Vorgesetzte der Richter. Er kann ihnen also keinerlei Weisungen geben. Um es ganz klar zu sagen: Jener Richter, der inzwischen entschieden hat, Thomas K. immer noch auf freiem Fuß zu lassen, auch nach den gestrigen Vorkommnissen auf dem Heiligengeistfeld, hat ganz und gar selbstständig gehandelt, auf eigene Verantwortung. Und entgegen meiner festen persönlichen Überzeugung, wie ich ausdrücklich betonen will ...«

»Aber warum bloß?«, unterbrach ihn ein TV-Reporter aus der ersten Reihe. »Weshalb hat er keinen Haftbefehl erlassen?«

»Soweit ich das verstanden habe ...«, fuhr Kanter fort und hüstelte gekünstelt, »... soweit man das überhaupt verstehen kann, hat der Richter keine ausreichenden Haftgründe gesehen. Obwohl es die Aussage der Mutter gegen den Verdächtigen gab. Eine hinreichend präzise Aussage, wie mir von der Staatsanwaltschaft versichert wurde. Aber der Haftrichter hatte daran wohl seine Zweifel ...«

Zornige Buhrufe aus dem Publikum.

»... und hat unverständlicherweise nicht berücksichtigt, dass es außerdem noch objektive Indizien gegen Thomas K. gab.«

»Welche Indizien?«, rief ein junger Radiojournalist aus der dritten Reihe dazwischen.

»Meinen Sie die Fasern, die an Sofies Kleidung sichergestellt wurden?«, mischte sich eine Reporterin ein, die vorn saß und offenbar über gute Beziehungen innerhalb der Ermittlungsbehörden verfügte.

»Ganz genau, Frau Braun. Textilfasern. Exakt von dem Typ, wie sie auch an einem Kapuzenshirt von Thomas K. analysiert wurden.«

»Na also!«, rief ein älterer Zuschauer von den Treppen, während sich einer von Kanters Assistenten zu seinem Chef hinüberbeugte und ihm etwas ins Ohr flüsterte.

»Wie ich gerade erfahre, hat der Richter es wohl problematisch gefunden, dass solche Fasern in vielen handelsüblichen Pullovern enthalten sind.«

»Also Allerweltsware? H&M oder so?«, fragte ein NDR-Reporter.

»So ähnlich. Aber ich sehe das nicht als Problem, auf keinen Fall. Auch nicht die Staatsanwaltschaft, die auf meine Anordnung hin Haft beantragt hatte. Doch der Herr Kollege Richter, der das ablehnte, hat offenbar ganz eigene, sehr spezielle Auffassungen, vielleicht weil er noch jung und ein Berufsanfänger ist …«

Ein lautes »Pfui!« kam aus vielen Mündern von den Treppenstufen.

»… und er muss sich darüber im Klaren sein, dass seine Entscheidung eine fortdauernde schwere Gefährdung für unsere Kinder mit sich bringt!«

Der bullige Senator wischte sich Schweißperlen von der Stirn, während erstmals Beifall von hinten zu hören war.

»Meiner Meinung nach hätten bereits nach dem ersten Zwischenfall auf dem Hof in St. Pauli ausreichend Haftgründe gegen Thomas K. bestanden. Schon damals meinte jener Richter ja, den Bedenkenträger spielen zu müssen. Aber die Unabhängigkeit der Robenträger, meine Damen und Herren«, setzte Kanter in sarkastischem Ton hinzu, »ist eben ein hohes Gut.«

»Absetzen«, riefen Demonstranten im Sprechchor, »absetzen!«

»Wenn das so einfach wäre, einen Richter seines Amts zu entheben«, sagte Kanter und verzog sein Gesicht bedauernd, als eine Kamera näher an ihn heranfuhr, »ich als Justizsenator bin da leider machtlos. Aber wenigstens gibt es eine andere

Maßnahme, die wir jetzt verfolgen werden. Mit aller Härte und Konsequenz.«

Wie auf Kommando kam der Innensenator aus einer Seitentür und baute sich neben Kanter auf. Obwohl der Justizsenator ihn mit seinem gewaltigen Schädel deutlich überragte, wirkte Peer van Osten keineswegs wie ein Mann aus der zweiten Reihe. Im Gegenteil. Als der asketische Mittfünfziger, der einen anthrazitfarbenen Anzug und eine schwarz-weiße Krawatte trug, die randlose Brille etwas nach unten schob und die stechenden Augen über die Erschienenen wandern ließ, wurde es sofort still bis in die letzte Reihe.

»Auch wenn diese Veranstaltung etwas anders geplant war, meine Damen und Herren«, sagte er leise, »lassen Sie mich ausdrücklich feststellen: Ich begrüße es, dass hier heute nicht nur die Medien erschienen sind, sondern auch Bürger. Besorgte Bürger.«

Er blickte zu den Demonstranten auf den Treppen hoch, wo vereinzelter Applaus einsetzte.

»Das beweist gerade mir als Innensenator, dass der Sinn für Recht und Ordnung in der Bevölkerung hellwach ist.«

Verstärkter Beifall.

»Lassen Sie mich Klartext reden, auch wenn das in der Politik manchmal nicht opportun ist. Schon die Entscheidung der Justiz, den Mann, der uns allen so viel Sorgen macht, nicht in Sicherungsverwahrung zu nehmen, war ein Skandal. Der zweite Skandal war die richterliche Weigerung, ihn nach dem Vorfall mit Tanja aus dem Verkehr zu ziehen. Nun auch noch die Entscheidung, ihn nach der feigen Attacke auf Sofie laufen zu lassen. Soweit ich weiß, hat die Staatsanwaltschaft gegen diese einsame Entscheidung des Haftrichters Beschwerde eingelegt …«

Mit hochgezogenen Brauen schaute er Kanter an, der eilfertig nickte.

»… sodass wir noch auf eine Korrektur hoffen können. Bis dahin müssen wir die Situation, wie sie ist, akzeptieren, das verlangt der Rechtsstaat von uns, wohl oder übel …«

Van Osten gab sich keine Mühe, die Missbilligung in seiner Stimme zu verbergen.

»... aber wenn ich akzeptieren sage, bedeutet das nicht, dass wir untätig sein müssen. Keinesfalls.«

Er machte eine Pause, zupfte seine Krawatte zurecht und fixierte sein Publikum.

»Ab heute wird sich die Polizei besonders intensiv um Thomas K. kümmern, das verspreche ich Ihnen. Und wenn ich ab heute sage, meine ich ab sofort. Ich habe angeordnet, dass Polizeibeamte ihn von dieser Minute an rund um die Uhr überwachen, Tag und Nacht, ohne Pause. Vor seiner Wohnung wird ständig ein Streifenwagen stehen, und sobald er das Haus verlässt, werden Beamte ihm auf Schritt und Tritt folgen und ihn nicht aus den Augen lassen.«

»Wie viel Mann sind dafür nötig?«, fragte ein Journalist, der seinen Notizblock gehoben hatte, um sich zu Wort zu melden.

»Nun, wenn wir ihn in Manndeckung nehmen, wie wir das intern nennen«, antwortete Peer van Osten mit einem kaum wahrnehmbaren Lächeln, »dann ist das schon eine sportliche Veranstaltung. Auf der Straße begleiten ihn jeweils drei Polizisten. Dazu kommen diejenigen in dem Streifenwagen, der gegebenenfalls durch andere Wagen mit weiteren Einsatzkräften ergänzt werden muss. Das alles müssen Sie sich in drei Schichten pro vierundzwanzig Stunden vorstellen ...«

»Was kostet das denn alles?«, unterbrach ihn die Journalistin in der ersten Reihe.

»Millionen. Jedenfalls dann, wenn wir die Maßnahme länger durchziehen müssen, worauf wir uns eingestellt haben. Denn die Mühlen der Justiz mahlen ja bekanntlich nicht allzu schnell.«

Ein rascher Seitenblick auf Kanter, der betreten zu Boden schaute und schwieg.

»Doch das ist der Preis, den wir als Steuerzahler, also Sie und ich, für den Rechtsstaat zu zahlen haben ...«

Ein lautes, gedehntes »Buuuuuh!« kam aus den Reihen der Demonstranten.

»... ganz abgesehen davon, dass ich einen erheblichen Teil meiner Beamten für diese Maßnahme von anderen dringenden Aufgaben der Verbrechensbekämpfung abziehen muss. Aber solange die Politik keine schärferen Gesetze beschließt und die

Justiz, wie soll ich sagen … großzügig ist, muss die Polizei eben den Ausputzer spielen.«

Er zog seine Lippen zu einer scharfen Linie. »So wenig das mir und meinen Beamten passt.«

»Können Sie denn wenigstens garantieren, dass nun nichts mehr passiert?«, fragte ein Fernsehreporter, der seiner Mannschaft das Zeichen gab, voll auf das Gesicht des Senators zu zoomen. »Können unsere Kinder wieder auf die Straße?«

Peer van Osten blickte im gleißenden Scheinwerferlicht geradeaus in die Kameras.

»Keine Sorge, meine Damen und Herren. Als Innensenator der Freien und Hansestadt Hamburg versichere ich Ihnen: Wir werden mit Thomas K. nicht zimperlich sein.«

18

»Kinderschänder raus – raus aus dem Haus! Kinderschänder raus – raus aus dem Haus!«

Die Sprechchöre von der Straße waren nur zu deutlich zu hören, obwohl das Fenster gar nicht offen stand. Seit einer halben Stunde ging das so. Oder schon länger? Thomas wusste es nicht. Er hatte wieder das Gefühl für die Zeit verloren, als wäre er immer noch im Knast.

Als die ersten Parolen durch die stickige Zimmerluft gedrungen waren und die süßliche Loungemusik übertönten, die aus Olafs Zimmer waberte, hatte er noch auf dem Bett gelegen und gedöst. Hatte die Augen geschlossen und von einer Reise in die Ferne geträumt. Bloß weg hier. Von dieser halb möblierten Bruchbude, in der er jetzt hauste, von Olaf mit seinem Gesäusel, auch von diesem Journalisten, der nur nervte. Vor allem aber weg von den Mädchen, denen er draußen ständig begegnete und von denen er immer wieder diesen Kick bekam. Er hatte eine von den Tabletten genommen, die er vom Knast-Doc bekommen hatte, und sich vorgestellt, dass er in die Arktis reisen würde, in diese weiße Weite, die er aus Filmen so mochte … dass er dort im Schneetreiben das Gefühl für unten und oben verliert … dass er auf einer Eisscholle liegt, nackt, und sich treiben lässt, bis er völlig eingefroren ist, empfindungslos und erstarrt …

»Kinderschänder raus – raus aus dem Haus!«

Er stand auf und öffnete das Fenster einen Spaltweit, um besser nach unten sehen zu können. Erschrocken trat er sofort wieder zurück hinter den Vorhang, als er die Demonstranten auf dem Bürgersteig entdeckte. Sie starrten direkt zu ihm hoch. Bestimmt zwei Dutzend Menschen, die mit Trillerpfeifen ohrenbetäubenden Lärm machten und Transparente über die Köpfe hielten. »Mahnwache gegen Monster« war schwarz auf ein weißes Laken gesprüht, das zwischen zwei Stangen gespannt war, aus einem Megafon schepperte immer wieder der Ruf: »Wir wollen keinen

Triebtäter als Nachbarn!« Mehrere Frauen trugen Pappschilder mit der Parole »Stoppt Tierversuche – nehmt Kinderschänder«, und während Polizisten aus einem Streifenwagen regungslos zuschauten, baute ein Mann mitten auf dem Bürgersteig ein Holzgerüst mit einer Schlinge auf.

»Kinderschänder raus – raus aus dem Haus!«

Thomas schoss das Blut in den Kopf. Er presste die Hände auf die Ohren und versuchte, sie zuzuhalten. Sollte er lieber Kopfhörer aufsetzen? Sich mit Rap volldröhnen? Würde ihn nur noch fahriger machen, überlegte er, während er in seinem Zimmer unruhig hin und her lief, als ob es ein Käfig wäre. Als er es nicht mehr aushielt, schlüpfte er in seine Jeans und schlich im Treppenhaus nach unten. Setzte im Flur seine Sonnenbrille auf und zog die Kapuze tief in die Stirn. Öffnete langsam die Tür, ein Stück weit, und wollte versuchen, sich mit abgewandtem Gesicht an der Hauswand davonzuschleichen.

Keine Chance.

Sobald ihn die Menschen auf der Straße entdeckten, umringten sie ihn und schrien auf ihn ein.

»Was willst du hier, du Monster?«

»Verpiss dich, Saukerl!«

»Ich schwör dir, ich bring dich um, wenn du mein Kind anfasst!«

Eine dickliche Frau spuckte ihn an, eine andere riss ihm die Kapuze vom Kopf, vier Männer in Tarnanzügen stießen ihn wie einen Spielball hin und her.

Dann packten sie ihn, und er spürte, wie sich ihre Pranken eisenhart um seine Arme schlossen. Wie sich Fäuste mit der Gewalt von Hammerschlägen in seinen Magen bohrten, bis er sich krümmte und spuckte. Wie seine Beine von schweren Stiefeln getroffen wurden und er unter den Tritten zusammensackte.

Er schlug mit dem Kopf auf das Pflaster.

Die Konturen vor seinen Augen verschwammen, kippten weg. Wie eine Störung im Fernsehen, wunderte er sich noch, nur noch flackernde Schemen und weiße Flocken. Dann wurde der Bildschirm schwarz.

»... genug jetzt, ihr Helden?«

Eine Stimme wie aus dem Off, erst gedämpft, dann lauter. Er musste bewusstlos gewesen sein. Wie lange?

»Hören Sie sofort auf! Und lassen Sie mich durch!«

Die Rufe eines Mannes, wütend. Von einem der Polizisten, die er vorhin gesehen hatte? Waren sie ihm zu Hilfe gekommen?

Nein, diese Stimme kam ihm irgendwie bekannt vor.

Mühsam öffnete er einen Spaltweit die Augen. Und sah in ein besorgtes Gesicht, das sich über ihn beugte.

»Können Sie mich hören?«, fragte der Mann. »Alles okay, Herr Kern?«

Erst jetzt bemerkte er den stechenden Schmerz am Kopf. Als hätte jemand einen Nagel in seinen Schädel getrieben. Vorsichtig probierte er, ob er Arme und Beine bewegen konnte, und stellte erleichtert fest, dass er seine Glieder spürte. Er nickte dem Mann zu, den er wie durch einen Nebelschleier wahrnahm. War das nicht der Journalist?

»Sie müssen für einen Moment weg gewesen sein«, sagte Mondrian, während er neben dem aschfahlen Kindergesicht kniete. Er war auf dem Weg zu Thomas Kern gewesen, um auf gut Glück bei ihm zu klingeln, und hatte Gebrüll vor dem Haus gehört. Als er sich dem Tumult näherte, hatte er gerade noch mitbekommen, wie Männer aus der Mitte der Demonstranten verschwanden. Mindestens vier. Mit militärischen Jacken, auf denen ein Abzeichen mit einer »18« aufgenäht war. Und staunend hatte er registriert, dass uniformierte Polizisten erst viel später erschienen, um die Menge beiseitezuschieben, die Thomas Kern umlagerte.

»Warum kommen Sie erst jetzt?«, stieß Mondrian hervor. »Haben Sie nicht gesehen, dass der Mann zusammengeschlagen wurde?«

Mit unbeteiligter Miene schüttelte der Anführer den Kopf. »Nee, tut mir leid, hatten kein freies Blickfeld. Wir können ja nicht durch die Leute durchsehen, oder?«

»Rufen Sie jetzt wenigstens einen Rettungswagen?«, fuhr Mondrian ihn an.

Ungerührt beobachtete der Polizist, wie sich Thomas K. an

den Hinterkopf fasste und dann auf seine Hand starrte. Sie war rot verschmiert.

»Wegen so 'ner kleinen Schramme?« Der Beamte zuckte bloß mit den Schultern. »Bin mir sicher, der Mann hat schon mal ganz andere Mengen von Blut gesehen.« Er wandte sich ab und sagte gerade so laut, dass es die Umstehenden hören konnten: »Der ist doch sowieso nicht dicht. Hat schon länger 'nen Dachschaden.«

Noch bevor Mondrian reagieren konnte, richtete Kern sich auf und murmelte schwach: »Will keinen Krankenwagen. Geht schon wieder.«

»Nein, es geht nicht, das geht überhaupt nicht«, stellte Mondrian fest, während er beobachtete, dass immer mehr Blut aus der Platzwunde sickerte. Völlig außer Frage, dass die Verletzung behandelt werden musste. So schnell wie möglich. Bloß wie? Die Umstehenden, die Musterbürger von der Mahnwache, würden Thomas K. nicht mal ein Notpflaster geben, so viel war sicher. Fieberhaft überlegte er, was er tun sollte. Was er tun *musste*. Mit dem Exhäftling selbst zum Arzt gehen? Kein Job, um den er sich riss. Eigentlich sträubte sich alles in ihm, den Babysitter für einen Kindermörder zu spielen, der im Verdacht stand, schon wieder zwei Mädchen angefallen zu haben. Bloß wurde das rote Rinnsal, das hinter dem Ohr des Milchgesichts nach unten lief, immer länger.

Verfluchte Scheiße, dachte er.

Und sagte zu dem Mann, der ihn desorientiert anblickte: »Also los. Da muss schnellstens ein Arzt draufschauen. Ich bringe Sie zu dem Krankenhaus hier in der Nähe.«

»Muss das sein?« Kern verzog sein bleiches Gesicht.

Mondrian antwortete nicht mehr, sondern zog den Verletzten auf die Beine und schob ihn durch die Demonstranten, die inzwischen ein paar Meter zurückgetreten waren und den Weg freigaben. Aber als er mit ihm loslief, spürte er sofort, dass sie nicht allein waren. Jemand folgte ihnen.

Es war nicht nur einer, es waren drei. Männer, jung, kräftig gebaut und durchtrainiert, mit wachen Blicken. Sie trugen genau jene auffällig unauffällige Freizeitkleidung mit Sportschuhen, die er bei Zivilpolizisten schon so oft gesehen hatte, bei Demonstrationen ganz anderer Art.

»Zielperson hat sich mit Begleiter in Bewegung gesetzt«, murmelte einer hinter vorgehaltener Hand in ein unscheinbares Mikro, das aus seinem Jackenkragen hervorlugte. Dann schloss er zu seinen Kollegen auf.

Wann immer Mondrian über die Schulter hinter sich schaute, stellte er fest, dass die Schatten hinter ihnen blieben. Die drei Beamten folgten ihnen den Pinnasberg hoch auf dem Bürgersteig in zehn Meter Abstand. Wechselten die Straßenseite, als Mondrian mit seinem Begleiter auf die andere Seite wechselte. Warteten hinter den beiden an der Ampel, wenn sie Rot zeigte, und setzten sich gleich nach ihnen in Bewegung, sobald sie auf Grün sprang. Sie gaben sich nicht die geringste Mühe, verdeckt oder unauffällig zu bleiben, im Gegenteil, sie klebten so demonstrativ an ihnen, als führe ein Lautsprecherwagen der Polizei nebenher.

Spießrutenlaufen.

Das war es also, was jetzt stattfinden sollte, dachte Mondrian schon nach wenigen Minuten, als er mit dem ehemaligen Gefangenen quer durch St. Pauli zur Hafenambulanz unterwegs war. Sie hatten nicht nur die Polizei im Nacken, sie mussten auch noch durch ein Spalier von neugierigen und verächtlichen Blicken. In der Bernhard-Nocht-Straße blieben Passanten stehen und zeigten mit Fingern auf sie. Vor dem Empire Riverside Hotel verdrehten Touristen ihre Köpfe, und Kiez-Wirte, die gerade ihre Kneipen lüfteten, kippten stinkende Bierreste hinter ihnen her. Von Frauen, die nach abgeschminkten Huren aussahen, waren Kommentare wie »Arbeitslager« und »kastrieren« zu hören. Mondrian war sich sicher, dass der Haftentlassene ihre Rufe genau mitbekam, obwohl er die Kapuze über den Kopf gezogen hatte, und er selbst spürte den Hass so deutlich, als läge elektrische Spannung wie vor einem Gewitter in der Luft.

Pogromstimmung.

Wann fliegt der erste Stein?

Als sie endlich die Ambulanz hinter dem Tropeninstitut erreicht hatten, drehte sich Mondrian zu den drei Beschattern um und fragte sie, ob sie nicht wenigstens draußen warten wollten.

Keine Antwort, stattdessen machten die Beamten ihre Meldung. »Zielperson betritt Gesundheitszentrum am Zirkusweg«, sprach einer in sein Funkgerät.

Er gab den beiden anderen das Zeichen, ihm zu folgen, und sie drängten sich unmittelbar hinter Mondrian und Kern in den Empfangsraum. Blieben in Hörweite, als Mondrian mit einer Krankenschwester sprach. Setzten sich auf die Stühle gegenüber, während der Verletzte auf die Untersuchung wartete. Sogar in den Behandlungsraum wollten sie ihm folgen, bevor ein Arzt sie aufhielt und wütend fragte: »Haben Sie auch was am Kopf?«

Es dauerte eine Viertelstunde, bis die Tür wieder aufging und das Babyface bleich wieder herauskam, mit genähter Wunde und einem dicken Verband am Hinterkopf. Als der Arzt etwas von Kontrolle in den nächsten Tagen sagte, zuckte der junge Mann zusammen.

»Fuck, hatte ich ganz vergessen«, gestand er Mondrian draußen, »ich muss eigentlich schon heute zu 'ner Kontrolle. Mich bei den Bullen melden. Auflage vom Gericht.«

Die Zivilpolizisten lachten bloß, als er sie fragte, ob das trotz der Überwachung überhaupt nötig sei.

»Für so was sind wir nicht zuständig«, erklärte der Anführer ungerührt, »Sie müssen sich schon zu Ihrer Dienststelle bemühen.«

»Okay, Davidwache, ich weiß schon, wie jeden zweiten Tag«, sagte Kern resignierend. Und mit bittenden Augen zu Mondrian: »Kommen Sie wenigstens mit?«

Die Karawane setzte sich wieder in Marsch, vorn der Exhäftling mit Mondrian, in deren Fußstapfen die drei Beamten, die über ihre winzigen Mikros immer neue Meldungen absetzten.

»Nähern uns Spielbudenplatz.«

Sie kamen an den Tanzenden Türmen vorbei und schwenkten in die Reeperbahn ein, wo auf der gegenüberliegenden Seite ein großes Casino und »Die sündigste Fischbude der Welt« lagen.

»Jetzt am Operettenhaus.«

Dahinter starrte sie Udo Lindenberg an, aus dem Schaufenster des Wachsfiguren-Panoptikums, und aus der »Condomerie« schmiss jemand ein Päckchen mit Präservativen.

»Passieren gleich das schwule Theater.«

Eine Sightseeing-Gruppe machte erschrocken Platz, als sie am Tivoli und dem Eingang zu Angies Nachtclub entlangliefen.

Mondrian wollte verfolgen, was in der Davidwache bei der Meldeprozedur passierte, aber die Uniformierten drinnen schickten ihn weg.

»Geht das jetzt ewig so weiter?«, fragte Kern, als er wieder nach draußen kam und die Beschatter ihn dort gleich wieder in Empfang nahmen. Seine Stimme klang jetzt fast schon weinerlich. »Jedes Mal, wenn ich auf die Straße gehe? Bei jedem Einkauf im Supermarkt? In jedem Lokal?«

Die Antwort bekam er, als er Mondrian um ein Getränk bat und sie in ein Café schräg gegenüber gingen. Die Beamten setzten sich an den Nachbartisch. Machten große Ohren, während sie mit ihren Smartphones spielten. Folgten ihm bis aufs Klo, um ihm beim Pinkeln zuzuschauen.

Bis sie plötzlich verschwunden waren. Als Kern schon aufatmen wollte, ging ein neues Trio am Nebentisch in Stellung. Schichtwechsel. Die frischen Beschatter, ebenso sportlich und kompakt wie ihre Vorgänger, nickten ihm höhnisch zu.

Und sie hatten keine Mühe, ihm auf den Fersen zu bleiben, als er plötzlich aufsprang, aus dem Café stürzte und zwischen Passanten verschwinden wollte. Noch bevor er die nächste Straßenecke erreichte, hatten sie ihn eingeholt. Sie blieben neben ihm stehen, während er nach Luft rang.

»Was soll der Quatsch?«, fragte Mondrian, der hinterhergerannt war.

»Ich ... ich kann nicht mehr ... will zur Anwältin«, stotterte Thomas Kern leise. Und schaute Mondrian hilfesuchend an.

Die Schatten folgten ihnen die Treppen hinunter zur S-Bahn. Stiegen in den gleichen Waggon und stellten sich neben sie. Klebten an ihnen, während sie im Hauptbahnhof den Zug wechselten und zum Dammtor weiterfuhren. Selbst Mondrian atmete auf, als sie endlich die Kanzlei in den Colonnaden erreichten.

»Hallo, wie geht's?«, sagte Zoe Kirschner mit einem bezaubernden Lächeln, während sie die Tür öffnete. Doch ihr Gesicht verfinsterte sich augenblicklich, sobald sie den Kopfverband entdeckte.

»Was ist denn das für ein Turban?«, fragte sie, als sie die Besucher in ihr Büro führte.

»Er ist von Schlägern überfallen worden«, antwortete Mondrian an seiner Stelle, weil ihr Mandant wortlos in einen Sessel gesunken war und die Augen geschlossen hatte.

»Sie kamen aus dieser Bürgerwehr, die heute vor seiner Wohnung aufmarschiert ist«, fuhr er fort, als der Betroffene immer noch schwieg. »Aber was war gestern eigentlich los? Wegen des ganzen Theaters mit der Polizei habe ich mit ihm noch gar nicht darüber reden können, was genau auf dem Heiligengeistfeld passiert ist.«

»Er war doch gar nicht dort«, protestierte die Anwältin.

»Wie bitte? Ich hab ihn selbst dorthinlaufen sehen. Und der Bewährungshelferin hatte er schon vorher erzählt, dass er zum Dom wollte.«

»Ja, ich war ja auch eine Weile da«, kam es leise aus dem Sessel. »Aber längst wieder weg, als ich angeblich ein Mädchen angefasst haben soll. Nichts als Lügen.«

Kerns Augen waren noch immer zusammengekniffen, als ob er nur noch vom Erdboden verschwinden wollte. »Und ich dachte, Sie würden mir glauben, dass ich kein Ungeheuer mehr bin.«

»Wenigstens gibt es in diesem Land noch Richter«, sagte Zoe Kirschner, »die nicht jemand einfach in Haft stecken, weil Volkes Stimme das fordert …«

Sie war dabei, sich in Rage zu reden, und hob die Hand, als Mondrian einen Einwand machen wollte.

»… und ich werde auch nicht zulassen, dass mein Mandant weiter rund um die Uhr überwacht wird, als wäre er schon wieder im Gefängnis. Das ist doch Knast, bloß mobil.«

Mit hochrotem Kopf stürzte sie zum Ausgang und rief den Polizisten im Treppenhaus zu: »Was starren Sie so blöd? Verschwinden Sie von hier! Und zwar sofort!«

Der Vorderste grinste sie bloß an. »Sie haben uns überhaupt

keine Anweisungen zu geben, Frau Rechtsanwältin. Wenn wir den Befehl bekommen, diesem Verbrecher zu folgen, dann folgen wir ihm. Bis er …«

Er zog seine Handkante über den Hals, als würde mit einem Messer eine Kehle durchtrennt.

»Das werden wir noch sehen«, rief Zoe Kirschner und schmiss vor ihm die Tür zu.

19

Wer war sie, diese Frau da vorn? Die elegante Weißhaarige mit der strengen Kurzhaarfrisur, die hoch aufgerichtet und selbstbewusst neben Vanessa von der Heyde am Kopf des Konferenztisches saß? Zum dunkelblauen Nadelstreifenkostüm trug sie eine schlichte weiße Bluse mit einer dezenten Krawatte, und auch ihre strenge Brille unterstrich die Aura von Ernsthaftigkeit und Seriosität, die sie ausstrahlte. Woher kannte er nur dieses schmale, vornehme Gesicht?

Es dauerte einen Moment, bis Mondrian darauf kam. Nora Ingersen. In irgendeiner Verlagspublikation hatte er die Frau des Vorstandsvorsitzenden schon mal auf einem Foto gesehen. Wahrscheinlich war es um eine Wohltätigkeitsveranstaltung gegangen oder um Kunstsponsoring, das jetzt bei Managern so in Mode war, das wusste er nicht mehr genau. Aber er erinnerte sich, dass sie dort neben dem Big Boss des Unternehmens abgebildet war, zu dem das »magazine« gehörte, strahlend natürlich. Jetzt schienen ihre Züge eher besorgt, als sie in die Runde des Elf-Uhr-Meetings blickte, die oben im Media Tower zusammengekommen war.

»Ich freue mich, dass wir heute einen *special guest* haben«, erhob Vanessa von der Heyde ihre Stimme und brachte damit das allgemeine Gemurmel zum Verstummen, »wenn auch aus einem unerfreulichen Anlass. Es geht um Thomas K., diesen Kindermörder, der uns nun schon seit Tagen beschäftigt. Und nicht nur uns …«

Sie schaute zu der Frau an ihrer Seite.

»… sondern auch Nora Ingersen, die ich hiermit begrüße. Manche von Ihnen werden wissen, dass sie in einer Initiative engagiert ist, die sich um Verbrechensopfer kümmert. So ähnlich wie der Weiße Ring?«

Die Frau im blauen Kostüm nickte und räusperte sich. »Genau. Unser Verein, gemeinnützig natürlich, heißt ›Opferschutz statt Täterschutz‹, und das ist auch unser Motto …«

»Ist das die Gruppe, die diese Mahnwache organisiert hat?«, fragte Bruno Wunder dazwischen.

»Aber nein, um Gottes willen, mit solchen Aktionen auf der Straße wollen wir nichts zu tun haben.«

Sie schob die Brille etwas nach vorn und musterte Bruno Wunder über die magentafarbenen Ränder, während sie die Mundwinkel leicht nach unten zog. »Nein, so etwas ist nicht unser Stil. Obwohl man, meine ich, diese Leute auch verstehen muss, insbesondere die Nachbarn. Denn wer von uns wollte einen Triebtäter in der Wohnung neben sich haben? Wer von uns würde seine kleinen Kinder aus dem Haus lassen, wenn ein Mann wie Thomas K. in unmittelbarer Nachbarschaft lebt? Sie etwa?«

Mit erhobenem Kopf fixierte sie Bruno Wunder, ließ ihren Blick dann über die Redaktion wandern und streifte dabei auch Mondrian.

Treffer, dachte er.

Wie würdest du dich eigentlich selbst fühlen, Jonas, wenn Kern neben dir eingezogen wäre? Wie hättest du vor allem früher reagiert, als deine Tochter noch klein und die Familie heil war? Jetzt mal ganz ehrlich, abseits von aller *political correctness*? Da war er sich gar nicht so sicher.

Während er beifälliges Gemurmel für Nora Ingersen wahrnahm, rief eine Onlineredakteurin von hinten: »Warum wird der eigentlich nicht neben der Villa des Justizsenators einquartiert? Oder in dem Elbvorort, wo der Innensenator wohnt?«

Sie erntete zustimmendes Gelächter.

»Die Antwort wissen Sie genauso wie ich«, sagte Nora Ingersen mit einem vielsagenden Blick. »Aber ich bin hergekommen, um auch an die Redaktion eine Frage zu stellen: Was tun Sie selbst eigentlich, um die unhaltbare Situation zu beenden, die seit Tagen die Stadt bedrückt? Was tut das ›magazine‹, um weitere solche Taten zu verhindern?«

Sie ließ ihre intensiven graubraunen Augen rund um den Tisch von Ressortleiter zu Ressortleiter wandern.

»Ist es nicht auch die Pflicht und Schuldigkeit dieser Redaktion, diese skandalösen Zustände anzuprangern? Lösungen zu fordern, bevor noch mehr Kinderschänder auf freien Fuß gesetzt werden?«

»Was erwarten Sie von uns, konkret?«, unterbrach sie Vanessa von der Heyde.

»Nun, Frau von der Heyde, ich will selbstverständlich nicht in die redaktionelle Unabhängigkeit eingreifen …«

»Nein, selbstverständlich nicht.« Die ironische Bemerkung, halblaut, kam aus einer hinteren Reihe.

»… doch wir alle wissen: Die Presse hat Macht. Auch das ›magazine‹. Die Macht des gedruckten Wortes, in Berichten und Kommentaren. Schreiben Sie doch, wie unverantwortlich es ist, einen Rückfalltäter wie Thomas K. mitten unter uns zu lassen. Helfen Sie, diesen Mann wieder hinter Gitter zu bringen, der laut Polizei Gefährlichkeitsstufe Nummer eins hat.«

Nora Ingersen lehnte sich zurück, um einen Schluck aus einem Glas Wasser zu trinken, während Politikchef Riesling heftig mit dem Kopf nickte und sagte: »Exakt meine Meinung, Frau Ingersen, danke. Ich finde es richtig unterirdisch, dass wir uns nicht längst zu Wort gemeldet und unsere Meinung geschrieben haben!«

»Welche Meinung?«, fragte Mondrian spitz dazwischen. »Ihre?«

Rieslings Stirnadern schwollen an. »Aber Herr Kollege, es kann doch nicht mal bei Ihnen Zweifel geben, dass es ein irrer Leichtsinn ist, wenn ein verurteilter Kindermörder trotz neuen Tatverdachts frei herumläuft …«

»Aber er läuft doch gar nicht frei rum«, warf Marc Rolfes ein, »er ist Tag und Nacht von einer Armada aus Polizisten umgeben.«

»Eine unglaubliche Verschwendung von Steuergeldern«, rief der Artdirector empört.

»Aber die einzige legale Möglichkeit der Vorbeugung, solange es keinen Haftbefehl gibt«, erwiderte der »Cop« achselzuckend, »oder?«

»Ach, das ist doch *just for show*, nichts anderes als symbolische Politik.« Riesling machte eine wegwerfende Handbewegung.

»Der Innensenator will damit Kompetenz demonstrieren, die aufgebrachte Bevölkerung beruhigen.«

»Und er muss gleichzeitig Übergriffe auf den Mann verhindern, Herr Riesling«, fuhr Rolfes fort, »das ist schließlich seine Pflicht, ob es uns gefällt oder nicht.«

»Das mag ja sein«, ergriff Nora Ingersen wieder das Wort, »aber ist es nicht pervers, wenn die Polizei einen Schwerverbrecher auch noch beschützen muss?« Sie schüttelte aufgebracht den Kopf. »Der Täter als armes, hilfsbedürftiges Opfer? Das ist das Gegenteil von dem, wofür wir mit unserem Verein seit Jahren kämpfen. Lassen Sie mich eines aus meiner Erfahrung feststellen: Unsere Gesellschaft braucht endlich neue Regeln für den Umgang mit unbelehrbaren Gewalttätern. Glauben Sie mir, die Leute draußen wollen das. Und die Leute draußen sind auch unsere potenziellen Leser. Die müssen wir dort abholen, wo sie stehen.«

Die Leser abholen, wo sie stehen – den Spruch kennst du doch, dachte Mondrian. Das war der Lieblingsslogan der jungen Marketingmanager im Verlag, die auf Mainstream und Massengeschmack setzten, um möglichst viele Hefte zu verkaufen. Während er immer unruhiger auf seinem Platz hin- und herrückte, hörte er, wie die Frau des Vorstandschefs weitersprach:

»Das ›magazine‹ muss endlich auf die Mehrheit der Bevölkerung hören und Gesetze fordern, mit denen die Justiz Sexualtäter vorbeugend schachmatt setzen kann. Oder mindestens bei dem leisesten Verdacht.«

»Trotz Unschuldsvermutung?«, brach es aus Mondrian heraus, während er sich aufrichtete.

Nora Ingersen blickte irritiert zu ihm herüber.

»Es scheint vielleicht etwas altmodisch«, sagte er, »dass jemand bis zur Verurteilung als unschuldig zu gelten hat. Aber immerhin ist das Verfassungsrecht.«

»Ach, juristische Spitzfindigkeiten. Die Zeit draußen ist nicht stehen geblieben, die Welt ist rauer und schneller geworden. Und akademische Debatten können wir uns heute nicht mehr leisten, auch beim ›magazine‹ nicht, wenn Sie verstehen, was ich meine …«

»Verstehe ich richtig, dass wir die Festnahme von Thomas K. fordern sollen, obwohl dem Haftrichter die Beweise nicht reichten?«

»Vielleicht sollte man nicht jeden kleinsten Zweifel auf die Goldwaage legen, wenn es um das Schicksal von unschuldigen Mädchen und Jungen geht«, sagte Nora Ingersen scharf. »Wissen Sie, wie viele Fälle von Kindesmissbrauch es jährlich in Deutschland gibt?«

»Zwölftausend, laut letzter BKA-Statistik«, stellte Rolfes fest, »die Zahl muss man sich wirklich mal reinziehen.«

»In der Tat«, fuhr Mondrian fort, »und noch eine interessante Zahl: Wie viele verurteilte Sextäter werden nach der Haft rückfällig?«

Als niemand antwortete, sagte er: »Laut Studien unter zehn Prozent.«

»Das nützt deiner Tochter auch nichts, wenn sie von einem Unter-zehn-Prozent-Arschloch vergewaltigt wird«, rief die Assistentin des Artdirectors dazwischen.

»Halt, so kommen wir nicht weiter«, sagte Vanessa von der Heyde und schlug mit der Hand so laut auf den Tisch, dass sofort Ruhe einkehrte. »Wir danken unserem *special guest* für die Ratschläge, die wir sehr wohl verstanden haben …«

Sie bedachte Nora Ingersen mit einem unergründlichen Blick, während sie kaum wahrnehmbar lächelte.

»… darüber werden wir später entscheiden.«

Sie stand auf und ließ Nora Ingersen keine Wahl, ihr zu folgen. Schweigend geleitete sie die Frau des Vorstandsvorsitzenden aus dem Konferenzraum zum Lift. Die verchromte Tür schloss sich hinter der Besucherin mit einem dezenten Akkord.

»Oh shit«, sagte Marc Rolfes in das Stimmengewirr, das im Saal sofort eingesetzt hatte, als Nora Ingersen draußen war. Hektisch tippte er auf seinem Smartphone herum. »Das fehlt uns gerade noch! *Bad news* im Netz.«

»Meinen Sie das neue Foto von Mondrian bei Canal Real?«, fragte Riesling giftig. »Wie er dem Killer die Hand reicht und auf die Beine hilft? Schon seit zwei Stunden online.«

Der »Cop« antwortete ihm nicht, sondern wischte weiter über sein Display.

»Eilmeldung«, las er vor, »einstweilige gerichtliche Verfügung. Polizeiüberwachung von Thomas K. auf Antrag seiner Anwältin gestoppt.«

»Macht nichts«, stellte der Nachrichtenchef trocken fest, der jetzt auf seinem Laptop herumfingerte. »Dafür hat ihn nun eine Milliarde anderer Leute auf dem Schirm.«

Für einen Moment genoss er die fragenden Blicke und ließ die anderen zappeln, bevor er sagte: »Thomas K. ist jetzt groß auf Facebook. Und anderen Social Networks. Riesenfoto. Mit einer Suchmeldung.«

Rolfes schaute Mondrian an.

»Jetzt geht der Tanz erst richtig los.«

20

»Wer hat diesen Mann gesehen?«

Das Gesicht von Thomas K., in einem Anflug von Panik. Die eisblauen Augen aufgerissen, Lippen zusammengekniffen, Stirn wachsbleich. Die Hand war wie zum Schutz hochgerissen, aber nur halb davor.

Sicher nicht das Foto eines Profis, aber trotzdem verdammt scharf, dachte Mondrian, als er vor dem Bildschirm in seinem Büro saß und in das Babyface starrte. Jedenfalls scharf genug, um noch die verschorften Pickel erkennen zu können. Und so nah, als könnte man Thomas K. berühren, wenn man mit dem Zoom heranfuhr.

Jemand hatte ihn offenbar auf der Straße mit der Kamera erwischt und das Bild ins Netz gestellt. In den digitalen Kosmos, grenzüberschreitend. *Fahndung unlimited*, ging es Mondrian durch den Kopf, während er sich durch verschiedene Plattformen klickte. Nicht nur bei Netzwerken wie Facebook war das Gesicht zu finden, irgendwer hatte eine spezielle Website mit einem Aufruf kreiert.

»Wer hat diesen Mann gesehen? An welchem Tag und zu welcher Uhrzeit? Meldet euch und teilt mit, wo er unterwegs ist!«

Nur sollten »sachdienliche Hinweise« diesmal nicht an die Polizei geleitet, sondern an die Internetadresse »www.sauberes-deutschland.de« gemailt werden. Samt Angaben zu Bekleidung, Auffälligkeiten und besonderen Beobachtungen. »Schickt einfach alles, was helfen kann, Thomas K. zu lokalisieren. Jetzt! Wir werden eure Hinweise hier sofort posten und so verhindern, dass diese Bestie weiter ihr Unwesen treiben kann.« Darunter waren nicht nur aktuelle Ausschnitte aus Boulevardzeitungen gesetzt, sondern auch noch einmal eine detaillierte Beschreibung des Mordes an Annika.

Mondrian fuhr mit dem Zeiger der Maus über die Seite und klickte »Über uns« an.

»Was ist sauberes-deutschland.de? Wir sind eine neu gegründete, unabhängige Gruppe von Bürgern, die sich zum Ziel gesetzt hat, Gewohnheitsverbrecher unschädlich zu machen. Wo Justiz und Polizei versagen, nehmen wir selbst den Schutz unserer Kinder in die Hand.«

Unter verschiedenen Rubriken suchte Mondrian nach dem Sitz der Gruppe, nach Namen und Zahl ihrer Mitglieder, aber er kam nicht weiter. Wenn er Links anklickte, landete er bei »error 404«, wenn er die Google-Suche startete, bei deutschen Reinigungsfirmen. Auch die spärlichen Angaben im Impressum ließen sich nicht weiterverfolgen. Offenbar legte die Gruppe größten Wert darauf, dass man ihr nicht zu nahe kam. Umso unverblümter forderte sie dazu auf, Thomas K. auf den Leib zu rücken: »Schickt uns Bilder! Gern auch ältere, vor allem aber neue! Schießt den Kerl ab, wo immer ihr ihn trefft, mit Handy, iPad, Kamera, mit was auch immer! Und vergesst nicht, Ort und Zeit anzugeben. Eure Nachricht kann selbstverständlich anonym sein.«

Der Aufruf endete mit einem »Halali« und einem Smiley. Dazu eine Mail-Adresse, die per Klick erreichbar war.

Es dauerte nicht mal eine Stunde, bis die Post abging. Zuerst wurde ein Foto hochgeladen, das in St. Pauli aufgenommen worden war: die leicht verzerrte Kontur des Kapuzenträgers, der an den besetzten Häusern in der Hafenstraße vorbeihetzte.

»Hab den Penner gleich erkannt, obwohl er sich weggedreht hat«, schrieb »streetwalker«, von dem das Bild stammte, *»Handyschuss aus der Hüfte, nicht schlecht, oder?«*

Fünf Minuten später meldete »octopussy«: *»Hier ein Shot aus der HafenCity, in so 'ner stylishen Grünanlage, dicht am Wasser.«* Thomas K. lag auf einer Betonschale, Augen geschlossen, den Kopf in die Sonne gedreht.

Kurz danach fragte »pfuiteufel«: *»Isser das? Bin mir nicht sicher, mail euch aber mal ein Foto, das ich schon gestern gemacht hab.«* Es zeigte eine männliche Silhouette vor einem Kinderspielplatz, allerdings schräg von hinten. Nachdem Mondrian mit dem Zoom vergeblich nach charakteristischen Details gesucht hatte, fand er, dass Thomas K. darauf unmöglich zu identifizieren war.

Dagegen war sich »hunter99« seiner Sache ganz sicher. *»High Noon! Here we are!«* Eine rennende Gestalt im dunklen Jogginganzug auf einer Brücke über die Alster. Konnte auch ein x-beliebiger Freizeitsportler sein, dachte Mondrian, als er die verschwommenen Gesichtszüge sah.

Gestochen scharf allerdings ein Foto, das Thomas K. frontal auf einer Parkbank zeigte, offenbar mit einem Teleobjektiv aufgenommen. Misstrauisch blickte er in Richtung Kamera. Offenbar ahnte er, dass ihn jemand ins Visier nahm. *»Der Arsch hat mich nicht mal gesehen, als ich ihn abgeknipst hab«*, hatte »nowhereman« stolz dazu vermerkt, *»hab ihn vom Rödingsmarkt bis in die großen Wallanlagen verfolgt. Aufnahme entstand direkt gegenüber der U-Haft-Anstalt. Der weiß schon, wo er hingehört :-)«*

Als wäre eine Schleuse geöffnet worden, standen nach zwei Stunden schon Dutzende von Mails auf der Website. Mondrian scrollte durch Vermutungen, wo Thomas K. sich gerade aufhielt, durch Kommentare, die ihm die Pest an den Hals wünschten, durch immer mehr Bilder. Sogar uralte waren dabei.

»Ist schon mit zwölf ein komischer Kerl gewesen, unser Thommy«, schrieb »ein ehemaliger Mitschüler« zu einem Foto von einem Klassenausflug, auf dem ein schmächtiger hellblonder Junge in Badehose mit einem Kreuz markiert war. Und ein »Exfreund aus Jugendzeiten« merkte an: *»Hat sich leider immer mehr zum Sonderling entwickelt, der echt scheiße drauf war.«*

Sogar aus dem Knast gab es eine Aufnahme, die ein »Knackikumpel« mailte: Thomas K. im Kraftraum, wie er verbissen Gewichte stemmte, frische Pickel auf der geröteten Haut. *»Hat sich schon Mühe gegeben, unser Milchbubi«*, stand daneben, *»hat aber trotzdem nicht zu knapp auf die Fresse gekriegt.«*

»Würde ihm auch jetzt nicht schaden«, antwortete »kiez-cruiser« eine Weile später, *»bloß wo steckt er zurzeit? Weiß das jemand???«*

Als sich niemand mit einem neuen Foto meldete, drängte »final-countdown«: *»Los, Leute, der ist nur einer, wir sind viele. Tausende. Millionen Augen. Da muss doch was gehen!«*

Und »future.papst« schrieb: *»Nur zu, auch wenn ihr euch unsicher seid, ob ihr wirklich den Richtigen erwischt habt. Die Technik hilft. Biometrische Gesichtserkennung. Schon mal gehört?«*

»Ist das diese Software, die automatisch Gesichtszüge checkt?«, fragte »number-one-pussy«.

»Korrekt, pussy, kluges Kind, :-)«, mailte »future.papst« zurück, *»also für Doofe: Das Gesicht auf einem neuen Bild wird elektronisch mit dem Gesicht von einem älteren verglichen. So stellt man megaschnell fest, ob es Übereinstimmungen gibt. Also: Ist der Kerl, den du gerade im Café am Nebentisch mit deinem Handy geknipst hast, identisch mit dem Kerl, von dem man bereits ein Foto hat?«*

»Ein Pressefoto zum Beispiel?«, wollte »no_name_whatever« wissen.

»Klar, ein Bild aus einer Zeitung müsste reichen«, meldete sich »freund+helfer«, *»oder aber ein Foto, das die Polizei in ihren Dateien gespeichert hat. Auch dort soll es ja hilfreiche Staatsbürger geben, die nicht so gut auf Thomas K. zu sprechen sind …«*

Mondrian griff zum Telefon.

»Macht ihr da etwa mit, Gina?«, fragte er grußlos. »Thomas K., automatische Gesichtserkennung, www.sauberes-deutschland.de?«

»Ich kann gar nicht so viel kotzen, wie ich scrollen könnte«, antwortete Gina Paulsen, »ein Kollege hier im LKA hat die Seite gerade geöffnet. Ein richtiger Internet-Pranger. Aber natürlich ohne uns.«

»Es dürfte ja reichen, wenn sich die ›Sauberen Deutschen‹ die richtige Software besorgen, oder?«

»So was hast auch du auf deinem Smartphone, mein Lieber. Bloß wahrscheinlich noch nicht entdeckt.«

»Wie eine Million anderer Spielzeuge, die dort schlummern«, stellte er mit einem Seufzer fest.

»Typisches Zeichen für fortschreitende Vergreisung.« Der Spott in Gina Paulsens Lachen war sogar durch die Leitung zu hören. Dann klang ihre Stimme wieder ernst. »Der Nebeneffekt der ganzen Aktion ist, dass auf der Website der ›Sauberen Deutschen‹ ein klasse Bewegungsprofil von Kern entsteht, wenn sein Standort fortlaufend dorthin gemeldet wird. Sogar ohne Überwachung seines Mobiltelefons.«

»… das die Polizei natürlich ständig ortet, wolltest du sicher sagen«, fuhr Mondrian fort.

»Wollte ich das?«

»War er denn nun noch auf dem Dom, als das zweite Mädchen überfallen wurde? Laut Handydaten?«

»Komisch. Das haben mich heute schon zwei Senatoren gefragt«, sagte Gina Paulsen und verstummte für einen Moment. »Offenbar eine heiße politische Kiste. Was bedeutet, dass ich dir das unmöglich verraten kann.«

»Komm schon, du schuldest mir noch was.«

»Nur weil du mal ’ne nette Geschichte über mich geschrieben hast?« Sie lachte wieder. »Längst verjährt, du musst dir schon was Neues einfallen lassen ...«

»... bei Kerzenlicht und Mondschein?«

»Definitiv«, antwortete sie nach einer kleinen Pause, und dann klang ihre Stimme, als würde sie mit der Hand das Telefon abschirmen, »definitiv war Thomas K. zu dieser Zeit auf dem Heiligengeistfeld. Beziehungsweise sein Mobiltelefon.«

»Du meinst, er könnte es auch jemand anderem gegeben haben?«, überlegte Mondrian laut.

»Sicher. Wir erfahren vom Provider ja bloß, wann das Gerät in welche Funkzelle eingeloggt war. Nicht, wer es in der Tasche trug.«

»Also könnte es auch dieser Olaf bei sich gehabt haben, zum Beispiel, oder ein Dritter ...«

»Moment mal«, unterbrach ihn Gina Paulsen, »siehst du das? Den neuesten Eintrag auf der Website?«

Mondrian warf einen Blick auf den Bildschirm.

»Bingo!«, stand über der Mail von »doomsday«.

Die Botschaft, die er offenbar gerade gesendet hatte, enthielt ein neues Foto. Thomas K. vor den Landungsbrücken, trotz dunkler Wolken Sonnenbrille im Gesicht. Offenbar hatte ihn doomsday aus nächster Nähe angeblitzt, sogar einzelne Schweißtropfen konnte man auf der fahlen Haut erkennen. Unter dem Bild waren die präzisen GPS-Koordinaten, die Uhrzeit, genau auf die Sekunde, und zwei Worte.

»Beeilt euch!«

»Dass die sich nicht schämen«, flüsterte Gina Paulsen ins Telefon.

»Schweinebande«, stieß Mondrian hervor, als er las, was jemand, der sich »zyklon-berta« nannte, noch hinterhergeschickt hatte.

»Gebt Gas! Habt Spaß!«

21

Als der orange Sonnenball im Westen hinter dem hohen Bogen der Köhlbrandbrücke wegtauchte, hatte Mondrian genug.

Genug von dem anonymen, hinter Phantasienamen versteckten Hass, mit dem im Internet zur Jagd auf Thomas K. geblasen wurde.

Genug von all den echten und vermeintlichen Experten, die in Onlineforen und Juristenblogs über den richtigen Umgang mit Sexualtätern stritten. Bisher kannte keiner den Königsweg.

Genug von den Kolleginnen und Kollegen, die ihn immer wieder aus seinem Büro in die Cafeteria abschleppten, um ihm bei einem Latte macchiato ihre ganz persönliche Meinung über den Halloween-Mörder mitzuteilen. Und den neuesten Redaktionsklatsch.

Mondrian hatte das Gefühl, dass ihm der Kaffee bis zum Hals stand, und fuhr seinen Computer herunter. Lauschte, bis das leise Summen erstarb und der Schirm schwarz wurde. Schloss die brennenden Augen, während er sich die silbergrauen Schläfen massierte. Zum Abschied blinzelte er den Lebenslänglichen zu, die ihn von einem Foto an der Wand misstrauisch beobachtet hatten, und stand auf.

Die meisten Türen auf dem Flur waren bereits verschlossen. Bloß schräg gegenüber hackte noch ein junger Reporter gedankenversunken auf dem Keyboard seines Rechners herum, während er sich mit Free Jazz beschallte. Er behauptete immer, das würde ihn beim »Dichten«, wie das Schreiben in der Redaktion gern genannt wurde, wach halten und inspirieren. Auf halbem Weg zum Lift kam Mondrian an dem Büro von Bruno Wunder vorbei, der sich bei Schummerlicht auf seiner eingeschmuggelten Secondhandliege ausgestreckt hatte und im Liegen das Monteverdi-Konzert dirigierte, das gedämpft aus seinen Boxen erklang. Als Mondrian seine verzückten Züge unter den wirren Locken wahrnahm, beschloss er, »Wolle« nicht mehr zu stören, sondern gleich nach unten zu fahren. Nicht mal die hübsche Neue aus dem Moderessort, die ihn vor dem Aufzug erwischte und überreden wollte, doch noch an einer Frauenkonferenz zum Thema »Mythos Mann« teilzunehmen, konnte ihn davon abhalten. Sobald er durch die schwere Drehtür nach draußen getreten war, sog er gierig die warme Abendluft ein.

Warum hast du dir das bloß angetan, Jonas?

Weshalb bist du freiwillig zurückgekehrt in dieses Irrenhaus?

Geistesabwesend starrte er auf eine Glasscheibe im Untergeschoss des Media Tower, wo sich schwitzende Redakteure im Fitnessstudio auf Laufbändern abstrampelten.

Wieso rennst du jetzt einem gestörten Mörder hinterher und regst dich über den Internet-Mob auf, während du in Bella Italia unter dem Sternenhimmel liegen könntest, im Arm einer wunderschönen Frau?

Ricarda.

Was machte sie eigentlich? Wie ging es ihr?

Aus der Tatsache, dass sie seine Mails nach seiner Abreise nicht mal beantwortet hatte, war ja wohl kaum etwas anderes zu schließen, als dass sie noch sauer war. Mindestens. Verständlich, musste er zugeben, wenn er sich daran erinnerte, wie er sie hatte sitzen lassen. Höchste Zeit, endlich eine Entschuldigung zu schreiben.

Während er im ersten Schein der Straßenlaternen eine Fleetbrücke querte und an den verwitterten Backsteinfassaden vorbei zum Brooktorkai lief, überlegte er, ob er noch ein Glas Vinho Verde beim Portugiesen trinken sollte. Oder zwei. Aber würde es dabei bleiben? Oder würde er wieder in Erinnerungen an Christin abdriften, seine Exfrau, die er auch oft allein gelassen hatte wegen seines Jobs. Zu oft allein gelassen und schließlich verloren.

Ja, verdammt. Es tat immer noch weh, gestand er sich ein, wenn er an sie zurückdachte. An die sonnendurchfluteten Tage und Nächte wie in Trance, als er sie an einem wilden Strand in Portugal kennengelernt hatte. Aus einem Übermut, den er jetzt selbst nicht mehr verstand, war er sich damals sicher gewesen, sie würden mindestens tausend Jahre zusammenbleiben. Deshalb hatten sie es auch nicht eilig gehabt zu heiraten, bevor die Kinder kamen, Robert und Katharina, Kathy genannt.

Aber seine verrückte Neugier auf die Welt hatte ihn immer wieder fortgetrieben, zuletzt bis in eine Forschungsstation im Eis der Arktis, wo er über Monate Wissenschaftler beobachtete, um ihre Arbeit am Limit zu beschreiben. Wieder zu Hause, musste er dann feststellen, dass während seiner Abwesenheit auch Christin verreist war, bloß ganz anders. Bei einer Ausstellung hatte sie einen Galeristen aus Wien getroffen, der sie von Vernissage zu Vernissage schleppte und mit seinem Charme in die Welt der Künste entführte. Und ziemlich bald auch in sein Wasserbett …

Laute Musikfetzen, die aus der offenen Tür eines Restaurants drangen, holten ihn zurück in die Wirklichkeit. Einer dieser gedudelten Sommerhits, deren Texte er sich nie merken konnte und deren Halbwertszeit einen oder zwei Monate betrug. Er atmete noch einmal durch und beschloss, seine Tristesse und seinen Frust nicht im Wein zu ertränken, sondern lieber gleich zu seinem Loft zurückzukehren. In seine Fluchtburg, die am St. Annenufer lag.

Früher hätte er jeden ausgelacht, der ihm prophezeit hätte, dass er einmal allein in einem kargen Kontorraum wohnen würde, auf groben Holzplanken, die früher Kaffeesäcke trugen. Aber dort hatte er sein Asyl gefunden, nachdem Christin mit den Kindern verschwunden war. Der ehemalige Lagerraum lag mitten in der Speicherstadt zwischen aufgemotzten Studios von Werbeagenturen und anderen »Kreativen«, doch mit seinen rohen Balken und den schlichten, weiß getünchten Wänden glich er eher einer Klosterzelle für einen Mönch.

Nur wenige Dinge hatte Mondrian aus seinem früheren Leben dorthin mitgenommen, neben einem Stehpult und Masken von Reisen nach Bali und Bolivien vor allem die geliebten Kelims aus Afghanistan und dem Iran, die jetzt auf dem Holzboden ausgerollt waren. Manchmal reichte es ihm, sich einfach auf diese erdfarbenen Nomadenteppiche zu legen und die Augen zu schließen, um vom High-Speed-Trubel im Media Tower abzuschalten. Oder sollte er heute Abend mal wieder in die Saiten seiner verstaubten Rockgitarre greifen? Ein paar Farben auf das halb fertige Bild streichen, das auf einer Staffelei in einer Ecke wartete? Er freute sich schon auf sein kleines Paradies, als er den Eingang des Kontorhauses erreichte. Doch dann hörte er aus dem Treppenhaus ein merkwürdiges Geräusch.

Es klang wie ein dumpfes Poltern, was da von oben herunterkam, als wäre ein Sack umgestürzt und auf den Boden gefallen. Danach ein helles Wimmern, das langsam dünner wurde und erstarb. Mondrian spürte, wie sich die Haare auf seinen Unterarmen aufrichteten. Sein Körper spannte sich. Vorsichtig nahm er die ersten Stufen, aber als das leise Heulen wieder einsetzte, stieg er schneller und schneller, bis er den Absatz an seinem Loft erreichte. Ein dunkler, klumpiger Haufen auf dem Boden. Auf den ersten Blick erkannte er nicht, was das sein sollte. Sah aus wie ein Berg schmutziger Altkleider, den jemand vor seine Tür geworfen hatte.

Nur dass etwas Helles herausragte. Etwas Blondes.

Der Kopf von Thomas Kern, mit einem Tuch umwickelt, das an der Stirn rot schien.

Seine Lider waren geschlossen, und er atmete schwer.

»Nein … nicht …«

Er fing wieder an zu wimmern.

»Nur ruhig«, sagte Mondrian, während er sich neben ihn kniete.

»Bitte, ich …« Kern zitterte so stark, dass er nicht weitersprechen konnte. Sein ganzer Körper bebte, seine Hose hatte einen nassen Fleck.

Behutsam legte Mondrian die Hand auf seine Schulter.

Er zuckte, aber dann öffnete er die Augen.

Sie wurden sofort feucht.

»Ach, endlich … Sie … da.«

Mit aller Vorsicht hob Mondrian ihn so weit an, dass er den Rücken an die Wand lehnen konnte, und zeigte auf das Tuch, das wie ein Verband aussah.

»Was ist das? Was ist passiert?«

»Bin wieder … über… überfallen worden«, stammelte der frühere Häftling und verstummte sofort wieder.

»Überfallen? Wo, von wem?«, drängte Mondrian.

Kern zuckte mit den Schultern. Verzog das Gesicht vor Schmerzen.

»Weiß nicht. Irgendwer … irgendwas vor die Nase gehalten … roch komisch … muss mich betäubt haben.«

Er stöhnte und griff an seine Stirn. »Dann das hier …«

Durch den Stoff sickerte immer mehr feuchtes Rot. Blutrot. Und der junge Mann sah so fahl aus, dass Mondrian fürchtete, er könnte gleich umkippen.

Was machst du jetzt mit diesem Haufen Elend?, überlegte er hektisch. Kein Zweifel, dass Kern Hilfe brauchte. Wenigstens einen Schluck Wasser, etwas zum Reinigen und einen Platz, wo er sich hinlegen konnte, bis er wieder auf die Beine kam.

Aber wo? In deinem Loft?

Hast du wirklich Lust, diesen Menschen, der wie ein stinkender Obdachloser aussieht, in dein Heim zu lassen?

Den Kerl, von dem noch keiner weiß, ob er nicht ein unverbesserlicher Krimineller ist?

Dieses undefinierbare Milchgesicht, das genauso mitleiderregend wie verschlagen dreinblicken kann?

Zum Teufel noch mal, fluchte Mondrian in sich hinein. Und gab sich einen Ruck, seinen Widerwillen runterzuschlucken.

»Also dann erst mal hier rein«, sagte er und schloss die Tür auf. Er half dem Benommenen auf die Füße und schob ihn über die Schwelle. »Wie haben Sie das überhaupt gefunden? Ich meine, woher wussten Sie, wo ich wohne?«

»Von Zoe«, murmelte er, während er sich auf einen Stuhl sinken ließ, den Mondrian ihm hinschob. »Die hat das mal … rausgekriegt … und mir gesagt.«

Mondrian stutzte. Hatte jemand aus der Redaktion der Anwältin seine Adresse gegeben? »Warum sind Sie nicht zu ihr?«

»War nicht erreichbar. Auch Pia nicht.« Er trank von dem Wasser, das Mondrian ihm hingestellt hatte, und wischte sich die Augen. »Wusste einfach nicht mehr … wohin. Aber wenn Sie sauer sind …«

»Wo ist denn das Ganze losgegangen?«, fragte Mondrian, ohne zu antworten.

»In dem Park hinter den Landungsbrücken … da, wo das

Bismarckdenkmal steht ... hatte mich kurz hingelegt, und dann kamen plötzlich Leute ...«

Er schluckte und griff sich wieder an die weiße Binde. »Scheiße noch mal, wie das dahinter brennt!«

»Was haben Sie denn da überhaupt?«, wollte Mondrian wissen.

»Keine Ahnung. Als ich wieder aufgewacht bin, hatte ich das Ding schon. Und jetzt pocht es dahinter so komisch.«

»Dann müssen Sie sich das wohl mal ansehen, okay?« Mondrian griff ihm unter die Schultern und dirigierte ihn in sein Badezimmer, wo ein großer Spiegel über einer metallenen Waschschüssel hing.

Unbeholfen spülte sich Thomas Kern den Dreck von den Händen und vom Gesicht. Aber als er die Binde vom Kopf abwickeln wollte, zuckte er mehrmals zusammen und hielt schließlich inne.

»Lassen Sie mich das machen«, schlug Mondrian vor. Er griff den äußersten Zipfel des fleckigen Wickels und begann, ihn sanft zu lösen, wie in Zeitlupe. Der Stoff klebte, aber obwohl Kern immer wieder stöhnte, konnte er weitermachen. Und langsam kam das zum Vorschein, was darunter war.

Zuerst ein nackter, rasierter Schädel. Dann, Zentimeter für Zentimeter, die Stirn mit einer Mischung aus geronnenem und frischem Blut.

Als Mondrian mit einem Wattebausch die Tropfen abgetupft hatte, die immer noch aus den Wunden drangen, sah man noch mehr.

Schnitte.

Säuberlich in die Haut geritzt.

Sie bildeten große Buchstaben. Ein Wort.

»PERVERS«.

Das Eisblau in den Augen von Thomas Kern verlosch, als er die Lider so fest zusammenpresste, als wollte er sie nie wieder öffnen.

Mondrian schaffte es gerade noch, ihn aufzufangen, bevor der taumelnde Mann ohnmächtig war.

22

Diesmal klang ihre Stimme nicht nach romantischem Dinner. Selbst durch das Telefon hörte sich Gina Paulsen aufgebracht an.

»Hast du das schon gesehen?«

»Äh?«, machte Mondrian träge, während er sich mit einem Handtuch die nassen Haare rubbelte.

»Dieses Video?«

»Was? Um diese Zeit ziehst du dir schon Filme rein?« Seine Armbanduhr, die noch auf dem Tisch lag, zeigte ein paar Minuten nach neun, und seine Stimme klang immer noch bettlägerig. »Habt ihr im LKA nichts Besseres zu tun?«

»Komm schon, wach endlich auf. Dein Gast von gestern Abend ist auf Sendung.«

»Woher weißt du … Kern?«

»Wer sonst? Die Klinik hat uns verständigt. Noch gestern Nacht, nachdem du den Krankenwagen gerufen hattest.« Der Kaugummi wanderte offenbar in die andere Mundecke. »Und jetzt ist er bei dieser Drecksbande von sauberes-deutschland.de.«

Mondrians Laptop war schneller in Betrieb als sein Besitzer, der steif in die Jeans kletterte. Sie hingen so absturzgefährdet über der Sofalehne, wie sie nachts dort gelandet waren. Während er umständlich ein zerknittertes Leinenhemd zuknöpfte, gab er sein Passwort ein, »nirvana66«.

»Hab die Website.«

»Dann klick dich mal durch zu Latest News und diesem Blutstropfen, der rechts oben als Symbol auftaucht …«

»Ready.«

»… und nun halt dich fest!«

In den ersten Sekunden waren nur wackelnde Bilder zu sehen. Schemenhafte Gestalten, die offenbar im Laufen aufgenommen worden waren. Sie schienen Sturmmasken zu tragen und bewegten sich hastig an Bäumen und Büschen vorbei. Dann beugten sie sich über einen am Boden liegenden Körper. Als die Kamera weniger hin und her ruckte und heranzoomte, konnte man Haare erkennen. Blonde Haare, kurz geschnitten. Der Kopf von Thomas K., den Hände mit Handschuhen festhielten. Von oben kam eine Klinge ins Bild.

»Ist das ein Rasiermesser?« Mondrian merkte nicht, wie er sein Handy ans Ohr presste.

»Eher ein OP-Messer, aus einem Krankenhaus, schätze ich«, gab Gina Paulsen zögernd zurück.

Die Klinge blitzte kurz auf, bevor sie anfing, über den Kopf zu schaben. In erstaunlicher Geschwindigkeit kratzte sie kahle Bahnen zwischen das Haar, sodass nicht mal mehr Stoppeln zurückblieben. Als der Schädel völlig blank war, wurde er nach hinten gepresst, als würde er in einem Schraubstock fixiert.

Dann senkte sich die Klinge langsam in die Haut über den Brauen. Wanderte geradlinig und präzise, Millimeter für Millimeter, durch das rosafarbene Gewebe. Ließ klaffende Kerben zurück, die sich sofort rot füllten. Kaum zwei Minuten, und das Wort »PERVERS« stand da.

»Professionell wie ein Chirurg«, sagte Mondrian leise und schluckte.

»Wirklich, saubere Arbeit«, stimmte Gina Paulsen zu. »Und Kern zuckt nicht einmal.«

Die Augen des Mannes im Video waren die ganze Zeit geschlossen geblieben, sein fahles Gesicht unbewegt.

»Die Betäubung muss ziemlich stark gewesen sein«, stellte die Polizistin fest.

»Vielleicht mit Äther? Bevor ich einen Krankenwagen gerufen habe, hat Kern noch was von einem komisch riechenden Lappen erzählt. Einem Tuch, das ihm jemand ins Gesicht gedrückt hätte.«

»Durchaus möglich. Das werden unsere Toxikologen untersuchen. Und jetzt pass mal auf, was nach dem Gemetzel kommt.«

Der Bildschirm war schwarz geworden. Doch plötzlich erschien eine Schrift, wie mit brauner Tinte gezogen.

»Blut für Blut«.

Die Tinte zerfloss, eine neue Zeile flackerte auf.

»Endlich hat das perverse Schwein bekommen, was es verdient«.

Als auch dieser Satz zerronnen war, kamen altdeutsche Buchstaben zum Vorschein, die von höhnischem Gelächter aus dem Off begleitet wurden.

»Im Namen des Volkes: ›Kameradschaft 18‹«.

Mondrian holte tief Luft. »Wow, starker Tobak …«

»… ja, richtiges Splatter-Kino«, fuhr Gina Paulsen fort, »sogar mit Täterbekenntnis. Kommt nicht oft vor, dass eine Gruppe so offen die Verantwortung für eine Tat übernimmt.«

»Diese Ärsche mit der 18 also.« Mondrian hatte sofort an die Schläger vor Kerns Haus denken müssen.

»Kennst du etwa jemanden von denen?«, wunderte sich Gina Paulsen.

»Bei der sogenannten Mahnwache am Pinnasberg waren drei Männer, die eine 18 auf ihren Tarnanzügen trugen.«

»Die Kerle, die ihn auf der Straße plattgemacht haben?«

»Genau. Mich irritiert bloß, dass er eine Frauenstimme gehört hat, bevor er betäubt wurde. Das hat er mir gestern Nacht jedenfalls noch erzählt.«

»Ja und? Wieso sollten nicht auch Weiber zu der Truppe gehören, die so eine Schweinerei veranstaltet?«

»Weil ich eigentlich dachte, dass Frauen … na gut, wenn du selbst das sagst, will ich nicht widersprechen.« Mondrian goss sich von dem Tee ein, den er sich nebenbei gebrüht hatte. »Und was wissen eure Spezialisten über diesen Verein?«

»Die ›Kameradschaft 18‹? Eine besonders üble Gruppe von Neonazis, sagen die Leute vom Staatsschutz, richtig Hardcore. Die Zahlen in dem Namen stehen für …«

»… die Buchstaben eins und acht im Alphabet, A und H, wie Adolf Hitler. Danke, das weiß ich selbst.«

Gina Paulsen ließ eine Pause eintreten. Sie klang leicht verstimmt, als sie sagte: »Möchtest du nun noch mehr erfahren?«

»Sorry.« Mondrian ärgerte sich inzwischen selbst über seine Ungeduld. »Ich wollte was Genaueres über Namen und Strukturen hören, vielleicht Verbindungen zur NPD.«

»Ich kann dir nur sagen, dass die Truppe bisher vor allem bei Ausländerhetze wie in Lichtenhagen aufgefallen ist. Manche von denen laufen in T-Shirts rum, auf denen ›Hellcome to Germany‹ steht, neben dem Bild eines Henkers.«

»Wie geschmackvoll. Und wo ist die Basis? Das Hauptquartier?«

»Bedaure, bisher keine Erkenntnisse.«

»Ich dachte, der Staatsschutz hätte die Braunen voll auf dem Schirm. Behaupten doch die Politiker immer.«

»Ach was. Sind wir etwa die NSA? Frag doch mal unsere Verfassungsschützer.«

»Nö, lieber nicht.« Mondrian erinnerte sich mit sehr gemischten Gefühlen an die Erfahrungen, die er mit den deutschen Geheimdiensten gemacht hatte.

Gina Paulsen war deutlich ihr Frust anzuhören, als sie fortfuhr: »Wir Bullen kriegen jedenfalls für die Überwachung von Neonazis nicht genügend Mittel. Bei Weitem nicht.«

»Verstehe«, sagte Mondrian. Und nach kurzem Überlegen: »Vielleicht kann ich ja selbst eine Recherche bei diesen Kameraden machen, etwas über das Bekennervideo rausfinden.«

Sie kaute darauf herum. Auf der Idee und auf dem Gummi. Dann entschied sie: »Nein, zu riskant. Das musst du schon Profis überlassen.«

»Wenn ihr euch nicht rührt? Ich will einfach wissen, wie die ticken. Ich probier mal, ob ich an die Gruppe rankomm.«

»Aber Vorsicht, Jonas. Kehr nicht mit der Gravur ›magazine‹ auf der Stirn zurück. Sonst wird das nichts mehr mit unserem Dinner!«

»Ja, ja, ja, Frau Polizeipräsidentin«, antwortete er, während er noch überlegte, ob mehr Spott oder mehr Sorge in ihrer Stimme gelegen hatte.

Dann war sie weg.

Er runzelte die Stirn. Sein Blick wanderte nachdenklich durch das Loft und blieb an den braunen Tupfern mit getrocknetem Blut hängen, die noch im Bad herumlagen. Nachdem Thomas Kern gegen Mitternacht von Rettungssanitätern auf einer Liege abtransportiert worden war, hatte er sich gleich auf seinen Futon gelegt. Aber er hatte die halbe Nacht wach gelegen und das Wort »PERVERS« auf Kerns Stirn vor seinen geschlossenen Augen gesehen. Was waren das für Leute, die einen Menschen so stigmatisierten? Ihn brandmarkten, bevor ein Gericht ihn verurteilt hatte? Wie konnte er Kontakt zu ihnen aufnehmen? Im Internet war keine Kameradschaft mit der Zahl 18 zu finden, weder eine Homepage noch irgendwelche Links. Gab es vielleicht einen Weg über diese fürchterliche Website?

Heftiger als nötig begann er, auf der Tastatur seines Computers herumzuhacken. Er schrieb eine knappe Mail an die »Sauberen Deutschen« mit der Bitte, den Anhang weiterzuleiten. Dann tippte er den Köder für die »Kameradschaft 18«. Er stellte sich als Journalist vom »magazine« vor, fragte, ob die Gruppe nicht mit ihm in Verbindung treten wolle, *»... um ihre Position zu erklären ... um die Haltung zu gefährlichen Kriminellen zu erläutern ... damit die Öffentlichkeit auch mal eine andere Stimme zu hören bekommt ...«*

Er hasste das, aber er schluckte den üblen Geschmack in seinem Mund hinunter, denn er wusste, dass er lügen musste. Sonst würden sich diese Arschlöcher niemals zu einem Treffen bereitfinden. Angewidert klickte er auf »Senden« und stand mit einem Ruck auf. Jetzt konnte er nur noch warten. Er schob eine CD in den Player, Van Morrison sang mit Them zornige Bluesballaden, und als er aus einer Fensterluke nach draußen schaute, verdunkelte sich gerade die gekräuselte Oberfläche des Fleets, weil eine Front dunkler Wolken über dem Hafen aufzog.

Es dauerte zwei lange Stunden, bis er eine Nachricht bekam. Eine Mail von »whitepower18«.

»Halt dich da raus, Schweinejournalist. Wir haben keinen Bock auf dich.«

Mondrian klickte auf »Antworten« und tippte los.

»Aber wir haben Fotos von euch. Von der Aktion gegen Thomas K. am Pinnasberg. Eure Gesichter sind bestens zu erkennen. Wollt ihr, dass das ›magazine‹ sie druckt?«

Er unterzeichnete mit zwei Worten: *»Der Schweinejournalist«*.

Keine fünfzehn Minuten später kam eine neue Botschaft von »whitepower18«.

»Okay, aber allein, keine Bullen, keine Spielchen. Zeit: heute, 20 Uhr. Ort: Meck-Pom, Raum Rostock. Nähere Anweisung per Telefon.«

23

Die Rushhour war noch nicht vorbei, als Mondrian seinen Audi von der HafenCity durch die Innenstadt manövrierte und am Horner Kreisel auf die Autobahn schwenkte. Bis Lübeck staute sich der hektische Feierabendverkehr immer wieder, aber sobald er nach Osten auf die A20 abgebogen war, hatte er die Piste fast für sich allein. Als die Tempo-100-Schilder verschwunden waren, drückte er aufs Gas. Leise rauschend glitt der Wagen durch die gewellte Küstenlandschaft mit ockerfarbenen Stoppelfeldern und tiefgrünen Weiden, und bei Wismar schimmerte in der Ferne das Meer so golden, als würde die Abendsonne darin baden gehen. Aber Mondrian hatte jetzt keinen Blick für solche Naturspektakel. Noch zwanzig Kilometer bis Rostock. Die Uhr zeigte neunzehn Uhr siebenundzwanzig, als er sich einem Parkplatz näherte. Er bog ab, ließ den Wagen an ein paar haltenden Lastern vorbeirollen und hielt ein Stück vor ihnen. Als er den Motor abgestellt hatte, war nur noch das Pfeifen der vorbeirasenden Autos zu hören.

Warten. Wann würde der Anruf kommen?

Die Nummer hatte er »whitepower18« noch gemailt, bevor er abgefahren war. Aber bisher blieb das Telefon still.

Die Digitaluhr sprang auf neunzehn Uhr fünfundvierzig.

Hatte er hier überhaupt ausreichend Empfang? Noch einmal kontrollierte er die Balken, die die Signalstärke anzeigten. Immer noch kein Anruf, auch keine SMS.

Zwanzig Uhr zehn.

Warten. Es begann, an seinen Nerven zu zerren. Wollten die Arschlöcher ihn überhaupt treffen? Oder hatten sie nur mit ihm gespielt?

Dösend wartete er. Es war fast halb neun, als der Klingelton Mondrian hochschrecken ließ. Eine unterdrückte Rufnummer, natürlich. Aber eine freundliche Männerstimme, die leicht lispelte und vertraulich wie zu einem alten Kumpel sprach.

»Gute Fahrt gehabt? Dann mal flott weiter. Nicht rein nach

Rostock, sondern auf die B 105, Richtung Bodden und Darß. Kennst du dich da aus?«

»Einigermaßen.«

»Umso besser«, sagte der Anrufer, »also immer nach Norden bis kurz vor Born. Dann stopp am Nationalpark, am großen Forsthaus. Dort fährst du auf den Parkplatz und schaust in die Tonne. So weit klar?«

Noch ehe Mondrian antworten konnte, war der Anrufer weg. Hatte er Angst, dass die Verbindung zurückverfolgt würde?

Mondrian breitete auf seinen Knien eine Karte aus, die er bereitgelegt hatte. Den Darß kannte er grob, seitdem er dort in einem Subventionsskandal um Hotelneubauten und alte Stasiverbindungen gestochert hatte. Aber Nationalpark und Forsthaus? Das sagte ihm nichts.

Mit einer dicken Falte auf der Stirn ließ er den Motor an und fädelte sich wieder in den Verkehr ein. Am Bodden schwenkte er auf die schmale Landzunge, auf der das Ostseebad Ahrenshoop lag. Die Straße führte an geduckten Reetdachhäusern vorbei in eine lange Schneise zwischen Buchen und Eichen. Gerade als er sich fragte, ob der Wald schon zum Nationalpark gehörte, sah er das Schild »Forsthaus«. Und auch einen Parkplatz, der ganz in der Nähe war.

Ungeduldig stieg er aus und begann, den Platz abzusuchen. Er lief hin und her und schaute auch hinter die wenigen Wagen, die dort um diese späte Zeit abgestellt waren. Nirgendwo eine Tonne oder ein ähnlicher Behälter. Doch dann fiel sein Blick auf einen unscheinbaren Papierkorb, den er erst übersehen hatte. Er war nur zwanzig Meter entfernt und aus Metall. Und gleich oben darin lag ein Zettel, zusammengefaltet, mit fetter Computerschrift.

»ZIEL FAST ERREICHT. SCHMEISS DEIN HANDY HIER REIN, DAMIT WIR SPÄTER NICHT GESTÖRT WERDEN. DANACH WIRST DU ZUM TREFFPUNKT GEBRACHT. KEINE TRICKS! WIR BEOBACHTEN DICH!«

Aus den Augenwinkeln musterte Mondrian den Wald rundum, aber er konnte niemanden entdecken. Er zögerte kurz, ob er sich auf die Bedingung mit dem Telefon einlassen sollte, dann fingerte er es aus der Brusttasche, um es demonstrativ in den Papierkorb zu legen. Kaum dass er ein paar Schritte zurückgetreten war, hörte er einen Motor aufheulen. Ein offener Jeep, der unter dichten Zweigen gestanden haben musste, rollte auf ihn zu. Offenbar hatte der Mann am Steuer ihn mit dem Fernrohr beobachtet, das er um den Hals trug. Der Fahrer, ein dicklicher Typ in Jägergrün, stoppte den Wagen erst im letzten Moment und forderte Mondrian mit einem knappen Kopfnicken auf, einzusteigen. Ohne ein Wort fuhr er zu der Lichtung, wo das Empfangskomitee stand.

Es waren sechs Männer, die sich dort vor einem weiteren Geländewagen aufgebaut hatten. Jedenfalls glaubte Mondrian, dass es Männer waren. Weil die Gesichter unter Motorradhauben versteckt waren, konnte er nur die eindrucksvollen Konturen erkennen. Muskelpakete in Tarnanzügen. Als er sah, dass sie Eisenrohre in den Händen schwangen, war es für eine Flucht zu spät.

»Willkommen in unserer autonomen ausländerfreien Zone«, sagte die Stimme, die er vom Telefon kannte. Sie gehörte zu einem Fleischberg, der ein Stück vor den anderen stand und offenbar der Anführer war. Er zog ein Handy aus seiner Cargohose, tippte etwas ein, hielt das Gerät einen Augenblick in die Luft und wartete.

Ein Klingelton in Mondrians Jacke.

Mondrian erschrak selbst, weil er im stillen Wald schrill wie eine Sirene klang.

Verdammte Scheiße, fluchte er innerlich. Er hatte vergessen, das Telefon auf »stumm« zu schalten, nachdem er es zum Schein in den Papierkorb gelegt und unter dem Ärmel verdeckt wieder herausgeholt hatte.

»Peinlich, nicht?«, sagte die Lispelstimme triumphierend. »Keine Tricks, hatten wir vereinbart. Wie sollen wir einem Journalisten vertrauen, der schon die erste Abmachung bricht?«

Der Fleischberg trat auf Mondrian zu, tippte ihm gegen die

Brust und zog mit einer verblüffend schnellen Bewegung das Handy aus der Jackentasche. »Jetzt ist erst mal Funkstille«, sagte er, während er es auf den Boden warf und mit seinem Stiefelabsatz darauftrampelte, dass es knackte. »Wolltest du mit deinen Freunden und Helfern in Verbindung bleiben? Komm, lass uns noch ein bisschen weiterziehen.«

Zwei von den Hünen packten Mondrian an den Armen und zerrten ihn zu dem Geländewagen. Mit ihrem ganzen Gewicht drückten sie ihn auf die Rückbank und setzten sich links und rechts neben ihn. Zwischen den massigen Körpern war er so eingeklemmt, dass er kaum noch nach draußen schauen konnte, als der Motor ansprang. Das Holpern des Wagens verriet, dass sie über unbefestigte Wege fuhren. So lange, bis es dunkel wurde und der Wagen in einer Sandkuhle hielt.

Im Restlicht nahm Mondrian wahr, dass sie sich nah am Meer befanden. Zwischen sturmschiefen Kiefern spiegelte sich die Oberfläche der Ostsee wider, und wenn der Wind die Wolkenfetzen vom Mond wegschob, leuchteten für Momente helle Wellenkämme auf. Ein leises Rauschen war zu hören, das anschwoll, als Mondrian mit eisernem Griff durch kniehohes, dorniges Gebüsch über eine Uferkante ans Wasser geführt wurde. Im Sand lagen kreuz und quer entwurzelte Baumstämme, als hätte ein Orkan mit ihnen Mikado gespielt.

Das musste der wilde Strand sein, der zum Nationalpark gehörte, dachte Mondrian. Urwald-Strand. Kein Haus kilometerweit, keine befahrene Straße, kein Licht außer dem fernen Signal eines Leuchtturms, keine Menschenseele. Und keine Chance zur Flucht.

»Nett hier«, sagte Mondrian und versuchte, locker zu klingen. »Also, was soll das jetzt werden? 'ne Mondscheinparty mit …«

»Klappe«, befahl der Anführer, jetzt gar nicht mehr kumpelhaft, »du kannst es gar nicht mehr abwarten, oder?«

»Wer seid ihr denn überhaupt?«, fragte Mondrian in der schwindenden Hoffnung, noch irgendwie ins Gespräch zu kommen.

»Das wirst du gleich merken.«

Da kam aus dem Dunkel schon der erste Schlag.

Mondrian spürte sofort einen stechenden Schmerz am linken Oberarm, während er die Fistelstimme stolz sagen hörte: »Wir sind von der Terrorcrew der autonomen Nationalisten, wenn du es unbedingt wissen willst.«

Der zweite Schlag, der ihn am anderen Arm traf.

»Super«, stöhnte er auf, »sechs gegen einen …«

Ein Hieb in den Bauch.

»Warum habt ihr mich überhaupt kommen lassen, wenn ihr nicht reden wollt?«, brachte er mühsam hervor, während er nach Luft schnappte.

»Weil du dich drum gerissen hast! Und weil du zur Schweinepresse gehörst, die längst mal 'ne ordentliche Lektion verdient hat!«

Diesmal ein Tritt.

»Wieso Schweinepresse …«, wollte Mondrian ihn unterbrechen, aber er spürte gleich wieder einen Stiefel an seinem Unterschenkel.

»Klappe, hab ich gesagt«, kommandierte die Fistelstimme, »egal, von ›Spiegel‹ bis ›Bild‹ alles die gleiche Soße, die gleichen Lügen. Und gerade dein Schmutzblatt hat vor Kurzem 'nen richtig üblen Hetzartikel gegen den nationalen Widerstand gebracht.«

Zwei Eisenrohre prallten diesmal gleichzeitig auf Mondrians Hände, die er zum Schutz vor sein Gesicht hielt.

»Und was bist du für einer?«, fragte der Fleischberg und gab gleich selbst die Antwort: »Du hilfst sogar noch diesem beschissenen Kinderficker, wenn der von uns mal die passende Behandlung bekommt. Dabei gehört der eigentlich auf den elektrischen Stuhl. Also, grüß ihn schön von uns!«

Von allen Seiten prasselte jetzt ein Hagel von Schlägen auf Mondrian nieder. Er hatte keine Chance, auszuweichen, und als ihn ein Rohr am Kopf traf, krümmte er sich und taumelte benommen zurück. Jemand trat ihm von hinten die Beine weg, er sackte zu Boden, versuchte, wegzukriechen. Da fuhr ihm ein Stiefel so heftig in die Magengrube, dass er sich augenblicklich übergeben musste. Er blieb mit dem Kopf nach unten im Sand liegen. Merkte kaum noch, wie sich der saure Geschmack im

Mund mit Salzwasser mischte. Spürte nicht mehr, wie ihn eine kalte Welle umspülte. Wie durch eine Nebelwand hörte er gerade noch, dass sich grölende Stimmen entfernten.

Und dann nichts mehr.

Bis ein Knattern in sein Bewusstsein drang, anfangs leise und wie aus weiter Ferne, dann brüllend laut.

Der Helikopter der Bundespolizei war nicht weiter als fünfzig Meter von ihm entfernt gelandet. Benommen verfolgte Mondrian aus halb geöffneten Augen, wie Männer in schwarzen Overalls unter den laufenden Rotoren auf den Strand sprangen und Kommandos riefen. Im gleißenden Scheinwerferlicht kamen zwei Sanitäter mit einer Trage zu ihm gerannt. Sie untersuchten ihn kurz, bevor sie ihn darauf festzurrten und zur Luke transportierten. Gleich danach hob die Maschine vibrierend ab.

»Hier ist jemand für Sie«, rief ihm ein Sanitäter zu, während ein anderer ihm eine Spritze gab, aber Mondrian konnte im Lärm der Motoren nichts verstehen. Erst als ihm jemand ein Headset mit Kopfhörern über die Ohren schob, vernahm er eine Stimme.

Gina Paulsen. Obwohl sie verzerrt und metallisch klang, erkannte er sie sofort.

»Wie geht's dir, Jonas?«

»Frag mich …«, es tat höllisch weh, als er schlucken musste, »… frag mich lieber in fünf Minuten, wenn die Schmerzmittel wirken.«

»Du hast ziemlich was abbekommen, sagt der Einsatzführer, den ich gebeten hatte, dein Treffen zu überwachen. Du warst plötzlich verschwunden. Dein Handysignal war weg.«

»Ja, da gab es eine kleine … äh … Panne.«

»Eine Panne?«

»Ach, später. Wie hat mich der Heli überhaupt gefunden?«

»Mit Wärmebildkameras, glaub ich. Obwohl du ja lieber der coole Typ bist.«

Selbst das Grinsen schmerzte. Mondrian konnte sich auf der Trage kaum rühren, aber wenigstens war die Stimme des Engels von Altona noch da.

»Was hast du denn nun überhaupt rausgekriegt bei der Aktion?«

Er brauchte einen Moment, um die Worte zu sortieren.

»Dass ich ein verdammt leichtsinniger Idiot war.«

24

fuck.

die haut. solche schmerzen.

verdammte wunden, voller suppe mit eiter, grüngelbes ekliges zeug.

traue mich gar nicht, in den spiegel zu schauen. aber dann passiert es halt doch, wenn ich im bad bin und nicht aufpasse. ich sehe mein gesicht, kann es nicht glauben …

PERVERS

… oh nein, das darf einfach nicht wahr sein! die buchstaben sind mitten auf meiner stirn, wie furchen im fleisch sieht das aus, die ränder rot entzündet, ich ekel mich vor mir selbst.

und, verfickter mist, es brennt ja nicht nur wie feuer, ich krieg ja auch panik: ist das jetzt für immer auf meinem schädel? werden die narben wie ein stempel, der lebenslänglich bleibt?

kann keinen klaren gedanken fassen, wenn ich weiter hier mit meinem fieber auf dem bett liege. aber ich weiß noch gar nicht, wie ich wieder nach draußen unter leute soll. wer will überhaupt jemals wieder was mit mir zu tun haben? mit mir sprechen? bin doch jetzt endgültig der letzte dreck, aussatz. klar, das war ich vorher schon. aber nun steht es eben auf der stirn geschrieben.

hallo, PERVERS, heute schon ein kind gefickt? nein, dreh dich nicht weg, du brauchst dich gar nicht erst zu verstecken, wir kriegen dich überall. sollen wir noch schnell ein paar hübsche fotos von deiner birne ins netz stellen, bevor dich die bullen einkassieren?

klar, ich könnte mir eine mütze über den kopf ziehen, damit ich draußen nicht sofort erkannt werde. oder wenigstens die kapuze tief in die stirn schieben. hab das vorhin mal probiert, es tut höllisch weh, sobald ich die haut dort nur berühre. wenn ich die wunden wenigstens mal reinigen könnte! aber auuu … ich könnte an die decke gehen, wenn ich auch nur mit watte drüberfahre. und noch mal zurück ins krankenhaus? nein, danke, diese giftigen blicke von den schwestern, die blöden bemerkungen, unmöglich, das halte ich nicht noch mal aus. immer noch besser, ich hänge hier in meiner bude ab und rühr mich erst mal keinen millimeter. lass die zeit ticken, ticken, ticken …

das kannst du ja, hast du lange genug gelernt, oder?

bloß dass es nur eins gibt, was mich ablenken kann: diese gedanken … gedanken an andere haut … junge, frische, unberührte haut. müsste sich anfühlen wie ein pfirsich, wenn man jetzt ganz zart über einen arm oder über einen schenkel oder über einen kleinen po streicht …

fuck, mann, warum kommt das immer wieder? warum driftet meine phantasie immer und immer wieder dorthin ab?

hätte nicht gedacht, dass ich den schalter so schwer rumkriege. im knast, da kam mir das noch einfacher vor. dort gab es ja nur die bravo-girls und die blöden pin-up-fotos, die jeder auf der zelle hatte. abgefuckt und ärmlich, wenn du ehrlich bist. aber jetzt, draußen: so viel, was einen wahnsinnig machen kann … die blicke, bewegungen, geräusche … manchmal reicht es schon, wenn ich was rieche, um völlig fertig zu sein … könnte irre werden, so kribbelt es dann … aber natürlich sage ich in der therapie bei urban, dass ich alles unter kontrolle habe. nur, wie will der das eigentlich wissen, wenn ich ihm bloß die hälfte erzähle?

das war doch schon im gefängnis so, von anfang an: die psychologen wollen das hören, was in ihre schublade passt. herr doktor, in meiner kindheit, da gab es mal was … ist das nicht voll lächerlich, wenn die seelenklempner glauben, dass man seine macken mit ein paar stunden quatschen in den griff kriegt? wie oft haben sich die älteren gefangenen über diese stuhlkreise kaputtgelacht! immer das gleiche gelaber in denselben runden, da weiß doch längst jeder knacki, was er sagen muss, damit der doc endlich ruhe gibt. hauptsache, der vollzugsplan wird erfüllt und der anstaltsleiter kann seinen haken dahinter machen. ob's was hilft? kann doch in wirklichkeit keiner sagen. okay, zugegeben, 'ne ganze weile war's bei mir ruhiger. aber ich hab mich ja auch noch gebrannt, meine eigene therapie. und jetzt, seitdem ich draußen bin … ich weiß nicht … weiß bloß, dass sich da wieder was regt … schon mehr als regt … hab das gefühl, dass ich auf einer grenze wandele … ob ich das jemandem erzählen soll?

jedenfalls nicht der zoe, die ist dann irritiert, ganz sicher.

bestimmt nicht dem urban, der kriegt 'nen anfall und ruft vielleicht noch den richter an.

schon gar nicht dem reporter, obwohl der eigentlich ganz nett ist, glaube ich, aber in seiner zeitung, da macht er daraus natürlich bloß mist.

nein, kommt nicht in frage, und ehrlich: ich versuche doch auch, mich zu kontrollieren. zwinge mich ja, an was anderes zu denken. an eisberge, kälte, dunkelheit ohne anfang und ende … aber ey, manchmal, da kann ich einfach nicht mehr anders … da kriege ich angst, dass alle dämme brechen … dass ich was berühren muss, was so irre süß ist, dass alles zerfließt …

ob brennen wieder hilft?

wo ist das feuerzeug, die zigarette?

ob es wieder so stinkt, wenn die glut mein fleisch versengt? schmerz gegen schmerz?

25

»Sie sahen auch schon mal besser aus.«

»Danke, sehr freundlich.« Mondrian versuchte, Zoe Kirschner anzulächeln. Aber die Schwellung an der Lippe tat noch immer weh, und der halbe Körper fühlte sich an, als wäre er gegen einen Lastwagen gerannt.

»Sie aber auch«, erwiderte er, während ihn die Anwältin in ihre Kanzlei hereinbat.

Nur an Kleinigkeiten konnte man erkennen, dass sie heute nicht die perfekte Kontrolle über ihre sonst immer makellose Erscheinung besaß. Der Lippenstift, diesmal kirschrot, war eine Winzigkeit über die Oberlippe gerutscht, während auf der Narbe an der Wange eine Spur Make-up fehlte. Ihr hellblondes Haar schimmerte nicht im üblichen Glanz, und auch die Augen funkelten nicht vor Angriffslust wie noch vor wenigen Tagen im Gericht.

Sie zog ihre Stirn in Falten, musterte eine bläuliche Beule an Mondrians Kopf und fragte: »Was ist denn mit Ihnen passiert?«

»Ich hatte 'ne Art Blind Date«, antwortete er etwas gequält, während er ihr ins Büro folgte, »mit Leuten von dem Kaliber, wie sie nachts hier zu Besuch waren.«

»Sie meinen die Schmierfinken, die draußen was an die Tür gesprüht haben?«

Er nickte und ließ sich in einen schwarzen Ledersessel fallen. »Neonazis, vermute ich.«

»Dieselben Leute, die Kerns Stirn massakriert haben?«

»Nehme ich stark an«, antwortete er und fragte dann: »Wo steckt unser Babyface überhaupt?«

»Tja, wenn ich das wüsste.« Zoe Kirschner trommelte mit ihren Fingernägeln auf die Glasplatte des Schreibtisches, auf dem ein neuer Flachbildschirm installiert war. Erst jetzt fiel ihm auf, dass das ganze Arbeitszimmer verändert aussah. Die Metallregale waren mit Batterien von Gesetzbüchern gefüllt, auf einem Bord lagen Stapel von juristischen Kommentaren, und an den Wänden hingen großformatige Plakate von Mafiafilmen, »Der Pate«, »Goodfellas«, »Once Upon a Time in America«.

»Im Augenblick habe ich keinen Kontakt zu meinem Mandanten«, gab sie halblaut zu. »Und das ist besonders blöd, weil …«

Sie brach ab und zog die Lippen nach innen.

»Weil?«, hakte er nach.

»Ich weiß gar nicht, ob ich Ihnen das sagen darf, aber Kern hat schon wieder … steht schon wieder im Verdacht, sich einem Mädchen genähert zu haben.«

»Genähert«, wiederholte er sarkastisch. »Nett, wie Sie das ausdrücken. Und was bedeutet das? Genau?«

Sie zögerte. Dann sagte sie in einem Ton, der sich erschöpft anhörte: »Na gut, Sie erfahren es ja sowieso in null Komma nichts, also kann ich es auch gleich sagen.« Sie stützte ihre Ellbogen auf den Schreibtisch. »Diesmal geht es um eine Sechzehnjährige aus dem Kosovo. Sie wurde neben einem Mädchentreff im Schanzenviertel überfallen, so hat es jedenfalls ihre zehn Jahre ältere Schwester angezeigt. Die Täterbeschreibung passt leider wieder genau auf Thomas Kern. Nicht nur wegen seines auffällig kindlichen Gesichts. Er soll auch dieses furchtbare T-Shirt getragen haben …«

»Das Hemd mit diesem Joker aus dem Batman-Film«, unterbrach er sie, »das er bei seiner Entlassung bei sich hatte?«

»Genau. Das sagt jedenfalls die Schwester.« Sie seufzte, bevor sie fortfuhr: »Nach ihrer Aussage wurde Adelina, so heißt die Sechzehnjährige, in einem unbeobachteten Moment in einen Hauseingang gezerrt. Dort hat der Täter sie offenbar halb ausgezogen, dann ihren Unterleib begrapscht und sich an ihrer Scham gerieben. Er soll geflüchtet sein, als Adelina um Hilfe rief.«

»Eine Sechzehnjährige?« Mondrian schüttelte den Kopf. »Das passt eigentlich gar nicht in Kerns Beuteschema. An Mädchen in diesem Alter hat er sich doch bisher nie rangemacht, oder?«

»Nein, nicht dass ich wüsste. Aber was wissen wir schon über diesen Jungen?«

Sie schaute nachdenklich aus dem Fenster, bevor sie weitersprach: »Ich bin mir nicht mehr so sicher, was ich glauben soll. Kern hat die anderen Vorwürfe vehement abgestritten. Und er hat mir ein paarmal hoch und heilig geschworen, dass er sich unter Kontrolle hat. Dass seine Gier nach kleinen Mädchen gestorben wär. Das hat er auch dem Therapeuten versichert, den Sie ja kennen.«

»Nicht annähernd so gut wie Sie«, sagte Mondrian trocken.

Ein Schmunzeln huschte über ihre Lippen, bevor sie wieder ernst wurde.

»Aber jetzt haben wir einen dritten Fall. Und ich kann Thomas nicht mal dazu befragen.«

Er bemerkte Enttäuschung in ihrem Gesicht. »Haben Sie inzwischen Zweifel an ihm?«

Mondrian sah, dass sie mit sich kämpfte. Dann gab sie zu: »Ähnlich wie Sie wahrscheinlich, auch wenn ich das eigentlich als Verteidigerin leugnen müsste. Aber inzwischen weiß ich nicht mehr so recht. Ich fange an, mich zu fragen, ob er uns anlügt und hinters Licht führt. Selbst seine Anwältin.«

Sie klang traurig, als sie fortfuhr: »Anfangs hätte ich das nicht für möglich gehalten. Wenn er einen mit seinen blauen Augen so anguckt, als könnte er kein Wässerchen trüben. Wissen Sie, was ich meine?«

»Klar.« Das wusste er ganz genau. Schon ein paarmal hatte er sich dabei erwischt, dass er dachte: Der Kerl sieht so harmlos aus, dass er unmöglich solche Sauereien anstellen kann. Aber dagegen standen handfeste Indizien. Seine Vergangenheit. Seine gebrochene Psyche. War Thomas Kern einfach ein Verstellungskünstler, der genauso brutal schwindeln konnte, wie er gemordet hatte? Ein Mann, der sich auf perfide Weise als Kind tarnte, damit er sich umso leichter an andere Kinder heranmachen konnte?

»Wenn ich ganz ehrlich bin«, sagte Zoe Kirschner in die Stille, »dann fange ich an, mir mehr und mehr Fragen zu stellen …« Sie brach ab und schaute Mondrian plötzlich direkt an: »Was ist denn mit Ihnen? Haben Sie vielleicht auch eine Tochter? Ein Kind, das Opfer eines solchen Menschen werden könnte?«

Er atmete tief ein. Sah sie sofort vor sich stehen. Bekam im selben Augenblick ein schlechtes Gewissen, weil er sie so lange nicht angerufen hatte. Nicht mal besucht, obwohl sie in derselben Stadt wohnte. Nur ein paar Kilometer weiter, aber gefühlt

Welten entfernt. Er wusste genau, warum er so wenig Kontakt hielt. Jeder Besuch tat beiden weh, weil er die Narben der Familientrennung wieder aufriss. Er versuchte, diesen Schmerz zu vermeiden, und war sich gleichzeitig darüber im Klaren, dass das nicht funktionieren konnte. Dass er Gefahr lief, so auch die Liebe seiner Tochter zu verspielen.

»Ja«, antwortete er stockend, »ich habe eine Tochter. Kathy. Sie ist nicht mehr ganz so jung, sondern schon Studentin. Aber Angst um sie habe ich natürlich trotzdem, wahrscheinlich mein ganzes Leben lang.«

»Und wie würden Sie reagieren, wenn ein Kerl Ihre Kathy überfällt und missbraucht?«

Die Frage hatte er sich auch schon gestellt. Und noch keine endgültige Antwort gefunden. Aber eine mögliche, die ihm sofort in den Sinn kam und ihn selbst erschreckte.

»Wollen Sie das wirklich wissen?« Seine Brauen zogen sich zusammen, dazwischen bildete sich eine tiefe Falte. »Okay. Wahrscheinlich würde ich mir 'ne Lupara organisieren, bei irgendwelchen ehrenwerten Herren wie denen dort ...«, er zeigte zu den Mafiagrößen auf den Plakaten, »... und dann einfach losziehen und ein großes Loch in den Täter machen. Oder besser zwei oder drei.«

»Selbstjustiz?«

»Ja, könnte gut sein, auch wenn es sich furchtbar anhört. Sagt Ihnen der Name Marianne Bachmeier was?«

»War das nicht die Frau in Lübeck, die den Vergewaltiger ihrer Tochter im Gerichtssaal erschossen hat?«

»Ja. Und sogar von vielen Richtern und Staatsanwälten habe ich später erfahren, dass sie klammheimliche Sympathie für sie hatten. Wie übrigens andere Intellektuelle auch, die sonst so auf Humanität und Rechtsstaat pochen. Das ist wohl der Unterschied zwischen Theorie und Praxis, wenn man persönlich betroffen ist.«

»Als Rechtsanwältin muss ich so etwas natürlich entschieden verurteilen.«

»Schon klar. Aber als Frau?«

Sie zuckte mit den Schultern, und Mondrian setzte nach.

»Und was sagen Sie später mal Ihrer eigenen Tochter, wenn die fragt, warum Sie bei Ihrem ersten großen Fall einen Mädchenmörder verteidigt und aus dem Knast geholt haben, der danach möglicherweise drei weitere Mädchen überfallen hat?«

Zoe Kirschner brauchte Zeit, bis sie sich zu einer Antwort durchrang.

»Dass ich lange nicht gewusst habe, wer Thomas Kern wirklich ist. Wenn ich ehrlich bin, weiß ich es bis heute nicht.«

Sie klang verletzt, als sie nach einer Weile trotzig hinzusetzte: »Ebenso wenig wie Sie!«

»Genau«, antwortete Mondrian, während er nickte, »deswegen bin ich ja hier.«

Sie hob bloß die Augenbrauen.

»Ich will Sie fragen, ob ich darin stöbern darf.« Er zeigte auf den Stapel von Akten, der vor ihr auf der Glasplatte lag. Auf dem obersten Deckel stand groß »THOMAS KERN«. »Ich würde gern in der Vergangenheit dieses Menschen graben. Ich möchte rauskriegen, was ihn treibt.«

»Aber es gab doch schon im Prozess vor zehn Jahren einige Unterlagen.«

»Bloß waren die damals tabu für die Presse. Und sein früherer Verteidiger hat total dichtgemacht.«

»Und jetzt erwarten Sie, dass ich …«

»Ja. Es könnte nützlich sein, sogar für Ihren Mandanten.«

Sie strich sich eine Haarsträhne aus der Stirn. »Können Sie versprechen, dass Sie nichts davon gegen Thomas verwenden?«

»Ich kann höchstens versprechen, dass ich niemandem meine Quellen verrate. Und dass ich das Zeug nicht in die Redaktion schaffe, sondern zu mir nach Hause.« Er schaute aus dem Fenster in die Dämmerung, die gerade aufzog. »Und zwar am besten jetzt gleich und so, dass niemand es bemerkt.«

Sie stand auf, als hätte sie sich einen Ruck gegeben, und schob den Stapel zu ihm hinüber. »Wenn Sie sich unbedingt den Abend verderben wollen, bitte sehr!«

Mondrian steckte die Akten in eine Tasche und nickte ihr zu. Im Wagen warf er einen Blick auf das Display seines neuen Handys.

»Thomas K.: der dritte Fall« war die Schlagzeile bei Canal Real. Dazu ein Exklusivinterview mit Innensenator Peer van Osten samt Foto, messerscharf.

Er sprach von einer »unheimlichen Serie«.

Und von einem »neuen, offenbar untrüglichen Beweis«.

26

Im dichten Nieselregen war die Schrift zuerst nicht zu erkennen. Aber als Mondrian näher kam, fiel der gelbliche Schein einer Straßenlaterne darauf. »Schweinejournalist« stand auf dem Transparent, das zwei Polizisten vor seinem Loft hochhielten. Die anderen daneben, mit Helm und voller Rüstung, schlugen im Takt mit Eisenstöcken auf ihre Schilder und skandierten: »Komm schon raus! Komm schon raus!« Hinter ihnen stand Peer van Osten im gefleckten Tarnanzug und grinste Politikchef Cornelius Riesling an, der die kahlköpfige Frau des Vorstandsvorsitzenden im Arm hielt, während Zoe Kirschner an ihren zwei Meter langen Beinen weggezerrt wurde. Immer wieder blitzte die Kamera von Richard Boll auf, bei dem in blutroten Buchstaben »PERVERS« auf der Stirn stand, und von allen Seiten rasten weitere Polizeiwagen heran, ihre Sirenen wurden lauter und lauter …

Erschrocken riss Mondrian die Augen auf. Er musste eingeschlafen sein, nachdem er sich auf dem Futon niedergelassen, ein Kissen in den Rücken gepackt und begonnen hatte, in den Akten zu blättern. Als er aufstand und an eine Fensterluke trat, begriff er auch, woher die Sirenen im Traum gekommen waren. Polizeiwagen mit Blaulicht rasten an der Speicherstadt vorbei, vielleicht zu einem Unfall. Ihre rotierenden Strahlen zuckten über die nachtschwarzen Fassaden der Klinkerbauten und spiegelten sich in dem flüssigen Dunkel der Fleete. Mit steifem Rücken schlurfte er zum Bad und ließ sich kaltes Wasser über Stirn und Arme laufen. Machte ein paar Liegestütze, um den Kreislauf zu pushen. Munitionierte die Espressomaschine, schaltete das Spotlight über dem Schreibtisch ein und beschloss, noch mal neu zu beginnen. Zurückzugehen bis ganz an den Anfang.

Dort, wo das Papier am vergilbtesten war.

Nur zu gut wusste Mondrian, dass manche Kollegen im »magazine« darüber gelächelt hätten. Sie hielten seinen Hang, in verstaubten Akten zu wühlen, für eine anachronistische Macke. Old School in Zeiten von digitalen Datenbanken und Suchmaschinen, die in Bruchteilen von Sekunden funktionierten. Sollten sie doch lästern! Ihn störte es nicht die Spur, dass er bei vielen als *Lone Wolf* galt, als Eigenbrötler, der sich mit sozialen Netzwerken nicht die Spur auskannte, gern allein recherchierte und eigene Wege ging. Und seine Erfahrungen hatten ihn gelehrt, dass es manchmal am besten war, alte Unterlagen zu durchforsten, wenn man bei einem Fall nicht weiterkam.

Vielleicht schlummerte auch jetzt etwas, das weiterhalf, in den Hunderten von Blättern, die vor ihm lagen. Ein Schlüssel zu Thomas K. und seinem mörderischen Leben. Wo war es aus der Spur geraten und entgleist?

Die ältesten Urkunden, grau und lückenhaft, trugen noch Stempel und Abzeichen der DDR. Aus ihnen ging hervor, dass die Behörden des Arbeiter-und-Bauern-Staats schon bald nach der Geburt angeordnet hatten, das Baby in einem Heim unterzubringen. Ein Amt in Halle hatte bei Kontrollen »chronische Pflegeschäden an Gesäß- und Genitalregion« festgestellt. Die leibliche Mutter, Hilfskraft in einem volkseigenen Betrieb, wurde als leicht debil eingestuft, »moralisch ungefestigt« und unfähig, ausreichend für das Baby zu sorgen. »Von gelegentlichen Besuchen bei ihr kam Thomas stark verschmutzt und verstört zurück«, war in einem Bericht zu lesen. Dort stand auch, dass die Geschwister, Väter allesamt unbekannt, ebenfalls in Heimen erzogen wurden. Immerhin hielt ein Erzieherkollektiv nach den ersten Jahren fest, dass Thomas ein »freundliches, heiteres Heim- und Vorschulkind« geworden sei.

Welche Umstände dann zur Adoption im Westen geführt hatten, ließ sich aus den Dokumenten nicht entnehmen. Und noch viel weniger gab es darin Hinweise, ob dabei Geld geflossen war. Sicher schien Mondrian jedoch, als er spätere Berichte der Jugendgerichtshilfe durchging, dass der Wechsel nach Hamburg für den Jungen aus Halle zum großen Los wurde. Adoptivvater Johann, ein reicher und weit gereister Reeder, erzählte ihm viel von seinen Reisen nach Südamerika und nahm ihn mit in den Hafen, um ihm seine Schiffe zu zeigen. Kein Wunder, dass Thomas, der jetzt mit Nachnamen Kern hieß, noch viele Jahre später gegenüber Psychologen und Ermittlern von seinem Adoptivvater schwärmte, während er von seiner Kindheit in Halle praktisch nichts mehr wusste. »Er war fast immer lustig und hat ganz viel Quatsch mit mir gemacht«, notierte eine Sozialarbeiterin mal seine eigenen Worte, »ich durfte ihn Johnny nennen. So wie ihn die Kapitäne im Hafen gerufen haben.«

Zwei Tage nach Thomas Kerns zehntem Geburtstag starb sein Adoptivvater. Die Traueranzeige für den Reeder, gelblich verfärbt, war in den Akten abgeheftet, dazu ein Zeitungsbericht mit dem Titel »Tragischer Unfall«. Der Reeder war auf einem Kai von einem abstürzenden Container zerdrückt worden, als der sich in großer Höhe wegen eines technischen Fehlers von einem Kran gelöst hatte. Er sei auf der Stelle tot gewesen, stand in dem alten Artikel, und für seinen Adoptivsohn war es, »als hätte jemand in meinem Kopf den Strom abgeschaltet«. So hatte er es später einem Jugendgerichtshelfer offenbart. Er fühlte sich wie gelähmt, im Stich gelassen, auch von seiner Adoptivmutter. Nach Angaben eines Arztes nahm Leone Kern nach dem Tod ihres Mannes in erheblichen Mengen Barbiturate, weil sie mit dem Verlust nicht klarkam, und gab sogar heimlich ihrem Thommy davon, um ihn zu trösten. Vergebens. Das belegten alle Berichte, die Mondrian danach las.

Thomas stürzte in der Schule rapide ab. Wurde immer öfter als »Ossi-Bastard« gehänselt, wie er gegenüber einem Lehrer klagte, und als schwarzes Schaf behandelt, wenn etwas in der Klasse schieflief. Um sich zu rächen, schmiss er Stinkbomben. Und nachdem er die Schule wechseln musste, wurde er in seinem Viertel endgültig zum Außenseiter, wie seine Adoptivmutter mal Ermittlern geschildert hatte. Eine Ausbildung zum Schifffahrtskaufmann habe er später sofort geschmissen und praktisch bloß noch das Haus verlassen, um in einem Computerladen rumzuhängen. Da hätten auch ihre gut gemeinten Versuche, ihn in ihrem Hockeyclub unterzubringen, nicht mehr geholfen. Thomas kapitulierte und zog sich zurück.

»Seine Welt bestand nur noch aus Filmen und Konsole«, hieß es in einem Gutachten über jene Jahre, in denen der vaterlose

Junge immer mehr Zeit abgeschottet in seinem Zimmer zubrachte. An Wochenenden habe er halbe Tage und ganze Nächte vor dem Bildschirm verbracht, mit Katastrophenfilmen, Action, Fantasy. Walt Disney wurde durch Horror abgelöst, Super Mario musste Killerspielen weichen. Zwischendurch fiel der Stubenhocker auf, weil er Tiere quälte. Laut Polizeiunterlagen fing er zweimal Katzen von Nachbarn und übergoss sie mit heißem Wasser, um zu hören, wie sie schrien.

Leone Kern stand all dem hilflos gegenüber, wie sie später bekannte: Sie habe die Computersucht ihres Adoptivkinds wohl sogar gefördert, indem sie ihm ständig Geld für neue Spiele zuschob. Und sie trank nicht nur selbst immer exzessiver, sie brachte Thomas gelegentlich auch dazu, ein paar Schlucke mit ihr zu probieren. Das ließ sich jedenfalls aus Andeutungen der Boutiquenbesitzerin entnehmen, die sie nach dem Mord an Annika während ihrer Vernehmung gemacht hatte.

Nur ganz vage war dort auch die Rede von einer »freizügigen Silvesternacht«, in der nach einer rauschenden Party in ihrem Haus etwas entgleist sei. Von einem »Sexspielchen«, zu dem sie Thomas in gehobener Stimmung animiert habe. Die vernehmende Beamtin hatte darauf verzichtet, dazu weitere Fragen zu stellen, vielleicht aus Rücksicht auf den angeschlagenen Gesundheitszustand der Reederwitwe. So lange Mondrian auch in dem Protokoll suchte: kein Wort über Verführung eines Minderjährigen, Missbrauch, Schuld.

Aber während er noch verständnislos den Kopf schüttelte und in den Unterlagen weiterforschte, stieß er auf etwas anderes, das ihn innehalten ließ. Zuerst hätte er das Papier fast überblättert, weil die Handschrift darauf schwer lesbar war. Dann schaute er genauer hin und stutzte. Eine Anzeige wegen Vergewaltigung. Beschuldigter: Kern, Thomas. Tatort: Nordseeinsel Amrum. Sachverhalt: Der Jugendliche, mit Freunden aus Hamburg angereist, habe eine einheimische Fünfzehnjährige unter Betäubungsmittel gesetzt, zum Strand gelockt und dort brutal missbraucht.

Mondrian holte tief Luft und starrte an die Decke. Davon hatte er noch nie gehört, noch nie gelesen. Er beugte sich wieder über das Blatt und suchte nach einem Datum.

Ein Tag im Juni vor elf Jahren, fast genau fünf Monate vor dem Mord an Annika.

Von wem stammte die Anzeige überhaupt?

»Mutter des Opfers, wohnhaft in Wittdün«, hatte jemand auf dem Papier festgehalten, »Name wird nachgereicht«.

Mondrian blätterte um, doch nirgendwo auf den folgenden Seiten ein Name. Im Gegenteil. Auf einem einzelnen weiteren Blatt, ebenfalls per Hand gekritzelt, stand nur noch: »Anzeige zurückgezogen«.

Zurückgezogen? Warum das? Und weshalb keine Zeile dazu?

Das musst du genauer wissen, sagte er sich, stand auf und tigerte grübelnd in seinem Loft hin und her, bevor er sich noch einmal über die Papiere beugte. Aber das Einzige, was er noch entziffern konnte, war die Stelle, wo die Angaben aufgenommen worden waren: »Polizeistation Nebel/Amrum«.

Was war auf der Insel damals passiert? Lag dort ein Schlüssel verborgen zu Thomas Kern, der für ihn immer noch so schwer einzuschätzen war?

27

Hinter dem Heck blieb ein Strom von braungrünem Wasser zurück, von der Schiffsschraube zu sprudelnden Wirbeln zermahlen.

Der Bug schob sich an Schlickbänken vorbei, während eine Phalanx von acht Seevögeln im Tiefflug die Fahrrinne kreuzte, aufgereiht wie an einer Schnur.

Die Sonne, noch eine weiße Scheibe am trüben Himmel, brannte sich unaufhaltsam durch die Dunstschwaden, die um diese Zeit noch über den gerippten Sandbänken kauerten. Aber weiter draußen über dem Meer wurde die Sicht klarer. Und das Erste, was sich aus der endlosen Linie am Horizont herausschälte, war der Leuchtturm. Danach die dunkle Kontur der Dünen, die in der Ferne wie das Rückgrat eines halb getauchten Seeungeheuers aus dem Wasser ragten. Dann, als die Fähre immer näher kam, die roten Dächer an der Südspitze der Insel und die blauen Stahlstreben am Hafen.

»Willkommen auf Amrum«, stand groß an der Brücke 2. Dazu, wie zum Empfang, ein gellender Möwenschrei.

Mondrian packte seine Tasche und ging zwischen den Urlaubern von Bord, um mit dem Bus nach Nebel zu fahren.

Nur wenige Minuten brauchte er bis zu dem kleinen Ort in der Mitte der Insel. Während er zwischen den Reetdachhäusern mit ihren abgewalmten Dächern und kleinsprossigen Fenstern bis zur Kirche am Watt hinunterlief, konnte er nirgendwo eine Wache oder einen Uniformierten entdecken. Doch schließlich sah er zwischen zahlreichen Pfeilen zu den einzelnen Sehenswürdigkeiten der uralten Gemeinde einen hölzernen Wegweiser mit der Aufschrift »Polizei«. Bei seinem Aufbruch hierher hatte er keine Vorstellung davon gehabt, was er erwarten sollte, aber sicher nicht das, was er jetzt weitab in einer Nebenstraße vorfand: ein kleines Haus, fast völlig versteckt hinter Bäumen und Büschen, an dem die Tür verschlossen war. Ein Hinweis verriet, dass diese Außenstelle der

Staatsmacht nur zweimal in der Woche für wenige Stunden geöffnet hatte. Natürlich nicht jetzt und erst wieder in zwei Tagen, wie Mondrian verärgert feststellte. Er atmete tief ein, um seinen Frust zu bekämpfen, und schaute ratlos hoch in den weiten Himmel. Was sollte er jetzt tun? Achtundvierzig Stunden warten? Die Zeit vertrödeln und die Seebrise genießen wie die Touristen, die drüben im Ort in den Gärten bei Friesentorte saßen?

Während er noch an ein paar lockenden Cafés vorbeilief, fiel sein Blick auf eine Windmühle, die am Rand des Ortes auf einem Hügel stand. Das Gemeindemuseum, wie er gelesen hatte. Gab es dort nicht vielleicht jemanden, der so etwas wie eine wandelnde Chronik der Insel war? Über alle wichtigen Ereignisse etwas wusste? Womöglich etwas gehört hatte von einem Vorfall mit auswärtigen Jugendlichen und einem einheimischen Mädchen, der vor elf Jahren passiert war?

Komm schon, ein Versuch wenigstens.

Er bückte sich tief durch die niedrige Tür und beugte sich zur Kasse, an der eine jüngere Frau mit Strickzeug saß. Kaufte ein Ticket bei ihr und sagte dann wie beiläufig: »Eine Frage noch. Sie können mir bestimmt helfen.«

»Kommt drauf an«, erwiderte sie lächelnd.

»Sie wissen doch bestimmt alles über Amrum, oder?«

»Klar doch«, sagte sie und lächelte weiter. »Was wollen Sie wissen? Wie hoch der Tiedenhub hier ist? Wann die nächste Flut kommt?«

»Nein, genau genommen geht es mir um eine Sache, die vor elf Jahren hier passiert ist.«

»Vor elf Jahren?«

»Ja, so etwa. Eine üble Geschichte. Mit einem Mädchen von hier.«

»Nein, da war ich noch gar nicht auf der Insel.« Sie schüttelte den Kopf und sah so aus, als ob es ihr wirklich leidtäte. »Ich bin erst vor zwei Jahren hierhergekommen, als Vogelwartin. Aber vielleicht …«

»Ja, vielleicht?«

»Sie könnten den Querum mal fragen. Den Alten, der den

Kiosk führt im Süden, in Wittdün. Der lebt hier schon seit ein paar hundert Jahren.« Sie lächelte wieder. »Seine Familie, meine ich, ein altes Strandräubergeschlecht.«

»Danke, ich wusste doch, dass Sie mir helfen können.« Er nickte ihr zu. »Nur wo finde ich den jetzt genau?«

»In Wittdün, Strandstraße, am Ortsausgang«, antwortete sie bereitwillig und stutzte. »Aber Moment mal, wollen Sie nicht erst mal durchs Museum gehen?«

Natürlich ein Fischerhemd. War ja unvermeidlich, dachte Mondrian, als er in eine dunkle Bude eintrat und einen Mann mit zerknittertem Gesicht im blau-weiß gestreiften Nationalkostüm der Küstenbewohner ausmachte. Er war von Nebel nach Wittdün hinübergelaufen, den Duft von Seetang und Algen in der Nase, den der Wind vom offenen Meer herüberblies, und hatte sich durchgefragt nach einem Alten namens Querum.

»Ach, der? Schauen Sie einfach nach dem Schild ›Aale und Lachs von Max‹.«

Jetzt stand er im Geruch von Räucherfischen in einer verqualmten Hütte mit einem Tresen, der mal der Bug eines gestrandeten Kahns gewesen sein mochte. Der Besitzer wischte sich in aller Ruhe die fettigen Hände an dem nicht mehr ganz fleckenlosen Hemd ab, bevor er ein dunkles »Moin, moin« murmelte und dann fragte: »Was darf's denn sein, junger Mann?«

Mondrian überlegte kurz, ob der Alte ihn in der Düsternis richtig erkannt hatte. Schließlich trug der Mann im Friesenhemd in seinem Kiosk auch noch eine dunkle Sonnenbrille, obwohl nur wenige Lichtstrahlen durch tiefe Luken in das Kabuff voller Flaschen und Räucherwaren drangen.

Wieder nahm Mondrian Anlauf. »Herr Querum? Ich hab nur 'ne Frage.«

Ein Grunzen. Dann: »Die Touristenauskunft ist unten am Hafen.«

»Das weiß ich. Es handelt sich aber um eine ganz spezielle Frage.«

»Warum kommen Sie damit zu mir?«

»Weil ich jemanden suche, der sich in der Vergangenheit der Insel auskennt. Der weiß, was vor zehn oder zwölf Jahren hier passiert ist.«

»Vor zwölf Jahren?«

»Ja. Wer wen geheiratet hat. Welches Haus abgebrannt ist. Welche Kinder gestorben sind. Solche Sachen.«

»Warum fragen Sie nicht den Pastor? Oder den Leuchtturmwärter? Oder den Mann vom Taxi?«

»Weil ich gehört habe, dass Sie der Spezialist sind. Das wandelnde Buch von Amrum.«

Wieder eine Art Grunzton. Schwer zu entscheiden, ob er abweisend klang oder geschmeichelt.

»Soso, wer hat das behauptet?«

»Stimmt doch, oder? Sie kennen die alten Geschichten von der Insel.«

Querum schob sich einen Pfefferminzbonbon in den Mund und ließ ihn zwischen seinen Zähnen klappern. »Was wollen Sie denn nun wissen, junger Mann?«

»Vor etwa elf Jahren soll es hier eine schlimme Sache gegeben haben«, sagte Mondrian vorsichtig, weil er hoffte, dass das Eis langsam brach, »eine üble Sache am Strand. Mit ein paar Jungs vom Festland und einem Mädchen von hier.«

Der Alte setzte seine Brille ab und schaute ihn geradeheraus an. Und Mondrian hatte nun keine Zweifel mehr, dass dieser Mann etwas wusste. In seinen grauen Augen, von Falten umrahmt, war ein Anflug von Abscheu und Verachtung aufgezogen, als wäre eine Sturmwolke herangeflogen.

»Warum lassen Sie diese Sache nicht ruhen?«, fragte er nach einer ganzen Weile. »Sind Sie Bulle?«

Mondrian schüttelte den Kopf.

»Ein Verwandter von dem armen Mädchen, damals?«

Mondrian schüttelte noch einmal den Kopf.

»Haben Sie etwa mit dem Kerl zu tun, der das damals angerichtet hat, mit seinen Freunden?«

»Ja, hinter dem bin ich her, allerdings«, erwiderte er knapp. Den Rest, seinen Job, seinen Auftrag, sparte er sich lieber. Nicht jeder mochte Journalisten, womöglich schon gar nicht, wenn sie mit neugierigen Fragen vom Festland kamen.

»Wofür soll das gut sein«, murmelte der Alte langsam, »nach so vielen Jahren?«

»Vielleicht dafür, dass er nicht noch mehr anstellt. Sie wissen wahrscheinlich nicht, dass er gerade aus dem Gefängnis entlassen wurde.«

Der Riese hob seine wild wuchernden Brauen und sah ihn noch einmal eindringlich an. Dann strich er sich ein paar Falten aus der Stirn, griff in einen Kasten, öffnete zwei Bierflaschen und stellte Mondrian eine davon vor die Nase, ohne ihn zu fragen. Es dauerte einen Moment, bis er die ersten Schlucke geräuschvoll hinuntergegurgelt hatte.

»Eigentlich ist das ja eine Geschichte, über die hier niemand mehr reden will. Hat schließlich eine ganze Familie auf Grund gesetzt.«

Mondrian wartete, ohne seine Flasche anzurühren, doch Querum gönnte sich noch etwas, bevor er sagte: »Also, dann hören Sie mal gut zu. Sie müssen wissen, ich selbst hab nix mitgekriegt an diesem Abend. Aber es gab Leute aus Wittdün, die haben was gesehen.«

»Was?«, drängte Mondrian, als er wieder eine Pause machte.

»Was? Na, 'ne richtige Sauerei muss das gewesen sein, im Sommer vor elf Jahren.« Mit einer heftigen Handbewegung wischte sich Querum ein paar Tropfen vom Mund. »So'n junges Ding ist mit ein paar Kerlen noch mal zum Strand gegangen, zum Kniepsand. Hat ziemlich geschwankt, sagen die Leute, als hätte sie was im Tee. War schon ziemlich spät, schon fast dunkel, aber einer hat mit dem Fernglas beobachtet, wie die Jungs an ihr rummachten. Sie soll dann jedenfalls nackig gewesen sein, auch einer von den Burschen. Soll sich die Badehose ausgezogen haben und auf sie los sein. Was genau passiert ist, weiß niemand hier. War zu weit weg, zu finster. Aber später hat jemand durchs Fenster gesehen, dass sie Rotz und Wasser geheult hat, als sie nach Hause geschlichen ist.«

»Sie wohnte hier, in Wittdün?«

»Ja, an der Südspitze, mit ihrer Mutter und ihrem Vater. Ging drüben in Föhr aufs Gymnasium, zur Skuul. Ich kannte sie kaum, nur die Mutter, die war ein bisschen verrückt, aber sonst ganz in Ordnung …«

»Verrückt, aber in Ordnung?«

»… na ja, sie war früher mal so 'ne Hippiebraut gewesen, die in Batiktüchern auf dem Strand rumturnte. Sie hat sich aber auch um verletzte Vögel gekümmert und bei Amnesty mitgemacht. Hatte so'n Laden mit Sand und Muscheln auf dem Boden und allerhand Schnickschnack, wo sie Ökokram verkauft hat, Tee mit Himbeerblättern und Hagebuttenschalen, so'n Zeug …«, er rümpfte die runzelige Nase, »… auch CDs mit Flötengesäusel zum Meditieren. Hat ja selbst oft stundenlang so am Strand gesessen, die Augen zu, bevor das mit ihrer Tochter passiert ist. Sie hat die Sache gleich am nächsten Tag bei der Polizei gemeldet …«

»Bei dieser winzigen Station in Nebel?«, unterbrach ihn Mondrian.

»Ja, was anderes haben wir hier nicht.«

»Und die Sache, das war eine Vergewaltigung?«

Der Alte nickte stumm. Nach einer Weile sagte er bitter: »Das Mädchen hat natürlich nicht darüber gesprochen und ist bald von der Insel verschwunden. Aber auch die Mutter hat uns nie was verraten, obwohl viele hier im Ort eins und eins zusammengezählt und getuschelt haben. Schließlich hatte der mit dem Fernglas ja eine Menge gesehen, hat auch den Kerl erkannt, der zuerst auf sie los ist. Das war der Ziehsohn von einem Reeder, der hier ein Ferienhaus in den Dünen hatte.«

»Und warum wurde die Anzeige zurückgezogen?«

»Tja, gute Frage. Die müssen Sie der Mutter stellen, die bei der Polizei gewesen war. Ich hab das nie verstanden.«

»Wo finde ich die hier?«

»Gar nicht. Sie ist längst weggezogen, nachdem vorher schon ihre Tochter von der Insel abgehauen war. Keine Ahnung, wo sie heute lebt.«

»Vielleicht kann ich sie irgendwo in Adressverzeichnissen finden«, überlegte Mondrian laut, während er die Flasche mit dem Bier zur Seite schob und sein Notizbuch zückte, »oder sogar über Google. Wie heißt sie denn?«

Der alte Mann lächelte versonnen. »Sie hatte so'n komischen Vornamen. Pia.«

Mondrian schrieb und stutzte.

»Pia Borrmann.«

28

»Störe ich?«

Es war spät geworden. Mondrian hatte die letzte Fähre zum Festland nach Dagebüll genommen, aber bis Hamburg über zwei Stunden gebraucht.

»Ja«, sagte sie, leichte Schatten unter den Augen. »Aber kommen Sie rein.«

Sie trug wieder diese Farben. Rot und Orange. Einen burgunderroten Umhang aus Leinen und ein orangefarbenes Seidentuch, das locker um den Hals geschlungen war. Zwei Armreifen klangen aneinander, als sie ihn in den Flur winkte und ins Wohnzimmer führte, wo es leicht nach Jasmin duftete und Keith Jarrett das »Köln Concert« spielte, gedämpft und bei gedimmtem Licht. Auch dort eine Symphonie in warmen Farben, Wände in Terrakotta, Orangen und Zitronen in einer Keramikschale, Kissen in Rot- und Safrantönen. Warum war er nicht gleich beim ersten Besuch darauf gekommen? Kein Zweifel, Pia Borrmann hatte ein Faible für Bhagwan. Oder sie musste mindestens früher Anhängerin des Gurus gewesen sein, der sich später Osho nannte.

»Immer noch Sannyasin?«, fragte er verblüfft. »Ich dachte, die Zeit der indischen Weisen wäre vorbei.«

Sie lachte kurz auf.

»Die Mala trage ich nicht mehr«, antwortete sie und wies auf ihre Kette mit den hundertacht Holzperlen, die in einer Nische hing, »aber ein paar Erfahrungen hab ich aus dem Jahr mitgenommen, als ich in Poona war. Nicht die schlechtesten.« Für einen Moment ruhten ihre Augen versonnen auf einem Porträt des verstorbenen Meisters. »Trinken Sie einen Chai mit? Indischen Tee?«

Mondrian nickte, und während sie in der Küche verschwand, schaute er sich genauer in dem Raum um. Sein Blick fiel auf eine Reihe von Fotos, die auf einem Sims an der Wand standen wie auf einem Altar. Offenbar Szenen aus einem Aschram.

Meditationsübungen, lachende und tanzende Menschen, dazu Landschaften mit indischen Bauern, indischen Kindern und indischen Kühen, alles säuberlich gerahmt.

»Warum keine Bilder aus Amrum?«, fragte er, als sie zurückkam und ein Tablett mit einer Kanne und zwei Gläsern zu einer alten Teekiste aus Ceylon balancierte, die als Couchtisch diente. »Ist doch auch eine wunderschöne Gegend, wo Sie herkommen, finden Sie nicht?«

Sie schaute ihn überrascht an. Für einen Moment schien ein Schatten über ihr Gesicht zu ziehen. Dann zeigte sie ein leichtes Lächeln, während sie die dampfende Flüssigkeit eingoss und ihm einen Platz auf einem Sessel zuwies.

»Schon schön«, sagte sie gedehnt, »aber ich möchte nicht so gern daran erinnert werden.«

»Warum?«

Sie setzte an, etwas zu sagen, ließ es dann aber.

Mondrian probierte es einfach.

»Weshalb haben Sie nicht gesagt, dass Sie Thomas Kern seit Langem kennen?«

Auf einen Schlag war das Lächeln verschwunden. Ihre Lippen wurden schmal, nur noch ein Strich.

»Dass Sie ihn aus Amrum kennen«, setzte Mondrian nach, als sie nicht reagierte, »und zwar seit mindestens elf Jahren?«

Sie senkte ihren Blick, und ihre Hand zitterte leicht, während sie mit einem Löffel braunen Zucker aus einer Dose holte und ihn langsam in ihre Tasse rieseln ließ.

»Wie kommen Sie darauf?«, fragte sie nach einer Weile, darum bemüht, die Verunsicherung in ihrer Stimme zu verbergen.

»Ja, das war nicht zu erwarten, nicht wahr?«, antwortete Mondrian und nippte an dem Tee, der nach Ingwer schmeckte. »Aber alte Akten haben manchmal ein Gedächtnis wie ein Elefant. Sie bewahren Dinge auf, die scheinbar längst begraben sind. Ob man will oder nicht.«

Als sie stumm blieb, stand er auf und trat an eine Reihe anderer Fotos heran, die ihm bisher entgangen waren. Sie hingen abseits in einer Ecke, fast ein bisschen versteckt. Er musterte sie genauer und war sich schnell sicher, dass sie alle dasselbe Mädchen zeigten, bloß in verschiedenem Alter. Erst als Baby in weißem Strickanzug und als rundliches Kleinkind, das nackt im Schlick planschte, dann stolz mit Schultüte und vielleicht mit zehn bei einem Klassenausflug. Später im Trikot einer Sportmannschaft und danach als Teenager, breit grinsend, Eis schleckend. Und schließlich, auf einem weiteren Bild, ganz anders. Statt langer schwarzer Haare, zu Zöpfen oder einem üppigen Pferdeschwanz gebunden, eine Glatze. Kein offenes, strahlendes Lachen mehr, sondern verschlossene, ernste Gesichtszüge einer Sechzehn- oder Siebzehnjährigen.

»Ihre Tochter?«, fragte Mondrian und drehte sich zu Pia Borrmann um.

Sie nickte. Kaum wahrnehmbar.

»Wie heißt sie?«, fragte Mondrian in die Stille, die jetzt schwer im Raum lastete. Keith Jarretts letzter Akkord war längst verklungen.

Sie nahm einen langen Schluck. Es klirrte, als sie die Tasse ungelenk absetzte.

»Kira«, hauchte sie, fast tonlos.

»Kira«, wiederholte er, »schöner Name. Was bedeutet er?«

Sie gab ihm keine Antwort und wandte sich zur Seite, aber Mondrian entging nicht, wie ihre Augen feucht wurden.

»Was ist mit ihr passiert?«, fragte er sanft, während er noch einmal die letzte Aufnahme betrachtete, auf der das Mädchen wie ein Holocaustopfer aussah. Nicht nur wegen der geschorenen Haare. Auch die Wangen waren so abgemagert, wie man es von Bildern deportierter Kinder kannte. Die braunen Augen starrten aus dunklen Höhlen, und in dem Blick schien ein Vorwurf zu liegen, eine stille Wut.

»Sie war es also, die damals überfallen wurde, und Sie haben die Anzeige erstattet?«

Pia Borrmann hob die Hände vors Gesicht. Sie sprang auf und lief in die Küche. Presste ihren Kopf gegen einen Schrank und ließ ihren Tränen freien Lauf.

Mondrian wartete. Dann folgte er ihr langsam in die Küche und legte ihr leicht eine Hand auf die Schulter.

»Frau Borrmann, warum erzählen Sie mir nicht einfach, was damals passiert ist?«

Nach einer Weile verebbte das Schluchzen. Sie drehte sich um und wischte sich die Augen. Sie bemerkte, dass ihr Umhang vom Weinen nasse Flecken bekommen hatte, doch sie achtete jetzt nicht darauf.

Entschlossen ging sie ins Nebenzimmer und holte ein paar Blätter von einem Tisch, auf dem ein Computer mit einem Drucker stand.

»Was ist das?«, fragte Mondrian.

Sie drückte ihm die Seiten in die Hand.

»Hier. Von Kern.«

Ihre Augen waren immer noch gerötet, als sie flüsterte: »Lesen Sie einfach, was der Kerl selbst dazu aufgeschrieben hat.«

29

wahnsinn.

kann es manchmal selbst kaum glauben, welchen mist ich mal gebaut hab. hatte das eigentlich schon wieder ganz vergessen. oder verdrängt? ich weiß nicht, aber okay, ich kann das aufschreiben, wenn du das willst, pia, in deinen computer. vielleicht hilft's mir ja, wie du behauptest. sagt ja auch der therapeut immer, der urban, ich soll nicht zumachen, ich soll über alles reden, dann verschwindet das von allein, meine störungen, oder so ähnlich. echt, das soll ich glauben? na ja, vielleicht komm ich wirklich leichter klar, wenn ich alles auf den tisch packe und in die tasten haue.

also die sache mit kira.

scheiße, leicht fällt mir das nicht.

wo soll ich anfangen? weiß ich gar nicht mehr genau, wie das losgegangen ist. ich bin jedenfalls damals, mit achtzehn oder so, nach amrum, da hatten meine eltern ein ferienhaus. ich meine, johnny war natürlich längst tot, aber leone hat immer genervt, dass ich mal was anderes machen soll, nicht nur computerspiele und video und die zeit mit actionfilmen totschlagen. eigentlich sind dünen und meer gar nicht so mein ding, finde ich nicht wirklich prickelnd, aber dann dachte ich: okay, kann's ja mal versuchen. wenn noch wer mitkommt, mit dem man spaß haben kann.

so hab ich den olli bei einem joint gefragt, ob er lust hat, und er meinte, wir sollten doch noch den flo mitnehmen, den florian. die beiden kannte ich noch von der schule, von der ich geflogen bin. sie waren dort auch nicht gerade überflieger gewesen, hatten hinterher genauso wie ich die lehre geschmissen und wussten nicht so richtig, was sie machen sollten. sie haben jedenfalls gedrängt, noch einen anderen typ mitzunehmen. marco. den kannte ich eigentlich gar nicht, nur vom sehen aus dem computerladen, in dem ich damals oft rumgehangen habe. aber egal, wir haben gesagt, hey, lass mal probieren, mal ein paar tage rüber auf die insel, aufm strand abhängen und in der sonne chillen, wird bestimmt lustig. ja, das war jedenfalls der plan.

ging auch gut los, als wir mit der fähre drüben waren. wir haben im supermarkt hinter dem hafen was zu trinken besorgt, vor allem küstennebel, und sind dann durch die dünen zu diesem riesigen strand, der echt ein hammer ist. dort sind mir gleich ein paar mädchen aufgefallen, die aus dem wasser kamen und ihre klamotten ziemlich in der nähe hatten. besonders eine, mit einem dunklen pferdeschwanz und einem grün-blau gestreiften bikini. mann, dachte ich sofort, als die tropfen über ihre braune haut kullerten … als die sich mit dem handtuch die arme und den bauch abtupfte … als die ihre beine in der sonne streckte und räkelte … wow, was soll ich sagen? hab mich erst mal auf den bauch gedreht, die augen zugemacht und zugehört, wie sie mit ihren freundinnen rumalberte. kira wurde sie von den anderen genannt.

kira? den namen hatte ich noch nie gehört. aber mir war gleich klar, dass ich total auf sie abgefahren bin. hab dagelegen, immer wieder zu ihr rübergepeilt, heimlich, und gemerkt, dass ich ganz kribbelig wurde. hatte ja vorher noch nie was richtig gehabt mit einem mädchen. mit leone und so, diese sachen, war ganz was anderes gewesen. aber kira, die hatte nicht diese fetten großen glocken und so dicke schenkel, dass man angst haben musste, sie könnten einen zerquetschen. sondern einen body wie aus einem computerspiel, stramm und fit, wie lara croft, bloß zehn jahre jünger. und dann kam sie plötzlich zu uns rübergerannt.

klar, war natürlich zufall, dass ihr volleyball so weit geflogen und direkt zu mir gerollt ist. ich hab die hand draufgelegt und sie von unten angeblinzelt, so in der art: willste den etwa zurück? gib schon her, hat sie gesagt und dabei gelächelt. echt. und ich: kommste nachher mit, eis essen oder so? ehrlich, hab selbst über mich gestaunt, hab mich das eigentlich nur getraut, weil ich schon was getankt hatte. die ganze zeit in der sonne, und der tag war so was von schwül. ich weiß nicht mehr, wie viel ich mir schon reingezogen hatte, aber mir ist ganz heiß geworden, als sie so spöttisch gegrinst und gesagt hat: mal sehen, kleiner. aber höchstens, weil du so blaue augen hast.

zwei stunden später sind wir dann tatsächlich losgezogen und bei einem strandcafé in wittdün gelandet. ihre freundinnen hatten keine lust mehr, mitzukommen, aber wir haben uns auf die terrasse gehauen und den sonnenuntergang angeglotzt, und es wurde immer lustiger, je länger wir dort saßen. wir haben eis gegessen, bier getrunken, alles mögliche. und irgendwann, als sie mal zum klo war, hat marco ihr was in die cola gekippt. tropfen. hey, was soll der scheiß?, hab ich gesagt, aber die anderen haben gelacht und gesagt, warten wir mal ab. sie hat das zeug getrunken, ohne was zu merken, bloß wurde sie nach einer weile ein bisschen komisch. und dann haben sie kira gefragt, ob sie bock hat, noch mal ins wasser zu gehen, zusammen baden.

wenn ihr euch traut, im dunkeln, hat sie geantwortet. und gekichert.

und dann, ja, dann ist es passiert.

es muss schon ziemlich spät gewesen sein, als wir noch mal zum strand sind, weit runter zu den wellen, wo keine leute mehr waren. sie hat sich als erste ausgezogen, bis auf den bikini. weiter, haben die anderen gegrölt, mach schon weiter, hab dich nicht so! aber sie wollte nicht und hat gefragt: was ist jetzt mit euch, ihr warmduscher? da haben der marco und der flo sie festgehalten und ihr den bikini runtergezogen, und als sie sich nicht wehrte, zu mir gesagt: nimm sie, alter, du bist doch scharf auf sie!

ich war total durcheinander, wie benebelt, ich wusste nicht, was ich machen sollte. da hat der flori auch mir die badehose runtergerissen, ich stand voll nackt da, ihr gegenüber. kira hat an mir runtergeschaut, so komisch gekichert und dann was gelallt wie: der, scharf auf mich? wie soll das denn was werden? scheiße, hab ich gedacht, was ist das denn jetzt, und ich wär am liebsten im boden versunken. aber als die anderen gerufen haben, nun mach schon, du schlappschwanz, komm schon, hab ich sie in den sand gestoßen … mich auf ihre schenkel gekniet … ein stück treibholz genommen, das da rumlag … irgend so einen stock, weiß nicht genau, war ja auch schon fast finster … jedenfalls haben die anderen gejohlt, und sie hat irgendwann gestöhnt. kann das heute noch hören, wenn ich die augen zumache: brutal gestöhnt. aber damals bin erst wieder zu mir gekommen, als sie anfing zu kotzen und ich gemerkt hab, dass was zwischen ihren beinen aus ihr rauslief …

was dunkles …

blut.

ich glaube, ich hab 'ne weile gebraucht, bis ich das realisiert hab. bin dann einfach weggerannt, als mir klar wurde, was ich getan hatte. wollte niemanden mehr sehen, konnte niemandem mehr in die augen gucken, so irre hab ich mich geschämt.

natürlich schäme ich mich immer noch wie verrückt, wenn jetzt alles wieder hochkommt, mein kopf könnte explodieren. ich kann nur sagen, ehrlich, für kira tut mir das wahnsinnig leid. klar, dass man so was nicht entschuldigen kann, deshalb hab ich danach gar nicht erst probiert, noch mal mit ihr in kontakt zu kommen und zu reden. die anderen jungs, die mussten ja sowieso die schnauze halten, weil sie wussten, dass sie mit drinhängen, falls was rauskommt. und ich hab versucht, das alles möglichst aus meinem kopf zu löschen. manchmal, wenn es wiederkam, hab ich allerdings gedacht, wenn sie doch bloß nein gesagt hätte, wenn sie mich zurückgestoßen hätte, geschrien, dann hätte ich doch bestimmt aufgehört, ganz bestimmt, oder ...?

ich weiß nicht, ich weiß bloß, dass ich hinterher angst gekriegt hab, dass was mit mir nicht in ordnung ist.

und heute? ich wünschte mir, ich könnte noch mal neu mit meinem scheißleben anfangen, ganz von vorne bei null. alles weiß.

dann würde das alles nie wieder passieren.

30

»Aber warum haben Sie die Anzeige damals zurückgezogen?«

Mondrian blickte vom letzten Blatt auf. Sein Mund war trocken geworden. Er nahm den Ingwergeschmack gar nicht mehr wahr, während er einen Schluck von dem inzwischen kalt gewordenen Tee trank.

Pia Borrmann saß im warmen Schein einer Stehlampe auf einer Hanfmatte, die Beine im Lotussitz verschränkt, die Augen geschlossen. Er hörte sie tief atmen. Sie schien weit weg.

Er räusperte sich und wiederholte seine Frage, lauter. »Weshalb haben Sie damals Ihre Anzeige bei der Polizei …«

»Ich hab Sie schon gehört«, unterbrach sie ihn und schlug die Augen auf. Sie strich die Haare nach hinten, die nach vorn über ihre Schultern gefallen waren, erhob sich mit überraschender Geschmeidigkeit und setzte sich wieder zu ihrem Besucher. »Ich habe nur überlegt, wie man das einem Mann begreiflich machen kann.«

Er hob die Augenbrauen. »Was?«

»Das, was eine Frau durchmachen muss, wenn sie eine Vergewaltigung anzeigt. Es beginnt mit dem entwürdigenden Gang zur Polizeiwache. Die neugierigen Blicke der Beamten. Die Fragen, wie es dazu kommen konnte. Wie alles abgelaufen ist, aber bitte präzise. Kleinste Details, bis in den Intimbereich.«

Sie schüttelte den Kopf, als wollte sie eine böse Erinnerung verscheuchen. »Für das Opfer ist es fast so, als würde es noch mal ausgezogen und stünde nackt vor denen, die alles aufschreiben. Und es muss sich ja auch tatsächlich noch mal entkleiden, wenn die Untersuchung in der Gerichtsmedizin oder in einem Krankenhaus folgt. Die ganzen Proben, Abstriche, Fotos, wer weiß, was alles. Und wieder dieselben peinlichen Fragen, bis es einem hochkommt.«

»Klingt so, als hätten Sie das alles selbst erlebt.«

»Gott bewahre, nein!« Sie schlug die Hände gegeneinander. »Aber eine alte Freundin von mir, die hat dieses Martyrium durchstehen müssen. Vom Warten auf einer kalten Bank in der Polizeidienststelle über die Untersuchung bei einem misstrauischen Rechtsmediziner bis hin zur Staatsanwaltschaft, wo das Ganze noch mal neu aufgerollt und immer wieder hinterfragt wird. *Wann war die letzte Regel? Wann der letzte GV* – wie sich der Geschlechtsverkehr dort so schön nennt? *Mit Präservativ oder ohne, irgendwelche Hilfsmittel?* … Können Sie sich das vorstellen?«

Mondrian machte eine vage Kopfbewegung, als würde er halb nicken. »Ich hab davon gehört. Aber werden diese Fälle nicht inzwischen immerhin von Frauen bearbeitet?«

»Ach, wissen Sie, das macht es auch nicht unbedingt besser. Frauen können ja auch hart sein, besonders die in diesen Berufen.«

»Vielleicht müssen Polizistinnen und Staatsanwältinnen das sogar, wenn sie …«

»… wenn sie tagtäglich mit solchen Abgründen konfrontiert sind?«, unterbrach sie ihn, einen bitteren Zug um den Mund. »Ja, ich weiß schon, was Sie sagen wollen. Aber müssen sie dann Fragen mit diesem Unterton stellen, wie es meine Freundin bei ihren Vernehmungen immer wieder erlebt hat: *Haben Sie den Beschuldigten nicht doch ermuntert? Ihn zu sehr gereizt? Haben Sie es ihm vielleicht zu leicht gemacht oder sogar ein bisschen Spaß dabei gehabt?*«

»Spaß? Bei einer Vergewaltigung?«

»Die Staatsanwältin hat behauptet, sie müsste solche Fragen stellen, zur Vorbereitung auf den Prozess, weil es der Verteidiger sowieso tun würde. Und das hat der Herr Advokat dann tatsächlich im Gericht auch fertiggebracht.«

Aufgewühlt erhob sich Pia Borrmann aus ihrem Sessel und lief im halbdunklen Zimmer hin und her, bis sie abrupt am Fenster stehen blieb und nach draußen schaute, als sähe sie die Szene noch genau vor Augen.

»Sie hätten im Gericht dabei sein sollen, als dieses Scheusal meine Freundin ins Kreuzverhör nahm. Ob sein Mandant nicht nach dem heftigen Flirt davon ausgehen konnte, dass sie unbedingt wollte. Ob sie es nicht doch genossen hätte, dass sie rau angepackt wurde. Ob sie sich die Kratzer auf der Brust und die Abschürfungen auf dem Rücken vielleicht hinterher selbst beigebracht hätte. Und warum hatte sie sich eigentlich nicht mehr gewehrt? …«

Sie krallte ihre Fingernägel so fest in ihre Unterarme, dass Mondrian noch Kerben in der Haut sah, als sie den Griff wieder löste. »Der Vergewaltiger meiner Freundin wurde übrigens freigesprochen, falls es Sie interessiert, aus Mangel an Beweisen. Verstehen Sie, dass ich so etwas meiner Tochter ersparen wollte?«

Er überlegte einen Augenblick, bevor er einwarf: »Aber immerhin waren Sie doch erst einmal bei der Polizei, bei dieser Station in Nebel.«

»Ja, in der ersten Wut habe ich eine anonyme Anzeige abgegeben, nachdem Kira endlich angedeutet hatte, was mit ihr geschehen war.«

»Wie haben Sie denn den Namen von Thomas Kern in Erfahrung gebracht?«

»Es gab ja einen Einheimischen, der mit dem Fernglas etwas beobachtet hatte. Und auch andere, die was mitgekriegt hatten, davor und danach, und Kern erkannt. Wenn man lange in so einem kleinen Ort wie Wittdün lebt, hört man vieles. Den Rest konnte ich mir zusammenreimen.«

»Und Ihre Tochter? Hat die nicht darauf gedrungen, dass was passiert? Wollte sie Kern und die anderen einfach so davonkommen lassen?«

»Ach, Kira.« Pia Borrmanns Augen wurden wieder feucht. »Zuerst hat sie nur stumm auf dem Bett gelegen und die Vorhänge zugezogen. Tagelang hat sie nichts mehr gegessen und bloß noch geheult. Sie hatte ja offenbar bei der ganzen Sache unter irgendwelchen Drogen gestanden und musste die Bruchstücke ihrer Erinnerungen erst wieder zusammenklauben. Nachdem sie endlich alles rausgelassen und mir von ihren Verletzungen erzählt hatte, wäre sie vielleicht mit zu einer Vernehmung gegangen. Aber dann haben wir noch mal darüber geredet, was das für sie bedeuten würde. Ich hab ihr von dem ganzen Spießrutenlaufen bis zu einem Prozess berichtet, wir haben hin und her überlegt, tage- und nächtelang, und gezögert. Am Ende hab ich für sie entschieden, dass der Preis zu hoch ist. Danach hat sie sich zurückgezogen, in sich verkrochen, total.«

Sie stockte, als sie mit der quälenden Erinnerung kämpfte.

Nach einer Weile fragte Mondrian: »Haben Sie mal psychologische Hilfe gesucht?«

»Ja, darauf hat mein Mann immer gedrungen, Kiras Vater. Aber sie konnte mit der Psychologin nichts anfangen, die er organisiert hat. Die Wahrheit ist eigentlich, wir konnten alle nichts mehr richtig miteinander anfangen. Wir sind so unterschiedlich mit der Katastrophe umgegangen. Mein Mann, jetzt muss ich wohl sagen, mein geschiedener Mann …« Sie nahm einen Schluck Tee, um ihre Lippen zu befeuchten. »Also, mein damaliger Mann, er baute Windkraftanlagen, hat sich in Arbeit gestürzt, er war immer öfter außer Haus. Bis er ganz verschwand, zu einem Projekt in Spanien und …« Sie nippte noch mal an der Tasse. »… und zu einer neuen Frau. Ich dagegen habe versucht, das für mich auf einer anderen Ebene zu verarbeiten, spirituell. Und gleichzeitig immer wieder probiert, mit Kira zu reden, damit sie sich öffnet. Ihre Wut rauslässt. Trauert. Ihre Ängste ausspricht. Vielleicht habe ich sie zu sehr bedrängt. Jedenfalls hat sie nach ein paar Monaten alles hingeschmissen, hat sich die Haare abrasiert und ist nach Hamburg abgehauen.«

»Und was hat sie dort gemacht?«

»Trebe, Drogen, Musikclubs. Sie ist in die Szene abgetaucht. Ich weiß nicht, was da alles passiert ist, möchte es auch gar nicht so genau wissen. Sie hat wohl zeitweise bei Pennern geschlafen, zusammen mit Junkies in einer verdreckten WG gehaust und sogar Freier gehabt, als sie zugedröhnt war, für ein paar elende Scheine … furchtbar.«

Sie schlug die Hände vors Gesicht und schluchzte wieder. Bis sie flüsternd fragte: »Können Sie sich ausmalen, wie es einem das Herz zerreißt, wenn man so etwas von seinem Kind hört?«

Mondrian schluckte. Versuchte, sich die Situation vorzustellen. Dachte an Kathy, seine eigene Tochter, die inzwischen im Hamburger Karoviertel lebte und studierte. Klar, sie hatte ihm auch Sorgen gemacht in ihrer wilden Punkerzeit, als sie die Nächte mit schrägen Irokesen-Typen an der Roten Flora durchfeierte, aber …

Er schüttelte den Kopf. »Nein, nicht wirklich, wenn ich ehrlich bin«, antwortete er. Sofort hatte er wieder ein schlechtes Gewissen bekommen, weil er sich länger nicht bei Kathy gemeldet hatte, und schwor sich, sie endlich mal wieder anzurufen.

Die belegte Stimme von Pia Borrmann holte ihn aus seinen Selbstvorwürfen zurück. »Wenigstens haben Kira und ich wieder Kontakt gekriegt, als ich später ebenfalls nach Hamburg umgezogen bin. Ich konnte es auf Amrum nicht mehr aushalten. Die wunderbare Insel war beschmutzt für mich, wie geschändet. Jedes Mal, wenn ich am Kniepsand spazieren ging, wenn ich ein Stück Treibholz sah, musste ich an diese Sache denken … an diese Minuten, die aus meiner Tochter einen anderen Menschen gemacht haben …«

Sie starrte aus dem Fenster ins Dunkle, ihr Blick verlor sich in der Ferne.

Schließlich ging sie in die Küche, um neues Teewasser aufzusetzen. Ihre Stimme zitterte leicht, als Mondrian sie von dort hörte. »Und als ich sie in Hamburg nach langer Zeit zum ersten Mal wiedersah, Jahre später, war sie äußerlich kaum wiederzuerkennen. Sie hatte nicht nur vernarbte Arme …«

»Von Spritzen?«, erkundigte sich Mondrian. »Heroin?«

»Nein, von Schnitten, die sie sich selbst beibrachte. Sie war eine Ritzerin geworden. Hat sich immer wieder mit eigener Hand verletzt, weil sie sich nach dem Horror in Amrum irgendwie selbst schuldig fühlte. Absurd, nicht?«

Mondrian nickte. Verrückt, dachte er. Ihm war sofort eingefallen, dass auch Thomas Kern sich durch Brandwunden selbst quälte, aber er sagte nichts.

»Und Kira hatte auch keine Glatze mehr«, fuhr ihre Mutter fort, »sondern wieder lange Haare, aber diesmal pechschwarz gefärbt, und ein leichenblasses Gesicht. Außerdem trug sie merkwürdige Tattoos.«

»Wieso merkwürdig?«

»Irgendwelche Zeichen halt, Symbole, keine Ahnung, was sie bedeuten sollten, sie wollte darüber nicht reden. Sie hat bloß mal gelacht, als sie mich meditieren sah, und gesagt, dass es nicht nur indische Weise gäbe, sondern auch andere Göttinnen und Götter, die viel mächtiger wären. Auf mich wirkte das alles düster, ziemlich morbid ... aber mein Gott, warum erzähle ich Ihnen das eigentlich alles?«

Zwischen ihren Augenbrauen bildete sich eine steile Falte, und ihre Züge verhärteten sich. »Wollen Sie darüber etwa was im ›magazine‹ bringen?«

Er suchte nach einer Antwort. »Nein, sicher nicht direkt, es geht mir nur darum, möglichst viel über Thomas Kern zu erfahren. Durch andere in seine Seele reinzuschauen«, sagte er bewusst vage.

»Aber dazu wollen Sie doch nicht Kira benutzen, oder?« Sie wirkte plötzlich alarmiert und schaute immer misstrauischer. »Möchten Sie Ihre Leser mit ihrer Geschichte gruseln? Sie noch mal zum Opfer machen?«

Pia Borrmann verschanzte sich hinter ihren gekreuzten Armen, als würde sie schon bereuen, was sie erzählt hatte. »Schluss jetzt, ich sage kein Wort mehr.«

»Kann ich sie treffen?«, fragte Mondrian in die gespannte Stille, die sich plötzlich ausbreitete, als wäre der Raum gerade unter Strom gesetzt worden. »Kann ich mit Kira selbst über ihren Vergewaltiger sprechen?«

»Das muss sie allein entscheiden.«

»Wo finde ich sie?« Er schaute die Bewährungshelferin eindringlich an. »Ich denke, Sie sollten mir weiterhelfen, nachdem Sie schon einmal zu viel geschwiegen haben.«

Sie zögerte. Doch sie hielt seinen Blick nicht lange aus.

»Ich habe keine Adresse, aber was anderes von ihr.«

Sie ging zu einer Schublade und holte daraus ein weiteres Foto hervor, das ein Gesicht zeigte. Die Züge einer asketischen jungen Frau mit fransig hochtoupierten Haaren, geschminkt wie eine Maske, zur einen Hälfte schwarz, zur anderen weiß. Darunter ein Halsband mit Nieten und silbern schimmernde Ketten.

»Versuchen Sie Ihr Glück«, sagte sie, während sie Mondrian das Bild reichte. »Irgendwo in Hamburg muss sie sein.«

31

»Willst du Spaß, Süßer?«

Sie schürzte ihre aufgespritzten Lippen so lasziv, wie sie konnte, und schob eine Hand unter den Bund ihrer Shorts. Plötzlich stand ihm eines ihrer meilenlangen Beine im Weg, die auf abenteuerlichen Pumps endeten.

Gar nicht so leicht, unfallfrei an den Damen auf der Reeperbahn vorbeizukommen.

»Hey, kannst du auch reden?«

»Nein«, sagte Mondrian lächelnd und ging weiter. Vom Beatles-Platz, wo die Fab Four in Stahl auf Pflastersteinen rockten, waren es nur wenige Schritte bis zur Großen Freiheit. Blinkende Leuchtschriften überspannten die von Bars und Sexlokalen gesäumte Flaniermeile, in der Nachtschwärmer genauso geil auf Sünde waren wie Türsteher auf Kundschaft. Das »Dollhouse« versuchte, mit nackten Mädchen beim Tabledance zu locken, ein Ex-Transenpuff mit Schlagern und Schunkeln bis zum Morgengrauen, ein dampfend voller Tanzschuppen mit hautnahem Gedränge. Um Mitternacht war noch so viel Partyvolk unterwegs, dass Mondrian Horden angetrunkener Pennäler und Pulks neugieriger Touristen umkurven musste, bevor er die Neongitarre erreichte, die vom Haus mit der Nummer 36 leuchtete. Und davor entdeckte er sie, die Nachtvögel, nach denen er Ausschau hielt. Schwarz gewandete Gestalten mit Netzhemden, stachelbesetzten Lederhalsbändern und Piercings huschten am »Kaiserkeller« in den Untergrund.

Er hatte gleich geahnt, wonach er suchen musste, als er das Foto von Kira betrachtet hatte. Ihr düsteres Outfit verriet, dass sie sich in der Gothicszene bewegte. Die schwarz gefärbten Haare gehörten genau wie die silbernen Nieten und Ketten zur Grundausstattung der Menschen, die so aussahen, als würden sie nicht vor der Abenddämmerung aufstehen und beim ersten Morgenlicht wieder in feuchten Gewölben verschwinden. Der Metalrock, mit dem sie sich beschallten, krachte so martialisch, dass man die Texte der Songs über Tod und Vergänglichkeit kaum verfolgen konnte. Nicht nötig, denn die Goths fühlten sich als Teil einer okkulten Welt, in der das Verständnis füreinander sowieso blind war. Irgendwo in diesem Kosmos musste Kira vagabundieren, falls sie noch zur Szene gehörte, und der »Kaiserkeller« war eine Location, wo man sich jede Woche traf. Würde sie heute hier aufkreuzen zur ›Schwarzen Nacht‹?

Mit grauer Jacke, Kragen weit hochgeschlagen, mischte sich Mondrian unter die jungen Waver, die eine halb beleuchtete Treppe in die Finsternis hinunterstiegen. Dort wurde er von nervös kreisenden Lichtpunkten empfangen, hinter denen er zunächst kaum etwas erkennen konnte. Die Strahlenbündel durchschnitten den wabernden Nebel, sie rotierten über Gerüststangen, die rund um die Tanzfläche montiert waren. Dazwischen schattenhafte Gestalten, erwartungsvoll auf hochbeinigen Barhockern kauernd. An den Seiten zwei lang gestreckte schummrige Tresen mit den leuchtenden Emblemen von Jack Daniel's und Red Bull.

Mondrian lehnte sich an einen der Tische, um sich an die Dunkelheit zu gewöhnen, und ließ seine Augen durch die Höhle streifen. Zwei Mädchen mit Lackröcken und eng gezurrten Lederkorsagen, die ein paar Meter neben ihm saßen, riefen sich kichernd etwas ins Ohr. Ein Farbiger, Perlenkette mit Christuskreuz über dem ärmellosen Shirt, die Muskelpakete bunt tätowiert, drängte sich an zwei bleich geschminkten Jünglingen vorbei, die Schiebermütze und zerrissene Kutten trugen. Daneben wippten kniehohe Lederstiefel im Rhythmus, die zu jungen Frauen mit kühnen Haartürmen und grün gefärbten Strähnen gehörten. Aber nirgendwo Kira.

Mondrian bestellte ein Bier, beugte sich zu dem Barkeeper und fragte nach ihr.

Zu dem Pils bekam er ein Achselzucken. Und einen mehr als misstrauischen Blick.

Beinahe im selben Moment setzte ein Geräusch wie Maschinengewehrfeuer ein. Während ein Gewitter von Gitarrenriffs niederprasselte, kommandierte eine geisterhafte metallische Stimme die Waver zur Tanzfläche. Unter Stroboskop-Kanonen stampften sie durch zuckende Lichtkegel, und die Bässe hämmerten so mächtig, dass Mondrian an den Beinen spürte, wie der Stoff seiner Hosen im Beat pulste. Die Luft schien vor Spannung zu vibrieren, und in der wogenden Menge blitzten immer wieder Ketten, Nieten und Piercings auf. Doch auch eine halbe Stunde später war nichts von Kira auszumachen, weder zwischen den Tänzern noch unter den Beobachtern am Rand, die becherweise Met oder Stärkeres in sich reinkippten. Als der Deathrock nicht mehr ganz so laut ratterte wie ein entgleister Zug, schob Mondrian dem Barkeeper das Foto rüber.

Diesmal kam ein Blick zurück, der etwa die Temperatur der klirrenden Würfel hatte, die der Hüne in die Gläser füllte.

Deutlicher kannst du wohl nicht signalisieren, dass man in dieser Szene nicht quatscht, ärgerte sich Mondrian. Schon gar nicht mit einem silberhaarigen Halbgreis, der so gut hierher passte wie ein Mönch ins »Dollhouse«.

Während er sich noch fragte, ob der Barkeeper Kira überhaupt kannte, sah er aus den Augenwinkeln etwas Schwarz-Weißes die Treppe herunterhuschen. Das halb und halb geschminkte Gesicht. Die asketischen Züge von dem Foto, trotz der Bemalung sofort wiederzuerkennen. In derber Lederkluft schlängelte sich Kira zwischen den anderen Nachtwandlern durch, wechselte mit zwei Frauen Blicke und rief einer dritten etwas ins Ohr. Dann drängte sie sich an den Tresen und verlangte nach einem Drink.

Der Barkeeper begrüßte sie, tuschelte ein paar Worte mit ihr und deutete fast unmerklich mit dem Kopf in Richtung Mondrian. Kein Zweifel, dass er sie kannte. Und ebenso sicher hatte er ihr gerade von seinen Nachforschungen erzählt.

Mondrian zögerte nur kurz. Er ging zu ihr hinüber, nickte ihr zu und wartete auf einen Moment, in dem der Lärm abschwoll.

»Hallo, ich komme von Pia«, sagte er nach einem wabernden Gitarrenlauf, »können wir mal reden?«

Sie trank einen Schluck, statt zu antworten, und taxierte ihn. In ihren weiten Augen war keine Spur von Irritation oder Überraschung auszumachen. Mondrian war sich nicht sicher, ob sie ihn überhaupt verstanden hatte.

»Ich würde gern mal mit Ihnen sprechen«, wiederholte er, lauter.

»Hier, Mann?«, rief sie zurück und zog die Augenbrauen hoch, die zu scharfen Linien gezupft waren. Sie signalisierte ihm, ihr zu folgen, und bewegte sich um die Ecke in einen Bereich mit Beatles-Bildern, wo die Musik etwas weniger laut und dafür das Licht ein bisschen heller war.

»Von Pia kommen Sie? Wer sind Sie überhaupt, 'n Anwalt?«

Er schüttelte den Kopf. »Journalist. Ich möchte gern eine Geschichte machen.«

»Schon wieder?« Sie warf ihm einen Blick zu, der nur bedeuten konnte: Am besten verpisst du dich gleich wieder. »Über die Szene ist schon so viel Mist geschrieben worden.«

»Nein, darum geht es mir nicht.«

Sie nahm wieder einen Schluck aus ihrem Glas, und als der Ärmel ihrer Jacke hochrutschte, sah er die Narben auf ihrem rechten Unterarm. Die Spuren vom Ritzen, die sie nie mehr verlieren würde. »Sondern?«, fragte sie.

»Um jemanden, den Sie besser kennen als viele andere. Leider«, sagte er langsam. »Thomas Kern.«

Etwas zuckte über ihr Gesicht. Erst dachte er, der Flash eines rotierenden Spotlights wäre darübergehuscht, doch dann war er sich sicher, dass das kurze Flackern von innen gekommen war. Ihre Augen schienen vor Hass aufzuglimmen, und ihr Mund verzerrte sich. Sie schrie ihm etwas zu, das er nicht verstand, stieß ihn mit der Faust zurück und rannte die Treppe hoch zum Ausgang, trotz ihrer Boots so geschmeidig, dass er nicht gleich hinterherkam. Als er ein paar Sekunden später endlich oben am Ausgang und auf der Straße war, sah er sie nicht mehr.

Er schaute um die Ecke und bekam gerade noch mit, wie sie sich auf ein Motorrad schwang und so viel Gas gab, dass die Maschine einen Satz nach vorn machte. Dann hing nur noch eine Abgasfahne in der Luft.

Mondrian rieb sich die Schläfe.

Mist, verfluchter. Warum bin ich bloß so naiv gewesen, sofort auf sie zuzugehen? Diese Chance, gestand er sich ein, hatte er verhauen. Aber ihre heftige Reaktion machte ihn nur neugieriger. Plötzlich schien es ihm noch wichtiger, sie zum Reden zu bringen.

Bei der »Schwarzen Nacht« würde sie sicher nicht mehr so schnell auftauchen. Aber auf ihrem Handrücken, neben den dunkelblau lackierten Nägeln, hatte er etwas entdeckt, was ihn vielleicht noch mal zu ihr führen konnte.

Drei tätowierte Buchstaben.

H E L.

32

Waren es wirklich nur drei Buchstaben gewesen?

Er strich sich über die feuchte Stirn und stand auf, um sich das Hemd auszuziehen. In seinem Loft knallten schon jetzt schräge Sonnenstrahlen durch die dicke Luft, in der Staubteilchen wie im Scheinwerferlicht schwebten, und unter den Deckenbalken staute sich die Hitze. Die Teufelsmasken aus den Anden, die dort von früheren Reiseabenteuern baumelten, schienen ihn anzugrinsen, und auch die Saxophonballaden, die leise im Hintergrund liefen, nervten ihn auf einmal. Mitten in einem Solo stellte er den CD-Player aus, hielt seinen Kopf kurz unter kaltes Wasser, rieb sich die Haare flüchtig mit einem Handtuch ab und klopfte Eiswürfel klein, um sich einen Kaffee damit anzurühren. Milch und Zucker. Dann setzte er sich wieder an den Computer, ein angebissenes Croissant neben sich, und beugte sich grübelnd über die Tastatur.

Hatte vielleicht »HELL« auf Kiras Hand gestanden? Hätte zu ihrem Outfit gepasst, düster wie die Hölle. Vielleicht war das zweite L verdeckt gewesen? Aber eigentlich hatte er das Bild noch genau vor Augen, drei Schriftzeichen auf der fahlen Haut.

Also noch ein Anlauf. Zum zweiten Mal an diesem Vormittag gab er »HEL« in die Suchmaschine ein. Beim ersten Versuch hatte sie nichts vorgeschlagen, was ihn weitergeführt hätte. Was sollte er mit einer deutschen Schlagersängerin, deren Vorname Helene lautete? Mit Helgoland oder einer deutschen Speedband namens »Helloween«? Nachdem Google auch noch ausgespuckt hatte, dass die drei Buchstaben das Kürzel für den Flughafen Helsinki waren, außerdem der Name irgendeines entfernten Himmelskörpers und Chatjargon für »Hab Euch Lieb«, hatte er die Suche erst mal abgebrochen. Aber jetzt, bei einem neuen Anlauf, stieß er unter neunzehn Millionen Eintragungen plötzlich auf etwas, das ihn elektrisierte. Eine Göttin.

»›Hel‹ ist in der nordischen Mythologie der Name sowohl der Unterwelt als auch der ihrer Herrscherin«, las er neben dem

Abbild einer geheimnisvollen Frau, die ihn zornig anblickte und trotz ihrer nackten Brüste maskulin und muskelbepackt wirkte. Als »Totengöttin« wurde sie beschrieben, in deren Reich kein einziger Sonnenstrahl eindringt.

»Ihre Haut ist zur einen Hälfte von normaler Farbe, zur anderen blauschwarz, was bedeutet, dass sie halb tot und halb lebendig ist.«

Ein paar Klicks weiter Illustrationen und Zeichnungen eines furchterregenden Wesens, mal Furie mit fliegendem Haarschopf, mal faltig wie eine alte Hexe, dann mit der einen Körperhälfte erotische Verführerin, mit der anderen bloß noch Skelett.

Bist du das, Kira?

Mondrian schloss die Augen und rief sich ihre Erscheinung ins Gedächtnis, die er im stockfinsteren »Kaiserkeller« eher schemenhaft wahrgenommen hatte. Wollte sie wirklich halb lebendig und halb tot sein?

Während er noch darüber sinnierte, ob sich Pia Borrmanns Tochter tatsächlich mit der mythischen Figur identifizierte, landete er bei einem weiteren Eintrag. Dort wurde die nordische Göttin als »grausame Rächerin« beschrieben, als »unerbittlich gerecht«. Und als er weitersurfte, stieß er auf eine schwedische Vikingrock-Band und ein deutsches Metal-Trio. Und schließlich auf eine kryptische Gruppe namens »HELp«.

»Komm zu uns, wenn du durch die Hölle gegangen bist«, stand auf deren Website, die vom »Kampf gegen den seelischen Tod« sprach.

Was sollte das bedeuten? Stirnrunzelnd las Mondrian weiter.

Vom »Widerstand gegen Gewalt und Missbrauch« war dort die Rede. Von »weiblichen Waffen« und »uralter göttlicher Gerechtigkeit«.

Im Hintergrund, wie ein Logo, das angedeutete Antlitz einer Frau, halb hell, halb dunkel. Ähnelten die Züge nicht Kira? Oder täuschte er sich?

Gerade als er sich entschieden hatte, eine Mail mit der Bitte um nähere Informationen an die angegebene Kontaktadresse zu schicken, blieb er an einem Piktogramm darunter hängen. Ein Penis, der mit einem Balken durchgestrichen war. Darunter: »Dies ist ein Angebot von Frauen für Frauen. Tabu für Schwanzträger.« Und: »Zuschriften zwecklos.«

Na prima. Mondrian nippte frustriert an seinem Kaffee, aus dem sich die Eiswürfel inzwischen verabschiedet hatten. Einen Augenblick überlegte er, ob er sich als Alice oder Gaby ausgeben sollte, dann beerdigte er den Gedanken. Stattdessen rief er eine andere Mailadresse auf.

»Lebst du noch?«

Über eine Stunde stromerte er zwischen Computer, CD-Player und ein paar aufgeklappten Zeitschriften hin und her und lauschte durch das offene Fenster dem Rauschen der Großstadt nach, bis eine Antwort kam.

»Und selber?«

Also doch keine Antwort, sondern eine Gegenfrage. Typisch Ricarda. Und immer noch sauer, dachte er, während er den Kopf in den Nacken legte und sich das Kinn rieb.

»Ich brauche dich.«

Diesmal ging es schneller. Nur zwanzig Minuten, lang genug. *»Ich dich nicht.«*

»Noch mal«, tippte er, die Lippen zusammengepresst, die Wangen nach innen gezogen, *»tut mir leid, dass ich so abgereist bin. Versuche echt, mich zu bessern. Und: Ich brauch dich wirklich!«*

Schon wieder standen Schweißtropfen auf seiner Stirn, und er ging erneut zum Küchentresen, um sich Eiskaffee anzurühren, auch wenn sein Herz schon pochte. Nicht nur vom Koffein. Kaum war er zurück, leuchtete auf dem Bildschirm wieder ein neues »Re:« auf.

»Entzugserscheinungen?«

Ja, zum Teufel, was glaubst du denn? Sie fehlte ihm, beileibe nicht nur im Bett. Er vermisste längst ihre jadegrünen Augen, ihren herausfordernden Blick, begleitet von ihrem spöttischen Lachen. Und wenn er sich vorstellte, wie gerade ihre Löwenmähne über den athletischen Körper fiel, wurde er ganz nervös. Das wenigste, was sie verdiente, war eine ehrliche Antwort.

»Klar sehne ich mich nach dir. Und außerdem hab ich einen Job für dich.«

»Wie wunderbar! Sonst hättest du dich sicher nicht gemeldet.«

Wie lange würde sie so sarkastisch und misstrauisch sein?

»Hab ich doch. Drei Mal hab dir geschrieben, außerdem auf deine Box gesprochen. Bloß kam von dir nie was zurück.«

»Weil ich was Besseres zu tun hatte.«

»???«

»Das verrate ich dir ein andermal. Wenn du wieder voll zurechnungsfähig bist.«

»War ich wirklich so schlimm?«, schrieb er, während er sich unruhig zu fragen begann, was da in Italien in seiner Abwesenheit gelaufen sein mochte.

»Si, señor«, kam postwendend die Antwort, *»ich leide immer noch unter posttraumatischen Belastungsstörungen …«*

Da war sie endlich wieder, ihre verspielte Lästerei, freute er sich, während er weiterlas.

»… und nun sag schon, was ich tun soll. Aber am Telefon, sonst hack ich mir noch die Finger wund.«

Mondrian ließ sich auf das Futonbett sinken und nahm sich sein Handy. Und viel Zeit. Er erzählte ihr die ganze Geschichte, von Thomas Kerns Entlassung und dem dringenden Verdacht des Missbrauchs von drei Mädchen bis zur letzten Begegnung mit Pia Borrmann und dem Zusammentreffen mit ihrer Tochter. Nachdem er bei der rätselhaften Internetseite und schließlich am Ende seines Berichts angekommen war, sagte sie lange nichts.

Dann, mit nachdenklicher Stimme: »Aber warum soll gerade ich mich an diese Kira ranmachen? Gibt es nicht irgendeine nette Kollegin in deinem großen Laden, die mal bei dieser Gruppe recherchieren kann?«

»Gibt es, aber nicht so gut wie du«, versuchte er, sie zu überzeugen, »ich vermute stark, dass HELp eine Frauengruppe ist, die gegen sexuelle Gewalt eintritt, und dann bist du leider genau die Richtige dafür.«

»Wieso?«, fragte sie etwas zu schnell.

»Das weißt du selbst, Ricarda. Du hast diese Narbe am Bauch, über die du nicht reden willst …«

Auch jetzt nicht, obwohl er extra eine Pause machte.

»… aber einmal hast du mir doch davon erzählt. Von diesem betrunkenen Arsch, der dich vor sechs Jahren überfallen hat. Von deinem Kampf, bei dem er mit einer zerschlagenen Schnapsflasche auf dich losging und dich am Unterleib geschnitten hat, bis du ihm mit deinen Fingern fast die Augen ausgestochen hast.«

»Danke, dass du mich daran erinnerst«, sagte sie leise, »genau das, was ich gerade brauche.« Die Bitternis war selbst am Telefon nicht zu überhören.

Mondrian ließ sich nicht beirren. »Entschuldige, aber ich musste sofort an diese Sache denken, als ich von Kiras Vergewaltigung gelesen habe. Auf ähnliche Art brutal. Deshalb ist niemand geeigneter als du, um Kontakt zu diesen Frauen aufzunehmen. Es ist bestimmt besser, wenn jemand, der so was mal erlebt hat, mit denen redet. Sorry, dass ich das so hart sage, aber du weißt einfach, wovon du sprichst.«

Weil sie nichts sagte, erkundigte er sich: »Wo bist du überhaupt? Immer noch in der Toskana?«

Neidisch malte er sich aus, wie sie gerade am Pool die Beine von sich streckte und über die Weinberge blinzelte, wo am Abend Trattoria und Rotwein warteten.

Bis endlich ihre Stimme wieder zu hören war, gleichzeitig nah und fern. »Klaro, Jonas. Reizender Job, den du mir da anbietest.«

Er traute sich kaum zu fragen. »Und? Bist du dabei?«

Er glaubte, einen schweren Atemzug von ihr zu hören, und konnte vor seinem inneren Auge die dunklen Falten sehen, die immer auf ihrer Stirn aufzogen, wenn sie mit sich kämpfte.

Er zählte die Sekunden, bis sie schließlich eine Antwort gab. »Vielleicht.«

33

Schon wieder ein Blitz. Noch einer. Und noch einer.

Keine Panik. Nur die japanischen Touristinnen da vorn. Die drei kichernden Mädchen mit den piepsigen Stimmen, die sich gegenseitig knipsten, ein paar Penner mit deren Ramsch im Hintergrund. Aber fanden die das komisch? Wollten sie zu Hause in Tokio oder Osaka stolz vorzeigen, in welche finsteren Winkel Hamburgs sie vorgestoßen waren?

Er ließ die Hand wieder sinken, die er zur Deckung vors Gesicht gehoben hatte. Die drei gehörten sicher nicht denen, die nach ihm Ausschau hielten. Und hier, unter der Brücke über die Helgoländer Allee, war er gut verborgen, hier würde ihn niemand finden, auch wenn das Versteck nur ein kurzes Stück von den belebten Landungsbrücken entfernt lag. Wenn überhaupt Fußgänger die Straße entlangkamen, machten sie einen Bogen um das Areal, auf dem die Obdachlosen mit ihren zerfetzten Schlafsäcken und Plastiktüten lagerten. Außerdem würde ihn niemand erkennen zwischen den schmuddeligen Männern, die im Tran unter dem Gewölbe dösten. Mit seiner tief in die Stirn gezogenen Mütze, mit der von braunen Flecken gesprenkelten Jacke und den dreckstarrenden Schuhen sah er inzwischen selbst aus wie einer von denen. Nur konnte er hier nicht ewig bleiben. Und wohin dann?

Thomas musste schlucken, als er spürte, wie sein Mund immer trockener wurde. Seit Stunden keinen Schluck getrunken. Beim letzten Mal, als er in die Wohnung am Pinnasberg zurückwollte, war er gleich abgedreht beim Anblick der Meute vor der Haustür. Neben Frauen, die ein neues Transparent hochhielten, lauerten dort immer noch drei oder vier Typen, Kameras umgeschnallt, Teleobjektive griffbereit. Kein Zweifel, das waren Reporter, die ihn abfangen wollten. Also war er wie ein wundes Tier kreuz und quer durch die Nebenstraßen und Grünflächen geschlichen, bis er Deckung unter der Brücke gefunden hatte. Hier stellte niemand Fragen. Doch wie sollte es weitergehen?

Wer konnte ihm helfen? Pia Borrmann, das wusste er von einem Anrufversuch vor einer Weile, war »zurzeit nicht zu erreichen«. Vielleicht dieser Journalist?

Als er das Gefühl bekam, dass er den Durst nicht mehr lange aushalten würde, nestelte er mit fahrigen Fingern sein Handy hervor.

»Ich bin's, Thomas.«

Im Lärm der vorbeirauschenden Autos war nur ein undeutliches »Ja?« zu vernehmen. Deswegen sagte er lauter: »Thomas hier, der aus dem Knast. Sind Sie das, He…?«

»Ja, Jonas Mondrian am Apparat, ich höre Sie gut, Herr Kern. Wo haben Sie die ganze Zeit gesteckt?«

»Ich dachte … ich wollte fragen … können wir vielleicht was trinken gehen, meine ich?«

»Sicher. Wir müssen sowieso reden. Wo können wir uns treffen?«

Thomas überlegte einen Augenblick. »Ich bin vorhin an einem Rockcafé vorbeigekommen, hier ganz in der Nähe.«

»Das Hard Rock Café? Am Hafen? Keine so gute Idee, glaube ich. Viel zu voll und laut. Aber ich weiß was anderes. Wenn Sie schon an den Landungsbrücken sind, können Sie darauf runtergehen, einfach flussabwärts, bis ganz ans Ende. ›Brücke 10‹ heißt das Lokal, das dort liegt. Da können wir in Ruhe miteinander sprechen, ohne dass es gleich einen Auflauf gibt. Bin in zwanzig Minuten da.«

Thomas rappelte sich hoch und trat unter dem Brückengewölbe hervor. Eine schwere Wolke, in der Mitte dunkelviolett, schob sich gerade vor die Nachmittagssonne und ließ ihren Schatten über die Häuser am Hafenrand wandern. Brachte sie endlich Regen? Wäre nicht schlecht, dachte er. Würde vielleicht die Straße reinwaschen von den Leuten, die vor seinem Haus herumlungerten, und auch seinen eigenen Kopf kühlen, sodass er nicht wieder auf dumme Gedanken kam. Er wandte schnell seinen Blick ab, als ein paar Mädchen albernd auf dem nahen Weg vorbeiliefen, und setzte sich stockend in Bewegung. Schon ein paar Meter weiter musste er an der großen Kreuzung wieder stehen bleiben, schweißnass. Die Ampel für Fußgänger war gerade auf Rot gesprungen, aber es dauerte endlos, bis die wartenden Wagen überhaupt anfuhren. Dann huschte Auto für Auto an ihm vorüber, und während er von einem Fuß auf den anderen trippelte, kam es ihm so vor, als starrten ihn immer mehr Leute an. Wegen der Wollmütze, die in der Hitze sicher absurd wirkte? Oder weil er ihnen bekannt vorkam? Verglichen sie seine Züge innerlich mit den Fotos, die seit Tagen in der Stadt kursierten, in allen Zeitungen, im Internet?

Er senkte sein Haupt, und als die Ampel endlich Grün zeigte, querte er die Fahrbahn mit dem Pulk, der über die Kreuzung zu den Landungsbrücken flutete. Vor dem Brauhaus wartete dort schon eine Schlange von Gästen, die ihre Kameras in alle Richtungen schwenkten. Sobald er ein Objektiv auf sich gerichtet sah, duckte er den Kopf weg und schlich abgewandt weiter, an den Jugendlichen vorüber, die ihn vor dem Hard Rock Café anglotzten, ein freches Grinsen im Gesicht. Hatte da eben einer einen Spruch hinter ihm hergeschickt? Würde ihm jemand gleich in den Weg treten oder ein Bein stellen? Er beeilte sich, voranzukommen, über die Stahlbrücke hinunter zum Wasser. Doch auf dem Ponton wäre er fast umgekehrt.

Dichtes Gedrängel. Schieben und Drücken. Schubsende Arme und überall Frauen und Männer, die ihre Handys zückten. Sie schossen auf den gelben Riesenfrachter, der gerade vorbeilief. Auf die prall gefüllten Ausflugsboote, die zur Hafenrundfahrt starteten. Auf Gesichter in der Menge. Weiße, gelbe, schwarze Gesichter von Menschen, die ein *Cheese*-Lächeln anknipsten oder Grimassen schnitten, wenn sie für Aufnahmen posierten.

Hatten die kleinen Fotoaugen auch ihn im Visier? Dreimal, viermal, immer öfter schauten sie ihn direkt an, nach kürzester Zeit hatte er den Eindruck, dass ihn auch tausend andere Augen fixierten. Er fühlte sich nackt, obwohl er die Jacke um sich geschlagen hatte. Fürchtete einen Moment lang, dass jeder durch die Mütze hindurch das Wort »PERVERS« auf seiner Stirn lesen konnte. Dass es nur noch Sekunden dauern würde, bis ihn jemand packte, anschrie, würgte. Ein brennender Stich bohrte sich in seinen Schädel, als er den Stoff noch tiefer bis zu den

Brauen herunterzog und dabei ein Stück Schorf abriss. Durch einen Schleier von Tränen nahm er kaum noch wahr, wie es auf dem Ponton um ihn leerer wurde und ein Schild auftauchte, auf dem »Brücke 10« stand.

»Hallo.«

Mondrian musste zweimal rufen, ehe der Mann mit der Mütze sein Winken bemerkte. Er war erschrocken, als er die gebeugte Gestalt auf dem Ponton entdeckt hatte und verfolgte, wie sie zwischen Touristen und Souvenirshops am Wasser entlangschwankte. Endlich steuerte der Mann mit der Mütze auf ihn zu und setzte sich an seinen Tisch, der vor dem schwimmenden Lokal stand, ein paar Meter von einem tuschelnden Paar entfernt. Die meisten anderen Plätze hier draußen waren leer. Nur wenige andere Ausflügler hatten den Weg zu dem kleinen Restaurant am Ende der Landungsbrücken gefunden, das mit seinen weiß lackierten Brettertischen und den groben Hockern eher einer Fischbude glich.

Gut so, dachte Mondrian. So würden sie hoffentlich von neugierigen Blicken verschont bleiben.

Er bemerkte sofort die Erschöpfung in dem Milchgesicht gegenüber. »Sie sehen wirklich so aus, als könnten Sie was zu trinken gebrauchen.«

»Kann ich 'n Bier kriegen?«, fragte Thomas Kern tonlos.

Mondrian, der schon einen Espresso vor sich stehen hatte, zögerte kurz. Dann bestellte er und beobachtete, wie hastig der junge Mann das kalte Getränk hinunterstürzte. Nach einem einzigen langen Zug blieb bloß noch ein Rest Schaum am Boden übrig.

»Nachschub?«, fragte er und schob seine Bedenken wegen des Alkohols endgültig zur Seite.

Sein Gegenüber nickte, und Mondrian winkte die Kellnerin noch mal heran. Dann sagte er: »Also, was ist? Ich habe ein paarmal versucht, Sie irgendwo aufzutreiben, aber nicht mal Ihre Anwältin konnte sagen, wo Sie zu erreichen sind.«

»Ja, nein, ich wusste selbst nicht … ich konnte nicht zurück in die Wohnung, weil da immer noch die Journalisten …«

Er brach ab und nahm noch einen großen Schluck aus dem neuen Glas. Mondrian wartete, bis er es wieder abgesetzt hatte. »Und was haben Sie jetzt vor? Wie soll es weitergehen?«

»Das hab ich mich längst selbst gefragt.« Gesenkter Kopf, hängende Schultern. Er wusste nicht, wohin mit seinen Händen, und schob sie schließlich zwischen seine zusammengepressten Schenkel. »Keine Ahnung, ich bin so kaputt, ich weiß nicht mal, wo ich die nächste Nacht rumbringe. Ich komm mir vor wie ein Zombie, der sich nur noch durch die Gegend schleppt.«

Die helle Stimme klang dünn und brüchig. Er schaute einer Welle hinterher, die gegen den Ponton geklatscht war und ein paar Spritzer hinterließ. »Ich hatte mir gedacht … hatte mir vorgenommen … ach Scheiße, ich hab einfach davon geträumt, dass ich ganz von vorn beginnen könnte, dass ich eine neue Chance kriege, wenn ich erst mal aus dem Knast raus bin. Dass ich endlich, endlich ein anderes Leben anfangen kann.«

»Und wie sollte das aussehen, das neue Leben?«, fragte Mondrian, während er die dunklen Schatten um seine Augen musterte.

»Na ja, so wie die von der Haftanstalt das versprochen hatten. Kleine Wohnung, in der ich meine Ruhe hätte. Papiere, Krankenversicherung und so ein Krempel. Und Hilfe bei der Arbeitssuche. Möglichst schnell ein Job, bei dem ich ein bisschen Geld verdiene, damit ich mal verreisen kann.«

»Grönland?«

Kern nickte stumm.

»Und als was wollten Sie arbeiten?«

»Tischler. Pia Borrmann hat ja schon rumgefragt bei ein paar Betrieben. Aber einen, der jeden Tag in der Zeitung steht, will niemand haben, sagt sie. Dabei habe ich in der Anstalt extra 'ne Ausbildung dafür gemacht.«

»Eine Lehre?«

»Mit allem Drum und Dran«, bestätigte er, einen Tick Stolz in der Stimme, »die ersten Jahre im Knast, die waren für mich ja wie ein schwarzes Loch. Aber irgendwann hab ich kapiert, dass ich nicht nur in der Zelle hocken und den Kopf gegen die Wand hauen kann. Ich wollte was machen, was mit den Händen anfassen, zwischen den Fingern halten. Holz, das ist was für dich, haben die Ausbilder gesagt, als ich mal in der Werkstatt war und rumprobiert hab. Am Anfang war es nicht leicht, weil mich die anderen Knackis wieder rausekeln wollten.«

»Warum rausekeln?«

»Warum schon? Weil ich einer war, der sich an einem Kind vergriffen hatte, das Allerletzte. Das wissen Sie doch, dass so einer dort angespuckt und fertiggemacht wird ohne Ende. Aber ich hab mich nicht provozieren lassen. Ich hab einfach weiter mein Zeug gemacht, mich bis zum Abschluss durchgebissen. Und auch sonst hab ich in Santa Fu alles dafür getan, damit sich was ändert. Alles!«

Als Mondrian fragend die Brauen hochzog, fuhr er fort: »Jede bescheuerte Regel im Knast hab ich eingehalten, bei manchen Wärtern war ich schon so 'ne Art Musterhäftling, und ich habe jede verdammte Therapiestunde mitgemacht.«

Sein Gesicht bekam einen gequälten Ausdruck, während er sich auf dem Tisch abstützte. »Können Sie sich das überhaupt vorstellen, wenn die immer wieder in Ihrer Vergangenheit wühlen? In der Jugend, der Kindheit?« Er wartete nicht auf eine Antwort. »Wenn immer wieder in dem Schmutz gegraben wird, den Sie unbedingt loswerden wollen? Bis der ganze Dreck wieder hochkommt, der Sie selbst unendlich ankotzt?«

Als er nicht weitersprach, sagte Mondrian langsam: »Die Nacht mit Ihrer Adoptivmutter, die meinen Sie doch, oder?«

Thomas Kern krümmte sich zusammen. Einen Moment sah es so aus, als ob er sich gleich übergeben müsste. »Ach, wenn es bloß das wäre …«

Er hielt wieder inne und schloss die Augen. Dann brach es aus ihm hervor, heiser und voller Ekel: »Das war ja längst nicht alles, nur der Anfang. Nach Silvester gab es immer wieder solche Partys, zu denen sie wildfremde Leute eingeladen hat, Männer und Frauen. Richtig verfickte Sexorgien. Mit Masken, mit Dildos, Gleitcreme, Partnerwechsel …«

»Und Sie?«

»Ich? Mittendrin. Sobald sie voll genug war, hat sie mich dazugeholt und rumgereicht. Wie ein Maskottchen. Zwischen all den fetten, geilen Menschen mit ihren wabbelnden Bäuchen und Ärschen. Und ich komme bis heute nicht damit klar, ich kapier einfach nicht, dass ich nicht einfach weggerannt bin, schreiend, so weit es ging …«

Mit einem Ruck drehte er sich weg und vergrub den Kopf in den Händen. Sein Körper schüttelte sich wie in einem epileptischen Anfall.

»Schon gut, Thomas«, sagte Mondrian nach einer Weile, als er nicht aufhörte zu stöhnen. Er legte ihm eine Hand auf die Schulter, um ihn zu beruhigen. »Sie sollten das nicht länger mit sich herumschleppen. Sie müssen auspacken und sich freiwillig stellen.«

»Stellen?« Zwischen Tränen kam die Stimme wie von weit weg zurück, während er sich aufrichtete. »Wieso denn stellen?«

»Weil Sie nicht ewig im Schatten leben und davonlaufen können.«

»Aber ich hab doch nichts gemacht«, beteuerte er mit einem überraschten Blick, »ehrlich, ich brauch nicht mal mehr die Pillen, die mir der Knastdoktor mitgegeben hat. Klar, ich gebe zu, dass ich schon mal Mädchen hinterherschaue und auch mal Phantasien habe. Na und, was ist so schlimm daran? Ich fasse sie ja nicht an. Das mit Annika, das war in einem früheren Leben. Aber jetzt habe ich mich im Griff, das schwöre ich. Mit den Sachen, die mir jetzt vorgeworfen werden, hab ich überhaupt nichts zu tun!«

Mondrian schaute ihn eindringlich an. »Bloß gibt es neue Indizien gegen Sie. Zum Beispiel bei Adelina, der Sache im Schanzenviertel.«

Er merkte, wie Thomas unruhig hin- und herruckte.

»Da ist von einem Haar die Rede. Einem blonden Haar, das an ihrer Kleidung sichergestellt wurde. Es soll von Ihnen stammen. Davon geht jedenfalls die Kripo aus, hab ich unter der Hand erfahren.«

»Von mir? Das kann gar nicht sein«, protestierte Thomas erregt. Er machte ein Gesicht, als könnte das nie und nimmer stimmen. War er jetzt wirklich so perplex, wie er wirkte, überlegte Mondrian fieberhaft, oder war er einfach ein blendender

Schauspieler? Ein geborener Manipulator, der seit ihrer ersten Begegnung ein perfides Theater abzog?

Seine helle Stimme kippte fast über, als er hervorstieß: »Sie denken also auch, dass ich immer noch so bin? Sie haben mich bloß herkommen lassen, damit Sie mich zur Polizei schleppen können? Jonas Mondrian, der Superjournalist, der mit den Bullen zusammenarbeitet und fette Beute macht?«

Er fuhr so abrupt in die Höhe, dass sein Stuhl taumelte.

Mondrian versuchte, ihn zurückzuhalten. »Moment mal.«

Vergeblich.

Mit überraschender Kraft entwand sich Thomas Mondrians Griff. Dabei rutschte seine Jacke so weit hoch, dass der Joker von seinem T-Shirt Mondrian angrinste. Und darunter lugten neue dunkle Flecken auf seiner Haut hervor, die ganz frisch aussahen, wie vor Tagen oder Stunden erst gebrannt.

Hatte er sich wieder selbst verletzt, weil seine kranken Neigungen übermächtig geworden waren?

»Tut mir leid«, zischte er höhnisch, »dass ich Sie angerufen habe, Herr Starreporter.« Mit eisigen Augen blickte er Mondrian direkt ins Gesicht, bevor er sich abwandte. »Fuck you! Kommt nie wieder vor.«

34

Die Tonkaskade.

Eine eingehende SMS.

Ausgerechnet im überfüllten Fahrstuhl des Media Tower.

Und noch schlimmer: Cornelius Riesling, den er schon auf zehn Meter nicht riechen konnte, direkt neben ihm.

»Neues vom Monster?«, fragte der Politikchef sarkastisch, der sich ganz zum Schluss in den Lift gedrängt und dabei zwei Praktikantinnen zur Seite geschoben hatte. »Noch so ein Ding mit einem Mädchen, das er begrapscht hat?«

Mondrian ignorierte ihn einfach und hielt das Handy so, dass Riesling die Nachricht nicht mitlesen konnte.

Die war kurz: *»reeperbahn///s-bahnhof«*.

Unbekannte Rufnummer, kein Name des Absenders, nicht mal ein Buchstabe als Abkürzung. Nicht nötig. Er wusste dennoch, dass die SMS von Gina Paulsen stammen musste, weil die drei Schrägstriche zwischen den Worten ihr Code für besondere Nachrichten waren. Ebenso fest stand, dass es eilig und vertraulich war, sonst hätte die Frau aus dem LKA mit ihm telefoniert.

Als er achtzehn Minuten später an der Hein-Hoyer-Straße aus dem Auto sprang, konnte er schon Sirenen hören. Und kaum war er um die Ecke zur Reeperbahn, sah er Polizei- und Rettungswagen, die mit blinkendem Blaulicht am Eingang zur unterirdischen S-Bahn-Station standen, von Neugierigen umringt.

»Was ist passiert?«, fragte er den Fahrer eines Notarztwagens, der bei laufendem Motor hinter dem Steuer wartete.

»Weiß nichts Genaues, irgendwas auf den Gleisen«, grummelte der Vollbart im weißen Kittel ohne sichtbare Regung, »ein Verletzter soll jedenfalls abtransportiert worden sein.«

Hastig zwängte sich Mondrian durch die Menge, um mehr in Erfahrung zu bringen. Er sprach einen Polizisten an, der mit anderen Uniformierten die Treppe nach unten zur Zugstation blockierte. Keine Antwort, nur ein Deuten mit dem Kopf in die Richtung, wo ein größerer Polizeiwagen postiert war. Die Antenne auf dem Dach verriet, dass dort die Einsatzführung sein musste. Gerade als er sich dort nach dem Leiter erkundigen wollte, nahm er hinter der halb offenen Schiebetür einen älteren Beamten wahr, der so laut in ein Funkgerät sprach, dass er mühelos mithören konnte.

»Ja, Bahnsteige inzwischen gesichert, Situation unter Kontrolle.« Der grauhaarige Mann, höhere Rangabzeichen, wandte sich zwei Kollegen zu, die in dem abgedunkelten Transporter an Laptops arbeiteten. Offenbar, um sie etwas zu fragen. Dann wieder sein routinierter Bass. »Nein, Zugverkehr ist noch eingestellt.«

Nach einer Pause: »Wie bitte? Was?«

Unwillig fuhr er sich über die hohe Stirn.

»Negativ. Bisher jedenfalls kein Verdächtiger festgenommen. Könnte auch über die Gleise in den Tunnel geflüchtet sein.«

Als er sich unvermutet zur geöffneten Tür umdrehte, duckte Mondrian sich schnell nach unten. Tat so, als würde er an einem Schuhband nesteln, und hörte mit, wie der Polizeiführer bellte: »Verstehe Sie schlecht! Ja, Person wurde von einlaufendem Zug erfasst … Schwere der Verletzungen unbekannt … keine Personalpapiere. Aber ohne Zweifel, das ist er. Den kennt ja inzwischen jeder. Ist auf dem Weg ins Krankenhaus, mit den besten Wünschen von uns …«

Abrupt verstummte er, als er Mondrian entdeckte. »Wer sind Sie denn? Was haben Sie hier zu tun?«

Mondrian wandte sich rasch ab, während ihn der Uniformierte ärgerlich musterte. Er ahnte, von diesem bärbeißigen Kerl würde er nicht mehr erfahren. Versuchte auch gar nicht, in die abgeriegelte S-Bahn-Station vorzudringen. Stattdessen lief er durch die aufgeregten Schaulustigen zurück zu seinem Wagen und drückte dabei Gina Paulsens gespeicherte Nummer.

»Hast du einen Moment?«

»Nicht jetzt«, sagte sie gedämpft, im Hintergrund Stimmengewirr, »ich bin gerade in zwei Besprechungen gleichzeitig, die noch dauern. Am besten, du schaust gegen Abend mal hier vorbei.«

Es dämmerte schon, als er lange nach Dienstschluss auf den Parkplatz vor dem riesigen Polizeipräsidium in Winterhude rollte. Jetzt war nur noch wenig Betrieb in dem sternförmigen Monstrum aus Beton und Glas, das auf schrägen Stelzen stand und ihm mit seinen im Abendlicht reflektierenden Scheiben wie ein startbereites Raumschiff vorkam. Mondrian stieg die breite Außentreppe hoch und meldete sich am Empfang. Es dauerte nur wenige Minuten, bis Gina Paulsen ihn abholte und mit ihm in den obersten Stock fuhr. Die Schritte hallten laut, als sie durch einen langen Gang zu einem Raum liefen, in dem sich ein Beamer mit Projektionswand befand. Die Stühle darin waren leer, aber die schlechte Luft zeugte noch von einem ausgedehnten Treffen, das bis vor Kurzem hier stattgefunden haben musste.

»Wir haben über eine Stunde das Material gecheckt, das uns die Verkehrsbetriebe rübergespielt haben«, erklärte Gina Paulsen, während sie die Beleuchtung dimmte.

»Aufnahmen aus dem Bahnhof?«, erkundigte er sich.

Sie nickte und schob ihren obligatorischen Kaugummi in den anderen Mundwinkel. »Von allen Kameras, die den Bahn steig überwachen. Unser Sorgenkind ist darauf ziemlich gut zu erkennen. Bloß was genau passiert ist, leider nicht.«

Nachdem sie mehrere Tasten gedrückt hatte, erschien ein Videobild. Der S-Bahnhof Reeperbahn im bläulichen Zwielicht. Ein lang gezogener Bahnsteig, auf dem zunächst wenige Wartende zu sehen waren. Doch langsam füllte er sich mit Menschen, die von mehreren Seiten die Treppen herunterkamen und an den Reklametafeln entlangliefen, um zur Mitte der Station vorzugehen. Plötzlich eine leicht gebeugte Gestalt, die sich zwischen den anderen durchschlängelte und unruhig um sich schaute. Sie trug eine Mütze, schwarz.

»Das ist er, Thomas Kern, ohne Zweifel«, stellte Gina Paulsen fest, »aber was macht er da? Er bewegt sich so komisch, als hätte er Angst vor den Leuten. Aber warum geht er dann dorthin?«

»Vielleicht sucht er jemanden, vielleicht will er sich mit jemandem treffen«, überlegte Mondrian laut, während das Video zeigte, wie eine weitere Person auftauchte und auf Kern zusteuerte. Sie trat dicht vor ihn. Sprach ihn an. Oder war das sogar ein Schreien? Ein Rempeln? Kaum zu entscheiden, weil die neue Gestalt eine Kapuze über den Kopf gezogen hatte, immer wieder durch andere verdeckt wurde und bloß schräg von hinten zu sehen war.

»Wer ist das?«, fragte Mondrian. »Erscheint das Gesicht noch irgendwann im Bild?«

»Nein, eben nicht«, sagte Gina Paulsen ärgerlich, »aber dafür kommt jetzt die Action. Siehst du, wie der Zug einfährt?«

Aus dem Tunnel näherten sich Lichter. Während die Waggons in die Station rollten, wichen die meisten Wartenden auf dem Bahnsteig einen oder zwei Schritte zurück, um nicht zu nah an den fahrenden Zug zu geraten. Thomas Kern aber, die Kapuzengestalt nur Zentimeter vor sich, bewegte sich sogar noch ein Stück auf die Bahnsteigkante zu, den Rücken zu den Gleisen. Und mit einem Mal, der vorderste Wagen war nur noch vier oder fünf Meter entfernt, taumelte er nach hinten. Öffnete den Mund zu einem Schrei. Stürzte mit hochgerissenen Armen auf die Schienen, unmittelbar vor den ersten Waggon, der ihn sofort erfasste. Als der Zug zum Stehen kam, lag er im Schotter, die Mütze von der wunden Stirn gerissen, bewegungslos.

Mondrian holte tief Luft, nachdem er sich aus seiner Erstarrung gelöst hatte. »Ist er gestoßen worden, was meinst du?«

»Schwer zu sagen. Da waren wir uns vorhin schon nicht sicher, dabei haben wir die Aufnahme x-mal abgespielt.« Die LKA-Frau kaute jetzt auf ihrer Lippe statt auf dem Kaugummi. »Blöderweise zeigen die Bilder nicht eindeutig, ob der andere mit Kern Körperkontakt hatte.«

»Der? Wieso der?«, fragte Mondrian, während er weiterverfolgte, wie auf dem Bahnsteig alle durcheinanderliefen und die Kapuze in dem Chaos verschwand. »Seid ihr davon überzeugt, dass es ein Mann war?«

Gina Paulsen stoppte das Video, ließ es ein Stück zurücklaufen und suchte eine Stelle, wo die dunkle Gestalt möglichst deutlich zu erkennen war. In der gefrorenen Aufnahme zeichnete sich eine Silhouette ab, wenn auch nur grob.

»Zwischen eins siebzig und eins achtzig, würde ich sagen,

also nicht besonders groß, aber zweifellos muskulös und kräftig, also sicher männlich. Die Bewegungen erinnern ein bisschen an einen Kampfsportler, hat ein Kollege vorhin festgestellt.«

»Einer von den Neonazis?«

Sie dachte darüber nach. »Glaube ich eher nicht. Die hätten doch wohl Tarnfleck oder was anderes Militärisches getragen. Vielleicht einfach ein Passant, der Kern aus der Zeitung wiedererkannt hat, einer dieser Wutbürger, der ihn spontan zur Rede stellen oder plattmachen wollte. Falls das überhaupt ein gezielter Angriff war. Immerhin könnte Kern ja auch aus Versehen vor den Zug gefallen sein. Er ist vorher schon so komisch geschwankt, als wäre er angetrunken, findest du nicht?«

Augenblicklich musste Mondrian an das Bier denken, das er dem Exhäftling ausgegeben hatte. Zwei Gläser. War das ein Fehler gewesen? Er entschied sich, das lieber für sich zu behalten. »Ich weiß nicht so recht, das kann man nicht richtig sehen, finde ich«, murmelte er rasch, »ach übrigens, hast du irgendwo 'nen Kaffee?«

»Bitte schön, bedien dich, falls du die Plörre trinken willst, die dort hinten aus dem Automaten am Fahrstuhl kommt.« Die Ermittlerin deutete mit dem Kopf zum Flur und verzog angewidert das Gesicht, während sie das Deckenlicht wieder heller stellte. Jetzt waren die Ringe unter ihren Augen nicht mehr zu übersehen. »Ein paar Kollegen sind noch unterwegs, um Zeugen zu suchen und zu vernehmen. Vor allem Leute, die diesen Kapuzenmenschen beobachtet haben könnten. Aber bisher ohne Erfolg.«

Sie gähnte ausgiebig und griff nach einer geöffneten Mineralwasserflasche, die noch von der Besprechung herumstand. Schon nach einem Schluck schüttelte sie sich und kippte den Rest in eine vertrocknete Topfpflanze. »Puh, auch nicht unbedingt der Hit.« Angewidert wischte sie sich mit dem Handrücken über den Mund und sagte dann nachdenklich: »Es gibt natürlich eine weitere Möglichkeit.«

»Und die wäre?«

»Dass sich Babyface selbst vor den Zug geschmissen hat. Weil er geahnt hat, dass es eng für ihn wird.«

Er schaute sie fragend an und wartete, dass sie weitersprach.

»Unsere KT-Leute haben inzwischen das Haar unter die Lupe genommen, das bei Adelina gefunden wurde. Auch wenn die endgültigen Ergebnisse der Laboruntersuchungen noch ausstehen, spricht bisher alles dafür, dass es von Kern stammt. Und es gibt noch etwas, das ihn immer weiter in die Scheiße reitet. Wir haben pornografisches Material in seiner Wohnung gefunden, als wir ihn dort besuchen wollten. Nackte Kinder beiderlei Geschlechts.«

Unwillkürlich verzog Mondrian die Mundwinkel. Hatte der Kerl ihm doch etwas vorgespielt mit seinem Unschuldsblick und dem Mantra, dass er ein »neuer Mensch« geworden sei? Mondrian merkte, wie ein Anflug von Wut in ihm hochstieg.

Doch sofort meldeten sich wieder Zweifel.

»Könnte das Zeug nicht auch von diesem Olaf stammen?«

Gina Paulsen kaute wieder. »Könnte, klar. Es lag aber in Kerns Zimmer.«

Er kratzte sich die Bartstoppeln. Unruhig stand er auf, warf einen Blick auf eine Tafel mit unverständlichen Pfeilen und Kreisen und lief hin und her. »Aber glaubst du wirklich, Gina, dass er der Typ ist, der sich selbst umbringen würde? Noch dazu auf diese hammerharte Art?« Zweifelnd schüttelte er den Kopf. »Dazu braucht man, schätze ich, ziemlich viel Mumm. Ich habe noch heute mit ihm gesprochen und hatte nicht gerade den Eindruck, dass er eine Überdosis davon besaß. Aber was ist jetzt mit ihm überhaupt?«

»Er befindet sich im Krankenhaus Altona«, antwortete sie. »Wie durch ein Wunder hat er keine Knochenbrüche, aber Quetschungen und Prellungen. Dazu eine üble Verletzung am Kopf.«

»Wieder der Kopf?«

»Ja, verrückt. Diesmal nicht die Stirn, sondern zur Abwechslung mal hinten. Sein Schädel muss rückwärts gegen eine Schiene geprallt sein. Anfangs sah es nicht so schlimm aus, da hat er sich noch bewegt und mit den Sanitätern gesprochen. Doch inzwischen hat sich vielleicht eine Schwellung am Hirn entwickelt.«

»Willst du noch hin, um ihn zu vernehmen?«

»Keine Chance.« Sie knipste das Licht aus, während sie Mondrian zurück zum Lift führte. »Ein Assistenzarzt hat mir vor einer halben Stunde gesagt, dass er zurzeit an Schläuchen hängt und nur vor sich hin dämmert. Er war sich nicht mal sicher, ob er durchkommt.«

35

Ganz klar stand das Bild auf seiner Netzhaut, nah und unbarmherzig scharf.

Das Milchgesicht im Koma.

Schläuche, die über die fahlen Wangen zur Nase führten, um dem Röchelnden Sauerstoff zu spenden.

Kanülen in den Venen und Sensoren überall am Körper, um die wichtigsten Lebensfunktionen aufrechtzuerhalten.

Als hätte ihn jemand in die Klinik gebeamt, so präzise konnte Mondrian das Gewirr der Leitungen in der Intensivstation vor sich sehen, das Ticken der Apparate hören, den Geruch der Desinfektionsmittel wahrnehmen, genau in jener Millisekunde, als er mit einem Ruck aus seinem unruhigen Schlaf erwachte. Benommen wischte er sich die Haare aus der Stirn, rappelte sich aus der zerwühlten und verschwitzten Bettdecke und bewegte die Füße in die Küchenabseite, um Wasser in den Kocher laufen zu lassen. Mit unruhiger Hand jonglierte er Tee in den Filterbeutel hinein.

Stark? Extrastark? Welche Dosis brauchte er heute, um in den Tag zu starten? Extraextrastark?

Ein mechanischer Knopfdruck, und er erweckte das Radio auf dem Bord mit den Blechdosen zum Leben.

»… aus der Klinik verschwunden. Der ehemalige Häftling war gestern dort eingeliefert worden, nachdem er vor eine S-Bahn geraten und verletzt worden war.«

Wie bitte? Hastig stellte er lauter.

»Wie die Leitung der Klinik mitteilte, hatte sich sein Zustand über Nacht so verbessert, dass er am frühen Morgen auf ein normales Krankenzimmer verlegt werden sollte. Offenbar hat er dabei jedoch unbeobachtet das Krankenhaus verlassen. Wo er sich derzeit aufhält, ist nicht bekannt.«

Bist du wirklich schon wach, richtig wach, fragte er sich, als könnte er seinen Ohren nicht trauen, oder war das noch ein irrer Traum?

Fast hätte er sich den Gaumen verbrannt, als er den ersten Schluck nahm. Der Tee schmeckte bitter, weil er vor Schreck vergessen hatte, ihn zu süßen. Deshalb ließ er nun etwas Zucker in die Tasse rieseln und rührte um, während er versuchte, seine Gedanken zu sortieren. Wie hatte so etwas passieren können? Hatten die Ärzte Kerns Zustand falsch eingeschätzt? War er gar nicht so schwer verletzt gewesen, wie einer von ihnen Gina Paulsen mitgeteilt hatte? Schon möglich. Aber wie konnte sich ein Patient unbemerkt von Schwestern und Pflegern aus dem Krankenhaus entfernen? Unter Umständen war gerade Schichtwechsel gewesen, stellte Mondrian sich vor. Hatte Kern den morgendlichen Betrieb auf den Fluren genutzt, um einfach aufzustehen, seine Sachen zu nehmen und wie ein Patient, der mal draußen rauchen wollte, an der Pforte vorbeizuspazieren?

Einen Moment erwog Mondrian, zur Klinik zu fahren, um der Sache auf den Grund zu gehen, aber er verwarf den Plan. Bestimmt würde er dort erst mal auf eine Mauer des Schweigens treffen. Im Moment egal. Drängender waren jetzt andere Fragen: Warum war Thomas Kern überhaupt abgehauen? Und vor allem: Was hatte er vor?

Während er in ein Leinenhemd schlüpfte, das noch schräg über einer Stuhllehne lag, fuhr er den Laptop hoch, um einen schnellen Blick auf den Newsticker im Netz zu werfen. Natürlich wieder Peer van Osten. Sein kantiges Gesicht tauchte jetzt beinahe alltäglich in den Medien auf. Konnte nicht ausbleiben, dass der Innensenator sich auch nun zu Wort meldete, natürlich äußerst betroffen und besorgt.

»Ich bin mehr als beunruhigt über die Entwicklung«, wurde er in einem Interview mit einer Nachrichtenagentur zitiert, »wir prüfen noch, wie dieser Kriminelle aus der Klinik entweichen konnte. In jedem Fall raten wir der Bevölkerung zu äußerster Vorsicht. Wenn jemand dem gefährlichen Triebtäter begegnet, sollte er ihn nicht ansprechen, sondern sofort die nächste Polizeidienststelle verständigen.«

Als wäre der entlassene Häftling bereits wieder zur Fahndung ausgeschrieben, wunderte sich Mondrian. Dabei gab es bisher nicht mal einen Haftbefehl.

Er musste ihn unbedingt von der Straße holen, treffen, befragen. Sollte er ihm eine SMS schicken? Nein, lieber gleich anrufen, vielleicht hatte er ja Glück.

Lange nichts, nur der Rufton. Dann endlich die helle Stimme. »Wer ist da?«

»Mondrian, Jonas Mondrian hier, wo sind Sie gerade, Thomas?«

Rauschen. »St. Pauli irgendwo ...« Rauschen. »Bei der Wohnung ... in der Nähe.«

»St. Pauli? Was war überhaupt im S-Bahnhof?«

Wieder nur die Verkehrsgeräusche, an- und abschwellend, bis die dünne Stimme zurückkam, stockend und kraftlos. »Wollte jemanden treffen.«

»Treffen? Wen?«

»Weiß nicht mehr. Kann mich nicht richtig erinnern.«

Er schien zu überlegen, sagte aber nichts mehr. Lag das an seiner Kopfverletzung?

Mondrian drängte lauter. »Thomas, die Polizei sucht Sie. Wir müssen so schnell wie möglich zusammenkommen, damit Sie ...«

»Nein, kein' Bock mehr«, unterbrach er ihn. »Ist jetzt zu spät ...«

Lallte er? War er betrunken? Er hörte sich komisch an, unendlich erschöpft. »Ihr wollt mich doch alle bloß ficken. Wollt mich alle umbringen ...«

»So ein Bullshit!«

»... aber das läuft so nicht, ich mach jetzt Schluss.«

»Halt mal, Thomas, keinen Unsinn, es gibt eine Lösung, bestimmt! Wo finde ich Sie?«

Keine Antwort, nur wieder das Rauschen.

»Thomas, sind Sie noch dran?«

Dann ganz schwach, wie von weit weg: »Nein, bin ich nicht mehr ... nie mehr ... fertig. Aber wenn ich schon abtrete, dann will ich noch ...«

»Was denn? Warten Sie!«

»... ein bisschen Glück.«

Die Verbindung war tot. Eine ganze Weile konnte Mondrian

sich nicht rühren und merkte nicht, wie er das Telefon mit beiden Händen umklammerte, bis die Finger weiß wurden.

Glück.

Hatte Kern wirklich Glück gesagt? Was sollte das bedeuten?

Vage spürte Mondrian, dass sich irgendetwas meldete. Die Erinnerung an etwas, das ihn verstört hatte. Ja, er wurde immer sicherer, dass Thomas Kern das Wort schon mal gebraucht hatte. In einem merkwürdigen Zusammenhang. Im Zusammenhang mit Annika. Hatte er nicht gesagt oder geschrieben, dass er Glück verspürt habe, während er ihr Dutzende Male das Messer in den Leib jagte? Doch, er hatte einem Therapeuten gestanden, welche perfide Hochstimmung er empfunden habe.

Und was hatte er jetzt vor?

War er etwa so verwirrt und verzweifelt, dass er womöglich wieder auf ein Mädchen losgehen würde? Wollte er sich rächen und ein Fanal setzen? Sich danach selbst töten, weil er keinen Ausweg mehr sah?

Du musst ihn stoppen, sagte er sich noch einmal. Aber am Telefon war bloß noch die Frauenstimme aus dem Computer: »Die gewählte Rufnummer ist zurzeit nicht erreichbar.« Hektisch stand er auf und packte den Autoschlüssel. Wo konnte der Verletzte sein?

St. Pauli, hatte er vorhin gesagt. Viel zu groß, um einfach loszubrausen und kreuz und quer die Gegend umzupflügen. Aber waren am Telefon vor ein paar Minuten nicht Glocken zu hören gewesen, während er mit ihm gesprochen hatte? Helle Schläge, wie von einem Kirchturm?

Mondrian erinnerte sich, dass ihm dieser Klang schon einmal aufgefallen war. Vor nicht langer Zeit erst. Auf dem Weg zu …

Verdammt, wohin bloß?

… ja, genau. Zu seiner Wohnung.

An der St.-Pauli-Kirche.

Klar, dort hatte er diese Glockenschläge gehört, als er zum ersten Mal zu dem Entlassenen gegangen war.

Ohne länger zu überlegen, hetzte er die enge Treppe im Speicherhaus hinunter, stieg in den Audi und gab Gas. Sandtorkai hinunter, so schnell wie möglich, bis zur Kehrwiederspitze. Fingergetrommel auf dem Lenkrad, bis die Ampel auf Grün sprang. Slalom um langsamere Wagen an den Stelzen der U-Bahn entlang, vorbei an den Landungsbrücken. Danach rechts hoch in die Davidstraße und sofort nach links in die Bernhard-Nocht-Straße. Die große Ganztagsschule. War der Kerl etwa hier?

Mondrian stoppte abrupt, als er sah, wie ihm Kinder auf dem Bürgersteig entgegenkamen, und stieg aus, um sich umzuschauen. Immer mehr Mädchen und Jungen strömten aus den Klassenräumen, weil sie gerade Unterrichtsschluss hatten. Lachend und tobend liefen sie auf den Hof, dem Ausgang zu. Stand dort ein Mann hinter dem Zaun? Ja, nicht nur einer, sondern mehrere. Aber das waren wohl Väter, die auf ihre Töchter und Söhne warteten, um sie abzuholen. Keine schwarze Mütze, kein Milchgesicht darunter. Auch als Mondrian auf das Schulgelände vordrang und um Ecken schaute, konnte er Thomas Kern nicht entdecken. Wo gab es sonst noch Kinder hier in der Nähe der Glocken, die so deutlich im Telefon wahrnehmbar gewesen waren?

Die Antwort kam, als sie plötzlich wieder schlugen. Unwillkürlich wandte er sich dem Kirchturm zu, der am Ende der Bernhard-Nocht-Straße über die Giebel ragte. Und da wurde ihm blitzartig klar, wo er suchen musste. Mit schnellen Schritten lief er an den besetzten Häusern vorbei, an denen »Kein Mensch ist illegal« stand, bis runter zur Antonistraße. Hinter dem Pastorat die St.-Pauli-Kirche. Und dicht daneben, im Hof um das Gotteshaus, eine Kita, aus der schon von Weitem helle Stimmen zu hören waren.

Mondrians Puls ging heftig, als er durch das schmiedeeiserne Hoftor trat und sich dem Gebäude näherte, das von Bäumen und Büschen umgeben war. Hinter einem »Betreten verboten«-Schild tobten zwei Dutzend Kinder auf dem angrenzenden Spielplatz. Ein paar kletterten auf ein Holzgerüst mit einer Hängebrücke herum und glitten kreischend die metallblinkende Rutschbahn hinunter, während andere im Sand buddelten oder auf einem Trampolin hüpften. Weiter am Rand ein Mädchen, vielleicht sechs Jahre alt, für sich allein. Mondrian beobachtete, wie es über einen waagerechten Baumstamm balancierte, das kleine Gesicht voll konzentriert, die Arme wie eine Ballerina gehoben. Aber als er seine Augen ein paar Meter weiter wandern ließ, gefror sein Blick.

Unmittelbar neben dem Spielplatz, nur fünf oder sechs Meter entfernt, kauerte Thomas Kern an der roten Klinkerwand der Kirche, halb verborgen unter einer verdreckten Decke, die er irgendwo aufgetrieben haben musste. Obwohl er sich im Schatten dichter Bäume in einen dunklen Winkel gedrückt hatte, war er sofort an dem weißen Kopfverband zu erkennen, der ein Stück unter seiner Mütze hervorlugte. Wie verzaubert starrte er auf die Kleine mit den schwarzen Zöpfen, die tastend einen Fuß vor den anderen setzte und ihren zierlichen Körper wie in Zeitlupe vorwärtsschob. Behutsam verlagerte sie ihr Gewicht von einem Bein auf das andere und streckte die Hände tänzelnd in die Höhe. Bis ein Schrei kam.

Eine Erzieherin hatte den Zuschauer entdeckt und zeigte mit ausgestrecktem Arm auf ihn. Während sie zwei Mädchen an sich zog, um mit ihnen zu flüchten, packte eine andere Betreuerin die Jungs daneben und rief ihnen zu, sie sollten zurück in die Kita laufen. Kreischend folgten weitere Kinder, ohne zu wissen, was überhaupt geschah. Bloß die Kleine, die in der Nähe von Thomas Kern balanciert hatte, rührte sich nicht. Vor Schreck war sie von dem Baumstamm gestürzt und hockte wie erstarrt daneben, den Mund geöffnet, stumm.

Im selben Moment, als eine Erzieherin losrannte, um sie ebenfalls ins Haus zu holen, kam auch der Mann an der Mauer in Bewegung. Verblüffend schnell hatte er sich hochgerappelt. Wenige Schritte nur, und er war bei dem Mädchen. Und Sekunden später hatte er es ergriffen, auf den Boden gedrückt und sich über das Kind gelegt.

»Keiner kommt näher, sonst …«

Ein tonloses Krächzen, das gleich wieder erstarb.

Mondrian war so überrascht, dass er nicht reagieren konnte. Und noch während er voller Schreck überlegte, was er tun sollte, hörte er aufheulende Motoren vom Hein-Köllisch-Platz. Reifen, die über Kopfsteinpflaster prasselten. Sah einen Polizeiwagen. Noch einen. Sie kamen ohne Sirenen angerast, aber es war eine ganze Armada, die in der Antonistraße vor dem Diakoniehaus stoppte, auf das farbenfroh »Glaube – Liebe – Hoffnung« gepinselt war.

Wie Soldaten im Gelände schwärmten die Polizisten aus, die aus den Transportern sprangen, sie setzten über Zäune und Mauern und umstellten weiträumig das Kita-Gelände. Nachdem sie Neugierige lautstark zurückgedrängt hatten, sperrten sie die umliegenden Straßen und die Wege für Passanten und gingen unter Bäumen und Büschen in Stellung, den Spielplatz im Visier.

»Hier spricht die Polizei!«, kam eine blecherne Männerstimme von irgendwoher aus einem Megafon. »Herr Kern, lassen Sie das Mädchen frei und ergeben Sie sich.«

Stille. Bloß durchbrochen von einem leisen Jammern, das durch die offenen Fenster der Kita zu vernehmen war. Die Kinder dort waren unter die Tische gekrochen. Von der Kleinen bei Thomas Kern kein einziger Ton.

»Herr Kern, bewahren Sie Ruhe! Es wird Ihnen nichts geschehen, wenn Sie das Mädchen laufen lassen.«

»Wo ist sie, wo ist sie denn?«, rief eine Frau mit Kopftuch und türkischem Akzent, die sich von hinten an den Polizisten vorbeiquetschen wollte, außer sich vor Sorge. »Bitte, bitte, ich bin doch die Mutter ...« Ihr Flehen ging in Wimmern über, als sie mit festen Griffen zurückgeführt wurde und an einem Einsatzwagen in die Knie ging.

»Herr Kern, Sie machen alles nur schlimmer, wenn Sie das Mädchen festhalten. Geben Sie auf! Sie können so bald wie möglich Ihre Anwältin sprechen, das garantieren wir Ihnen.«

Der Exhäftling lachte schrill auf und schüttelte den Kopf. Schluchzte. Schüttelte mechanisch wieder den Kopf.

Wie ein außer Kontrolle geratener Roboter, dachte Mondrian bestürzt. Als er hinter sich blickte, registrierte er, dass sich im Hof immer mehr Schaulustige versammelten, um den Polizisten über die Schulter zu schauen.

Dann plötzlich eine Frauenstimme aus dem Megafon.

»Thomas, hier spricht Gina Paulsen. Wir kennen uns von den Vernehmungen bei der Kripo, du weißt schon. Wir möchten alle nicht, dass hier was Schlimmes geschieht, nicht wahr? Lass die Kleine los. Rana heißt sie übrigens, dahinten wartet ihre Mama. Und für dich ist es auch besser, wenn du jetzt mit mir kommst, das verspreche ich dir.«

Überrascht sah Mondrian, wie sich der Angesprochene ein Stück aufrichtete. Was ging in ihm vor? Überlegte er, ob er den Wahnsinn abbrechen und der Kripobeamtin trauen sollte, die so beruhigend auf ihn einredete? Oder ob er sich eine Fluchtmöglichkeit freipressen konnte? Er schien unschlüssig. Fiebrig irrte sein Blick hin und her, als suchte er Gina Paulsen in der Menge der Uniformierten und Gaffer, die ihn eingekesselt hatte.

»Wie … wo sind Sie?«

Die Frau vom LKA hob einen Arm, sodass auch Mondrian sie entdeckte. Sie stand auf einer Erhebung neben dem Diakoniegebäude, umringt von anderen Polizisten, offensichtlich höhere Ränge, und hielt das Megafon in der Hand.

»Okay, Thomas, bist du so weit?«, fragte sie, während sie ihm zuwinkte. »Versprochen, wir kriegen das alles hin. Lass Rana jetzt einfach gehen und bleib, wo du bist. Ich komm dann rüber zu dir.«

Für einen Moment schien es, als hätte sie gewonnen. Ganz allmählich gab Kern das Kind unter sich frei. Das kleine Gesicht kam zum Vorschein, die schwarzen Zöpfe, die dünnen Ärmchen, die unkontrolliert zitterten, obwohl er sie festhielt. Dann ließ er sie los. Bot Rana sogar eine Hand an, als wollte er ihr auf die Beine helfen.

»Gut so, Thomas, weiter. Wenn es vorbei ist, reden wir in Ruhe, danach kannst du gehen.«

»Was?«, brüllte eine erregte Männerstimme aus dem Hintergrund, kochend vor Wut. »Das Schwein darf gehen? Einfach so gehen? Das kann doch nicht wahr sein!«

Weitere Rufer mischten sich ein: »Der soll einfach so davonkommen? Diese Bestie? Unglaublich!«

»Ruhe bitte«, sagte Gina Paulsen rasch, aber es war schon zu spät. Kern hatte das Mädchen wieder gepackt und nach unten gerissen. Als Rana entsetzt den Mund öffnete, entwich ihr ein unwirklich hoher Laut. Er erstarb, als der Mann neben ihr eine Hand auf die vibrierenden Lippen presste. Mit der anderen schlug er die braune Decke wie einen Schutzschild um sich und das Kind, sodass nur noch die Köpfe rausguckten.

»Schluss jetzt!« Wieder eine Männerstimme aus dem Lautsprecher, aber diesmal eine andere. Ein schneidiger Ton, der Mondrian sofort bekannt vorkam. War das nicht Peer van Osten? Offenbar hatte der Innensenator das Kommando über die Operation übernommen. Jetzt war auch zu sehen, wie er einem Feldherrn gleich auf der Erhebung neben den Polizeiführern stand, das Megafon in seinen Händen. Dagegen war Gina Paulsen nirgendwo mehr auszumachen, weder im Pulk der Kommandeure noch an den geparkten Mannschaftswagen, sosehr Mondrian seinen Kopf auch hob. Doch er nahm etwas anderes wahr, das ihn sofort alarmierte.

Ein metallisches Blitzen auf einem Balkon.

Ein Gewehrlauf, an den ein Zielfernrohr montiert war.

Männer mit Schusswesten und Helmen gingen im ersten Stock des Hauses gegenüber in Stellung. Auch auf dem Flachdach der Kita bewegte sich etwas. MEK-Mitglieder in dunklen Kampfanzügen schlichen geduckt vorwärts, bis sie freien Blick auf den Spielplatz darunter hatten, ihre Waffen schussbereit.

»Herr Kern, wir geben Ihnen eine letzte Chance«, sagte die scharfe Stimme aus dem Lautsprecher, »lassen Sie das Mädchen los! Sofort! Sie haben noch zehn Sekunden.«

»Nein, halt«, rief Mondrian hektisch und versuchte, durch die Kette der Polizisten zu brechen, um zu dem Innensenator vorzustoßen. »Ich kenne den Mann. Ich gehe zu ihm, stelle mich als Geisel!«

Van Osten nahm ihn nicht wahr. Oder tat zumindest so. Unbeirrt schaute er mit einem Fernglas auf den Spielplatz, als würde er selbst auf Thomas K. anlegen.

»Herr Kern, stehen Sie auf und heben Sie die Hände über den Kopf!«

Der Mann mit der Mütze richtete sich tatsächlich auf. Riss sich den Verband von der Stirn, wo die eingeschnittene Schrift nicht mehr zu erkennen war, nur noch blutige Masse.

»Nun schießt schon!«, brüllte ein Zuschauer. »Los, macht die Sau fertig!«

Mondrian schien es, als würde das Babygesicht in Sekunden altern. Es bekam plötzlich die Züge eines unendlich kaputten Manns, der mit letzter Kraft hervorstieß: »Fuck you all.«

Sein Arm ging unter der Decke hoch, bis sie sich über dem Mädchen ausbeulte.

Hatte er etwas in der Hand? Ein Messer?

Wollte er damit zustechen?

Rana töten, so wie Annika?

Sein letztes, irres Glück?

Mondrian kniff die Augen zu schmalen Schlitzen zusammen. Er ahnte, was gleich kommen würde. Es kam.

Thomas Kern zuckte, einmal, zweimal, er wankte und schlug nach hinten, als ihn die Schüsse trafen, die Augen panisch weit.

Kein Echo.

Das würde später kommen, wusste Mondrian.

Wenn die Kugeln in seine Alpträume vorgedrungen waren.

36

Eigentlich hat er es nicht weit gehabt bis zu seiner letzten Ruhestätte, dachte Mondrian und erschrak selbst über seinen Sarkasmus. Vor ein paar Tagen noch, an einem strahlenden Vormittag wie diesem, war ein entlassener Häftling hoffnungsvoll aus der Pforte der Vollzugsanstalt Fuhlsbüttel getreten, um in ein neues Leben aufzubrechen. Von dort war es nur rund ein Kilometer bis zu der Stelle, wo er jetzt stand.

Ohlsdorfer Friedhof.

Die Trauerfeier musste bald losgehen.

Wer würde überhaupt auftauchen? Wird eine ziemlich traurige Veranstaltung werden, befürchtete er, als er nachdenklich durch den Haupteingang trat und die üblichen Verdächtigen durchging, die zu Begräbnissen kamen.

Familienangehörige?

Der leibliche Vater unbekannt, die Mutter irgendwo verschollen. Von Geschwistern oder Halbgeschwistern war nie die Rede gewesen, obwohl sie durchaus existieren mochten, in unbekannter Zahl. Und Leone, die Adoptivmutter, hatte sich schon bei der Entlassung aus Santa Fu nicht sehen lassen. Offenbar hatte sie das angenommene Kind längst wieder abgelegt. Schwer vorstellbar, dass sie sich gerade jetzt, nach den Schlagzeilen der letzten Tage, in der Öffentlichkeit zeigen würde. Immerhin hatte sie schnell eine stille Zeremonie in Auftrag gegeben, um ihr blauäugiges Baby ordentlich zu entsorgen.

Was war mit Freunden?

Nie wirklich gehabt, hatte Thomas Kern selbst festgestellt. Achselzuckend hatte das auch Dr. Urban bestätigt, der Psychiater. Mangelnde Bindungsfähigkeit. Fehlendes Selbstwertgefühl. Digitale Isolation. Ja, Beziehungen zu anderen Computerspielern, die hatte es sicher gegeben, aber auf virtueller Ebene, bloß online, und die persönlichen Kontakte aus alten Zeiten in den Elbvororten waren seit Ewigkeiten kalt. Von den vermeintlichen

Kumpels, die ihn zur Vergewaltigung von Kira gepusht hatten, hatte er nie mehr ein Sterbenswörtchen gesagt.

Und die Presse, die Politik?

Nicht ausgeschlossen, dass ein Volksvertreter mit einer Entourage aus Journalisten die Szene nutzen wollte, um sich mit ein paar markigen Worten den Kameras zu präsentieren. Schließlich hatte die Jagd auf den Kindermörder die Stadt über Tage in Atem gehalten, eine Gelegenheit wie geschaffen für einen Senator wie Peer van Osten, sich als Law-and-order-Mann zu empfehlen. Allerdings war das Ende doch so schmutzig gewesen, dass es nicht wirklich für ein positives Image taugte. Die Politiker schienen eher froh, ein Problem losgeworden zu sein, für das sie keine Lösung wussten, und auch für die meisten Medien war der Fall offenbar durch.

Was mache ich eigentlich selbst noch hier?, überlegte er zum wiederholten Mal. Okay, ein paar abschließende Eindrücke sammeln, hatte er sich eingeredet, vielleicht ein paar Tupfer zur Inspiration für das Stück, das ich noch schreiben werde. Oder ist da noch mehr?

Er war sich nicht sicher. Wusste nur, dass er den Blues hatte. Etwas rumorte in ihm, als er an den ersten Grabmälern vorbeilief, ohne sie richtig wahrzunehmen. Was ihn bedrückte, war nicht Trauer, dieser dumpfe Schmerz, der körperlich wehtat, wenn man einen geliebten Menschen verlor. Nein, für Annikas Mörder würde er keine Träne zerdrücken. Aber die Leere nach den tödlichen Schüssen war dem deprimierenden Gefühl gewichen, dass das Leben des Thomas Kern unnötig weggeworfen worden war. Zu viel schiefgelaufen, in den letzten Minuten noch, als Gina Paulsen ihn vergeblich zu retten versucht hatte. In den Tagen davor, als niemand den Herumirrenden hatte aufhalten können, auch er selbst nicht, wie er sich eingestehen musste. Und noch viel mehr in den letzten Jahren, die offenbar doch hinter Gittern verstrichen waren, ohne dass der Häftling wirklich die Kurve gekriegt hätte. Warum, verdammt noch mal, hatte es nach der Katastrophe mit Annika niemand geschafft, den Jungen mit dem Milchgesicht erwachsen werden zu lassen und in die Gesellschaft zu integrieren? Kein Vollzugsexperte, kein Therapeut, kein Sozialarbeiter oder Seelsorger? Und: Hatte man das überhaupt ernsthaft genug versucht?

Doch es war nicht nur dieses giftige Gemisch aus Zweifeln und Ohnmacht, das an Mondrian nagte. Noch etwas anderes irrlichterte durch seinen Kopf. Der diffuse Verdacht, das nicht alles stimmte bei diesem Fall. Höchstens eine Ahnung, musste er sich eingestehen. Du hast keine Fakten, sondern nur dieses blöde Gefühl. Dass es noch blinde Flecken gab in dieser Sache. Ansätze, die nicht zu Ende verfolgt waren. Was war etwa mit dieser Frauengruppe, die möglicherweise etwas mit Kira zu tun hatte? War Ricarda mit HELp in Kontakt getreten? Warum hatte sie sich nicht gemeldet?

Und wieso habe ich Idiot kein einziges Mal nachgehakt?

Er ärgerte sich über sich selbst, als er merkte, dass sich seine Überlegungen im Kreis drehten, und beschleunigte seine Schritte. Und sobald er ein paar hundert Meter an den Gräbern entlanggelaufen war, hörte Hamburg auf zu existieren. Die Insel des Todes mitten in der lärmenden Stadt, der größte Friedhof Europas, war so riesig, dass die Geräusche von draußen kaum über die mächtigen Bäume schwappten, die wie stille Wächter über den Ruhestätten standen. Er passierte Brunnen und Teiche, ließ den alten Wasserturm und die Gedenksteine für Musiker und Dichter hinter sich, ehe er in einen Weg einschwenkte, der zwischen einem Spalier von Rhododendren an verwitterten Skulpturen und moosbewachsenen Säulen vorbeiführte. Und hinter einem steinernen Engel, der die Flügel weit ausbreitete, stieß er auf das Schild, das zur Kapelle 12 wies.

Aus der Ferne wirkte das Andachtsgebäude noch verwaist. Jedenfalls konnte er davor keine Trauergäste ausmachen. Doch als er sich dem holzverzierten Gebäude mit dem roten Dach näherte, entdeckte er eine Frau in Schwarz, die ein Stück abseits stand, in sich gekehrt. Zoe Kirschner. Sie trug ein schlichtes langes Kostüm, und obwohl ihr Teint blasser als sonst wirkte und der Eyeliner leicht verschmiert schien, ertappte sich Mondrian bei dem Gedanken, dass sie auch so unverschämt gut aussah. Zur Begrüßung gab sie ihm elegant eine Hand, die trotz der Hitze in einen dunklen Handschuh gehüllt war.

»Was für ein Tag für ein Begräbnis«, sagte sie bitter, während sie in den gleißenden Himmel schaute.

Auch Mondrian blinzelte kurz zur Sonne, die zwischen den Baumblättern durchlugte. »Hätten Sie lieber Regen?«

Sein Versuch, wenigstens ein bisschen heiter zu klingen, damit die Tristesse nicht den ganzen Tag überschwemmte, ging gründlich daneben, das konnte er sofort an ihrem Gesichtsausdruck sehen. Deshalb setzte er ernst hinzu: »Tut mir jedenfalls leid für Ihr Baby.«

»Mein Baby?« Sie hob fragend die feinen Augenbrauen.

»Ja, Thomas Kern war doch Ihr erster großer Fall, wenn ich mich richtig erinnere. Ich hätte Ihnen wirklich gewünscht, dass er anders ausgeht. Dann hätten Sie die Blumen bekommen, nicht Ihr Mandant.«

Er sah auf den Strauß hinunter, den sie in ihren Händen hielt, noch eingewickelt, während sie betreten schwieg.

»Zum Trost können Sie noch mal in der Presse landen«, stellte Mondrian trocken fest, als er bemerkte, wie Fotografen hinter einem Gebüsch ihre Stative für die Teleobjektive aufbauten.

Also erschienen die Geier doch noch, um die Reste abzunagen.

»Leichenfledderer«, zischte die Anwältin empört und wandte sich zum Eingang der Kapelle. »Gehen wir in Deckung? Ein paar Leute sind schon drin.«

Kaum waren sie durch den hohen Türbogen getreten, schlugen ihnen Gitarrenakkorde entgegen. Scheppernd, aus einem billigen Player. Dazu eine Stimme, pechschwarz.

»You must leave now,
take what you need,
you think will last
But whatever you wish to keep
you better grab it fast …«

»Wer ist das?«, flüsterte Zoe Kirschner.

»Eric Burdon«, sagte Mondrian leise, während die wuchtige Stimme weitersang.

»… look out the saints are comin' through
and it's all over now, Baby Blue.«

»Baby Blue«, wiederholte Zoe Kirschner fast lautlos, »ach so, ich verstehe.« Sie setzte sich in eine leere Stuhlreihe hinten in der Kapelle, Mondrian neben sie.

»… this sky, too, is folding under you
and it's all over now, Baby Blue …«

»Klingt schön, ja. Aber ist das nicht ein bisschen kitschig?«, fragte sie gedämpft.

»Ach, was ist schon Kitsch?«, erwiderte Mondrian. Er bemerkte, wie sie sich unauffällig ein Auge wischte. »Haben Sie darauf jemals eine gute Antwort gehört?«

»… forget the dead you've left
they will not follow you …«

Sie beugte sich wieder zu ihm. »Haben Sie das etwa bestellt?«

Er lächelte verhalten und schüttelte den Kopf, während die Musik weiterlief.

»Wer dann? Pia Borrmann vielleicht?«

»… strike another match, go start anew
and it's all over now, Baby Blue.«

Zoe Kirschner richtete sich suchend auf. »Wo ist sie überhaupt?«

Auch Mondrian hatte sie nicht entdecken können, als er seinen Blick über die Köpfe in der Kapelle wandern ließ. Nur elf Besucher zählte er, die sich in dem Andachtsraum verloren, weit verteilt. Vorn links saß Olaf Bruns und hielt versonnen die Hand eines jugendlichen Begleiters, dem tätowierte Rosen auf den gewaltigen Oberarmen wuchsen.

Am entgegengesetzten Ende der ersten Reihe war ein anthrazitfarbener Frauenhut mit einer breiten Krempe zu sehen, darunter eine zusammengesunkene korpulente Gestalt. Obwohl der Schleier die Gesichtszüge verdeckte, war sich Mondrian sicher, dass Leone Kern daruntersteckte. Also hatte sie doch hergefunden, um von ihrem Thommy Abschied zu nehmen, genau wie vier Männer, die sich ein paar Meter dahinter in ihren schlecht sitzenden Justizuniformen in eine Bank drückten. Sie mussten aus der Vollzugsanstalt Fuhlsbüttel stammen und wollten wohl ihrem »Musterhäftling« die letzte Ehre erweisen.

Der Rest waren Unbekannte, die offenbar ein Faible für das Vergängliche besaßen und sich wahrscheinlich regelmäßig bei Bestattungsfeiern am »Ave-Maria« und an Orgelsonaten erbauten. Sie blickten hoch, als der Trauerredner aus dem Seitenraum kam.

Während der schwarz beschlipste Mann im leicht speckigen Anzug mit gehobenem Finger immer wieder auf den Sarg deutete, der neben dem Altar aufgebaut war, sprach er in getragenem Tonfall von Schuld und Sühne. Von Vergehen und Vergebung. Vom ewigen Kreislauf des Lebens, der mit dem Tod nicht zu Ende sei. Mondrian merkte, wie seine Gedanken abdrifteten. Er schaute hinauf zu den Sternen, die an der himmelblauen Decke der Kapelle schwebten, und fragte sich, wie oft der Trauerredner diese Sätze schon heruntergespult hatte und warum darin kein einziges persönliches Wort über Thomas Kern vorkam.

Und als er es nicht mehr aushielt, schlich er zum Ausgang und öffnete die Tür. Im blendenden Gegenlicht die Silhouette einer Frau. Aber nicht Pia Borrmann.

»Was machst du denn hier?«, fragte er erstaunt.

»Das weiß ich selbst nicht richtig, wenn ich ehrlich bin«, sagte Gina Paulsen. Die LKA-Beamtin, ebenfalls in Schwarz gehüllt, wenn auch im Jeanslook, schob ihren Kaugummi quer durch den Mund. »Irgendwie sentimental, aber ich wollte einfach unser Sorgenkind noch mal besuchen, bevor es endgültig Geschichte ist.«

»Dann wird es allerdings höchste Zeit«, stellte er fest und drehte sich um.

Eine Seitentür war aufgegangen. Vier Angehörige eines Bestattungsunternehmens kamen mit dem Sarg aus der Kapelle und wuchteten ihn schwitzend in den Leichenwagen, der inzwischen vorgefahren war. Ohne sich viel Mühe zu machen, warfen sie die abgelegten Blumensträuße hinterher, bevor sie die Heckklappe zuschlugen. Gleich danach verschwand der Wagen auf dem knirschenden Kiesweg hinter einem Gebüsch.

»Was geschieht jetzt mit ihm?«, erkundigte sich Gina Paulsen.

»Soll er nicht verbrannt werden?« Mondrian gab die Frage weiter an Zoe Kirschner, die inzwischen aus der Kapelle gekommen war und sich zu ihnen gestellt hatte. Unbehaglich kratzte er sich an der Stirn. Die Vorstellung, dass Fleisch zu Asche wurde, hatte ihm noch nie gefallen.

»Stimmt, so bald wie möglich«, antwortete die Anwältin, »jedenfalls ist das der Wunsch von Frau Kern.«

Zu dritt verfolgten sie, wie die Frau mit dem dunklen Schleier das Andachtshaus verließ und gebeugt an ihnen vorbeiging, ohne ein einziges Mal hochzusehen. Mondrian hätte schwören können, dass sich hinterher eine feine Alkoholfahne durch die flirrende Luft zog. Für die Fotografen war die Boutiquenbesitzerin leichte Beute. Mit erhobenen Kameras rannten sie um sie herum und schossen Foto um Foto, während sie zu ihrer geparkten Karosse trottete, in der ihr farbiger Hausdiener hinter dem Steuer saß.

»Und wo soll ihr Adoptivsohn dann hin? Der Rest, der von ihm übrig bleibt«, wollte Gina Paulsen von Zoe Kirschner wissen. »Das hat Frau Kern doch sicher auch entschieden.«

»Ja, auf das Urnenfeld dort hinten.« Die Anwältin, die immer noch ihre Handschuhe trug, deutete zum östlichen Ende des Friedhofs. »In den Hain für anonyme Beisetzungen.« Sie stockte, bevor sie halblaut anfügte: »Damit ihn niemand mehr finden und sein Grab schänden kann.«

Als Mondrian meinte, ein feuchtes Glitzern in ihren Augen wahrzunehmen, drehte er sich weg, zu Gina Paulsen.

»Und du hättest ihn an der Kita wirklich laufen lassen, Gina, wenn er die Kleine freigegeben hätte?«

Ihre Antwort kam wie aus der Pistole geschossen. »Nein, natürlich nicht. Hast du das etwa geglaubt, Jonas?«

»Dann hast du ihn also angelogen?«

»Ja, kann man so sagen.«

Als sie eine tiefe Furche zwischen seinen Brauen sah, setzte sie hinzu: »Ich wusste natürlich, dass das MEK da war. Ich wollte ihn einfach aus der Schusslinie kriegen, sein Leben retten, mehr erst mal nicht.«

»Das wäre dir ja auch beinahe gelungen. Warum haben sie dir dann das Megafon aus der Hand genommen?«

»Eben deswegen.«

Er kam nicht gleich mit. Zog fragend die Stirn kraus.

»Vielleicht war das ja gar nicht so erwünscht, dass ich mit meiner Taktik Erfolg hatte?« Sie sah Mondrian vielsagend an.

Und nach einer Pause legte sie Zoe Kirschner behutsam eine Hand auf die Schulter. »Wer weiß, vielleicht war es besser so, wie es gekommen ist. Kern wäre bestimmt sowieso wieder ins Gefängnis marschiert, und möglicherweise hätte er es diesmal nicht überlebt.«

»Nicht überlebt?«, wiederholte die Anwältin erstaunt.

»Sie wissen doch, wie andere Knackis Leute wie ihn behandeln. Das geht bis zum versteckten Mord.«

Zoe Kirschner schluckte. »Gab es denn etwas Neues gegen ihn, das ihn noch mehr belastet hätte?«

»Allerdings. Es sind immer mehr Indizien zusammengekommen. Und glauben Sie mir, dagegen wären Sie als Verteidigerin machtlos gewesen.«

»Thomas hat mir noch bei unserem letzten Gespräch geschworen«, beteuerte Zoe Kirschner tapfer, »dass er nichts getan hat, überhaupt nichts …«

»Klar, das musste er«, unterbrach die Kripobeamtin sie, »das war er Ihnen schuldig, aber vor allem sich selbst. Er brauchte das, um sich überhaupt noch ertragen zu können. Fragen Sie mal Ihren Freund Dr. Urban. Der wird Ihnen bestätigen, dass viele Verbrecher ihre Taten so radikal verdrängen und aus ihrem Bewusstsein löschen, dass sie gar nicht mehr wissen, was sie tatsächlich angerichtet haben. Das gehört zu ihrer Überlebensstrategie.«

»Was habt ihr denn noch gefunden?«, mischte sich Mondrian ein. »Was gibt es noch außer diesem Haar, das ja wohl von ihm stammt?«

»Mindestens drei Sachen, die ihm wohl das Genick gebrochen hätten«, stellte Gina Paulsen entschieden fest. »Erstens hat eine neue Untersuchung inzwischen bewiesen, dass die Fusseln, die an Sofie sichergestellt wurden, doch von Kerns Shirt sind und von keinem anderen.«

»Wie das nun plötzlich?«, wollte die Anwältin erfahren.

»Weil die Kriminaltechnik eine verfeinerte Methode eingesetzt hat. Die Forensiker haben dabei auch Schweißpartikel an dem Material detektiert, die zweifelsfrei Kern zuzuordnen sind. So weit klar?«

Weil keiner eine Frage stellte, fuhr die LKA-Frau fort: »Außerdem ist bei der Spurenauswertung im Fall Adelina noch ein Stückchen Mull entdeckt worden. Weißes Gewebe, das von Kerns Stirnverband abgerissen oder abgefallen sein muss, denn das Blut darauf stammt von ihm.«

Zoe Kirschner strich sich einen feinen Schweißfilm von der Oberlippe. »Wer sagt das?«

»Die DNA-Untersuchung. Eins zu soundso viel Millionen.«

Gina Paulsen wartete einen Augenblick, um ihre Worte sacken zu lassen. Dann sagte sie: »Und noch etwas. Wir haben noch mal Kerns Zimmer in der Wohnung am Pinnasberg durchsucht, nach seinem Tod, und sind auf etwas gestoßen, das fast einem Geständnis gleichkommt.«

Die Kripofrau formte mit ihren Fingern einen Kreis, so groß wie eine Münze. »Einen Fetzen Stoff.« Sie scheuchte eine Mücke fort, die sich auf ihren Handrücken setzen wollte. »Grünlich. Die Ränder unregelmäßig.«

»Ja, und?«, fragte die Anwältin.

»Genau das Stück, das bei Adelinas Slip fehlte, als sie mit ihrer Schwester zu uns kam.«

»Du meinst, es wurde aus ihrem Höschen rausgerissen? Von Kern?«, hakte Mondrian nach.

»So muss es wohl sein. Als er mit ihr gerangelt hat. Das sollen die Spurenauswerter noch klären«, erwiderte sie. »Das Teil lag jedenfalls neben seinem Kopfkissen. Und dreimal darfst du raten, warum er wohl ein Stück von ihrem Slip mit in sein Bett genommen hat.«

Mondrian sah, dass Zoe Kirschner etwas sagen wollte, aber sie blieb stumm. Ihre Gesichtszüge verrieten, dass sie Mühe hatte, die Fassung zu bewahren.

»Tut mir leid, Frau Kirschner, dass ich keine besseren Nachrichten für Sie habe«, erklärte Gina Paulsen, »aber Sie können Ihre Akte getrost zuklappen, denke ich.«

Ungläubig schüttelte die Anwältin den Kopf, schaute mit blassem Gesicht auf ihre Schuhspitzen und reichte dann beiden zum Abschied die Hand.

»Wenigstens sieht alles danach aus, dass kein Unschuldiger bei diesem beschissenen Polizeieinsatz an der Kita draufgegangen ist«, murmelte die Kriminalbeamtin, als die Frau mit den schwarzen Handschuhen außer Sicht war.

»Bist du dir sicher?«, fragte Mondrian. »Ich hab so ein komisches Gefühl.«

»Ach, du und deine Gefühle. Alles passt doch zusammen, auch wenn noch nichts endgültig bewiesen ist. Ich will noch ein paar Fragen von den Leuten im Labor klären lassen, aber eigentlich bin ich mir so sicher wie das Amen in der Kirche.«

Sie nahm einen Kieselstein vom Boden, zielte und schleuderte ihn auf ein Holzkreuz, wo er abprallte und wie ein Querschläger über die Grabplatten sprang.

37

Aus und vorbei.

Schon im Foyer kam es ihm so vor, als würden manche Kollegen wegschauen. Jedenfalls hatten sie andere Themen. Die ewige Stichelei zwischen HSV-Fans und St.-Pauli-Gäubigen. Das neueste Kapitel im Kampf um die Rote Flora und die Gentrifizierung des Schanzenviertels. Die jüngsten Peinlichkeiten in der Castingshow gestern Abend. »Hast du das gesehen?« – »Aber hallo!« – »Zum Fremdschämen.« Auf Thomas K. sprach Mondrian niemand an, bis der Lift in der fünfzehnten Etage stoppte und er in den »Get-together-Room« mit dem Blick über das Kreuzfahrtterminal und das Überseequartier ging. Von der Task-Force hing dort nur Bruno Wunder herum und mühte sich mit einer fauchenden Kaffeemaschine, die er nicht richtig beladen hatte. Im Kännchen des Luxusgeräts sammelte sich Heißwasser, naturtrüb.

»Shit, was hab ich jetzt schon wieder falsch gemacht?«, fluchte er, während er sich durch das Wuschelhaar fuhr. Die lockige Pracht sah ähnlich derangiert aus wie die meisten Zeitungen, die zerwühlt auf dem Tresen lagen. Mondrian überflog noch mal ein paar Schlagzeilen der Berichte und Kommentare.

»Endlich: Kindermörder durch Todesschüsse gestoppt«.

»Alptraum vorbei – Hamburg atmet auf«.

»Bürgermeister lobt Polizei für entschlossenes Handeln«.

»Komisch«, nuschelte Bruno Wunder, während er einen neuen Versuch mit dem verchromten Kaffee-Ungetüm startete. »Dass dieser Thomas Soundso unbewaffnet war, steht nirgendwo groß. Höchstens hinten, im Kleingedruckten.«

»Kommst du mit in die Konferenz?«, erkundigte sich Mondrian. »Ehe dein Kaffee fertig wird, ist die halb vorbei.«

Wunder warf einen vorwurfsvollen Blick auf die blubbernde Höllenmaschine, stopfte sich sein falsch zugeknöpftes Hemd in die Hose und seufzte gedehnt. »Wenn's sein muss. Irgendwer muss ja verhindern, dass wieder so 'n Mist wie neulich ins Blatt kommt.«

Im Konferenzraum herrschte diesmal nicht so großes Gedränge. Bestimmt, weil die Sonne immer noch von einem gnadenlos klaren Himmel knallte, vermutete Mondrian. Der Glaskasten im siebzehnten Stock des Media Tower glich einem Treibhaus.

»Puh. Ist das nun der Klimawandel?«, fragte Vanessa von der Heyde, als sie drei Minuten zu spät in den Saal gehetzt kam und sich erst mal die Stirn abtupfte.

»Nee, 'ne kaputte Lüftung«, erwiderte ein Assistent, der vergeblich an einer Batterie von Schaltern herumhantierte. »Ich hab schon die Haustechnik alarmiert.«

»Pardon, dass ich nicht pünktlich war«, entschuldigte sich die Chefredakteurin und setzte sich wie immer vorn an den Tisch, »ich hatte gerade noch eine etwas burschikose Ministerin am Telefon, die sich beim ›magazine‹ outen will. Allerdings nur, wenn sie auf den Titel kommt. Mit einem … wie hat sie noch gesagt? … mit einem vorteilhaften Foto.«

»Nee«, stöhnte der Artdirector, »versprochen, das wird der *Badseller* des Jahres!«

»Schon gut.« Die Chefredakteurin hob beschwichtigend die Hände. »Ich nehme an, wir haben auch sonst genug heiße Themen. Die Liaison zwischen dem magersüchtigen Model und dem Topmanager der Deutschen Bank zum Beispiel …«

»Der alte Sack!«, rief eine Frauenstimme. Und eine andere: »Eklig.«

»Immer langsam, werte Damen«, warnte ein Wirtschaftsredakteur, der trotz der Temperatur seine Krawatte nicht gelockert hatte, »bisher nicht mehr als ein Gerücht. Es lässt sich jedenfalls nicht verifizieren.«

»Und wenn schon«, warf der Leiter von »Life and Style« ein, »das ist doch ein Premium-Gesprächsstoff für jede Party. Und so was verschlingen die Leute auch, wenn sie am Strand liegen.«

»Wollen wir nicht lieber was über den Zickenkrieg unter den Spielerfrauen von Bayern München machen?«, warf ein Reporter von »Sports and Adventure« ein.

»Geht's noch?«, rief jemand dazwischen. »Etwa auch noch ein Rührstück über das neue Glück von Loddar Matthäus?«

»Vielleicht mal was Seriöses«, schlug Cornelius Riesling mit seriöser Miene vor, während er seine aus der Mode gekommene Brille auf der Nase justierte. »Energiewende ohne Ende. Mit drei Fragezeichen natürlich.«

Gemurmel, gelangweilte Gesichter.

Riesling ruderte rasch zurück. »Na ja, das war ja nur der Vorschlag für den Arbeitstitel.«

»Was ist denn mit unserem Kindermörder?«, ging Marc Rolfes in die Offensive. »Last exit für Thomas K.?«

Noch mehr Gemurmel.

Vanessa von der Heyde schürzte die Lippen und schaute den Leiter der Task-Force an. »Findet ihr nicht, dass die Luft da inzwischen ziemlich raus ist?«

»Nun ja«, holte der Cop aus, »es gab ja immerhin ein dramatisches Finale in St. Pauli …«

»Stand bereits in allen Tageszeitungen und im Internet, rauf und runter«, bemerkte Riesling bissig.

»Schon richtig«, gab Rolfes zu, »aber wir können diesen kranken Menschen viel besser beschreiben als alle anderen, weil Mondrian so nah dran war. Seine letzten Tage, seine kaputte Psyche, seine Perversionen …«

»Das ist doch zu spät jetzt«, unterbrach ihn der Politikchef in belehrendem Ton, »wer will das noch wissen, wenn die Messe gelesen ist? Ich habe immer gewarnt, so lange zu warten. Wir hätten längst damit rausgemusst.«

Zufrieden registrierte Riesling, dass rundum einige Köpfe nickten. Und das erneute Gemurmel hörte sich eher nach Zustimmung an.

»Aber regt sich denn niemand darüber auf«, meldete sich Bruno Wunder aus der zweiten Reihe, »dass die Polizei den Mann einfach abgeknallt hat? Dieser Thomas K. hatte doch nicht mal 'ne Plastikschippe in der Hand, als die Bullen ihn auf dem Spielplatz erledigt haben.«

»Stimmt das?«, fragte Vanessa von der Heyde. Ihr Blick suchte Mondrian, der sich hinter Rolfes platziert hatte, dorthin, wo die Task-Force-Leute meistens saßen.

Mondrian nickte. »Er war unbewaffnet.«

»Also war das doch eine Hinrichtung«, sagte Bruno Wunder hitzig, »durch gezielte Todesschüsse.«

»Rettungsschüsse«, korrigierte ihn Riesling.

»Ach was«, konterte Wunder, »retten kann man nur jemanden, der in Gefahr ist. Das war bei der Kleinen vor der Kita überhaupt nicht der Fall!«

»Es sah aber so aus«, widersprach der Artdirector und wandte sich zu Rolfes. »Musste die Polizei nicht davon ausgehen, dass der Kerl ein Messer oder so bei sich führte?«

»Ja«, bestätigte der Cop, »das konnte man jedenfalls annehmen, nach seiner Vorgeschichte.«

»Auch die Fotos von dieser Szene zeigen«, schaltete sich ein Bildredakteur ein, »dass der Mann den Arm so gehoben hatte, dass sich eine Beule in der Decke bildete. Als hielte er einen verdeckten Gegenstand in der Hand und wollte damit zustechen.«

»Was glaubst du, Jonas«, fragte Vanessa von der Heyde, »wollte er das Kind verletzen? Oder sogar töten? Oder die Polizisten auf Distanz halten und fliehen?«

»Nichts davon.« Mondrian schüttelte den Kopf. »Ich glaube was anderes. Er wollte, dass sie schießen. Er wollte seinen eigenen Tod.«

Einen Augenblick trat Stille ein, bis Riesling als Erster wieder das Wort ergriff. »Dann war seine Geste also eine gezielte Provokation?«

»Ja. Ich bin überzeugt davon, Thomas Kern wusste, dass Waffen auf ihn gerichtet waren. Es war nichts anderes als Selbstmord, als er den Arm hob.«

»Aber warum …« Bruno Wunder stutzte und brach seine Frage ab.

»Ich denke, er sehnte sich danach, dass alles vorbei ist«, erklärte Mondrian, »weil er den Druck nicht mehr aushielt.«

»Nur zu verständlich. Schließlich war das Beweismaterial inzwischen ja auch erdrückend, wie man lesen konnte«, setzte der Politikchef hinzu und stichelte: »Leider nicht bei uns im ›magazine‹, weder im Heft noch auf unserer Internetseite. Ich entsinne mich, dass das vor ein paar Tagen hier im Konferenzraum noch ganz anders klang.« Selbstgefällig schaute er zu Mondrian und

Rolfes hinüber, ein kaum verhohlenes triumphierendes Lächeln auf den schmalen Lippen.

»Tja, Jungs.« Die Chefredakteurin zog hörbar die Luft ein, als sie ihren Blick über den Cop und die Task-Force wandern ließ. »Tut mir ja leid für euch, aber unter diesen Umständen sehe ich auch nicht mehr, dass Thomas K. noch eine Geschichte für uns ist.«

»Obwohl wir durch Jonas Insider-Infos besitzen wie kein anderes Medium?«, versuchte es Rolfes noch einmal, aber er klang schon defensiver. »Wir hatten engen Kontakt zur Verteidigerin, Akteneinsicht, können konkret das Dilemma aufzeigen, in dem der Staat steckt, wenn er einen wie Thomas K. freilassen muss.«

»Aber was wollt ihr denn schreiben, Marc«, entgegnete Vanessa von der Heyde, »dass das Leben von diesem Kind-Mann von Anfang an verkorkst war? Dass der Strafvollzug so wenig gebracht hat wie alle Therapieversuche? Nein, da bestätigen wir höchstens noch sämtliche Vorurteile, die grassieren. Das kann auch nicht in eurem Sinn sein, oder?«

Als Rolfes nichts entgegnete, sagte die Frau vorn am Tisch: »Kommt, Leute, lasst uns erst mal unterbrechen.« Sie stand auf und wischte sich erneut Tropfen von der Stirn. »Ich schwitz mich tot hier. Fortsetzung um fünfzehn Uhr. Im Strand Pauli Beach Club.«

Das einsetzende Gejohle stoppte sie mit einer Handbewegung. »Natürlich in Badeklamotten.« In der allgemeinen Aufbruchstimmung verließ sie mit den meisten anderen den Raum.

»Scheiße, Jonas«, sagte Rolfes gedehnt, »Reporterpech.« Der Cop war mit Mondrian sitzen geblieben, während sich der Glaskasten auf dem Media Tower schnell leerte. »Aber unter uns gesagt, ich kann die Entscheidung nachvollziehen. Wir wären nur zweiter Sieger geworden, wenn du die Story jetzt aufgeschrieben hättest.«

»Zweiter Sieger?«, wiederholte Mondrian, während eine Wolke auf seinem Gesicht aufzog. »Das meinst du sicher höchstens zeitlich.«

»Klar doch. Ich weiß ja, wie du dich in den Fall reingehängt hast, und es tut mir echt leid, dass ich dich dafür aus deiner

Auszeit zurückgeholt habe. Du kannst ja gleich wieder nach Italien zurückfliegen, auf Kosten des Hauses selbstverständlich.«

»Mhm.« Mehr sagte Mondrian nicht. Schon gar nicht, was ihm gerade durch den Kopf ging.

Italien. Ricarda Walde. Wo war sie jetzt eigentlich? Seit Tagen hatte sie keine Mails mehr beantwortet. Auf keine SMS reagiert und auf keine Nachricht, die er ihr auf die Box gesprochen hatte. Was machte sie bloß, verdammt noch mal?

»HEL«, murmelte er halblaut vor sich hin, während er die Augen verengte und nach draußen über das Häusermeer in der Bruthitze starrte.

»Yep, manchmal wirklich die Hölle, der Betrieb hier«, sagte Rolfes bemüht verständnisvoll, »kein Wunder, dass du enttäuscht bist. Vergiss es einfach. Komm nachher mit in den Club.«

Mondrian spürte, dass sein Handy vibrierte.

Endlich Ricarda?

Er stand auf, trat in den Flur und schaute auf das Display.

Wieder nicht ihre Nummer, sondern die von Pia Borrmann.

Und nur ein einziges Wort.

»Schnell!«

38

Verdammt, dachte er, das war knapp.

Um ein Haar wäre er gerammt worden, als er aus dem Parkhaus schoss und dem gelben Ford die Vorfahrt nahm. Im Rückspiegel sah er, wie der Fahrer wild gestikulierte und ihm den Stinkefinger zeigte. »Sorry«, sagte Mondrian laut und hob die Hand, um sich mit einer Geste nach hinten zu entschuldigen. Tut mir leid, mein blöder Fehler. Dann gab er noch mehr Gas. Was konnte bei Pia Borrmann so dringlich sein?

Die SMS, vermutete er, war nur so zu verstehen: Er sollte sofort kommen, zu ihrer Wohnung wahrscheinlich. Aber warum so eilig? Hatte sie plötzlich noch etwas über Thomas Kern herausgefunden, das ein neues Licht auf seinen Tod warf? Was Mondrian unbedingt wissen musste? Oder wollte sie noch etwas preisgeben, was sie bisher verschwiegen hatte? War sie vielleicht deshalb nicht zu der Trauerfeier erschienen?

Fünf lange Minuten verstrichen, bis er sich durch das Stop-and-go am Millerntorplatz gequält hatte. Zwischendurch versuchte er immer wieder ihre Nummer. Nur die Sprachbox, wie schon die ganze Zeit. Gleich nach der SMS hatte er sie angewählt und auch eine Antwort geschickt, ohne eine Reaktion zu erhalten. Wenigstens war die Simon-von-Utrecht-Straße jetzt frei. Er rauschte am East-Hotel vorbei, bog scharf nach rechts in die Talstraße, erreichte die Wohlwillstraße. Am Paulinenplatz gab es wieder keinen Parkplatz. Stattdessen böse Blicke einer jungen Mutter mit Zwillingskinderwagen, als er halb auf den Bürgersteig rollte und die Autotür einfach hinter sich zuschmiss.

Zum Glück stand das Gründerzeithaus offen. Er musste schnell keuchen, als er auf der Treppe je zwei Stufen auf einmal nahm. Drei Stockwerke, dann die Klingel. Der sanfte Akkord aus der Wohnung, den er bereits kannte. Doch niemand machte auf.

Erneut probierte er die Klingel und lauschte angespannt. In dem ruhigen Treppenhaus, so schien es ihm, hallten die

Glockentöne diesmal noch lauter nach als vorher. Irgendwo kläffte ein Hund, dann wurde es wieder absolut still. Keine Reaktion aus der Wohnung, kein Lebenszeichen, keine Bewegung, auch wenn er durch den Spion zu peilen versuchte. Bis er sich bückte und auf Knien sein Ohr an den Spalt unter der Tür hielt.

Kam da ein ganz schwaches Geräusch von drinnen, aus dem Wohnzimmer? Ein leises Stöhnen, wie gedämpft?

Noch einmal presste er den Daumen auf die Klingel.

Wieder die Laute, diesmal höher als vorher, drängender. War Pia Borrmann etwa gestürzt und brauchte Hilfe? Warum dieses komische Klackern, Holz auf Holz, unruhig, wie in Panik? Fast hörte es sich an wie das Rucken von Stuhlbeinen auf Dielen. Wieso rief sie nicht? Weil sie dazu nicht in der Lage war?

Mondrian überlegte nur einen Moment. Dann nahm er Anlauf. Schmiss sich mit seinem ganzen Gewicht gegen das Türblatt. Im selben Atemzug, als der Schmerz in seine Schulter schoss, hörte er ein Splittern. Mit einem Tritt sprengte er das Schloss endgültig auf und brach ein in den Flur. Drei Schritte, und er stand im Wohnzimmer. Dort saß eine Frau, an einen Stuhl gefesselt, geknebelt.

Sie starrte ihn an.

Die Augen flackerten.

Jadegrün.

Er brauchte eine Ewigkeit, bis er realisierte, dass es wirklich Ricarda war.

Sobald sie ihn erkannt hatte, ruckte sie hektisch mit dem Stuhl und versuchte, sich hin und her zu werfen, aber vergeblich. Ihr Kopf war mit Paketband an die hohe Lehne fixiert, Schlaufe um Schlaufe lief über die Wangenknochen, die Nase, über den Mund mit dem Tuch darin, aus dem kehlige Laute drangen. Auch die Arme und Beine waren an die Holzstreben gebunden, der ganze Körper viele Male umschlungen und eingepackt wie eine Mumie, die auf ihr Totenbett geschnallt war.

Wie in Trance begann Mondrian, den Klebestreifen zu lösen, zuerst am Kopf. Ihre Augen wurden sofort ruhiger, sobald er ein paar Zentimeter geschafft hatte und die Nase frei zum Atmen war. Behutsam zog er das braun glänzende Band danach von ihren Lippen.

»Sag jetzt bloß nichts, Ricarda.«

Trotz der gesprungenen Haut schaffte sie ein leichtes Lächeln.

»Bist du verletzt, brauchst du einen Notarzt?«, flüsterte er besorgt, während er so vorsichtig wie möglich weiter das Band abwickelte, aber so durcheinander war, dass er sich trotzdem verhedderte.

»Bisher noch nicht«, krächzte sie, ihre Stimme furchtbar trocken. »Höchstens, wenn du noch drei Stunden brauchst, um dieses Zeug abzukriegen. Ich hab einen mörderischen Durst. Kannst du mir …«

Er war schon unterwegs in die Küche, um Wasser in eine Tasse zu füllen, und ließ es zwischen ihre geöffneten Lippen rinnen.

Sie verschluckte sich und japste nach Luft. »Warum guckst du so irritiert? Du siehst fast so aus, als hättest du 'ne andere Frau hier erwartet.«

»Wirklich?« Langsam kam wieder Farbe in sein Gesicht. »Ich glaube, fast wäre mein Herz stehen geblieben. Den Notarzt sollte ich vielleicht lieber für mich holen.«

»Wenn du so nett wärst, mir vorher noch die Arme und die Beine loszubinden?«, sagte sie und blickte ihm unverwandt in die Augen.

Blitzte da schon wieder ihre Spottlust auf, die er so mochte? Je mehr von dem Band er von ihr wickelte, desto stärker schienen ihre Lebensgeister zu erwachen. Als nur noch ein Rest die Füße gefangen hielt, durchtrennte er ihn mit einem scharfen Küchenmesser, knüllte alles zu einem klebrigen Ball zusammen und kickte ihn in die Ecke, wo der lächelnde Guru hing. Ricarda erhob sich so vehement aus dem Stuhl, dass der polternd umfiel, räkelte sich, streckte sich von den Fuß- bis zu den Fingerspitzen. Und fiel Mondrian um den Hals.

»Warum hast du dich nicht früher gemeldet, du blöde Kuh?«, fragte er zärtlich, während er sie an sich drückte.

Sie schaute jetzt lieber nicht hoch. »Weil ich dich überraschen wollte.«

»Glückwunsch, das ist dir voll gelungen. Es ist aber eng geworden, oder? Hast du überhaupt genug Luft gekriegt?«

»Na ja. Das Band war so geklebt, dass ich gerade mal atmen konnte.«

»Du hättest mir wenigstens Bescheid sagen können, ob du dich überhaupt um die Sache kümmerst.«

»Um den Job, den du mir freundlicherweise zugedacht hattest?« Sie löste sich aus seinen Armen und runzelte leicht die Stirn. »Tja, ich hab wirklich lange gezögert, ob ich das machen soll, Jonas. Du wusstest selbst, dass das eine alte Wunde aufreißt.«

Er nickte, wollte etwas sagen, doch sie kam ihm zuvor.

»Jetzt setz dich hin und halt die Klappe, damit ich dir alles erzählen kann.« Sie zog eine verbeulte Packung aus ihrer Hose und fingerte eine Zigarette heraus, die Hände immer noch etwas zittrig.

»Also gut«, sagte sie, während sie sich ihm gegenüber in das Sofa sinken ließ und das Feuerzeug klickte, »ich hab mich irgendwann tatsächlich dazu durchgerungen, diese Frauen anzumailen, über die Adresse auf der Website. Ich habe mich erkundigt, ob ich das richtig verstanden hätte. Ob HELp eine Gruppe ist, die gegen sexuelle Gewalt kämpft. Hab gesagt, ich wäre neugierig geworden, weil ich auch schon so was erlebt hätte und was dagegen tun wollte. Und dann ging erst mal eine Art Verhör los.«

»Ein Verhör?«

»Ich glaube«, fuhr Ricarda fort, »die wollten mich erst mal gründlich abchecken. Gefühlt haben sie mir hundert Fragen gestellt.«

»Was wollten sie denn wissen?«

»Alles eigentlich. Ich hätte mich nicht gewundert, wenn sie auch noch meine Schuhgröße interessiert hätte. Sie haben sich erkundigt, wer ich überhaupt bin, wie alt, wo ich wohne. Verheiratet, getrennt, Kinder? Was ich beruflich so mache und wie ich überhaupt auf sie gestoßen bin.«

»Und was hast du geantwortet?«

»Dass ich ihre Seite beim Surfen zufällig gefunden hätte, als ich Kontakt zu Frauen suchte. Ich hab mir halt was ausgedacht und rumgesponnen. Und weil ich keinen Bock darauf hatte, dass meine Daten für immer bei denen landen und vielleicht noch an Dritte weitergegeben werden, hab ich ihnen nicht meinen Klarnamen verraten.«

»Sondern?«

»Ich war Selma, siebenunddreißig, Vater Peruaner, Mutter aus Kiel, zurzeit alleinstehend.«

Er musste schmunzeln, während er ihre südamerikanischen Züge musterte. Immerhin die halbe Wahrheit, dachte er. Nur mit dem »alleinstehend« hatte er ein Problem.

»Bloß als sie dann ein Foto von mir wollten«, fuhr sie fort, »da habe ich kein Fake gesendet, sondern ein echtes Bild von mir. Ziemlich bescheuert, aber dazu kommen wir noch.«

Sie nahm einen Schluck von dem Bitter Lemon, das er inzwischen aus dem Kühlschrank geplündert hatte, und räusperte sich. »Nachdem wir uns verbal ein bisschen abgetastet hatten, hieß es dann, sie wollten mich treffen. Sie könnten sich vorstellen, dass ich gut zu ihnen passte und bald mal eine Aktion mitmachen könnte …«

»Was für eine Aktion?«, unterbrach er sie.

»Das hab ich auch gefragt. Nicht per Mail, haben sie geantwortet, das wäre zu heikel. Wir müssen uns erst mal persönlich sprechen, am besten bald. Ob ich nicht am Abend noch nach Hamburg kommen könnte.«

»Und?«, drängte Mondrian.

»Das konnte ich natürlich nicht, ich war ja noch in der Toskana. Also hab ich ihnen geschrieben, dass ich heute Morgen hier sein würde.«

Er rückte ein Stück nach vorn auf die Sofakante. »Aber du bist nicht etwa auf die Idee gekommen, mir eine SMS zu schicken, dass du im Anflug bist?«

»*No, señor.* Immer noch Frauensache, dachte ich. Außerdem hab ich mir schon ausgemalt, wie schön perplex du wohl dreinschauen würdest, wenn ich plötzlich vor deinem Loft stehe. Diese kleine Rache wollte ich mir schon gönnen nach deinem heftigen Abgang neulich.«

»Aha«, sagte er nur trocken. Und spülte einen Anflug von Ärger mit der kalten Plörre hinunter, die noch auf Pia Borrmanns Ceylon-Teekiste stand. Kräuter, undefinierbare Mischung.

»Also bin ich gleich nach der Landung heute Morgen hierhergefahren. Das war die Adresse, die sie mir gemailt hatten.«

Sie ließ einen Rauchkringel aufsteigen. »Und rate mal, wer mir aufgemacht hat?«

39

»Hola! Bin ich hier richtig, bei HELp?«

»Selma? Sieht man gleich, dass du 'ne halbe Indianerin bist«, sagte die Frau, die in der Tür stand. Obwohl sie lächelte, sah sie aus wie eine Kriegerin. Ihre Lederjacke und die ledernen Hosen wirkten mit den Motorradstiefeln wie eine Kampfmontur, an der metallene Nieten und Ketten aufblitzten. Diesmal war ihr Gesicht nicht geschminkt, doch Ricarda fühlte sich sofort an das schwarz-weiße Antlitz von der Website erinnert.

»Ich bin Hel«, sagte sie und winkte Ricarda herein in den Flur, »schön, dass du gekommen bist.«

»Gestern Abend konnte ich keinen Zug mehr erwischen«, log Ricarda. »Meine Bude bei Bremen liegt ein bisschen abseits. Aber umso gespannter bin ich jetzt.«

»Die meisten anderen sind schon da, weil wir heute unser regelmäßiges Treffen haben.« Sie ging voraus. »Ich stell dich den Sisters gleich mal vor.«

»Sisters?«, wiederholte Ricarda und hob eine Braue.

»Ja, so nennen wir uns. Weil wir uns so fühlen, als wären wir Schwestern. Du wirst schon sehen.«

Die Frau in Leder ging voraus und öffnete die Tür zu einem Zimmer, das in warmen Tönen strahlte. Umso düsterer wirkten die Gestalten, die darin warteten, als hätten sich die Mitglieder einer Sekte zu einer okkulten Messe vereinigt.

Es waren sieben Frauen, die dort auf dem Boden im Kreis saßen und Ricarda musterten, während sie eintrat. Ausnahmslos trugen sie Grau bis Schwarz. Wallende Umhänge, die fast alles verdeckten, oder strenge Hosenanzüge. Tücher um Arme und Schultern, Halsketten mit Kreuzen oder Sternzeichen. Zum Eyeliner auch mal, wie zum Kontrast, weißen Puder in Gesichtern voller Schatten. Das Geflüster verstummte, als Hel sich mit der Neuen dazusetzte und sagte: »Also, Selma, willst du wissen, warum wir hier sind?«

Hel gab der gedrungenen Frau, die direkt neben ihr kauerte,

ein Zeichen, und nacheinander begannen sie zu erzählen. Und was sie berichteten, klang so schockierend, dass Ricarda nach einer Weile Mühe hatte, zuzuhören.

Da war Katja, die stämmige Kassiererin im Supermarkt, die von ihrem Onkel wohl über hundert Mal missbraucht worden war. »Ich hab es schließlich nicht mehr gezählt«, sagte sie mit niedergeschlagenen Augen.

Da war, einen Platz weiter, Verena, eine zierliche Grafikstudentin. Sie schilderte stockend, wie sie in der Disco ihren Traumtypen kennengelernt und in ihr Apartment mitgenommen hatte. »Dort hat er mich vier Stunden lang *eingeritten*, wie er das nannte«, flüsterte sie, »ich sollte für ihn anschaffen gehen.«

Isabel, die nächste in der Runde, war Managerin gewesen, bevor sie ins Krankenhaus und in die Reha musste. »Ich habe einen Börsenmakler verlassen, mit dem ich liiert war, ein Fehler«, sagte die hoch aufgeschossene Blondine sarkastisch, »seine Bodyguards haben mich in einen Keller entführt und gefoltert, bis ich ohnmächtig wurde. Aber wenigstens sieht man mir das nicht an«, stieß sie bitter hervor, während sie sich zu ihrer dunkelhäutigen Nachbarin wandte, die grausam entstellt aussah.

»Indira hat von Verwandten Säure ins Gesicht bekommen, weil sie mit einem deutschen Jungen geflirtet hatte«, erklärte Hel, weil die Inderin keinen Ton über die Lippen brachte. Genauso wenig wie Janne, die lockenköpfige Apothekenhelferin, die sich per Internet mit einem »feinsinnigen Kunstliebhaber« verabredet hatte und dann von einem Dachdecker in einen Wald verschleppt und dort hilflos liegen gelassen worden war.

Nur noch Tränen.

Und Wut. Immer mehr Wut, als auch noch Stefanie, Kosmetikerin, von ihrem Martyrium mit drei zugekoksten Muskelpaketen aus einem Fitnessstudio berichtete und Karina von den brutalen Sadomasospielen, die sie immer wieder über sich ergehen lassen musste, während sie in einem Puff arbeitete.

»Verstehst du jetzt, Selma, warum wir uns zusammengetan haben?«, fragte Hel.

Ricarda nickte stumm.

Sie wartete auf die Frage, die kommen musste.

»Und was«, riefen gleich mehrere von den Frauen durcheinander, »ist dir eigentlich genau passiert?«

»Es ist schon ein paar Jahre her«, begann sie, »aber der Dreckskerl will nicht aus meinem Leben verschwinden. Es war kurz nach Mitternacht, als ich an der Endstation meine Bahn verlassen hatte, um auf mein Rad umzusteigen und nach Hause zu fahren. Er muss mich beobachtet haben. An einer Stelle, wo der Weg unbeleuchtet war, hat er mir aufgelauert. Er hat mich umgestoßen, seinen schweren Körper auf mich geworfen und mir sofort eine Hand auf den Mund gehalten.«

»Konntest du sehen, was für ein Typ das war?«

»Kaum, aber dafür umso besser riechen. Seine stinkende Alkoholfahne. Er hat mir eine zerschlagene Schnapsflasche an den Hals gehalten. Dann vors Gesicht, so nah, dass ich Angst bekam, er würde mir ein Auge ausstechen. Dann hat er meine Hose runtergerissen, und ich habe gespürt, wie er mit den scharfen Kanten der Flasche über die Haut fuhr. Er zischte, ich soll meine Beine auseinandermachen. Da hab ich ein Knie hochgerissen, so fest ich konnte. Und fast im selben Moment einen wahnsinnigen Schmerz gespürt, wie eine Explosion, da unten.«

Sie zeigte auf eine Stelle auf ihrem Bauch.

»Die Scherben haben eine tiefe Wunde gerissen, die inzwischen verheilt ist. Aber eine Erinnerung, die hab ich behalten, zentimeterlang …«

»Schlimm?« Hel, mit unverhohlener Neugier. Oder war da sogar eine Spur von Argwohn rauszuhören?

Ricarda schob ihre Jeans so weit hinunter, dass knapp über der Scham eine hässliche, breite Narbe sichtbar wurde.

Raunen unter den Frauen.

Und Hände, die sich spontan auf ihre Schultern legten.

»Ich weiß nicht, warum«, fuhr sie fort, »aber besonders in letzter Zeit hatte ich immer wieder Alpträume davon. Deshalb wollte ich zu euch.«

»Willkommen, Sister«, sagte Janne und umarmte sie. Und andere folgten, als wäre das eine Art Aufnahmeritual in die Gruppe. Im selben Moment ging eine Tür auf, und aus dem Nebenraum erschien eine vierzig bis fünfzig Jahre alte Frau, die anders aussah als die übrigen. Sie trug keine dunkle Kluft, sondern helles Rot.

»Wir haben Besuch, Pia«, sagte Hel zu ihr, »eine Neue ist bei uns ...«

»Bei euch«, unterbrach die Ältere sie, »du weißt doch, ich bin raus. Fährst du mich jetzt zum Flughafen?«

»Wenn du fertig gepackt hast«, erwiderte Hel.

»Ach, nur das Nötigste«, antwortete die braunhaarige Frau, die müde wirkte und nur kurz in die Runde schaute. Sie hatte eine Reisetasche in der Hand und wollte offenbar möglichst schnell weg.

»Warum müssen wir jetzt schon los?«, fragte Hel und runzelte die Stirn.

»Weil ich auf keinen Fall den Flieger nach München verpassen will. Sonst kriege ich die Maschine nach Delhi nicht, auf der ich heute Abend gebucht bin, verstehst du?«

»Von mir aus«, sagte Hel und wandte sich den anderen zu. »Ihr könnt ja schon mal ein bisschen über Aktionen reden, bis ich wieder hier bin.«

»Aktionen? Welche Aktionen meint sie?«, erkundigte sich Ricarda vorsichtig, nachdem Hel mit der roten Frau gegangen war.

»Na ja, wir haben uns ein paar Sachen überlegt, die wir machen wollen«, sagte Verena. Die Studentin war die Erste, die nach einer Pause die Stille durchbrach, die sich plötzlich im Raum ausgebreitet hatte.

»Zum Beispiel?« Ricarda schaute fragend in die Runde.

»Zum Beispiel wollen wir einen Typen verjagen, der dauernd vor einem Frauenhaus rumlungert und schweinische Sprüche macht.«

»Vielleicht auch die Luxuskarre von dem Kerl zerbeulen, der neulich eine Freundin von Katja im Parkhaus angefasst hat.«

»Oder die Villa dieses Arztes beschmieren, der seine Patientinnen heimlich nackt fotografiert. Hast du das auch in der Zeitung gelesen, Selma?«

Ricarda nickte und lauschte, wie die Frauen sich zunehmend in Fahrt redeten, während ein geheimnisvoll duftender

Tee wieder und wieder nachgeschenkt wurde. Von einem Shitstorm gegen Jugendliche war die Rede, die Schülerinnen im Internet durch schlüpfrige Zitate bloßstellten. Von einer Kampagne gegen einen Politiker, der sich angeblich vor einer minderjährigen Praktikantin ausgezogen hatte. Vom Anheuern eines Rollkommandos gegen einen der Bodyguards, die Isabel gefoltert hatten. Immer versponnener wurden die Vorschläge, immer phantastischer die Ideen, bis Ricarda das Gefühl bekam, dass die HELp-Frauen in einer eigenen Welt schwebten.

Racheengel, dachte sie, die sich verschworen hatten. Auf der Suche nach Opfern, weil sie selbst Opfer geworden waren.

»Und ihr glaubt, dass so was funktioniert?«, fragte Ricarda schließlich, nachdem über eine Stunde verstrichen war.

»Warum nicht?«, antwortete Janne. »Wir haben ja … gewisse Erfahrungen …« Sie brach ab, als sie den mahnenden Blick von Isabel bemerkte.

»Was denn für Erfahrungen?«, forschte Ricarda nach.

Für einen Moment Schweigen. Zögern.

»Ach, nichts. Eben Erfahrungen, von so einer Sache …«

»Was für eine Sache?«, insistierte Ricarda behutsam. »Ihr redet in Rätseln.«

»Das musst du verstehen«, kam Isabel Janne zur Hilfe, »du bist noch ganz neu bei uns, wir kennen dich doch kaum.«

»Aber wenn sie jetzt zu den Sisters gehört«, warf Karina im Getuschel ein, »sollen wir ihr dann nicht mehr erzählen von der Monstershow …«

Sie kam nicht weiter, weil im selben Atemzug die Tür aufflog.

»Auf keinen Fall!«

Hel stand in voller Montur im Rahmen. Ihre Miene hatte sich komplett verändert.

»Schade, Ricarda«, sagte sie mit einer Stimme, die eher traurig als wütend klang, »irgendwie mochte ich dich, und ich dachte, wir würden gut miteinander klarkommen, aber das war's dann für dich.«

Aufgeregt riefen die anderen durcheinander. Fragten, was das bedeuten sollte.

»Eigentlich war ich von Anfang an ein bisschen misstrauisch«, erklärte ihre Anführerin, »irgendwie habe ich gefürchtet, dass was mit ihr nicht stimmt. Und deswegen habe ich ihr Foto vorhin einem Freund gegeben, der Computerspezialist ist. Der hat ›Selma‹ durch die automatische Bilderkennung gejagt. Und wisst ihr, was er gefunden hat?«

Die Dunkelgewandeten blickten sie gespannt an.

»Ein Bild, das sie mit Taucherausrüstung zeigt, gut gebräunt und strahlend.

›Ricarda Walde‹ steht darunter. Laut Website einer Diving-School hat sie dort als Sportschwimmerin gearbeitet. Eigentlich ist sie Meeresbiologin. Vater Chilene, Mutter aus Bremerhaven. Aber das ist leider noch nicht alles.«

Sie machte eine Pause und wartete, bis es wieder ruhig war. »Als der IT-Mann schon mal so weit war, hat er weiter im Netz nach Verbindungen gestöbert. Dabei ist er auf einen Hamburger Journalisten gestoßen, mit dem sie liiert ist. Der hat eine politische Verschwörung gegen sie aufgedeckt. Im ›magazine‹ hat er eine Story veröffentlicht, wie der Verfassungsschutz ihr und anderen Ökoaktivisten Anschläge auf die Atomindustrie in die Schuhe schieben wollte. Ein gewisser Jonas Mondrian. Und komischerweise kenne ich den.«

Sie drehte sich zu Ricarda, die keine Miene verzogen hatte. »Du wirst verstehen, Sister, dass wir null Interesse haben, in seinem Blättchen zu landen. Also, *farewell.*«

Mit einer plötzlichen Bewegung legte sie ihren Arm um Ricardas Kopf, riss ihn nach hinten und drückte ihr den Mund zu. Es dauerte nur Sekunden, bis die anderen Frauen aufgesprungen waren und ihr zu Hilfe kamen. Und nicht mal fünf Minuten, dann war Ricarda an einen Stuhl gefesselt, von den Füßen bis über die Nase mit Klebeband umschlungen, verschnürt wie ein Paket.

»Tut mir leid, Selma-Ricarda, dass wir dich nicht einfach laufen lassen können«, sagte die Frau in Leder, während sie noch mal den Sitz des Knebels prüfte, »wir müssen dich jetzt für eine Weile aus dem Verkehr ziehen. Und grüß deinen Helden schön, falls du ihn noch mal siehst!«

Die Wohnungstür schlug hinter den Frauen zu, und Ricarda hörte Getrappel auf den Stufen, das leiser wurde.

Dann war es still.

Bis auf das pfeifende Geräusch, wenn sie zwischen dem Klebeband Luft einsog.

Bloß ruhig, dachte sie, während ihr Herz wild pochte.

Wie lange halte ich das aus?

40

»Wie hast du mich hier überhaupt gefunden?«, fragte Ricarda und räusperte sich. Vom Erzählen war ihr wieder der Mund trocken geworden.

»Durch eine SMS, die von Pia kam. Jedenfalls von ihrem Handy. Also von Kiras Mutter, meine ich«, stammelte Mondrian.

»Pia? Kira? Mutter? Ich verstehe bloß Bahnhof. Wer ist das? Könntest du mich gefälligst mal aufklären, wenn du mir schon so ein Himmelfahrtskommando überträgst?«

»Tut mir leid, Ricarda.« Er legte beschwichtigend seine Hand auf ihren Arm. »Also, in Wirklichkeit heißt die Frau, die dich hier in Empfang genommen hat, gar nicht Hel. Den Namen hat sie offenbar angenommen, als sie zur schwarzen Szene wechselte. Ihr richtiger Name ist Kira, und die Frau in Rot muss ihre Mutter Pia gewesen sein. Eigentlich kann nur eine von den beiden mich alarmiert haben, damit du nicht zu lange hier schmorst.«

»Diese Kira alias Hel sah nicht gerade so aus, als ob sie sonderlich zartfühlend wäre. Und hat sich vor allem nicht so angehört.«

»Dann bleibt wohl nur Pia.«

»Schon eher. Ich hatte sowieso den Eindruck, dass ihr das nicht richtig passte, was hier passierte. Sie sah erschöpft aus, in sich gekehrt und besorgt, und hat kaum ein Wort geredet.«

Mondrian überlegte einen Moment und nickte dann. »Sie könnte von ihrer Tochter erfahren haben, dass du enttarnt und gefesselt worden bist, hat sich vielleicht Sorgen gemacht und von unterwegs die SMS geschickt. Eigentlich ist Pia, so hab ich sie kennengelernt, nicht hardcore wie ihre Tochter, sondern eher eine softe Natur.«

»Jedenfalls hatte sie dunkle Ringe unter den Augen, als sie aus der Wohnung abzog. Wirkte so, als wollte sie alles hinter sich lassen, was hier abging.«

»Bloß was?« Er hielt inne, stand auf, lief unruhig hin und her und kratzte sich am Kopf. »Warum haben dich diese merkwürdigen Frauen überhaupt so behandelt, und wovon haben sie gesprochen? Von ›Erfahrungen‹, hast du gesagt. Aber welche Erfahrungen? Wann? Womit?«

»Das wollten sie ja gerade nicht verraten. Bei meiner entsprechenden Frage hat es ihnen blitzartig die Sprache verschlagen, verdächtig schnell, finde ich. Nur dass noch dieser andere sonderbare Begriff gefallen ist, eher unabsichtlich, schätze ich.«

»Monstershow?«

»So hab ich das jedenfalls verstanden.« Ricardas Stirn kräuselte sich, als sie versuchte, sich möglichst genau zu erinnern. »Ich glaube übrigens, das ist Karina bloß rausgerutscht. Die anderen haben jedenfalls böse geguckt, als sie das sagte.«

Mondrian trommelte mit den Fingern auf die Tischkante. »Irgendeine verdammte Idee, was sie damit gemeint haben könnte?«

»Keinen Schimmer. Ich kenne den Ausdruck gar nicht. Oder doch«, überlegte sie, »vielleicht irgendwie vom Rummelplatz. Oder vom Kino. Klingt nach King Kong. Fällt dir dazu denn was ein?«

»Monstershow«, wiederholte er noch einmal langsam. Er sah aus, als würde er den Begriff durch eine Suchmaschine in seinem Gehirn jagen. »Monster … Show …«

»Moment mal«, ging Ricarda dazwischen, »werden nicht Sexualmörder Monster genannt?«

»Leute wie Thomas Kern, meinst du?«

»Genau.« Sie nickte heftig, bevor sie weitergrübelte. »Aber Show, was soll das dann, das macht doch gar keinen Sinn …«

»Oder doch.« Er stoppte sie mit einer Handbewegung und legte die Hände vor die Augen. Ungläubig schüttelte er den Kopf. Schlug sich gegen die Stirn.

»Was ist?«, drängte sie. »Nun sag schon!«

»Ich trau mich kaum. Weil es einfach zu verrückt klingt. Aber könnte es nicht sein, dass die Frauen nur eine Show abgezogen haben? Gegen Thomas Kern, das Monster? Dass alles nur ein Fake war?«

Einen Augenblick wurde es still. Ricarda schaute ihn ratlos an, bis sie sagte: »Ich dachte, es gebe reichlich Aussagen gegen ihn.«

»Nur von den betroffenen Müttern, nicht von Dritten«, überlegte er.

»Dazu reichlich handfeste Indizien.«

»Schon richtig«, räumte er ein. »Aber wenn die gar nicht stimmen? Wenn die gefälscht sind?«

»Du meinst …«

»Dass die Frauen Kern reingelegt haben könnten? Ja, auch wenn es schwer vorstellbar scheint. Ich habe schon länger das Gefühl, dass was an dem Fall stinkt.«

Ricarda knipste ihr Feuerzeug an und sog heftig an einer Zigarette, bevor sie eine voluminöse Qualmwolke ausstieß. »Klingt ziemlich nach Verschwörungstheorie, finde ich.« Sie zog skeptisch die Brauen hoch. »Wie sollten die Frauen das hingekriegt haben, so eine komplizierte Operation?«

»Wenn es so war, gibt es jemanden, der uns das verraten kann«, erklärte Mondrian und ballte die Hände zu Fäusten. »Kira.«

»Falls wir sie finden«, gab Ricarda zu bedenken.

»Sie kann nicht vom Erdboden verschluckt sein.«

»Bevor sie ihren Abgang machte, hat sie noch finster behauptet, du bräuchtest gar nicht erst nach ihr zu suchen.«

»Warum nicht?«

»Weil die Unterwelt viel zu groß wäre … oder irgend so einen Quatsch.«

»Das könnte ihr so passen. Ich würde sie jetzt bis in die Hölle jagen. Wenn du mitkommst, Ricarda. Wir sind doch zu zweit, oder? Wieder ein Dreamteam?«

»So wie ich aussehe nach ein paar Stunden Mumie, wohl eher Alptraumteam, fürchte ich«, seufzte sie, »und dieses Scheiß-Klebeband hat mir hier was aufgerissen.« Sie fuhr sich mit der Zunge über die gesprungene Unterlippe. An einer Stelle war etwas Rotes zu erkennen. »Ich glaube, ich muss das erst mal abwaschen.« Sie stand auf, um zur Küchenspüle zu gehen.

Er trat ihr in den Weg. »Lass mal, ich mach schon.«

Schneller, als sie reagieren konnte, beugte er sich zu ihr und gab ihr einen Kuss auf den Mund.

Süß, dachte er. Schmeckt Blut immer so? Oder nur das von Ricarda?

»Ich dachte, du wärst hinter der Göttin der Finsternis her«, spöttelte sie und hatte wieder ihr ironisches Lächeln auf den Lippen.

»Stimmt genau. Und ich hab auch schon ’ne Idee.«

41

Sein Fuß war so schnell in der Tür, dass die Frau sie nicht mehr zuschmeißen konnte.

»Kommen wir ungelegen?« Mit Ricardas Hilfe stemmte er sich dagegen, drückte sie auf und drang in die Wohnung ein.

»Was soll das? Spinnt ihr?«, stieß die Frau hervor, die wieder ihre Nietenjacke trug.

Noch während des Gesprächs mit Ricarda hatte sich Mondrian an den Überfall auf Tanja in St. Pauli erinnert. An die Szene in dem Hof am Pinnasberg, als ihre Mutter von Kameraleuten umringt neben einem Gebüsch gestanden und zu dem Balkon in dem Haus gezeigt hatte, in dem sie lebte. Zweiter Stock. Nicht schwer, die zugehörige Wohnung zu finden. Und obwohl Tanjas Mutter, rotlichterprobt, durchaus so aussah, als ob sie zupacken könnte, hatte sie gegen die vereinten Kräfte ihrer Besucher keine Chance. Fluchend wich sie in den Flur zurück.

»Hallo, Karina«, sagte Ricarda ruhig, »so schnell kann man sich wiedersehen, Sister. Aber keine Sorge, wir bleiben nicht lange. Wir wollen bloß wissen, wo Hel ist.«

»Von mir kriegt ihr nichts zu hören«, zischte Tanjas Mutter, »du schon überhaupt nicht, wo du uns so angeschissen hast.«

»Wer hier wen angeschissen hat, werden wir noch sehen«, mischte sich Mondrian ein, »und Kira will dabei bestimmt ein Wort mitreden, schließlich war sie doch die Oberschwester, oder? Also bitte, wo steckt sie?«

»Kein Kommentar«, bellte die Frau feindselig, »und jetzt verpisst euch von hier!«

Mondrians Stirn verfinsterte sich. »Wir haben keine Zeit für Spielchen«, drohte er.

Die Frau gegenüber kniff die Lippen zusammen, als wollte sie damit klarmachen, dass sie auch Stunden den Mund halten konnte. Blickte so unverschämt drein, fand Mondrian, als würde sie es sogar genießen.

Bis aus einem Zimmer von hinten ganz leise eine Kinderstimme zu hören war.

»Mama?«

Etwas im Gesicht von Tanjas Mutter zuckte. Aber sie antwortete nicht.

»Ist Ihre Tochter da?«, fragte Mondrian.

»Nein.« Sie verschränkte die Arme vor der Brust und tat so, als hätte sie nichts mitbekommen. Aber im selben Atemzug kam schon ihr Kind aus dem hinteren Zimmer, nur in Unterwäsche, einen Kopfhörer über den Ohren.

»Geh zurück in dein Bett«, forderte die Mutter Tanja auf, aber die blieb stumm stehen und musterte die Fremden mit einem verständnislosen Blick.

Mondrian fielen sofort die Flecken auf ihren nackten Oberschenkeln auf, die wohl mal blau gewesen waren, jetzt aber eine gelbliche Farbe hatten, dazu zwei verschorfte Kratzer auf den Armen.

»Tut das noch weh?«, fragte er das Mädchen und trat einen Schritt näher.

Tanja zog die Kopfhörer von den Ohren.

»Tut das immer noch weh?«, wiederholte Ricarda, während sie vor dem Kind in die Knie ging, um mit ihm auf Augenhöhe zu sein, und auf die Flecken deutete.

Tanja schwieg und schaute an ihr vorbei, fast so, als wäre sie autistisch, als müsste sie erst in sich hineinhorchen, dann plapperte sie plötzlich los: »Nö, tut nicht mehr weh, bisschen bloß, Mama hat gleich gesagt, dass das schnell weg ist, als sie das gemacht hat.«

»Schon gut, Tanja«, fuhr ihre Mutter dazwischen und versuchte noch, eine Hand auf ihren Mund zu legen, aber es war zu spät.

Mondrian hatte schon begriffen. »Als sie das gemacht hat«, wiederholte er. Aus seinem Mund klang es wie ein finsteres Echo.

Die Frau in der Nietenjacke erstarrte.

»So war das also«, sagte er und blickte sie direkt an, »Sie haben Tanja selbst verletzt. Um es einem anderen anzuhängen.«

»Ich wollte doch bloß ...«, stammelte Karina und verstummte wieder.

»Was wolltest du bloß?«, fragte Ricarda empört. »Falsche Spuren legen? Wie hat es sich denn angefühlt, dem eigenen Kind blaue Flecken und Kratzer beizubringen, um dann eine Show abzuziehen?«

»Ich wollte nicht ... musste das doch tun ... ich dachte, wegen der anderen Kinder ... der vielen Kinder, die jeden Tag missbraucht und gequält werden ...«

»Und deine eigene Tochter? Hat die nicht gefragt? Geschrien?«

»Ich hab ihr gesagt, dass ich was an ihr untersuchen müsste, was wehtun könnte«, presste die Mutter unter Tränen hervor, »und ihr eine CD mit ihren Lieblingsliedern versprochen. Und ich hab ihr erklärt, dass sie alles genau tun soll, wie ich es will, und niemandem was sagen, kein Sterbenswörtchen, weil sonst die Mama abgeholt wird.«

»Du musst doch jetzt nicht weg, Mama?«, fragte Tanjas zarte Stimme dazwischen. Sie klang besorgt und traurig.

»Nein, keine Angst«, antwortete Ricarda und schob die Kleine sanft zurück in ihr Zimmer, wo ein rosafarbener Tabletcomputer mit einem Spiel neben der zerwühlten Bettdecke blinkte.

»Was für ein perfider Plan«, murmelte Mondrian bitter und wartete, bis Ricarda zurück war. Dann wandte er sich wieder an die Frau in der Nietenjacke, die zusammengesunken an einer Wand lehnte. »Und wie war das mit Sofie und Adelina? Hat Kira das alles ausgeheckt? Wo ist sie jetzt, verdammt noch mal?«

Nur ein Schulterzucken.

»Okay«, sagte Mondrian, »ich kann auch jemanden bei der Kripo anrufen und bitten, Tanja noch mal zu vernehmen. Zu ihren Verletzungen zum Beispiel. Vielleicht wird sie diesmal ja nicht mehr den Mund halten und stattdessen der Polizei erzählen, wie das wirklich abgelaufen ist. Wollen Sie das?«

Er sah, wie die Frau mit sich kämpfte.

»Komm schon, Karina«, drängte Ricarda, »mach doch nicht alles noch schlimmer.«

»Warum wollen Sie Kira überhaupt schützen?«, fragte Mondrian. »Sie war es doch, die Regie bei allem geführt hat.«

Es sah so aus, als würde Tanjas Mutter kaum merklich nicken. »Hel hat gesagt, dass wir nichts Falsches machen.«

»Doch, habt ihr aber«, widersprach er. »Vortäuschung von Straftaten, das zumindest. Also, wo finden wir sie, wo hält sie sich zu dieser Zeit normalerweise auf?«

Die Sekunden dehnten sich, bis die Frau schließlich antwortete. Leise und tonlos. »Ich weiß es wirklich nicht. Aber ihr könntet es ja mal bei Sherife versuchen, die könnte eine Ahnung haben.«

»Sherife?«

»Die war auch mal in der Gruppe. Sie ist die ältere Schwester von Adelina.«

»Die Sache im Schanzenviertel?«

Karina nickte und beschrieb die Straße. Apathisch starrte sie auf ihre Füße, als sich die Tür hinter ihren Besuchern schloss.

42

Ja, das musste er sein. Der Hauseingang, in dem Adelina überfallen wurde. Oder angeblich überfallen wurde. Oder nur zum Schein überfallen wurde. Nichts war mehr sicher, seitdem der Verdacht der Fälschung über dem ganzen Indiziengebäude lag.

Was war tatsächlich passiert in dem schwach beleuchteten, schmuddelig wirkenden Durchgang zu einem Hinterhaus, an dem sie jetzt vorbeikamen? Das musste vor allem Sherife wissen, die Schwester, die die Anzeige erstattet hatte und in der Nähe einen Blumenladen betrieb. Vielleicht hundert Meter weiter, hatte Karina gesagt.

»Blütenzauber« stand in leicht ungelenker Schrift an der Scheibe, die den Blick in das efeugrün gestrichene Geschäft freigab. Nicht die übliche Discount-Nummer mit Massenware, abgepackt in Folie, sondern ein kleiner Raum mit improvisierten Regalen und Sträußen, die ein bisschen unsortiert wirkten, auch nicht alle taufrisch. Hinter einem aus Obstkisten gebastelten Verkaufstresen eine Frau mit dunklem Teint und Kopftuch, zwischen zwanzig und dreißig Jahre alt. Das musste sie sein. Sie schaute auf, als Mondrian und Ricarda eintraten, und eine altmodische Glocke erklang.

»Bitte, was kann ich für Sie tun? Oder wollen Sie sich erst mal umsehen?«

Akzentfreies Deutsch, stellte Mondrian sofort fest. »Sie sind sicher Sherife«, sagte er.

Die dunkelbraunen Augen blickten irritiert. »Ja. Woher kennen Sie meinen Namen?«

»Wir sind wegen der Angelegenheit mit Adelina hier«, fuhr er einfach fort.

»Wieso, sind Sie von der Polizei? Ich hab doch schon alles gesagt.«

»Eben«, antwortete er kühl, »nur dass das nicht die Wahrheit war. Sondern eine Lüge. Die einen Menschen das Leben gekostet hat.«

Die Augen unter dem Kopftuch wurden immer größer, und die Frau riss den Mund auf, sagte aber nichts.

»Tja, Sherife«, schaltete sich Ricarda ein, »wir kommen gerade von Karina. Sollen schöne Grüße ausrichten«, log sie, »wir haben lange mit ihr geredet. Über HELp.«

Die Blumenhändlerin erblasste.

»Über falsche Aussagen.«

Die Frau gegenüber stützte sich unwillkürlich auf den Tresen.

»Über Kratzer und blaue Flecken«, machte Ricarda ungerührt weiter. »Und ja, auch über ein bestimmtes Haar und ein Stück Mull …«

Ein Laut brach aus ihr heraus, ganz von innen, wie ein dumpfer Klageschrei. Dann stieß Sherife hervor: »Ich wusste es, ich wusste, dass das rauskommt, oh mein Gott, warum hab ich das nur gemacht, warum hab ich das Adelina angetan, jetzt ist alles aus für uns hier, vorbei …« Der Wortschwall ging über in ein Wimmern, und sie hob die Hände, als wollte sie eine höhere Macht um Beistand bitten.

»Wir sind nicht von den Bullen, Sherife«, stoppte Mondrian sie, »und wir werden Sie auch nicht bei der Polizei verpfeifen, das versprechen wir. Aber wir wollen jetzt alles wissen, was wir noch nicht von Karina erfahren haben. Das schulden Sie jemandem. Thomas Kern.«

»Thomas Kern.« Es war fast nur ein Hauchen, als die Frau mit dem Kopftuch den Namen wiederholte, als spräche sie in sich hinein. »Ja, es stimmt, wir hätten diese Aktion nie durchziehen dürfen. Aber das ist mir erst hinterher klar geworden, viel zu spät. Als er tot war. Erschossen. Und das wäre ohne uns bestimmt nicht passiert.«

»Warum hast du denn überhaupt mitgemacht?«, bohrte Ricarda nach.

»Weil ich mit Kira befreundet bin. Schon seit ein paar Jahren, nachdem ich mit Adelina aus dem Kosovo geflüchtet war. Ich hab sie hier im Schanzenviertel kennengelernt, in der Szene. Wir konnten gut miteinander, weil … ich glaube, wir haben beide schon was gesehen vom Leben. Meine Eltern wurden im Kosovo vor meinen Augen von Soldaten getötet, ich selbst …«

Sie sprach das Wort nicht aus.

»So bin ich schließlich auch bei HELp gelandet, und Kira hat gefragt, ob ich das für sie machen würde.«

»Was?«

»So tun, als wäre meine kleine Schwester überfallen worden. Ich hab nicht lange überlegt, ich hab mir eingeredet, es wär für einen guten Zweck, zum Schutz von anderen Mädchen, und dann haben wir die Stelle ausgesucht, hier ein paar Häuser weiter.«

Sie deutete nach draußen und fuhr dann fort: »Wir haben zusammen überlegt, was in der Anzeige stehen sollte, und ein paar Sätze aufgeschrieben, die Adelina auswendig lernen musste für die Vernehmung. Sie hatte dann bei der Polizei Probleme damit, war nervös und hat gestottert, aber das ist gar nicht weiter aufgefallen. Die Polizistin, die sie angehört hat, dachte wohl, die ist halt Ausländerin und kann die Sprache eben nicht besser.«

»Wie hast du denn Adelina dazu gekriegt, das ganze Theater mitzuspielen?«, erkundigte sich Ricarda.

»Adelina macht, was ich sage«, stellte die Frau aus dem Kosovo fest. »Ich bin für sie die Mutter, seitdem wir zusammen aus dem Krieg geflüchtet sind.«

»Und das Haar und das Stückchen Mullbinde, das haben Sie einfach in Adelinas Klamotten gestopft?«, riet Mondrian.

»Ich war so bescheuert. Aufgewacht bin ich erst, als ich im Radio gehört hab, dass der Mann tot ist. Ich hab mich furchtbar geschämt und bin nicht mehr zu HELp gegangen.«

Also deswegen sind wir uns dort nicht begegnet, dachte Ricarda. »Aber woher hattest du denn dieses Zeug, diese angeblichen Beweismittel?«

»Von Kira.«

»Und sie«, hakte Mondrian nach, »wie hat sie die bekommen?«

»Das müsst ihr sie selbst fragen«, antwortete Sherife mit einem erschöpften Blick, während sie welke Blätter von einer weißen

Rose zupfte. »Ich habe schon zu viel gesagt. Ich will nicht noch einen Menschen verraten.«

Ohne ein weiteres Wort schrieb sie eine Adresse auf ein Stück Papier.

43

Das Boxstudio, eine ehemalige Maschinenwerkstatt, lag hinter dem Altonaer Bahnhof, nicht weit von der »Fabrik«, wo an diesem Abend eine Tuareg-Band ihren Wüsten-Blues spielte. Gleich hinter dem Eingang türmte sich ein Stapel ausgezogener Schuhe, weil kein Straßenschmutz in die Sportstätte getragen werden sollte. Auch Mondrian und Ricarda streiften ihre Schuhe ab, bevor sie auf Strümpfen den von Palmen und Pokalen geschmückten Empfangsraum betraten und am Tresen vorbeigingen, hinter dem ein junger Mann mit Softdrinks und Stärkerem hantierte.

»Dürfen wir mal spionieren?«

»Gern. Das Kickbox-Training hat gerade angefangen«, sagte der Tresenmann freundlich und zeigte zu einem Durchgang, in dem eine Galerie von Urkunden hing, daneben Fotos von Mannschaften, strahlende Siegerposen. Am Ende die Öffnung zu einer Halle, aus der ihnen harter Rock und pulsierende Energie entgegenschlug.

Es waren vielleicht zwei Dutzend Männer und Frauen, blaue Sportshirts und schwarze Hosen, die dort zu dem Beat von Billy Idol hüpften und sprangen und stoppten und rannten. Sie trappelten mit nackten Füßen über die grünen Bodenmatten. Warfen die Arme in die Höhe. Machten plötzliche Drehungen, Schlagbewegungen, Fußstöße und Ausfallschritte, als wären sie aufgeladen mit Strom.

»Bewegung!«, rief der Mann im Streifendress, der frontal vor ihnen stand und die Kommandos gab, »nächste Runde, *come on*!«

Während einige vor der riesigen Spiegelwand an einer Ballettstange Dehnungen ausführten, tänzelten die anderen zwischen den gepolsterten Säulen hin und her, liefen im Kreis, gruppierten sich neu, um sich mit angedeuteten Haken und Tritten vorwärts- und rückwärtszuscheuchen.

Es dauerte nur wenige Minuten, bis die Schweißtropfen

flogen, als würde die Halle sieden. Und mittendrin Kira, mit glühendem Gesicht.

Aus einer Nische, halb verdeckt von einem Vorhang, beobachteten Mondrian und Ricarda, wie artistisch sie ihren Körper bewegte, der ohne die klobige Ledermontur fast schlank aussah. Sie hatte die Haare zu einem Zopf verschlungen und die Hände mit Bandagen umwickelt, sodass man die HEL-Tätowierung nicht sah. Wenn sie geschmeidig Seitwärtshaken und Gerade andeutete, Sprünge und Frontkicks vollführte, glich sie manchmal fast einer Tänzerin, dachte Mondrian, während er fasziniert ihre schnellen Bewegungen verfolgte.

»Ah, das sieht gut aus!«, rief der Leiter und gab seiner Truppe mit der Trillerpfeife ein neues Kommando. Er hatte Mondrian in der Nische bereits entdeckt, steuerte aber erst eine Weile später auf ihn zu.

»Du brauchst dich nicht zu verstecken, hier sind öfter Besucher.«

»Ich wollte Sie bloß fragen, ob Sie …«

»Ich bin Michael«, unterbrach ihn der Hüne mit dem glänzenden, nach hinten gestrichenen Haar und legte ihm eine Pranke auf die Schulter, »wir duzen uns hier. Und wenn du Lust hast, kannst du auch mal probieren.«

Er nickte mit dem Kopf Richtung Halle. »Nimm dir einfach Klamotten und mach mit.«

Mondrian war zu überrascht, um zu antworten. Aber als der Trainer wieder wegging, um neue Anweisungen zu geben, zögerte er nicht lange. Schlüpfte in Trainingshosen, die im nächsten Regal herumlagen, folgte ein paar Männern aus einer Gruppe, die sich jetzt einen ledernen Schutzhelm überstreiften. Das wulstige Ungetüm umhüllte seinen Kopf so weit, dass er nur noch ein eingeschränktes Sichtfeld hatte, und es machte ihm Mühe, in die mächtigen Boxhandschuhe zu schlüpfen. Dann stand er auf einmal, von anderen mehr oder weniger geschoben, selbst mit auf der Matte, als die nächste Runde begann.

Der Leiter hatte inzwischen neue Beats aufgelegt, und jetzt fanden sich Paare, um Übungen miteinander zu machen.

Manche beharkten sich gegenseitig mit Sprüngen, andere mit Schlägen auf die riesigen Pratzen, die wie Schilde vor Kopf und Körper gehalten wurden.

Überall waren klatschende Geräusche zu hören, Leder auf Leder, und bellende Rufe, mit denen sich die Gegner heißmachten. Nach jedem Trillerpfiff wurde der Partner getauscht, und der Nachbar des Gegenübers kam dran. Mondrian versuchte so gut wie möglich mitzumischen, bis er nach ein paar Wechseln auf Kira traf. Sie hatte sich inzwischen ebenfalls Boxhandschuhe angezogen und schien gar nicht mitzukriegen, wer ihr da unter der ledernen Haube gegenüberstand. Sie wirkte, als wäre sie auf Speed.

Mondrian nahm eine Kampfposition ein und versuchte zu imitieren, was er bei den anderen gesehen hatte.

Eine Gerade zu ihrem Kopf, angetäuscht. Seitwärtshaken, in die Luft geschlagen.

Sie federte zurück und ging wieder in Stellung.

Rechts-links-Kombination, abgestoppt. So gut er das eben konnte.

Sie wich aus und schien sogar zu lächeln.

Er probierte eine neue Finte.

Sie duckte sich blitzschnell weg.

Er setzte nach, tat so, als wollte er eine Serie von Schlägen von der Seite gegen ihren Körper führen.

Sie ließ sich nach hinten abrollen, war sofort wieder auf den Füßen und tänzelte dann rückwärts an den Rand der Halle. Dort standen sie sich Kopf an Kopf gegenüber, nur Zentimeter getrennt.

»Du kannst nicht immer abhauen, Kira«, keuchte er.

Sie stutzte. Verengte ihre Augen.

»Dein Kampf ist zu Ende«, stieß er zwischen zwei Atemzügen hervor, gib auf, Kira, und komm mit.«

Ihre Augen flackerten wieder wie im »Kaiserkeller«. Sie schien ihn jetzt endlich zu erkennen. Holte aus und bohrte eine Rechte in seinen Magen, die ihn taumeln ließ. Sie schubste ihn in einen Nebenraum, wo er im Halbdunkel über eine Hantel stolperte, und war sofort hinter ihm her.

»Ich weiß von der Aktion gegen Thomas Kern«, brachte er mühsam heraus und schnappte nach Luft.

Sie holte noch mal aus. Diesmal eine Linke.

»Von den gefälschten Beweismitteln.«

Neuer Treffer, auf die Brust.

»Von all den Lügen, die ihn fertiggemacht haben.«

Sie haute weiter zu, aber ihre Schläge schienen an Kraft zu verlieren. Sie wirkten immer verzweifelter.

»Ich weiß auch, was er dir angetan hat, Kira«, sagte Mondrian, während er nach Atem rang, »aber jetzt ist es aus. Du musst einen Schlussstrich ziehen. Das bist du dir selbst schuldig, auch wenn es wehtut.«

Sie hatte schon wieder den Arm gehoben, ließ ihn aber sinken. Hielt inne. Zögerte.

»Du musst auspacken«, setzte er nach und rappelte sich hoch, »weil sonst jemand anderes reden wird.«

»Wieso?«, fragte sie unsicher, ein Zittern in der Stimme. »Wer denn?«

Er fixierte sie eindringlich. »Deine Mutter.«

»Pia?«

»Ja. Sie müsste doch noch auf dem Flughafen in München sein. Für die Bullen wäre es ein Leichtes, sie dort festzunehmen, bevor sie sich nach Indien absetzt. Wenn wir ihnen einen kleinen Tipp geben.«

Kira stand einen Augenblick ganz still. Dann sah Mondrian in ihrem Gesicht eine Veränderung, wie er sie noch nie bei einem Menschen beobachtet hatte. Es schien, als hätte etwas in ihr klick gemacht. Alle Härte, aller Trotz und Hochmut wichen aus ihren Zügen, sie wurden weich und resigniert. Als hätte sie sich längst nach ihrer Kapitulation gesehnt. Als würde ein Kind wieder in die Arme seiner Mutter sinken wollen.

»Lasst Pia fliegen. Sie hat genug für mich getan«, sagte sie, während sie sich die Handschuhe von den Bandagen streifte. Ihre Augen schimmerten feucht, als sie aus der Abseite in die Halle zurücktrat, wo die Kämpfer weiter durcheinanderwirbelten. Zwischen fliegenden Fäusten und wummernden Bässen lief sie mit Mondrian zum Ausgang und nickte Ricarda zu.

Auf der Schwelle drehte sie sich noch einmal um, wie alle Boxer es hier machten, wenn sie diese Stätte verließen, und verbeugte sich.

So tief, dass es aussah, als wäre es für eine ganze Zeit das letzte Mal.

Dann fragte sie ruhig: »Wo gehen wir hin?«

44

Sie ist sechsundzwanzig. Aber sie möchte aussehen, als wäre sie tausend Jahre alt.
Sie könnte schön sein. Doch sie will hässlich sein, abstoßend, schwarz.
Sie trägt Narben auf den Armen, von Schnitten, die sie sich selbst zugefügt hat. Schlimmer sind die Wunden in ihrem Inneren, die man nicht sieht.

Mondrian schaute von seinem Laptop hoch. »Und du möchtest wirklich, dass ich das schreibe, Kira?«

»Klar, das habe ich doch so gesagt, oder? Deswegen sind wir doch hier.«

»Deine Entscheidung«, erwiderte er, »und deine Geschichte. Ich bin nur der, der sie aufzeichnet.«

Kira blickte aus einem Fenster in Mondrians Loft weit über die Giebel der Speicherstadt, als müsste sie für ihre Reise in die Vergangenheit noch einmal Anlauf nehmen, und begann zu erzählen.

Von dem Alptraum ihrer Vergewaltigung, aus dem sie wochenlang nicht aufgewacht sei.

Von ihrer Flucht aus Amrum, wo sie alles an den entsetzlichen Tag erinnerte, und dem Versuch, sich in Hamburg im Rausch der Nacht zu betäuben.

Von ihrem Trip in die schwarze Szene mit Drogen, Exzessen und der Sucht nach dem Morbiden, dem Verlangen, eine Todesgöttin zu sein.

»Irgendwann bin ich im Netz auf diese Göttin gestoßen, die Hel genannt wird«, erklärte sie, während sie auf die drei tätowierten Buchstaben auf ihrer Hand zeigte, »und sie hat das Bedürfnis nach Rache geweckt. Dann war es furchtbar leicht, andere Frauen zu finden, die der gleiche Hass trieb.«

Mit starren Augen berichtete sie, wie sie über die Homepage Gleichgesinnte kontaktierte und um sich scharte, die eine ähnliche Demütigung erlebt hatten und etwas unternehmen wollten, statt nur still zu leiden. Wie sie begann, nach ihrem Peiniger zu forschen. Ihre Mutter, inzwischen ebenfalls in Hamburg, habe durch ein paar Nachfragen schnell erfahren, wann Thomas K. möglicherweise wieder auf freiem Fuß sei.

»Wir haben uns geschworen, ihm die Hölle heißzumachen, mit allen Mitteln, die uns zur Verfügung stehen.«

»Deshalb ist Pia bei Better Life eingestiegen?«, hakte Mondrian nach, und sie nickte.

Ja, es sei die Idee ihrer Mutter gewesen, als Bewährungshelferin Kontakt zu entlassenen Gefangenen zu bekommen. Und sie selbst habe in langen Nächten den Plan geschmiedet, diesen Thomas K. so schnell wie möglich wieder hinter Gitter zu bringen: durch vorgetäuschte Überfälle auf Töchter von Frauen, die bei HELp waren.

»Und dann ging sie los, unsere Show. Mit Tanja, die von ihrer Mutter in das Gebüsch am Pinnasberg geschickt wurde, damit Karina groß Alarm schlagen und behaupten konnte, ihre Tochter wäre von dem Mann aus der Zeitung begrapscht worden …«

»Habt ihr Karina überredet, Tanja Verletzungen beizubringen?«, vergewisserte sich Ricarda.

»Nein, das war ihr eigener Vorschlag«, widersprach Kira, »Karina hat als Domina ja Erfahrungen in solchen Sachen. Wir wussten aus dem Prozess gegen diesen Wettermoderator, dass man Vergewaltigungsverletzungen auch vortäuschen könnte.«

Mondrian nickte. Er erinnerte sich, dass in diesem Fall die Herkunft der Quetschflecken nie endgültig aufgeklärt worden war.

»Wir haben darauf vertraut«, fuhr Kira fort, »dass niemand das rauskriegen würde. Und so wie wir für die Sache mit Tanja extra eine unübersichtliche Stelle in dem Hof gesucht hatten, haben wir auch für die Aktion mit Sofie eine dunkle Ecke auf dem Heiligengeistfeld ausgewählt, damit es keine Zeugen gab. Sondern nur die Aussage ihrer Mutter Stefanie und die Fussel.«

»Wie sind die denn an Sofies Shorts gekommen?«

»Das hat Stefanie mit einem Make-up-Pinsel gemacht. Die

konnte das, sie ist doch Kosmetikerin. Die Fussel von Kerns Jacke hatte natürlich jemand vorher organisiert.«

»Natürlich.« Mondrian fragte sich, warum er nicht früher darauf gekommen war. »Das war Pias Job.«

»Ja, sie hat das besorgt, genau wie das Stückchen Verbandsstoff, den blutigen Mull, der dann bei Adelina zum Einsatz kam. Alles von Pia, nachdem Thomas Kern zu Besuch bei ihr in der Wohnung gewesen war.«

»Also auch dieses ominöse Haar, das die Kripo per DNA Kern zugeordnet hat?«

»Klar, das hatte er auf dem Sofa im Wohnzimmer verloren. Wir haben es extra in die Kleidung von Adelina geschoben, damit die Spurensicherung es dort finden sollte.«

»Aber warum eine Sechzehnjährige als drittes Opfer?«, schaltete sich Ricarda wieder ein. »Das passte doch eigentlich nicht.«

»Stimmt, nur gab es bei HELp keine Frau mehr, die eine jüngere Tochter hatte«, erklärte Kira, »deshalb mussten wir Adelina als Opfer nehmen, obwohl wir uns darüber klar waren, dass die Polizei sie befragen wird. Doch dafür hat sie ja extra mit Sherife ein paar Sätze auswendig gelernt. Tanja und Sofie wurden von ihren Müttern dazu gebracht, der Polizei gegenüber die Klappe zu halten und keinen Ton zu sagen. Es sollte so aussehen, als ob sie unter Schock stünden und kein Wort rausbrächten.«

»Und dieser Fetzen von Adelinas Slip, den die Polizei in Kerns Zimmer gefunden hat«, wollte Mondrian wissen, »wie ist der unter sein Kopfkissen geraten?«

»Den haben wir schon vor der Aktion im Schanzenviertel aus Adelinas Höschen gerissen, damit es nach Gewalt aussah. Dann wurde das Teil in Kerns Wohnung deponiert.«

»Als er schon tot war«, riet Mondrian.

»Sonst wäre das viel zu riskant gewesen.«

»Das war aber nicht Pia, oder?«

Kira schüttelte den Kopf. »Nein, das war ich«, gab sie zu, »ich habe mir den Schlüssel zu seiner Wohnung geschnappt, den meine Mutter noch besaß, und bin rein, als dieser Olaf nicht zu Hause war. Eigentlich kinderleicht.«

»Kinderleicht?«, wiederholte er sarkastisch, hörte auf, die Tasten des Computers zu bearbeiten, und lehnte sich zurück. »Hast du keine Hemmungen gehabt, nicht mal dabei?«

»Nein, ich hab in dieser Phase gar nicht mehr nachgedacht. Mir ist erst später gedämmert, was wir angerichtet haben, nachdem Ricarda bei uns aufgetaucht war. Aber auch das konnte ich anfangs nicht zulassen. Deshalb auch die harte Nummer, dass wir sie gefesselt haben.«

»Und keine der Frauen hatte bei alldem Gewissensbisse?«, hakte Ricarda nach. »Sie hatten doch gar nichts mit diesem Thomas zu tun gehabt!«

»Nicht wirklich. Gut, es gab schon Bedenken und Einwände, manchmal. Aber vergiss nicht, Ricarda, es waren alles traumatisierte Frauen, und jede wusste ja, was er mit mir gemacht hatte. Und, noch viel schlimmer, mit Annika. Sie dachten eben, dass es schon den Richtigen träfe. Höchstens meine Mutter …«

Sie brach ab und schien zu überlegen, wie sie es formulieren sollte.

»Was war mit ihr?«, setzte Mondrian nach. »So wie ich Pia erlebt habe, besitzt sie durchaus weiche Züge. Eine warme Ausstrahlung. Ich kann mir gar nicht vorstellen, dass sie den ganzen monströsen Plan ohne Wimpernzucken durchgezogen hätte.«

Kira schluckte. Und sagte dann leise: »Doch, anfangs schon. Sie hat gesagt, dass sie das für mich tut. Nur für mich. Aber später, das stimmt schon, ist sie immer mehr auf Distanz gegangen, fand nicht mehr alles in Ordnung, was wir gemacht haben.«

»Und du selbst, du hast nie Skrupel gekriegt?« Er suchte ihren Blick. »Auch nicht, als du mitbekommen hast, dass ihr eine regelrechte Menschenjagd ausgelöst habt?« An seinen Schläfen traten die Adern hervor. »Himmel noch mal, Kira, am Ende war Thomas Kern tot! Und er wäre nicht gestorben, wenn ihr nicht diese Horrorshow veranstaltet hättet.«

»Aber das wollte ich doch gar nicht«, beteuerte sie aufgewühlt, »ich wollte ihn hinter Gitter bringen, damit er nie wieder jemanden anrühren kann, verstehen Sie das nicht? Er war schließlich schuld daran, dass ich eine Seite der Welt gesehen habe, die Männer gar nicht kennen.«

Mondrian sah, dass etwas in ihren Augen wieder aufglomm wie in der »Schwarzen Nacht«.

»Nein, Kira, diese Seite der Welt kenne ich nicht«, sagte er leise, als sie sich abwandte und anfing, an ihren Armnarben zu kratzen, »aber ich werde versuchen, die Geschichte aufzuschreiben. So gut, wie ich nur kann.«

Er stülpte sich die großen Kopfhörer über und schob eine CD in den Player.

»The Dark Side Of The Moon«.

Und während er im Hintergrund Pink Floyd hörte, schrieb er und schrieb. Dachte zwischendurch immer wieder nach über das Recht auf Rache. Das Recht auf Vergeltung. Aber wo war die Grenze? Und gab es nicht auch ein Recht auf Vergebung? Eine Zeit, wo man versuchen musste zu verzeihen, so schwer es auch sein mochte, irgendwann?

Darüber wollte er mit Kira noch einmal reden. Sie hatte etwas gesagt, was ihm nicht mehr aus dem Kopf ging.

»So furchtbar sein Tod sein mag, für mich ist er wie eine neue Geburt. Bisher habe ich in der Vergangenheit gelebt. Ab jetzt schaue ich in die Zukunft. Ich weiß, dass ich eine Strafe verdient habe – und bin bereit, den Preis zu zahlen.«

Es wurde draußen schon wieder hell, als Mondrian die Geschichte abspeicherte und auf einen Stick zog. Dann streifte er den Kopfhörer ab, Pink Floyd waren längst verstummt.

Genau wie Kira und Ricarda.

Sie hatten noch lange miteinander geredet, während er konzentriert getippt hatte und in seinen Text versunken gewesen war. Jetzt lagen sie nebeneinander auf seinem Futon, Kleidung an, die Augen geschlossen. Sie mussten irgendwann eingeschlafen sein.

Doch Sisters, dachte er.

Um Kira lag Ricardas Arm.

45

»Heute Abend, Gina? Bei Kerzenlicht und Mondschein?«

»Endlich unser Dinner?« Gina Paulsen war überrascht. Und aufgekratzt: »Unser längst überfälliges Date?«

»Eher ein Update«, kam Mondrians Stimme aus dem Telefon.

»Was soll das heißen, Jonas?«, erkundigte sie sich leicht irritiert.

»Warte ab. Ich bringe Neuigkeiten mit.«

Drei Stunden später tauchte die sinkende Sonne die Elbe in flüssiges Orange und Silber. Erwartungsvoll stieg Gina Paulsen die Stufen zu dem noblen Restaurant am Holzhafen hoch. Sie hatte sich in Schale geworfen, was bei ihr hieß, dass sie das Jeanshemd und die Arbeitshose mit den aufgesetzten Taschen gegen etwas kürzeres Schwarzes getauscht hatte, das reichlich Bein mit bester dänischer Segeltörn-Bräunung sehen ließ. Ihr üblicher Pferdeschwanz war in einen geflochtenen Zopf mit einer Haarspange verwandelt, die sie so selten trug wie die golden schimmernde Halskette. Dafür hatte sie ausnahmsweise auf den Kaugummi verzichtet und einen Hauch Lippenstift aufgelegt.

Im Innern des Lokals, hinter einer breiten Glasfront, saßen schon einige Gäste an weiß gedeckten Tischen, als sie eintraf, aber sie hatte sich mit Mondrian für draußen verabredet. Zielstrebig steuerte sie auf die Terrasse zu, die auf einer stählernen Plattform über dem Strom lag. Dort wartete er auch schon, an einem Tisch mit zwei Kerzen, der nur wenige Meter über dem Wasser schwebte. Er trug ein legeres Leinenhemd, die obersten Knöpfe wie fast immer geöffnet, und winkte ihr zu. Erst als er sich erhob, um sie zu begrüßen, registrierte sie, dass er nicht allein war. Auch eine Frau, die ihm gegenübersaß, stand auf und wandte sich zu ihr um.

Sie war nicht groß, fand Gina Paulsen, sah aber auffallend athletisch aus und trug einen luftigen Umhang mit einem Muster aus Erdfarben, die zu ihren fremdländischen Gesichtszügen passte. Und das Lächeln unter der schwarzen wasserfallartigen Mähne war so offen und freundlich, dass sie ihre Enttäuschung hinunterschluckte.

»Hallo, Gina«, begrüßte Mondrian sie und deutete auf seine Begleiterin, »das ist unser Überraschungsgast, Miss Undercover.«

»Freut mich«, antwortete Gina Paulsen routiniert und versuchte, sich ihre Verwunderung nicht anmerken zu lassen, während sie der Fremden die Hand schüttelte, »wie Sandra Bullock aus diesem Agentenfilm sehen Sie allerdings nicht unbedingt aus. Eher wie eine mexikanische Schauspielerin ... wie heißt sie noch ... ich komm gleich drauf ...«

»Selma Hayek«, schlug Mondrian vor.

»Ja, verblüffend ähnlich.«

»Sag ich doch, aber sie möchte das nicht hören, und sie ist ...«

»Ich bin Ricarda Walde«, unterbrach ihn die Frau mit den großen grünen Augen und sah die Kripobeamtin an, »Jonas hat mir von Ihnen erzählt. Hat gesagt, dass Sie ein Engel wären.«

Gina Paulsen kam nicht gleich mit.

»Der Engel von Altona.« Ricarda Walde schmunzelte.

»Sie wissen sicher, dass man diesem Mann nicht trauen darf«, erwiderte die LKA-Frau und musste jetzt auch lächeln, »er leidet an Übertreibungssucht. Berufsbedingte Deformation aller Medienleute.«

»Wollen wir uns jetzt setzen und einen Schluck trinken«, erkundigte sich Mondrian, »oder wollt ihr weiter Journalisten-Bashing betreiben?«

»Beides«, prusteten die Frauen fast gleichzeitig los und nahmen an dem Tisch Platz, auf dem bereits eine Flasche mit prickelndem Cremant d'Alsace wartete. Während von irgendwoher die kratzige Stimme von Joe Cocker heranwehte, »Night Calls«, schauten sie der geheimnisvollen Yacht eines russischen Milliardärs nach, die an ihnen vorbei elbabwärts glitt, und hinüber zur Elbphilharmonie, deren Fassade wie irreal funkelte. Dann wurde Mondrian ernst. Zog einen Stick aus der Tasche. Legte ihn vor Gina Paulsen auf den Tisch.

»Für dich, Gina. Mit einer Geschichte, die nie hätte passieren dürfen. Und dem Gruß von einer jungen Frau, die morgen früh zu dir kommt, um sich zu stellen.«

Als sie fragend die Brauen hochzog, fingen die beiden anderen an zu erzählen. Ricarda berichtete von ihrer Begegnung mit Kira und den HELp-Frauen, und Mondrian erklärte ihr, wie raffiniert sie falsche Aussagen mit gefälschten Indizien kombiniert und damit alle in die Irre geführt hatten.

Gina Pausen verlor immer mehr Farbe aus dem Gesicht und unterbrach sie nicht ein einziges Mal.

Merkte gar nicht, wie sie sich immer wieder auf die Unterlippe biss.

Schwieg, nachdem sie geendet hatten, und starrte in die Ferne, zu den gelb blinkenden Kränen am anderen Ufer.

»Kaum zu glauben, wie blind wir waren«, haderte sie dann mit sich. »Immerhin wird mir nun einiges klar, was ich schon vorher nicht richtig auf die Reihe gekriegt habe.«

Sie trank einen langen Schluck, um die belegte Stimme freizuspülen, die noch rauer war als sonst.

»Zum Beispiel, warum die Kinder so eisern geschwiegen haben, obwohl wir sie mit Samthandschuhen angefasst haben. Und auch, warum es für keinen der Überfälle vernünftige Augenzeugen gab. Gerade auf dem Dom, bei Zehntausenden von Besuchern, hätte man doch erwartet, dass irgendjemand es mitkriegt, wenn ein Mädchen weggezerrt wird, und uns was Konkretes erzählen kann.«

»Hattest du nicht erwähnt«, sagte Mondrian, »dass ein paar Leute Kern in der Nähe des Irrgartens beobachtet haben wollten und ihn später mit Hilfe von Fotos identifiziert hätten?«

»Haben sie, in der Tat«, antwortete sie bitter, »aber so was kann man sich eben auch einbilden, wenn es prima zu den eigenen Vorstellungen passt. Es gibt immer wieder Schlauberger, die sich sicher sind, jemanden gesehen zu haben, der öffentlich gesucht wird. Und damals waren jeden Tag Fotos von Kern in der Presse, die halbe Stadt hatte ihn auf dem Schirm.«

»Aber wundert es dich nicht«, erkundigte sich Mondrian, »dass deine Kriminaltechniker ein Spurenbild festgestellt haben, das exakt zu den Angaben der Mütter passte?«

»Die abgeknickten Zweige in diesem Hof am Pinnasberg? Die Riefen im Erdboden, die wie Kampfspuren aussahen? Das kann Tanjas Mutter gut selbst arrangiert haben, bevor sie ihre Tochter aus dem Gebüsch herausholte. Und klar, es ist durchaus möglich, dass Sofies Shorts schon vor dem Rummel mit diesen dunklen Fusseln präpariert wurden.«

»Ist es nicht furchtbar kompliziert, solche winzigen Teilchen zu beschaffen?«, fragte Ricarda.

»Nein, leider überhaupt nicht. Jeder zieht eine Spur aus Millionen kaum sichtbarer Partikel hinter sich her, wenn er mit anderen Menschen oder Sachen in Kontakt kommt«, erklärte Gina Paulsen. »Da Kern immer wieder in der Wohnung der Bewährungshelferin war, hat er dort mit Sicherheit jede Menge Material auf rauen Oberflächen wie Sitzpolstern oder Kissen hinterlassen. Das hat er sicher gar nicht bemerkt. Auch möglich, dass Pia Borrmann die Fasern in einem unbeobachteten Moment aus seinem Pullover gezupft hat, während er ihn ausgezogen hatte.«

Sie fuhr sich nachdenklich über ihren Zopf, als ginge sie alle Möglichkeiten durch. »Und natürlich kann sie auch leicht ein Haar von Kern aufgesammelt haben und ein Stückchen blutiges Verbandszeug, das er bei ihr verloren hatte, im Bad zum Beispiel.«

Mondrian nickte. »Laut Kira sollte sie völlig unanfechtbare Beweismittel liefern. DNA-fest.«

»Verstehe«, sagte Gina Paulsen, »aber eines irritiert mich doch gewaltig …« Sie wartete, bis eine lärmende Barkasse mit Schlagermusik und schunkelndem Partyvolk verbeigetuckert war. »Warum hat sie das alles bloß getan?«

Mondrian blickte hinüber zur Köhlbrandbrücke, wo die Autolichter wie an einer Perlenkette vorbeizogen, während er nach einer Antwort suchte. »Ich glaube, dass sie sich unheimlich schuldig fühlte. Schuldig gegenüber ihrer Tochter, weil sie die Anzeige nach der Vergewaltigung zurückgezogen hatte.«

Gina Paulsen stutzte. »Was denn für eine Vergewaltigung?«

»Eine, die nie ans Licht gekommen ist. Ich habe inzwischen

rausgekriegt, dass Thomas Kern Kira brutal missbraucht hat, als sie noch ein Teenager war. Angestiftet von sogenannten Kumpeln. Und weil Pia ihr danach die Aussage vor Gericht ersparen wollte, wurde er dafür nie bestraft. Die Beziehung zwischen Mutter und Tochter zerbrach danach total. Jetzt wollte Pia offenbar unbedingt etwas wiedergutmachen und das Verhältnis zu Kira reparieren, indem sie sich an Kern heranmachte.«

»Deswegen ist sie überhaupt Bewährungshelferin geworden?«, hakte Gina Paulsen nach.

»Sieht so aus. Sie hat eigentlich, glaube ich, auch eine soziale Ader. Aber jedenfalls konnte sie so aus der Nähe verfolgen, wann Kern wieder aus dem Knast kommen könnte …«

»… und quasi auf ihn warten?«, ergänzte Gina Paulsen ungläubig.

»Ja, sie hatte sich ja rechtzeitig bei Better Life engagiert, um ihn als freiwillige Bewährungshelferin in Empfang nehmen zu können. Danach war es für sie leicht, die Indizien zu organisieren und Infos an Kira weiterzugeben, damit die falsche Spuren legen kann.«

»Wahnsinn.« Gina Paulsen schüttelte ihren Kopf.

»Mutterliebe«, sagte Mondrian.

»Mutterliebe?«, wiederholte sie beißend.

»Ja. Kann die nicht auch krank und maßlos sein? Genauso hemmungslos wie das Rachebedürfnis der HELp-Frauen, die sogar ihre eigenen Kinder manipuliert haben, um zu verhindern, dass ein früherer Täter wieder in die Gesellschaft integriert wird?«

»Trotzdem Wahnsinn.« Gina Paulsen wischte mit einem Finger auf ihrem beschlagenen Glas herum, als könnte sie damit etwas auslöschen. »Immerhin ist dabei jemand auf der Strecke geblieben. Bestimmt kein Engel, aber in diesem Fall ein Unschuldiger. Wie Frau Borrmann damit klarkommt, muss sie mir noch mal erklären.«

Abrupt richtete sie sich auf. »Wo ist sie überhaupt?«

»Up, up and away«, antwortete Ricarda, »nach Indien ausgeflogen.«

»Sie war schon unterwegs, als wir das erfahren haben«, sagte Mondrian und tauschte mit Ricarda heimlich einen Blick.

»Und warum ist nicht auch ihre Tochter abgehauen, wo doch alles so schön geklappt hatte?«, fragte die LKA-Frau sarkastisch.

»Das hatte sie anfangs wohl auch vor, nachdem die Gruppe aufgeflogen war«, erklärte er, »doch inzwischen ist sie zur Besinnung gekommen. Sie will jetzt reinen Tisch machen. Ihr ist inzwischen klar, dass sie Schuld auf sich geladen hat und nicht so einfach davonkommt. Denn da gab es ja nicht nur die falschen Überfälle auf die Mädchen.«

»Sondern?«

»Auch den echten auf Kern.«

»Was meinst du?«, fragte Gina Paulsen perplex.

»PERVERS.«

Sie verstand nicht gleich. »Pervers?«

»Ja, die Schrift auf Kerns Stirn. Das war nicht etwa die Neonazibande, sondern Kira mit einem Teil ihrer Truppe.«

»Moment mal«, wandte sie ein, »es gab doch das Video, in dem die ›Kameradschaft 18‹ sich dazu bekannt hat.«

»Offenbar waren diese Dumpfbacken nur Trittbrettfahrer. Sie haben wohl eine Art Abspann zu den Aufnahmen des Überfalls produziert, die von Kira und ihren Helferinnen stammten. Das haben die Betreiber der Website allem Anschein nach einfach drangehängt.«

Noch während Gina Paulsen darüber nachgrübelte, setzte Mondrian hinzu: »Und da gibt es noch etwas, was Kira dir morgen beichten wird. Sie war es, die Kern im S-Bahnhof aufgelauert hat.«

»Nicht ein Mann, wie wir alle dachten?«

»Nein. Die Videobilder haben getäuscht, weil sie die Figur einer Fighterin hat. Sie wusste, dass er dort eine Verabredung mit Pia hatte, und hat zugegeben, ihn angeschrien und bedrängt zu haben. Doch sie beteuert, sie hätte ihn nicht vor den Zug geschubst.«

»Also ist er von selbst getaumelt?«, sagte Gina Paulsen skeptisch.

»Das behauptet sie. Beschwört sie. Und ich glaube ihr. Du wirst sie morgen kennenlernen, wenn sie zu dir ins Präsidium kommt. Sie möchte alles hinter sich bringen, und sie weiß, dass sie eine Strafe erhält.«

Gina Paulsen holte tief Luft. Mit einem Gesicht, in dem sich immer noch Überraschung und Verwunderung spiegelten, nahm sie den Stick vom Tisch und steckte ihn ein.

»Und wann erscheint nun deine Geschichte im ›magazine‹?«

Mondrian ließ eine Pause eintreten und nippte an seinem Glas.

Dann antwortete er. »Gar nicht.«

»Wie bitte?« Die Kripofrau machte ein Gesicht, als hätte sie nicht richtig gehört.

»Ich habe das Manuskript heute Rolfes gemailt, meinem Ressortleiter. Der hat danach zurückgerufen und gemeint, echt geil, das hätte er sich nie träumen lassen, jetzt sieht ja plötzlich alles anders aus. Und zwei Stunden später hat er sich wieder gemeldet und rumgedruckst. Und schließlich hat er gesagt, du, Jonas, das kriegen wir nicht durch.«

Gina Paulsen war so verblüfft, dass sie keinen Ton herausbrachte.

»Unser Politikchef«, erklärte Mondrian, »ist ein Intimfeind von mir, und der hat laut Rolfes den Text aus dem elektronischen System gefischt und ihn Nora Ingersen zugespielt, der Frau des Vorstandsvorsitzenden. Und die habe ihr Veto eingelegt.«

»Aber warum denn?«, fragte Gina Paulsen, nachdem sie ihre Sprache wiedergefunden hatte.

»Weil das ›Monster Thomas K.‹ so viel zu gut wegkäme. Weil man am Ende nicht mehr wüsste, wer gut und wer böse ist, die scharfe Unterscheidung in Richtig und Falsch auf einmal fehle. Das alles würde die Leser nur verunsichern und verwirren. So etwa soll sie das gesagt haben, blablabla. Ich hab eingewandt, dass wir schließlich eine Pflicht zur korrekten Berichterstattung haben und der Wahrheit verpflichtet sind.«

»Und?«

»Hohe Werte, hat Rolfes geantwortet, aber bei uns ginge es jetzt erst mal um hohe Auflage. Ich wüsste doch, dass das ›magazine‹ durch die Printkrise finanziell wahnsinnig unter Druck stünde, und der Verlag hätte deutlich mit einer Kürzung der Mittel gewinkt. Und in dieser Situation, behauptet Rolfes, hätten mehrere Ressortleiter die Chefredakteurin bedrängt, die Geschichte lieber fallen zu lassen …«

»Dass so etwas in einem Verlag wie eurem überhaupt möglich ist«, fiel ihm Ricarda empört ins Wort.

»… aber in Wirklichkeit, vermute ich, geht es noch um etwas ganz anderes. Nora Ingersen und ihr Mann, die Nummer eins im Verlag, sind gut mit dem Innensenator befreundet. Selbe Wohngegend an der Elbe, selber Golfclub, sicher die gleichen Ansichten über Schwerverbrecher, die aus dem Verkehr gezogen gehören. Und, tja, für Peer van Osten wäre es nicht unbedingt toll, wenn meine Geschichte erscheint.«

Gina Paulsen sah ihn immer noch an, als würde er ihr eine Story aus dem Irrenhaus auftischen. Das Kerzenlicht flackerte unwirklich in ihrem Gesicht, als ein Windstoß in die Flammen blies.

»Aberwitzig. Und du, was machst du jetzt?«

»Ich habe schon was gemacht.«

Er ließ seinen Blick über die HafenCity wandern, die jetzt nur noch ein Haufen dunkler Kästen mit ein paar erleuchteten Fenstern war.

»Hab vorhin meine Kündigung in den Briefkasten geworfen.«

»Du hast was …?« Sie schaute ihn an, dann Ricarda, dann wieder Mondrian, sprachlos.

Er lehnte sich zurück und verschränkte die Arme.

Für eine Weile war nur das Schwappen der Wellen zu hören, unterbrochen von einem zornigen Möwenschrei.

»Nach so vielen Jahren, Jonas? Ernsthaft?«

»Ich bin raus«, sagte er resolut, »es gibt eine Schmerzgrenze, die niemand im Verlag überschreiten darf, weder selbst ernannte Moralapostel noch Manager, die nur Rendite im Kopf haben. Du kannst mit der Story natürlich machen, was du willst, deswegen habe ich sie dir mitgebracht.«

Er hob sein Glas und stieß es gegen die beiden anderen. »Danke, Gina, für den romantischen Abend, auch wenn ich ihn dir mit ein paar Überraschungen versaut habe«, sagte er zu der Frau mit der goldenen Halskette und nahm einen langen Schluck.

Gina Paulsen gab sich Mühe zu lächeln, aber es gelang ihr nur halb.

Mondrian legte den Kopf in den Nacken, um einem rosafarbenen Kondensstreifen am Himmel nachzuschauen, der hoch über ihnen im letzten Licht verglühte.

Dann wandte er sich Ricarda zu, die sich neben ihm fröstelnd die Arme rieb.

»Wann fliegen wir? Morgen früh?«

46

»Du, Jonas.«

»Mhm.« Das Brummen war im Konzert der Zikaden kaum zu hören.

Sie ließ einen Rauchkringel aufsteigen. Er schwebte fast senkrecht in die Höhe, bis er sich zwischen den Nadeln der Pinie verlor, die sich wie ein Schirm über ihren Liegen wölbte.

»Schläfst du, Jonas?«

Leises Plätschern vom Pool. Ein paar Schläge von einem Glockenturm, weit entfernt.

»Jetzt nicht mehr.«

Ganz langsam sog sie die Sommerluft ein. Roch die würzigen Kräuter. Die sonnenverbrannten Stoppelfelder. Das Harz der Nadeln. Konnte man die Toskana eigentlich an ihrem Duft erkennen, wenn man die Lider schloss?

Sie rollte sich auf die Seite und blinzelte träge zu ihm hinüber.

»Lügner. Du hast gar nicht geschlafen.«

»Woher weißt du das?«

»Jonas, ich muss dich was fragen.«

Wieder die Zikaden. Und nach einer Weile wieder das Brummen, wenig begeistert. »Mhm.«

Sie kräuselte die Lippen. »Sag mal, hättest du gestern Abend lieber mit der Frau vom LKA geschlafen?«

»Natürlich«, antwortete er wie aus der Pistole geschossen. »Wie hast du das spitzgekriegt?«

»Du hast sie immer so angestarrt.«

»Das mache ich doch bei allen Frauen.«

»Stimmt. Und warum hast du jetzt gerade die Augen zu?«

»Du spielst ja sowieso nur mit diesem Dings da.«

»Meinst du mein Smartphone mit der App für garantierten Frohsinn?«, fragte Ricarda, während sie ein bisschen darauf herumtippte.

»Genau. Nutzlose Vernichtung von Lebenszeit. Ähnlich wie deine Sudoku-Macke.«

»Wenn du wenigstens was von Sudoku verstehen würdest«, lästerte sie, »aber Männer … Moment mal.«

Sie stutzte.

Wischte über den kleinen Bildschirm.

Zwinkerte, damit sie die Schrift im Sonnenlicht besser erkannte.

»Yippie yeah, soll ich dir mal was vorlesen?« Ehe er antworten konnte, legte sie los.

»Vor einer Stunde ist Hamburgs Innensenator Peer van Osten zurückgetreten. Grund soll ein vertraulicher Bericht sein, der in Polizeikreisen kursiert. Danach werden ihm schwere Fehler im Umgang mit einem entlassenen Strafgefangenen angelastet und sogar eine Mitschuld an dessen Tod.«

Mit einem Ruck richtete sich Mondrian auf. Er wollte etwas sagen, doch Ricarda war schneller.

»Wie ein Sprecher bestätigte, hat die Kriminalpolizei die Ermittlungen im Fall Thomas K. wieder aufgenommen. Nach neuen Erkenntnissen soll der Exhäftling nicht verantwortlich gewesen sein für die Überfälle auf mehrere Mädchen, die nach seiner Entlassung geschahen. Dies hatte van Osten mehrfach öffentlich behauptet. Er hatte auch die Führung des Polizeieinsatzes an sich gezogen, bei dem Thomas K. in St. Pauli erschossen wurde. Der interne Bericht aus Kreisen der Kripo deutet angeblich an, dass Thomas K. Opfer manipulierter Beweise wurde. Das vertrauliche Papier geht offenbar zurück auf Recherchen der Hamburger Zeitschrift ›magazine‹. Wie die Chefredakteurin Vanessa von der Heyde auf Anfrage mitteilte, wird in der nächsten Ausgabe dazu eine große Geschichte erscheinen.«

Mondrian kniff sich in den Arm. Ins Bein. Sagte erst mal nichts.

Dann: »Wetten, dass Vanessa die Veröffentlichung durchgesetzt hat? Bestimmt hat sie gekämpft wie eine Löwin und gedroht, dass sie alles hinwirft, wenn das nicht gedruckt wird.«

»Dann möchte sie dich jetzt wahrscheinlich so schnell wie möglich wiederhaben.«

»Kommt gar nicht in Frage.«

Er blinzelte zu ihr hinüber. Versuchte, seinen Blick über die Weinberge wandern zu lassen, über Zypressen, die wie Ausrufezeichen in den flirrenden Feldern standen, über mittelalterliche Gemäuer, die rundum auf den Hügeln thronten. Mit begrenztem Erfolg.

Er ertappte sich dabei, dass er Ricarda anstarrte.

Dieses Relief, an dem auch Leonardo verzweifelt wäre.

»Bin ich dir etwa im Weg?«, fragte sie spöttisch. Sie erhob sich von ihrer Liege, trat hinter ihn und legte die Arme um ihn.

Behutsam lehnte er sich zurück.

Er spürte ihren Atem an seinem Hals. Tropfen, die auf seine Schultern fielen und den Rücken hinunterrannen. Ihre Hitze, als sie sich an ihn presste und ihr Schweiß mit seinem verschmolz.

Bis plötzlich neben ihm sein Handy schrillte.

Er löste sich aus ihren Armen, beugte sich zu dem Gerät hinunter, das auf dem Boden lag, und peilte auf die Nummer im Display.

»Nicht schon wieder«, fluchte er. »Scheiß-Hamburg.«

»Vielleicht wegen deiner Kündigung?«, flüsterte sie.

Er gab dem Telefon einen Kick.

Es schlidderte über die Fliesen, schrillte weiter und weiter und verstummte erst, als es mit einem glucksenden Geräusch im Pool verschwand.

Mondrian schaute hinterher, beobachtete, wie es in die Tiefe trudelte, und schloss die Augen.

Er sah immer noch Blau.

Aber nicht das Türkisblau des Wassers.

Nicht das magische Blau des südlichen Himmels.

Sondern eine Farbe, die er nie wieder aus seinem Kopf kriegen würde.

Eisblau.

Nachwort und Dank

Dieses Buch ist Fiktion, aber nicht nur kriminelle Phantasie. Leider. Als »stern«-Reporter konnte ich beim Landgericht Augsburg ein Verfahren beobachten, bei dem es um nachträgliche Sicherungsverwahrung für einen Kindermörder ging. Er hatte als junger Mann auf furchtbare Weise ein zwölfjähriges Mädchen in dessen Kinderzimmer erstochen, während die Eltern beim Faschingsball tanzten. Die Eindrücke aus diesem Prozess haben sich in meinen Kopf gebrannt, der Fall hat mich nie mehr losgelassen. Danach habe ich immer wieder mit Rechtsanwälten, Kriminologen und psychiatrischen Sachverständigen, mit Vollzugsbeamten und Polizisten darüber gesprochen, wie man mit Schwerkriminellen nach ihrer Haft umgehen sollte, und auch inhaftierte Sicherungsverwahrte befragt. Daraus habe ich vor allem eines gelernt: dass es darauf keine einfache, allgemeingültige Antwort gibt.

Ich verdanke es also meiner Arbeit beim »stern«, dass ich die Erfahrungen sammeln konnte, die mich zu diesem Buch inspiriert haben. Und einer Kollegin aus der Redaktion schulde ich besonderen Dank dafür, dass sie mich beim Schreiben dieses Romans von Anfang an unterstützt und ermutigt hat – vor allem, als ein guter Freund mir nach Lektüre des Konzepts riet, es besser in den Papierkorb zu werfen. Meine Kinder Manuel und Mara, längst erwachsen, haben zu verhindern versucht, dass ich mich im »Jugendsprech« vergreife, und mich mit originellen Tipps versorgt. Die Literaturwissenschaftlerin Lotte H. hat wertvolle Zwischenkorrekturen gemacht und den angenehmen Vorschlag, mit Mondrian zur Recherche nach Amrum zu reisen. Psychologie-Professor Thomas B. war so nett, mir fachliche Hinweise zu geben und großzügig über Passagen zu schmunzeln, in denen die Profession der Seelenforscher weniger gut dasteht. Auf ganz andere Art hat mich jemand unterstützt, ohne es zu ahnen: Bei vielen einsamen Waldspaziergängen war der Pianist Keith Jarrett mein unermüdlicher Begleiter. Mit seinem fabelhaften »Köln

Concert« hat er mich, per Kopfhörer natürlich, zu manchen schrägen Gedanken animiert. Und sorry, liebe jüngere Leser, dass ich solche Fossile wie Eric Burdon und die Rolling Stones im Text die Musik machen lasse: *It's only rock'n'roll, but I like it, like it …*

Der größte Dank geht zum Schluss an die beiden Menschen, die mir am meisten geholfen haben: an meinen Lektor Lothar Strüh, der das Manuskript durch kluge Finessen und kreative Vorschläge entscheidend bereichert hat, und an meine wundervolle Frau Hanne. Sie hat auch diesmal mit Engelsgeduld meine Macken beim Schreiben ertragen, insbesondere mein Bedürfnis nach mönchischer Stille, und mich immer wieder gerettet, wenn ich in der Welt des Bösen zu nahe an Abgründe geriet.